ՄԹՆԱՁՈՐ

ԱԿՍԵԼ ԲԱԿՈՒՆՑ

Մթնաձոր

Հրատարակված է Ամերիկայի Միացյալ Նահանգներում:

ISNB: 978-1-64439-874-6

ՄԹՆԱՁՈՐ

Մթնաձոր տանող միակ արահետն առաջին ձյունի հետ փակվում է, մինչև գարուն ոչ մի մարդ ոտք չի դնում անտառներում: Սակայն Մթնաձորում այժմ էլ թավուտ անտառներ կան, ուր ոչ ոք չի եղել: Ծառերն ընկնում են, փտում, ընկած ծառերի տեղ նորն է ծլում, արջերը պար են խաղում, սուլում են չոբանի պես, ոռնում են գայլերը, դունչը լուսնյակին մեկնած, վարազները ժանիքով վարում են սև հողը, աշունքվա փտած կաղիններ ժողովում:

Մի ուրույն աշխարհ է Մթնաձորը, քիչ է ասել կուսական ու վայրի: Թվում է, թե այդ մոռացված մի անկյուն է այն օրերից, երբ դեռ մարդը չկար, և բրածո դինոզավրը նույնքան ազատ էր զգում իրեն, ինչպես արջը մեր օրերում: Գուցե այդպես է եղել աշխարհին այն ժամանակ, երբ քարածուխի հսկա շերտերն են գոյացել և շերտերի վրա պահել վաղուց անհետացած բույսերի ու սողունների հետքեր:

Հիմա էլ Մթնաձորում մուգ-կանաչ մաշկով խլեզներ կան, մարդու երես չտեսած, մարդուց երկյուղ չունեցող: Պառկում են քարերի վրա, արևի տակ. ժամերով կարող եք նայել, թե ինչպես է զարկում փորի մաշկը, թույլ երակի պես, կարող եք բռնել նրանց: Խլեզները Մթնաձորում մարդուց չեն փախչում:

Բարձր են Մթնաձորի սարերը. դրանից է, որ ամռան երկար օրերին էլ արևը մի քանի ժամ է լույս տալիս Մթնաձորի անտառներին: Եվ երբ հեռավոր հարթավայրերում արևը նոր է թեքվում դեպի արևմուտք, Մթնաձորում ստվերները թանձրանում են, սաղարթի տակ անթափանց խավար է լինում, արջերը որսի են դուրս գալիս, վարազներն իջնում են ջուր խմելու, իր որջի առաջ զիլ ոռնում է գայլը, ոռնոցը հազարբերան արձագանքով զրնգում է Մթնաձորում:

Գիշեր է դառնում, և գիշերվա հետ որսի են ելնում Մթնաձորի բնիկները: Արջը տանձ է ուտում, իրար թաթով են տալիս, թավալգլոր են լինում չոր տերևների վրա, դարան մտնում, հենց որ զգում են վայրի խոզերի մոտենալը: Արջը գիտե վարազի ժանիքի թափը, նախահարձակ չի լինում: Եթե տկար մի խոզ ետ մնա մյուսներից, արջը թաթի մի հարվածով ճեղքում է փափուկ վիզը, մի երկու պատառ լափում, լեշը ծածկում չոր ցախով ու տերևներով, քար դնում վրան, փնթփնթալով հեռանում, մինչև լեշը հոտի:

Եթե հանկարծ վարազները լսեն ետ մնացած խոզի ճիչը… Սրածայր թրերի պես շողշողում են ժանիքները, անշնորհք շարժումներով արջին մնում է բարձրանալ կաղնու վրա: Կատաղի ձիերի պես վարազները վրնջում են, ժանիքներով ակոսում կաղնու տակ, զարկում ծառի բնին: Մթնաձորի ծերունի անտառապահը մի գարունքի տեսել է վարազի կմախքը, ժանիքը մինչև արմատը խրված ծառի բնում, ծառի ճյուղի արանքում արջի սատկած քթոթին:

Վայրի վարազի պես էր անտառապահ Պանինը: Մի հրեշ էր նա, անտառապետի տարազով, կակարդով գլխարկը գլխին: Անտառում հանկարծ կերևար, փայտահատի կողքին կկանգներ, կնայեր, թե ինչպես նա արագ կացնահար է անում ծառը: Մեկ էլ, թաքստոցից դուրս կգար, կմռնչար այնպես, որ արջերն էլ էին քնից զարթնում և որջերում մռում: Լեղապատառ փայտահատին մնում էր կամ փախչել, կամ օձի պես ծռմռատել Պանինի մտրակի հարվածների տակ:

Պանինը որսորդ էր: Վեց շուն ուներ, մեկը մյուսից կատաղի: Շների հետ որսի էր գնում Մթնաձորի խորքերը: Ձմռան լուսնյակ գիշերներին, երբ վախից ոչ ոք չէր մոտենում Մթնաձորին, Պանինի շներն անտառի բացատում արջի հետ էին կռիվ կենում կամ հալածում էին խրտնած պախրային: Պանինը վազում էր շների ետևից, հրճվանքից ճչում: Գիշերվա որսը նրա համար հարազատ տարերք էր:

Առավոտը բացվում էր, ձյունի վրա արյան շիթեր էին երևում, այստեղ-այնտեղ խառնիխուռն հետքեր, խեղդված գայլի դիակ, կոտրատած ճղներ: Մի փչակի մոտ նստում էր Պանինը, մինչև շներն որսի միսն ուտեն:

Նա սպանած և ոչ մի կենդանու ձեռք չէր տալիս և շներին կշտացնելուց հետո վերադառնում էր տուն: Եթե ճանապարհին տեսներ մեկին գողացած փայտը շալակին, Պանինի շները պիտի հարձակվեին նրա վրա, հալածեին, մինչև քափ-քրտինքի մեջ կորած, արյունլվա մարդը կարողանար մի տեղ պատսպարան գտնել:

Այսպես էր Պանինը: Նրա սարսափը հեռուներում էր տարածված, նրա մասին բերնե-բերան պատմություններ էին անում: Ոչ ոք չգիտեր ոչ նրա ազգությունը, ոչ հավատն ու ծագումը: Ասում էին, որ նախկին սպա է, մարդ էր սպանել, նստել էր բանտում, հետո անտառ գնացել: Հյուսիսի անտառներից մեկում նրա իր կնոջն էր սպանել որսի մի գիշեր, ավելի ճիշտ՝ շներին հրամայել էր զզզել կնոջը:

Այդպես էին պատմում անտառապահ Պանինի մասին:

***

Գյուղում Ավին լավ որսորդի համբավ ուներ: Տան ապրուստի մի մասը նա Մթնաձորի խորքերից էր հոգում: Բացուտներում միրհավ էր որսում, արտերի մոտ կաքավ ու լոր, թակարդ էր լարում աղվեսի համար, երբեմն էլ Մթնաձորի խորքերն էր գնում, ժամերով նստում քարի քամակին, մինչև վարազները ջրի գային:

Ավին նշանը ճիշտ էր բռնում, բերդանի գնդակը վարազի ճարպոտ կողքին մեծ վերք էր բացում: Վարազը թավալգլոր էր լինում, ցավից ժանիքներով հողը փորում, արմատներ պոկում, հետո խռռոցով գետին ընկնում:

Եվ եթե Պանինից երկյուղ չէր անում կամ տեղյակ էր լինում, որ անտառապահը Մթնաձորում չի, չոր ցախերից էլ մի շալակ էր անում, ծածուկ մի տեղ պահում՝ գիշերով տուն տանելու համար:

Այդ օրն էլ նա որսի էր գնացել: Թարմ հետքեր կային ձյունի վրա: Ավին մի հետքով գնաց և հենց որ բլրակի գլուխը բարձրացավ, տեսավ երկու աղվես: Մինչև կրակելն աղվեսները փախան: Այդ Ավու համար վատ նշան էր, որսը հաջող չպիտի լիներ: Մի քիչ էլ ման եկավ, պախրայի հետք տեսավ, փնտրեց ու չգտավ: Եվ որովհետև այդ օրը Պանինը անտառ չպիտի գար (նա լսել էր, որ անտառապահը հիվանդ է), Ավին զերաղաս համարեց մի շալակ ցախ տանել տուն:

Իրիկնադեմ էր արդեն, երբ Ավին շալակի ցախը դրեց քարին, նստեց մի կոճղի՝ մի քիչ շունչ առնելու:

Որսի մի շուն երևաց, հոտոտեց Ավուն, անցավ: Ավու շունչը փորն ընկավ: Երևաց երկրորդ շունը, երրորդը, շների ետևից էլ Պանինը: Ասես գետնի տակից բուսավ:

Մեկի դեմքը քաթան էր, մյուսինը կարմիր ճակնդեղ: Պանինը թքոտեց, որպես Մթնաձորի արջ: Եվ երբ բարձրացրեց կնուտը, Ավին էլ մեջքը ծռեց, գլուխը ձեռների մեջ առավ: Ավուն թվաց, թե Պանինի ձեռքը քարացավ, կնուտը սառեց ձմռան իրիկնապահի ցուրտ օդում: Պանինը կնուտը ետ քաշեց, և երբ Ավին գլուխը բարձրացրեց, նրան թվաց, թե Մթնաձորում մի սատանա է քրքջում:

Երկընտրանքը տարօրինակ թվաց Ավուն: Կամ քսան ռուբլի տուգանք անտառից փայտ գողանալու համար, կամ էլ Մթնաձորի մի արջ սպանել: Եվ երբ Պանինը մի անգամ էլ կրկնեց իր առաջարկը, շրթունքները ետ տարավ ու խուլ ծիծաղեց, Ավին տեղից վեր թռավ, ցախը թողեց և եկած ճամփով ետ գնաց դեպի Մթնաձոր: Անտառի և ոչ մի արջ Պանինի տուգանքի գինը չուներ:

Ավին նայեց բերդանի պատրոններին, չուխայի փեշերը հավաքեց գոտու տակ, փափախը պինդ կոխեց գլխին: Նա ձյունի վրայով նույնքան թեթև էր քայլում, ինչքան արջը չոր տերևների վրա:

Մի անգամ ետ նայեց Ավին անցած ճամփին. ոչ Պանինը երևաց, ոչ էլ շները: Լուսնյակը մեծ ձյունագնդի չափ լույս էր տալիս, արտացոլում էր լուսնի լույսը ձյունի բյուրեղների մեջ: Ավին պարզ տեսնում էր ծառի բները, եկած ճամփան, ընկած հաստաբուն գերանները:

Իջավ ձորը, լսեց թե ինճպես սառույցի տակ խոխոջում է ջուրը: Ջրի ձայնը նրան հիշեցրեց եռման կաթսան, տունը, վառած օջախը: Տանը երևի սպասում են արդեն:

Ետևից ճյուղի կոտրվելու ձայն լսեց: Թվաց, թե ձյունի ծանրոցից մի ճյուղ ջարդվեց: Վեր բարձրանալիս Ավին զգաց, որ մեկը հետևում է իրեն:

Ետ նայեց, մի մարդաբոյ արջ էր կանգնել մի քիչ հեռու, ճյուղն ուսին, չոբանի մահակի պես:

Ավին բերդանը մեկնեց, և երբ արջը թքոտելով դեն զցեց ուսի փայտը, չորքոտանի դարձավ, բերդանը որոտաց, կրակոցի ձայնին ձորերն արձագանք տվին, ծառի ճյուղերից ձյուն թափվեց: Արջը ոռնաց: Բերդանի ծուխի միջից Ավին տեսավ, թե ինչպես արջը մի ոստյուն արեց, թաթերը բերդանի փողին մեկնեց:

Մթնաձորում սկսվեց անհավասար մի կռիվ մարդու և գազանի մեջ: Արջը թաթովն էր տալիս, աշխատում գետնով տալ մարդուն: Ավին մի ձեռքով պաշտպանվում էր նրա հարվածներից, մյուսով փորձում բերդանի փողը արջի երախի մեջ կոխել, կրակել մի անգամ էլ:

Ծառս էր լինում արջը ետնի ոտների վրա, ձյուն շաղ տալիս, ընկնում, բարձրանում: Հանկարծ արջը բերդանի փողը բերանն առավ, սկսեց կրծոտել: Ավու ձեռքը սահեց բերդանի վրայով, մատը բնազդաբար սեղմեց կեռ երկաթին, բերդանը մի անգամ էլ որոտաց: Արջը ոռնաց առաջվանից էլ պինդ, մեջքի վրա ընկավ, գլորվեց, որպես կտրած գերան: Սառույցին որ հասավ, կանգնեց ոտքի, փորձեց վեր բարձրանալ:

Ավին երրորդ անգամ կրակեց, բերդանի գնդակը խրվեց ձյունի մեջ, վզզաց, ինչպես շիկացած խոփը դարբնոցի ջրաքարում: Երրորդ կրակոցը նրա բերդանի վերջին ճիչն էր: Ավին մինչև վերջն էլ չիմացավ, թե ինչու չորրորդ փամփուշտը բերդանը ներս չառավ:

Արջը ոռնոցով մի ոստյուն էլ արեց: Ավին շատ մոտ զգաց վիրավոր գազանի տաք շունչը, ծռվեց, և երբ արջը թաղվեց ձյունի մեջ, Ավին ետ վազեց, ձյունի մեջ ընկնելով, վեր բարձրանալով: Արջը հետևում էր նրան: Ավին վազում էր, թռչում գերանների վրայով, ծառի ճղները ճանգռում էին դեմքը սուր մագիլների պես, սայթաքում էր, նորից բարձրանում: Նրան այնպես էր թվում, թե Մթնաձորի բոլոր գազաններն են վազում իր ետևից:

Ծառի մի ճյուղը փշերը խրեց փափախի մորթուն, փափախն ընկավ: Հենց այդ վայրկյանին նա մի ծանր հարված զգաց մեջքին, բրդոտ մի թաթ ճանկերը խրեց ծոծրակի մորթու մեջ: Լսվեց մի կրակոց, բայց Ավին ոչինչ չզգաց:

Պանինը սատանայի պես քրքջում էր, ոտքն արջի դիակի վրա:

***

Ավին հիմա էլ ողջ է:

Զարհուրանքով կարելի է նայել նրան, երբ փողոցի անցուդարձ անողներից պահված, մի անկյունում քաշված, սրա-նրա համար տրեխ է գործում:

Ավու հագին չուխա է, տրեխներ, սովորական մարմին, առողջ ձեռքեր, որոնք շատ վարժ կաշին են ծակոտում, կաշվե թելերից հանգույցներ անում: Եվ սովորական մարմնի վրա գլխի տեղ մարդկային գանգ, ամբողջովին կլպված, առանց մազի, առանց մորթու:

Արջը թաթի մի հարվածով ծոծրակի փափուկ մսի մեջ է խրել սուր ճանկերը և վիրավոր արջի ամբողջ զայրույթով իրան քաշել գանգի մորթին, մորթու հետ էլ գլխի մազերը, ունքերը, աչքերն ու քիթը:

Ավին շրթունքներ չունի: Ոսկորների բաց ճեղքից երևում են ատամները, բաց է քթի խոռոչը, և երբ Ավին համրի պես խոսում է, շունչը քթի խոռոչովն էլ է դուրս գալիս: Աչքերի խոռոչներում չորացած մսի կտորներ կան, ծառի վրա կիսաչոր, մաշկը ծալ-ծալ եղծ ծիրանի պես:

Նրա գանգի վրա ողջ են մնացել միայն ականջները: Նայում ես և չես կարողանում որոշել՝ ծեր է Ավին, թե դեռ երիտասարդ, որտեղից է գալիս նրա ձայնը, գուցե մարդ չէ, այլ խրտվիլակ, գուցե չուխայի տակ կմախք է և ոչ միս ու մարմին:

Սակայն նրա ձեռքերին միս կա և մաշկ, մատները վարժ շարժումներ են անում, և երբ Մթնաձորի անունն են տալիս, երևում է, որ ատամներն ավելի է դուրս զցում, կոկորդից ընդհատ ձայներ է հանում:

Ու չգիտես՝ զայրանում է, թե ժպտում հին որսորդը…

ՎԱՆԴՈՒՆՑ ԲԱԴԻՆ

Գյուղում բոլորն էլ ճանաչում էին Վանդունց Բադուն, գիտեին, որ նրա տունը վերի հանդը տանող ճամփի վրա է, ջաղացներին չհասած, Աթանանց մեծ ընկուզենու մոտ:

Բադին գյուղի տավարածն էր: Ամենից կանուխ նա էր զարթնում, նրա ձայնն էր հնչում գյուղի փողոցներում:

— Տավարը տարա հե՜յ, ա՛ խալխը, ետանաք ոչ...

Գյուղացիք այնքան էին վարժ նրա կանչին, որքան աքլորի կանչին: Շատ անգամ ժամանակ որոշելու համար ասում էին, թե՝

— Բադին հալա տավարը տարել չէր,որ ես հանդումն էի, — կամ թե՝

— Հենց Բադին մի բերան կանչեց թե չէ, վեր թռա տեղից:

Բադին ինքն էլ չէր հիշում, թե քանի տարվա տավարած էր: Նա հենց այն գիտեր, որ խոլերի տարին իրեն զինվոր էին կանչել, մնացել էր գյուղում: Այն ժամանակ Աթանանց ընկուզենու մոտ ջաղաց դեռ չկար:

Ոչ ոք գյուղի հանդն ու սարը Բադուց լավ չգիտեր: Անթիվ անգամ նա չափչփել էր նախրի հետ սար ու ձոր: Նախիրն էլ էր լավ ճանաչում, գիտեր, թե այս կովն ումն է, թե չալ կովը երբ է սուբահ մնացել, քանի ծին ունի, թե Քարամենց եզան պոզն ինչու է կոտրած:

Ամեն անգամ նախիրը գյուղից քշելիս հերիք էր մի անգամ նայեր, որ կարողանար որոշել, թե նախրից որ կովն է պակաս:

Երբ երեկոյան նախիրը գյուղ էր դառնում, աղբյուրի մոտով անցնելիս Բաղին էր, որ հարս ու աղջիկներին կշտամբում էր, թե՝

— Պղնձաքարի սարում ավելուկը կանաչել ա, Սանդ աղբյուրի մոտ մոշը հասել...

Նախիրը գյուղում ցրելուց հետո, իրիկնապահին, Բաղին փայտին հենած մեկ էլ ետ էր դառնում տուն, Աթանանց մեծ ընկուզենու մոտ:

Տանը կինն էր և միակ որդին, որ հասնում էր ջահել տունկի պես:

Բաղու կինը, իր պես զառամած մի պառավ, ընթրիք եփելու ժամանակը գիտեր: Տարիների ընթացքում ամեն ինչ, ամեն օր կրկնվել էր այնքան նման իրար, որ շարժումները մեքենայացել էին:

Երբ անիվի պես ճռնչում էր դուռը, և ներս էր մտնում Բաղին, մահակը դնում շեմքին ու հարցնում կնոջը.

— Հաթամի աղջիկ, հորթին ջրե՞լ ես...

Հաթամի աղջիկը իր կինն էր. հնուց սովորույթ ուներ նա կնոջն այդպես կանչելու: Այդ սովորույթը մնացել էր այնպես հաստատ, ինչպես հարնան հաստաբուն ընկուզենին:

Հաթամի աղջկա պատասխանն էլ միշտ նույնն էր.

— Բա չեմ ջրե՞լ...

Հետո Բաղին բեզարած մարդու տնքոցով շեմքի մոտ տրեխներն էր հանում, թափ տալիս և շտկում առավոտվա համար: Իսկ կինը օջախին էր նայում կամ ճրագի պատրույգը շտկում և մաքուր ավլած գետնին փռում թաղիքը հնամաշ:

Ապա համեստ ընթրիք՝ պանիր-հաց, եթե լիներ՝ տաք կերակուր, հանդից բերած կանաչեղեն, երբեմն էլ հարևանի ուղարկած մի ազիզ կերակուր, որ տարին մի անգամ կեփվեր Բաղու օջախում:

Բաղու որդին՝ Հաբուղը, հասել էր այնքան, որ օգնում էր հորը: Սակայն Բաղին չէր ուզում, որ Հաբուղը հոր փեշակը սովորի:

— Թող գրաճանաչ լինի, որ հետո գերեզմանս չանիծի:

— Կմեծանա, կպսակեմ, տուն ու տեղ կլինի, մի փեշակի ծայր կբռնի, հացի կտիրանա: Ես էլ ծերության օրերում իր ջրերն ընկած կապրեմ, ոտքերս կդինջանան սար ու քող չափելուց:

***

Նահապետական վարք ու բարք ուներ Բաղին, միամիտ էր և արդար: Նա ուզում էր, որ իր որդին էլ այդ ճամփով գնա, հյուրասեր լինի, աղաթ սիրող, մեծին հարգող, գյուղամիջում շենք — շնորհքով մի մարդ:

Մի անգամ էլ հանդում, մի զրույցից հետո, Հաբուղը հորը հարց տվավ, թե՝

— Ապեր, էդ ինչի՞ցն ա, որ մեր նախրում Իսանանք ինը կով ունեն, իսկ մենք՝ մի կով:

Բաղին ժպտաց քթի տակ:

— Բա դու նրանց թա՞յ մարդ ես: Հերդ մի տավարած, իսկ Իսանանց ողորմած հոգի Զաքի ապերը պատվով, կայքով մարդ էր: Գեղը որ մի մեծավոր զար, նրանց տանը վեր կզար: Զաքի ապերը մովրովի ժամանակ մեդալ էր ստացել: Դե տղերքն էլ խելոք են եղել, հոր թողած մեկը երկու են արել:

Տարին բոլոր Բաղի ապերը պահում էր Իսանանց ինը կովը, դրա համար ստանում մի սոմար ցորեն, երեք զրվանքա շաքար, որ իրենց չէր հերիքում, և մի քիչ էլ փող:

Հաբուղը չէր սիրում, որ հայրն ամեն ամիս տնետուն պտտում էր, տավարածի բաժին հավաքում կամ թե կալին, մի պարկ ուսին, ման էր գալիս կալերում և իր բաժին ցորենն առնում: Պատվին էր դիպչում, երբ հոր տեղակ ինքն էր ընկնում դռնեդուռ, հաց կամ դրամ հավաքում:

Ամեն անգամ Իսանանց խանութը մտնելիս՝ միջնակ ախպերը մի տեսակ ծաղրով ասում էր Հաբուղին.

— Ամիսը ե՞րբ թամամեց, որ եկար, — կամ թե՝

— Քանի՞ շաբաթ ա քո ամիսը...

Երբեք Հաբուղը չէր կարողանում հաշիվը կանոնավոր ստանալ: Կամ ասում էին, թե ստանալիք չկա, կամ էլ, շատ որ համառում էր Հաբուղը, Իսանանց ախպերը բարկանում էր նրա վրա և ասում.

— Դու ինչացո՞ւ ես, հերդ կգա, նրա հետ հաշիվ կանենք:

Հաբուղը գիտեր, որ հայրը խոնարհ մարդ է, լեզուն կարճ: Ինչ որ ասեին, համաձայն էր, մենակ թե համփա մարդկանց խաթրին չկպչեր:

— Ունևոր են, մենք էլ նրանց շվաքում կապրենք:

Այսպես էր ասում Վանդունց Բաղին, ստացած կոպեկները տալիս Հաթամի աղջկան, որ պահի: Մի օր պետք կգար, Հաբուղի հարսանիք կար, ապագայում տուն տեղ ունենալ կար:

— Հասնում ա հա՛, զատ չի մնացել, — ասում էր երբեմն Բաղին իր կնոջն, ու երկուսով կարոտով նայում էին Հաբուղին:

— Թե սաղ մնամ, եկող աշունք հարսանիք եմ անելու:

Հաթամի աղջիկն ասում էր, որ գյուղում սազ աղջիկ չկա, որ պիտի հարևան գյուղից աղջիկ ուզի, տրտնջում էր, թե բան ու գործից ազատ չի լինում, որ մի գնա, տեսնի՝ ում աղջիկն է հարմար:

— Դու որ կարենաս, էս աշունք, քոչը սարովն անցնելիս, մի քիչ բուրդ առ, մանեմ, համ էլ քոլքից մի ձեռք տեղաշոր կապեմ:

Երկու պառավ խելք-խելքի մտածում էին գալիքի մասին, երբ տանն աղմուկ կլինի, եկող-գնացող, խարխուլ խրճիթը կլսի մանկան ուրախ ճիչ:

Երբեմն էլ զրուցում էին, թե ինչ արհեստի դնեն Հաբուղին: Մայրն ուզում էր, որ նա գյուղական գրագիր դառնա կամ ծառայի պրիստավի մոտ, իսկ Բաղին արհեստի էր կողմնակից:

— Հարամ հացը թող իմ սուփրիս չլինի, — ասում էր նա: Վանդունց Բաղին գիտեր, որ պիսիրը կաշառք է ուտում, գյուղում նրանից շատ են դժգոհ, չէր ուզում, որ իր մահից հետո իրեն անիծեն:

Հաբուղն էլ համաձայն էր հոր հետ, նա էլ չէր սիրում պիսիր Ավանին, որ որսկան շան պես հոտոտում էր, թե որտեղից կարող է պլոկել, երկու խոսք գրելու համար մի հավ առնել:

Պիսիր Ավանը Իսանանց հետ շատ մոտ էր, գնալ-գալ էր անում միշտ և շատ անգամ էլ հենց նրանց խանութում էր գործերը դրստում:

Բայց Հաբուղը թաքուն մի ուրիշ միտք էր անում. գնալ Բաքու, արհեստ սովորել: Շատ անգամ էր հանգ անում հորից խնդրելու, բայց բերանը չէր զորում մի բան ասելու:

Նա ուզում էր աշխարհ տեսնել, ինչպես ասում էր նրա ընկերը, որ Բաքվում էր աշխատել և հիվանդ լինելու համար տուն եկել: Նրանք երկուսով նստում էին ժամերով տան կտուրին, ընկերը պատմում էր, թե ինչքան ուժով է մաշինը, թե մի բան կա, որ դարձնես, ճրագը կվառես առանց կրակի, թե ինչպես են նավթ հանում հորից և էլ հազար ու մի բան:

Հաբուղը լսում էր ուշադիր, զգում մի անզուսպ ցանկություն՝ տեսնել այդ ամենը: Բայց հենց որ տուն էր գալիս, հանգչում էր կրակը բորբոք, հաշտվում էր գյուղում արհեստ սովորելու մտքին:

Մի օր էլ հոր հետ միասին դուրգար Դավիթի մոտ գնացին՝ խերով — բարով Հաբուղին նրա մոտ թողնելու համար: Ուստան մի քիչ չեմ ու չում արավ, վերջը խոստացավ երկու տարում արհեստին վարժեցնել:

Իրիկունն ուստան եկավ Վանդունց տուն, կերան, խմեցին, դարդ դարդի տվին և այդ օրից դարձան սերտ բարեկամ:

... Կես գիշերից անց էր. չէր քնել ոչ Բաղին, ոչ Հաթամի աղջիկը: Միտք էին անում էգուցվա մասին գոհ ու բախտավոր: Նրանց կողքին մուշ-մուշ քնել էր Հաբուղը՝ նեղ օրերի ապավենը միակ:

* * *

Մի առավոտ էլ գյուղում անսովոր իրարանցում ընկավ: Գզիրը կտուրից կտուր կանչում էր զիլ ձայնով:

— Ա՜ խալխը, հե՜յ, թագավորի հրաման ա, ով որ սաղդաթ ա էլել, պիտի հավաքվի քաղաքում, կռիվ ա Գերմանու հետ...

Քաղաքից եկողները պատմում էին, որ ամեն տեղ մեծ թղթեր կա պատերին փակցրած, փողոցներում մարդիկ իրար տեսնելիս կռվի մասին են խոսում, շատ զինվոր պիտի հավաքեն, կռիվը շատ տերությունների մեջ է, աշխարհիս խառնվելու է իրար:

Գյուղացիք խմբերով հավաքվում էին դուքանի առաջ. գրագետ մեկը սկսում էր լրագիր կարդալ, լսում էր գյուղը անծանոթ անուններ ու վայրեր, քաղաքներ ու տերություններ և բնազդով զգում, որ թանկություն պիտի լինի, մեծ կոտորոծ ու զրկանք:

Իսանանց տանուտեր ախպերն ասում էր, որ կռիվը օգուտ է ժողովրդին, որ ռուսի թագավորի թախտը հաստատ է, ժողովուրդը շատ, և որ շուտով Գերմանի թագավորը հաղթվելու է:

— Մրան Ռուսեթ են ասում, մի տուտը հեն ա Սիբիր, մեկէլը Հնդստան. բա իսկի իսան կարա դիմանա՞ ...

Ալնորներից ոմանք պատմում էին, որ «Եփրեմերդին» այդպես է ասում, գրված է, որ յոթ տերություն իրար պիտի խառնվեն, հացը պիտի թանկանա, թագավորի խարջը շատանա:

Ամենից շատ պիսիրն էր ուրախ: Նրա շուրջն ստեղծվում էր գյուղի զոռբաների տղերքից դեզերտիրների մի խմբակ: Նրանք կաշառում էին, չափաբերականը կեղծում, իրենց տեղ ուրիշին ուղարկում, որ իրենք գյուղում մնան, ինչ ուզեն անեն: Մանր հաշիվների ու հին վրեժների հատուցման լայն ասպարեզ էր բացվել գյուղում:

Քաղաքի պատերից կպցրած թղթերը հուզել էին ճահիճն այն խաղաղ, ուր ամեն ինչ առաջ մերվել էր, և կարծես թե զայլի հետ զառն էր ապրում:

* * *

Հաբուղն արդեն նկատում էր գյուղում եղած փափոխությունը: Իսանանց դուքանում ներկերը թանկացել էին, ճոթ ու կտորը պակաս էր երևում, իսկ շաքարը կրակի գին ուներ:

Իսանանց տղերքը ճոթը պահում էին իրենց տանը, որ հետո ծախեն:

— Ճամփեքը փակվել ա. էս ներկերը Գերմանու ապրանք ա, էլ ե՞րբ կճարես դու էսպես ապրանք:

Հաբուղի աչքի գրողը գյուղի պիսիրն էր: Մի անգամ պիսիրը Խաչումենց հարսին, որ գնացել էր ամուսնուն նամակ գրել տալու, փիս խոսք էր ասել, ձեռ տվել, հարսն էլ լացակումած հեռացել էր նրա մոտից:

Գյուղում այդ լուրն իսկույն տարածվեց: Մի քանի հոգի ուզում էին պիսիրի հախից գալ, բայց տանուտերը սպառնաց.

— Սիբիր կքշեմ նրան, ով կհամարձակվի գեղում խառնակչություն անել: Դուք գիտե՞ք, թե ինչ տարի ա էս տարին:

Պիսիրը Հաբուղի աչքում է՛լ ավելի ընկավ, դարձավ գեղի վատ մարդը, գեղի արյուն խմողը: Իսկ Իսանանց դուքանը նա էլ չէր գնում, տանն էլ շաքարով թեյ չէին խմում:

Իսանանց մեծ ախպերն ասել էր, թե գյուղից տավարածի տղան էլ որ սալդաթ գնա, ամեն ինչ լավ կլինի:

Վանդունց Բաղին հանդից էր խոսում, թե վանքի ձորում խոտը թազնել է, ազին ծաղիկ կովը պիտի ծնի, վերի հանդի կամուրջը փլվել է: Երբեմն էլ պատերազմի մասին Հաբուղից էր հարցնում.

— Հաբուղ, բա էդ գերմանը խաչապաշտ չի՞:

— Խաչապաշտ ա:

— Բա ո՞նց ա միացել թուրքի հետ: Աստուած դա ընդունել չի:

Հաբուղը ժպտում էր իր միամտության վրա, մտաբերում Իսանանց տղոցը, պիսիրին և նրանց, որոնք հեռավոր դիրքերում կռվում են, ոտ ու ձեռից զրկվում, ցրտից սառչում, թագավորից խաչ ստանում:

Ինչո՞ւ համար այդպես եղավ: Ինչո՞ւ Իսանանց տնից մի զինվոր չկա, իսկ Խաչումենց Բախշու երեք տղան էլ կռվում են: Ինչո՞ւ է թանկանում շաքարը, էն ինչո՞ւ քաղաքում ժողովներ են անում, փող հավաքում, էն ո՞նց եղավ, որ վարժապետ Մինասը խումբ կազմեց, գնաց Վան, իսկ գաղթական ժողովուրդը կոտորվում էր սովից, ցրտից:

Մտածում էր Հաբուղը, և նրա անտաշ միտքը մեծ ցավով ճգնում էր պատասխան տալ, հաղթել արգելքներին, պահված գաղտնիքների դռները բանալ:

***

Մի օր էլ զզիր Զաքին եկավ Վանդունց Բաղու տունը՝ Աթանանց մեծ ընկուզենու տակ...

— Բարի օր, Հաթամի աղջիկ...

— Հը՛, Զաքի, խե՛ր ըլնի:

Խեր ա, բա խեր չի՞, տղադ որ գա, ասի էգուց քաղաք գնա, սալդաթ են կանչում:

Ասես մի մեծ քարով խփեցին Հաթամի աղջկա գլխին. ծնկները դողացին, աչքերը շաշվեցին, ու հենց դռան շեմքին վեր ընկավ:

Իրիկունը տավարածի տունը սգատան էր նման, ոչ հաց, ոչ սովորական զրույց: Բաղին օջախի մոտ նստել, թրջած տրեխներն էր չորացնում ու միտք անում:

— Բա ո՞նց ա լինելու...

Բաղին ամեն ինչ կարող էր սպասել, բայց այդ բանին՝ երբեք: Հաթամի աղջիկը ցնորվածի պես էր: Նստել էր Հաբուղի մոտ, նայում էր նրան, նայում անկշտում, անլեզու անասունի պես ու միտք անում: Հաբուղը պառկել էր խսրի վրա, մտածում էր, թե ինչպես պիտի ապրեն ալևոր հայրն ու մայրը, եթե ինքը հեռանա:

Այդ իրիկուն ամբողջ գեղի ցավն ասես թառել էր Վանդունց տան գլխին: Մտքերը — ծա՛նր, անպատասխան, որ որոճում էին երեքն էլ խրճիթի խավարի մեջ, տապլտկում տեղաշորի մեջ, մեկը՝ տնքում, մյուսը՝ հառաչում ու լալիս, մե՛ղմ, զսպված հեծկլտանքով:

***

Մյուս օրը Հաբուղը առավոտ կանուխ քաղաք գնաց: Հաթամի աղջիկը այդ օրը մոռացավ Բաղու թաշկինակի մեջ հաց կապել: Բաղին էլ չէր նայում, թե տավարը ուր է գնում, կուշտ է, թե սոված: Նա միայն որդու մասին էր մտածում:

— Յարաբ չափսում պիտի գա՛, թե ոչ...

Կար մի րոպե, որ Բաղին ցանկացավ Հաբուղին կաղ կամ կռնատ տեսնել, որ տանը մնար: Բայց հետո ինքն էլ սոսկաց այդ մտքից և հուսահատ աչքերը երկինք ուղղեց:

— Աստված, քո ստեղծած խեղճն եմ, դու մի ճար արա:

Վանդունց Բաղին մատաղ խոստացավ, եթե որդին զորակոչից ազատվեր: Բայց այդպես չեղավ: Հաբուղը չափսում եկավ, ու նրան էլ գրեցին նորակոչների ցանկում:

Ընկերների հետ տուն եկավ Հաբուղը, որ մյուս օրը նորից քաղաք վերադառնա, իսկ այնտեղից էլ՝ ուր ուղարկեն: Հաբուղն ուրախ էր, որ քաղաքներ պիտի տեսնի, լեզու սովորի: Բայց հենց որ աչքի առաջ կանգնում էին պառավ ծնողները, ուրախությունն իսկույն չքանում էր, որպես թեթև շամանդաղ:

Չափսի ժամանակ Իսանանց մեծ ախպերն ու պիսիրն իրար հետ փսփսում էին: Չլինի՞ թե նրանք մի բան խաղացին նրա գլխին: Եվ դառն ատելությունը ալիքի պես բարձրացավ նրա հոգում դեպի պիսիրը, որ Օհանի հարսին ձեռք էր տվել, որ նամակ գրելու համար հավ ու ճուտ էր ուզում, դեպի Իսանանք ու նրանց պես համփա մարդիկ:

Չար լուրը շուտ էր տուն հասել: Հաթամի աղջիկը շիվար, ձեռքը ծոցին՝ որդուց չէր հեռանում, ձեռքը մի բանի չէր կարողանում տալ, դատարկ էր թվում չորս կողմը, ասես հեղեղը քշել, տարել էր ամեն ինչ...

Հապա Հաբուղի հարսա՞նիքը:

— Հաբո՛ւղ, կռիվը հեռու ա՞ մեր մահալից, — հազիվ զորեց հարցնել մայրը:

Որդին ժպտաց. ի՞նչ ասեր: Ի՞նչ գիտեր մայրը, և ինչպե՞ս հասկանար նա, որ աշխարհը խառնվել է իրար, ու որդին հազար վերստից ավել պիտի գնա, անցնի քաղաքներ ու հասնի այնտեղ, ուր թոփի ձենից մարդու ականջ է խլանում:

Իրիկունը Բաղին տուն եկավ: Նա իսկույն հասկացավ ու միայն կարողացավ ասել.

— Հաբուղ, քե մատաղ, բա մենք...

Կեսգիշերից անց էր, ոչ ոք չէր քնել: Հաթամի աղջիկը որդու կապոցն էր պատրաստում՝ գուլպա ու թաշկինակ, միրգ ու գաթա: Ամեն մի իր ձեռք առնելիս չգիտեր, թե ուր դնի. արցունք էր, վարար ջրի պես հոսում էր:

Բաղին ինքն իրեն սիրտ էր տալիս.

— Թագավորի ծառայություն ա, հնար չկա: Թագավորի հողից ո՞ւր պիտի փախչես:

— Հաբուղ, քեզ լավ պահի, շատ ջահելություն չանես: Օտար երկիր ա, կռիվ ա, ո՞վ ա գիտում ինչ կարող ա պատահի: Ուշքդ տանը պահի, նամակ ուղարկի. հալբաթ մի տեղով մեզ մի լուս կհասնի:

Ու ինքն իրեն, քթի տակ խոսում էր Բաղին՝ օջախի մոտ, գլուխը կախ, թաց տրեխները ձեռքին: Հազար ու մի միտք գալիս-անցնում էր նրա գլխով, սրտի խորքից թառանչ էր ելնում, և անարցունք աչքերը ճպճպում էին, որպես մարմրուն ճրագներ:

Մյուս օրը Հաբուղը գնաց:

Տարան, ճամփա դրին մինչև գյուղի վերջը, ասացին, լաց եղան, համբուրեցին հազար անգամ ու մենակ վերադարձան իրենց խարխուլ խրճիթը՝ Աթանանց մեծ ընկուզենու մոտ:

Գյուղի տավարն այդ օրն առաջին անգամ ուշ գնաց հանդ: Տավարն էլ էր մոլորվել, ցաք ու ցրիվ քառաչում էր Վանդունց տան մոտերքում:

***

Անցան ամիսներ:

Հաբուղից նամակ էր գալիս: Նրան ճակատ էին ուղարկել, մի անգամ վիրավորվել էր ոտից, պառկել էր լազարեթում, լավացել, ու նորից դիրքերն էին ճամփել:

Նամակների մեջ Հաբուղը գանգատվում էր: Գրում էր, որ զորքը սոված է, շոր չունեն, ամեն շաբաթ մի դիրքից մյուսն են ուղարկում, հաշտության ոչ մի լուր չկա: Մի անգամ էլ նա գրել էր, թե շուտով արձակուրդ է ստանալու, տուն պիտի գա:

Ծնողների ուրախությունն անսահման էր: Հաթամի աղջիկն այդ նամակը ստանալու մյուս օրը գնաց Իսանանց արտը քաղհանելու: Նամակն Իսանանք էին ստանում, նրանք էլ կարդում էին ու պատասխան գրում:

Հաթամի աղջիկը դրա փոխարեն երկու օր առավոտից իրիկուն անվարձ քաղհանեց Իսանանց արտը:

Հաբուղը գրում էր, թե թանկություն է, զորքը մի քանի տեղ կոտրատել է խանութները: Էլ ուրիշ շատ բան էր գրել նա. հայրը չէր հասկանում, թե ինչու է այդպես: Պիսիրն ու Իսանանց մեծ ախպերը զայրանում էին: Մի նամակի մեջ էլ Հաբուղը գրել էր, թե՝ ախպեր, «մենք ինչո՞ւ պիտի կռվենք գերմանացու հետ, մեր ի՞նչ հաշիվն ա»:

— Հայվան, քեզ սալդաթ են ուղարկել, էլ գլխիդ ի՞նչ ես զոռ տալիս, — ասաց Իսանանց տղան նամակը կարդալիս:

Մի օր էլ քաղաքից լուր բերին, թե հեռագիր է ստացվել, որ զորքը հեղափոխություն է գցել, թագավորին թախտից վեր են բերել: Գյուղը նախ չհավատաց. Տանուտերը, պիսիրը, նույնիսկ գզիր Զաքին գեղամիջում բոլորին էլ ասում էին, թե այդ լուրը սուտ է: Իսկ տեր — Գնորգը, որ սաղմոս ու շարական անգիր գիտեր, համոզում էր, թե առանց չոբան ոչխար չի լինի, ժողովրդին մի գլուխ է հարկավոր, խառնակիչ մարդիկ են այդ լուրերը տարածում, գերմանի ագենտները:

Մի երկու օր անց քաղաքից երկու մարդ եկան, թևերին կարմիր շորի մի կտոր կապած: Մեկը վարժապետ Մինասն էր, մյուսն էլ մի ջահել տղա: Վարժապետ Մինասին գյուղացիք ճանաչում էին:

Վարժապետն սկսեց ճառ ասել, թե էլ թագավոր չկա, հիմա

ազատություն է, հողը պիտի գյուղացուն տալ, ժողովուրդը սոված է, դրա համար էլ պիտի ջարդել գերմանացուն, կռիվ մինչև վերջ: Ջահել տղան էլ խոսեց, հետո ընտրություն արին:

Իսանանց մեծ տղան, Խաչումենց Օհանը և տանուտերը դառան կոմիտե: Ժողովրդից մի մարդ ասաց, թե տանուտերին չեն ուզում, արնախում մարդ է, բայց գզիր Զաքին աչքերը նրա վրա այնպես ոլորեց, որ խեղճի լեղին ցամաքեց: Տեր — Գևորգը վկայեց, որ տանուտերը խղճով մարդ է, ժողովրդին կարեկից ու հոգատար:

Ժողովից հետո նոր կոմիտեն, տերտերը, վարժապետ Մինասը, ջահել տղան, պիսիրը, գզիր Զաքին և էլի ուրիշ մի քանի հոգի Իսանանց տանը ճաշ արին, կերան-խմեցին, երեկոյան դեմ վարժապետն ու ջահել տղան մի քիչ կոնծած՝ վերադարձան քաղաք:

Հաթամի աղջիկն այդ ամենը պատմեց ամուսնուն: Վանդունց Բաղին նախ չհավատաց, թե ջրի խաբար է, ապա ինքն իրեն սիրտ տալ սկսեց.

— Կարող ա կռվին վերջ տան, Հաբուղը տուն գա:

Հաթամի աղջիկը բան չէր հասկանում այդ ամենից: Նրա ականջին էր հասնում անկապ խաբարներ, լսում էր անհասկանալի խոսքեր: Քաղաքի մեծավորին բռնել են, բանտ նստացրել, հիմա էլ նորից պիտի սալդաթ հավաքեն. մահ կամ ազատություն: Թագավոր չկա, համա կռիվ կա:

Գյուղի կոմիտեն գործի էր անցել: Իսանանք իրենց խանութի ապրանքն սկսել էին ավելի թանկ ծախել, ոսկի էին զանձում, պարտքի դիմաց ցորեն ու պանիր հավաքում, ուղարկում քաղաք:

Վարժապետ Մինասը մի անգամ էլ եկավ, ժողով արեց, խոսեց դաշնակցության մասին, մենշևիկին ուշունց տվավ և ասաց, թե ով դաշնակցական չի, նա հայ չի: Գեղը տեղով մի ձայն տվավ, գրագետները մի թուղթ ստորագրեցին, որ պիսիրն ու վարժապետն էին կազմել:

Վարժապետ Մինասն ասաց, որ շուտով գալու են հողերը չափեն, հարուստից խլեն, աղքատին տան, չունևորին ճոթ ու կտոր են տալու, ամեն գյուղում մի կապերատիվ պիտի բացվի, ամեն գյուղում երկու բժիշկ, երեք ուսուցիչ պիտի լինեն, — միայն թե հարկավոր է ձայն տալ դաշնակցականի ցուցակին, որ գնան, մեր ցավերը պաշտպանեն ամենամեծ ժողովում, որտեղ Ռուսաստանի բոլոր ազգերը պիտի հավաքվեն:

Գյուղացիք արին այն, ինչ որ ասում էր վարժապետ Մինասը: Նրանք ավելի շուտ Իսանանց մեծ ախպորն էին լսում, ուշադիր նրա աչքերին նայում. ո՞վ կարար նրա դեմ խոսել, նրա խոսքից դուրս գալ: Մեկը նրան ցորեն էր պարտ, մյուսը մի քանի արշին կտոր պիտի առներ խանութից, մի գրվանքա շաքար, — ո՞վ էր գժվել նրան հակառակ գնար:

Հաբուղից շարունակ նամակ էր գալիս: Նա ուրախ էր, որ թագավոր էլ չկա, բայց գրում էր, թե այդ քիչ է, պիտի այնպես անել, որ ամեն մարդ իր հալալ քրտինքն ուտի: Հաբուղն ուրիշ շատ բան էր գրում նամակում, բայց Իսանանց տղան հորը չէր կարդում:

— Տղադ սարսաղացել ա, Բաղի ապեր, խելքը գլխից թռել ա:

Վանդունց Բաղին երբեք չէր հավատա, թե Հաբուղը խելքը տանուլ կտա: Նա գիտեր, որ որդին աչքաբաց տղա է, ո՞վ գիտե ինչ հաշիվ ուներ Իսանանց տղան Հաբուղի հետ: Նա հենց էն գլխից նրան չէր սիրում:

Հաբուղը գրում էր, որ ինքը մի պոլկի կոմիտե է դառել, որ իրենց պոլկն էլ կռիվ չի ուզում: Իրիկունը գոլիս էր տուն, Հաթամի աղջկա հետ խոսում, հարցուփորձ անում, թե գյուղում ի՞նչ են ասում: Մի իրիկուն էլ Բաղին թե՝

— Հաթամի աղջիկ, լսե՞լ ես, որ ասում են, թե մեր Հաբուղը բալշևիկ ա դառել:

— Ի՞նչ...

— Բալշևիկ. Իսանանց տղան էր ասում: Բալշևիկն էն ա էլի, որ ուզում ա հարուստ քյասիբ խառնի իրար, հավասարացնի:

***

Անցավ մի ամիս էլ:

Մի օր էլ Հաբուղը տուն եկավ, առանց առաջուց հայտնելու:

Հենց երեկոյան դեմ, երբ մութ էր արդեն, ներս մտավ նա, շինելը ուսին, հաղթանդամ, բեղ ու միրուքով մի տղամարդ:

Վանդունց Բաղու խրճիթն իր հիմնելու օրից այնքան ուրախություն երբեք չէր տեսել: Հարցուփորձ, գրկախառնումի արցունք և ուրախություն անչափ:

Հաբուղը հայտնեց ծնողներին, որ էլ զինվոր չպիտի գնա, էլ չի ուզում կռվել:

— Թող մի քիչ էլ Իսանանց տղերքը կռվեն:

Երկու տարվա բացակայությունից հետո, անհամար քաղաքներ թափառելուց հոգնած՝ Հաբուղը հանգիստ պառկեց հայրենի խրճիթում, խսրի վրա, պառավ մոր կողքին:

***

Մյուս օրը գյուղում ամենքն իմացան, որ Վանդունց Հաբուղը տուն է եկել:

Շատերն ուրախացան, Հաթամի աղջկան շտապեցին աչքալույս տալ: Բայց Իսանանց տղան ու պիսիրը, մինչև անգամ զզիր Զաքին չուրախացան:

Իսանանց տղան նրանց ասում էր, որ Հաբուղը բալշևիկ է դառել, նա գյուղում խառնակչություն պիտի անի, ջուրը պիտի պղտորի: Եվ զզիր Զաքուն անմիջապես հանձնարարվեց հետևել, թե ում հետ է լինում Հաբուղը, ուր է գնում, ինչ է անում:

Առիթը շուտով ներկայացավ:

Գյուղում մի ժողովի ժամանակ, որին ներկա էր և վարժապետ Մինասը՝ քաղաքի կոմիտեն, Հաբուղը մի քանի խոսք ասեց Իսանանց տղի հասցեին:

Ժողով էին արել, որ տուրք նշանակեն քաղաքի կոմիտեի համար: Վարժապետ Մինասը ճառ էր ասում, թե հեղափոխությունը վտանգվում է, գերմանացիք կաշառք են տվել բալշևիկներին, որ ռուսաց զորքը քանդեն: Հարկավոր է բանակը զորացնել, կյանքը զոհել հայրենիքի համար:

— Մեկը ես՝ պատրաստ եմ, երբ ինձ հրամայեն, թողնել տուն ու տեղ, գործ ու պաշտոն, գնալ կամավոր:

Այսպես էր ասում վարժապետ Մինասը և ճառում, կոկորդը պատռում, կուրծք ծեծում, ձեռքերը քամու ջաղացի թևերի պես շարժում օդի մեջ:

Իսանանց մեծ տղան էլ խոսեց, թե պետք է ազգային տուրքը տալ, այդ սուրբ պարտք է և ավելացրեց, որ խառնակիչ մարդկանց էլ գեղի միջից պիտի հեռացնել: Գյուղում մի քանի դեզերտիր տղերք կան, որոնց պիտի բռնել և քաղաք ուղարկել, թող թշնամու դեմ կռիվ գնան:

— Իսկ դո՞ւ երբ պիտի գնաս, — տեղից կանչեց Հաբուղը, որ մինչ այդ գլուխը կախ լսում էր և զայրույթից շրթունքը կրծոտում:

— Ձենդ, շան լակոտ, — որոտաց էն կողմից պիսիրը ու զգիրին աչքով արեց, որ վրա պրծնի: Եվ մի քանի տղերք, պիսիրի մարդիկ, վրա պրծան, որ ծեծեն, բայց Հաբուղն իզուր չէր մնացել ճակատում: Մի երկու հատ աջ ու ձախ խփելուց հետո գյուղացիք միջամտեցին և հեռացրին ախոյաններին:

Հաբուղը հեռացավ ժողովից, տուն գնաց, մորը հանգստացրեց և գիշերով, երկու հավատարիմ ընկերոջ հետ դուրս եկավ տնից դեպի քաղաք, մորը պատվիրելով, որ ոչ մի մարդու բան չասի, ինքը գալու է էգուց:

Այդ դեպքը Վանդունց Բաղու վրա վատ ազդեց: Նա զայրացավ նրանց դեմ, որոնք օրը ցերեկով ժողովրդի մեջ համարձակվել են իր որդուն ձեռք տալ: Իսանանց տղան այդ օրից նրա աչքի փուշը դառավ:

Մյուս օրը, երբ տավարը հանդ էր տանում, նա ուզեց իր որդու երեկվա ախոյանների կովերը ջոկի տավարից, բայց խիղճը չտվավ. անլեզու անասունն ի՞նչ մեղք ունի:

Տավարը քշելիս Բաղին լուռ միտք էր անում, թե ի՛նչու Հաբուղը գնաց քաղաք, ի՛նչ թղթեր էր, որ բերել էր նա իր հետ հեռու դիրքերից, ի՛նչու նա դժգոհ էր գյուղի կարգերից և հակառակ վարժապետ Մինասին:

Հաջորդ օրը Հաբուղը տուն եկավ, մի կտոր հաց կերավ ու սկսեց գրել:

— Հաբուղ, հերիք ա գրես, աչքդ գիրը կտանի, — ասում էր մայրը կեսգիշերին, իսկ Հաբուղը շարունակում էր գրել, ջնջել: Լույսը բացվելու մոտ էր, երբ նա թղթերը ծալեց, դրեց ծոցում և մահակն առավ, ուզում էր դուրս գալ:

— Ո՞ւր, բալաս....

— Հրես կգամ. գնում եմ քաղաք, գործ ունեմ, իրիկունը կգամ:

Բաղին խնդրեց, թե մութ է, չար վախտ է, հազար թշնամի կա, սպասի, լուսով գնա: Հաբուղը մտիկ չարեց:

— Բան չկա, խամ հո չեմ ես ճամփեքից, — ասաց ու դուռը ծածկեց:

Մյուս օրը երեկոյան դեմ գյուղում լուր տարածվեց, թե քաղաքում խառնակություն է եղել, բալշևիկները զորքի հետ միասին վրա են տվել, կոմիտեի շենքը ջարդել, ժողովուրդն սկսել է խանութները թալանել: Հետո բալշևիկներին շրջապատել են, խմբի տղերքը վրա են տվել բալշևիկի կոմիտեի վրա և բոլորին բանտարկել:

Վանդունց Բաղին և Հաթամի աղջիկն անհամբեր սպասում էին Հաբուղի վերադարձին: Մի քար լռություն կար խրճիթի ներսում, նրանց սրտերում, և ոչ ոք չէր զորում հարցնել մյուսին, թե գուցե մի փորձանք է պատահել:

Հաբուղը չեկավ: Առավոտ կանուխ իմացան, որ նրան էլ են բանտարկել:

— Բա՛, տեսաք էն շան թուլան. մեր սաղ մահալում վարժապետ Մինասի նման խելոք մարդ չկա, իսկ Վանդունց Հաբուղը՝ տավարածի տղան, նրան հավան չի, — այսպես էր ասում Իսանանց տղան, չարախինդ և ինքնագոհ, առավոտյան, երբ գյուղացիք հավաքվել էին նրա խանութի առաջ:

— Դե հիմա տեսեք թանկություն ով ա զգում, ե՞ս, թե՞ նա: Մեզ հավան չէր, ա՛ խալխը, դե դուք դատավոր եղեք, — կեղծ անմեղությամբ դիմում էր նա գյուղացիներին:

Եվ հենց նույն օրը չթի գինը մեկին երկու թանկացավ:

***

Վանդունց Բաղին այդ օրը տավարը չտարավ, զնաց գեղամեջ ու խեղճ-խեղճ հայտնեց, որ քաղաք է գնում իմանալու, թե ի՛նչ եղավ որդին:

— Էն ա բերդումը նստած, ի՞նչ ես դարդոտում, ա՛յ պառավ, — ասաց զզիր Զաքին:

Մի քանի հոգի խղճացին նրան, և իրենք տարան տավարը գյուղի:

Շատ տարիներ առաջ էր Բաղին քաղաք գնացել: Նա հիշում էր, որ քաղաքին չհասած Խաչի աղենց քարվանսարան կա: Կգնա, հարցուփորձով կիմանա:

Բայց դեռ գյուղից դուրս չեկած, Բաղին իմացավ, որ քարվանսարան էլ է վառվել, որովհետև բալշևիկի ձիաներն այնտեղ են կապված եղել:

Ո՞ւմ մոտ գնալ. հենց ուղիղ վարժապետ Մինասի մոտ: Մեծ մարդ է, քաղաքում կոմիտե: Կպատմի նրան, ձեռ ու ոտը կպաչի, գուցե Հաբուղին ազատեն:

Բաղին քանի քաղաքին էր մոտենում, այնքան ավելի էր զգում, որ ծնկները դողում են, ոտքերը դժվար են առաջ գնում: Մի երկու տեղ կանգնեց, փափախով ճակատի քրտինքը սրբեց, շունչ առավ ու նորից շարունակեց ճանապարհը:

Ահա և քարվանսարան: Գերանները դեռ մխում են, սևացած պատերն են մնացել միայն: Հենց քաղաք մտնելուն պես Բաղին փողոցում տեսավ մեկին, որ թևին կարմիր շոր ուներ կապած: Ուժ արեց և ոտները քաշ տալով մոտեցավ նրան, խոր գլուխ տվեց:

— Վարժապետ Մինասի կանցելարը ի՞նչ տեղ ա, — հարցրեց:

— Ի՞նչ ես անում…

— Խնդիրք ունեմ, փորձանք է եկել գլխիս…

Եվ աչքերում արցունք, Բաղին սկսեց պատմել որդու մասին լաածը:

— Հըմ… — արեց մարդը, մատով ցույց տվեց սպիտակ մի շենք, որ այնքան էլ հեռու չէր:

Բաղին այդ շենքին մոտեցավ, բայց ներս չթողին, ասին՝ էգուց կգաս:

— Ախր ես ալևոր եմ, տավարն անտեր ա մնացել, բա իմ որդուց մի խաբար չիմանա՞մ, — ասեց ու նստեց շեմքին, սալահատակի վրա:

Չռած աչքերով նայում էր չորս կողմ, անցուդարձ անողներին, լսում աղմուկը փողոցի, մտքի մեջ՝ Հաթամի աղջիկը, աչքերը լացակումած, տավարն անտեր, և Հաբուդը, որ մի կտոր շիկացած ածուխ էր դարձել, խանձում էր սիրտը, անասելի ցավ պատճառում նրան:

Շենքի ներսից մի մարդ դուրս եկավ, նայեց Բաղուն:

— Դու ի՞նչ ես շնթռկել այստեղ…

— Աղա, ես Վանդունց Բաղին եմ, տավարած…

— Վանդո՞ւնց, — հարցրեց մարդը զարմացած:

Բաղին սիրտ առավ, սկսեց իր ցավը պատմել նրան: Մարդը լսեց, ունքերը կիտեց, ապա Բաղու խոսքը թերի թողեց, մոտեցավ դռնապանին, կանչեց նրան մի անկյուն, ականջին ինչ-որ բան ասաց, ապա արագ-արագ հեռացավ, ծռվեց դեպի մյուս փողոցը:

Բաղին զգաց, որ մի ծանր հարված պիտի իջնի իր գլխին, կանգնեց մի ակնթարթ, ապա մոտեցավ դռնապանին:

— Քե մատաղ, ի՞նչ ասեց աղեն…

Դռնապանը երեսը մի կողմ շրջեց, շրթունքը սեղմեց, ապա հանկարծ կռացավ և Բաղու ականջին արագ ասաց.

— Որդուդ բերդում կրակել են էս գիշեր…

Դռնապանը հեռացավ: Բաղին մի պահ ասես քարացավ: Հետո հանկարծ մռնչաց ցավից՝ որպես գազան վիրավոր, և արցունքի երկու շիթ գլորվեցին խորշոմած այտերի վրայով:

Բաղին վազեց բերդի կողմը, շփոթվեց քաղաքի փողոցներում ու չգտավ բերդը…

Նրան ասացին, որ էլ ուշ է, իզուր է արդեն: Եվ գլուխը կախ ետ դարձավ նա եկած ճամփով՝ մենակ ու ձեռնունայն:

Էլ ոչ ոք չկար, ամեն ինչ կորավ:

Բաղին հազիվ կարողացավ մինչև քարվանսարան հասնել, ընկավ հենց ճամփի վրա, մի քարի մոտ: Գյուղացիք իմացան, եկան ու նրան գյուղ տարան:

***

Գյուղի գլխով շատ բան անցավ:

Բալշնիկը նորից եկավ, և վարժապետ Մինասը Թավրիզի ճամփան բռնեց, բայց Արազի մյուս ափին մեռավ:

Բալշնիկը գյուղ եկավ, ճամփեքը բացվեցին: Իսանանց դուքանը դարձավ խրճիթ-ընթերցարան: Իսանանց մեծ ախպերը պիսիրի հետ փախավ Պարսկաստան, և այն օրից մինչև հիմա խաբար չկա նրանց մասին:

Գզիր Զաքին էլ փախավ մոտիկ անտառը և էլ գյուղը չեկավ: Գյուղացիք չգիտեին, թե ինչ եղավ նրա դին: Հերու էր, որ երեխեքը անտառում ցախ ժողովելիս մարդու ոսկորներ գտան մի քոլի տակ: Շատերն ասում են, թե գզիր Զաքու ոսկորներն են:

Վերի հանդը տանող ճամփի վրա, ջրաղացներին չհասած, Աթանանց մեծ ընկուզենու տակ Վանդունց Բաղու տունն է:Բաղին էլ՛ տավար չի պահում:Տանը ոչ ոք չունի:Հաթամի աղջիկը որդու մահիցի ետո երկար չապրեց:Վանդունց Բաղին մնաց մենակ, իր հին տնակիմեջ:

Նրա աչքերը լավ չեն տեսնում, ջրակալել են: Ամեն օր շալակով սրա-նրա համար անտառից մի քիչ ցախ է բերում՝ մի փոր հացի համար, իր կյանքի վերջին օրերն է ապրում:

Երբեմն էլ անտառում ցախ հավաքելիս, երբ մի քիչ ծանր է լինում շալակը, իրեն-իրեն թոնթորում է Բաղին.

— Աստված, քեզ ի՞նչ ասեմ, որ ինձ տեսար, նրան առար:

Իրիկունը տուն է դառնում մենակ, օջախի մեջ մի երկու կտոր աթար նետում և մեկնվում խսրի վրա...

Իսկ դրսում, առաջվա պես Աթանանց մեծ ընկուզենին մեղմորեն օրորում է իր ճյուղերը Վանդունց խարխուլ խրճիթի վրա...

ԱՔԱՐՈՒՄ

Աքար գյուղը գեղանիստ է, շրջապատված անտառներով: Անտառում դարավոր կաղնիներ կան և հին վանքի ավերակներ: Ծառերի տակով պաղ առու է հոսում, գյուղի փողոցներով անցնելիս աղտոտվում և ներքև, չիմաններում ճահճանում: Առավոտներն անտառից զովություն է իջնում գյուղի վրա և զովության հետ մայրենու և լորենու մաշկի հոտով հագեցած առողջ օդ: Բայց արևը կեծանալիս՝ փողոցի աղբակույտերն են հոտում, գոմի բաց դռներից ելնող ամիակով հագեցած օդը չեզոքացնում է անտառի մաշկահոտը:

Աղբակույտում որդերի գլուխը տաքանում է, որդերը համաչափ շարժումով անաչք գլուխները դարձնում են աջ ու ձախ, ասես բոժոժ են հյուսում:

Աքարում կա քոս, արևից քոսը գրգռվում է, մեջքը պատին են քսում կամ դռան շեմքին, քերում ձեռքով, մինչև արյուն գա: Աքարում աչքացավ կա, և երեխաները արևաքոռ ման են գալիս, աչքերը կարմրած, մի կեղտոտ շոր ճակատին: Տավարը դաբաղ է ընկնում, կաղալով է քայլում, կճղակների արանքում սպիտակ որդերը ծծում են արյունատար անոթները, և կովի կուրծքի մեջ ցամաքում է կաթը, կովը ցավով է լիզում կճղակները, լեզվով գետին թափում սպիտակ որդերը:

Աքարը հին է՝ անհիշելի ժամանակներից: Եվ այդ ժամանակներից էլ սովորույթ է մնացել հաճար ցանել ավազահողում, քլունգով փորել ոսպատեղը և կռացած, օրն ի բուն, ձեռքով պոկել ոսպի կարճ ցողունները, ոսպը ծեծել և ձմռան կարճ օրերին օրը երկու անգամ ոսպաճաշ ուտել կամ հաճարը ձավար անել, ձավարը մածնով ուտել:

Աքարն աղքատ է: Եվ եթե երկու տարի հողերը չվարեն, անտառն իր մեջ կառնի Աքարին, քամին լորենու սերմերը շաղ կտա, թռչունները կաղին կտանեն կտուրների վրա, և հանգած թոնրի մեջ կաղինն իր արմատները կխրի: Եթե անտառը չլինի, սարից եկող հեղեղը մի գիշեր կսրբի Աքարը, քարերով կջարդի կուժ ու խնոցի, կխառնի իրար տուն ու մարագ: Հեղեղի երեսին հիվանդ կովի հետ միասին տաշեղի պես կլողան սպիտակ որդերը:

Ոչ հեղեղ է լինում, և ոչ էլ անտառն է սեղմում Աքարին: Հենց որ ոսպատեղում մի շիվ է բսնում, աքարեցու քլունգը շիվն արմատով է հանում և պահում այն հողը, որը լղար կովի պես ցամաք հյութ ունի:

Աքարի քառասուն ծխից մեկն էլ Հանեսի աղջիկ Շահանի ծուխն է: Թեկուզ Շահանն արդեն տարիքով է և ութը տարվա այրի, բայց նրան գյուղում շարունակում են Հանեսի աղջիկ կանչել: Գուցե նրա համար, որ Շահանի ածխագործ ամուսինը տարին բոլոր անտառի խորքերում էր ապրում և երբեմն գիշերով տուն գալիս, երեսի մուրը լվանում, մինչև լուսաբաց Շահանի հետ գլուխը մի բարձի դնում, առավոտյան էլ բարձի վրա թողնում մի քանի արծաթ, մինչև նոր գալուստ: Եվ այդ կապից չորս տարվա ընթացքում երեք աղջիկ էր ծնվել, որոնց շեկությունը Շահանի ամուսնուն հիշեցնում էր իր մանկությունը, երբ դեռ ածխագործ չէր, գառան բրդի պես մազեր ուներ գլխին:

Մի շաբաթ էլ ամուսինը չեկավ, և երբ Շահանն անտառը գանց, ածխահորի մոտ տեսավ ամուսնու կայծակնահար դիակը, խանձված, սևացած, ածուխի մի մեծ կտորի պես: Այդտեղ էլ թաղեցին: Շահանը շորերը շալակին տուն եկավ, լաց եղավ շորերի վրա, և երբ լացը հանդարտեց, ամուսնու արխալուղի գրպանում երեք աբասի գտավ:

Սեր չկար նրանց մեջ և ոչ էլ ատելություն: Մի հարկի տակ ութ տարի ապրել էին և այդ տարիներում վարժվել էին իրար, ինչպես ձին է վարժվում ախոռին: Մի ձմեռ անցավ, կաղնու տերևները կանաչեցին, և երբ Շահանը ուրիշի համար քաղհան անելիս բլրակի գլխից նայում էր անտառի խորքից բարձրացող ծխին, իհարկե, ամուսնուն էր հիշում, բայց կարոտ չկար և ոչ էլ քաղցր հուշ:

Գիշերները դրան կապն էր գցում և աղջիկների գլուխը դնում բարձի վրա, իր մարմնին մոտ առնում ծծկերին ու տաքացնում: Դարձավ թուխս, փռեց թևերը, և թևերի տաքության տակ աճեցին Շահանի շեկ աղջիկները: Պիտի մեծանային և սպասեին, որ թևավոր մի տղա առներ առաջնեկին, հետո միջնեկին, փոքրին: Եվ ոչ մի թռչուն Շահանի հարկի տակ չպիտի բերեր և ոչ մի շյուղ:

Ութը տարի անցավ: Հանեսի աղջիկը հացթուխ էր և քաղհան անող և շալակով ցախ բերող: Ութը տարի թեժ թոնիրը խաշել էր դեմքը: Դրանից էր, որ դեմքը փայլ ուներ, զոդած խոփի պես: Թոնրի մոտից հեռանում էր, մի քանի տաք լավաշ կռան տակ, բաժանում էր աղջիկներին: Սարյակն էլ կտուցով որդ էր բերում, ճտերին տալիս, նրա փետուրներն էլ փայլ ունեին, բայց սարյակը թոնիր չի տեսել:

Ութը տարի Շահանի կալը ցորենի խուրձ չտեսավ, մարագի կտուրին անձրևը փոքրիկ փոսեր արեց, և ջուրը կաթեց գերանների վրա: Սարդը ոստայն հյուսեց, և մի ձմեռ էլ մարագի երկու գերանը ձյունի ծանրությունից կքեցին, հող թափվեց մարագում:

Երբեմն Շահանն ուշադիր նայում էր մեծ աղջկան՝ Սանդուխտին, ուզում էր նկատել, թե հասնու՞մ է աղջիկը՝ հունցած խմորի պես, ինչու՞ ուշ է ձևավորվում մարմինը, շարժումները դեռ մնում են մանկական, հարցերն անմեղ ու միամիտ: Սրա-նրա հացատանը Շահանը լուրեր էր որսում, և երբ խոսք էր ընկնում աղջիկ տալու և առնելու մասին, Սանդուխտին էր մտաբերում: Մի տեղ լիներ, տեղաց աներ երեսի ջրով, բեռը թեթևանար, մնացած երկուսի մասին մտածեր: Հանկարծ ոչ ոք չուզեր, աղջիկները դեղնեին սերմացու վարունգի պես և անպտուղ մնային նրանք: Բայց չէ՞ որ շնորքով էր Սանդուխտը, ամոթխած ու խոնարհ, աչքերը՝ կտավատի կապույտ ծաղիկներ:

Եվ մի օր էլ, երբ Ղազախի Օհանը փողոցում Շահանից ուզեց Սանդուխտին իր որդու համար, ոչ մի խոսք չասաց կտավատի կապույտ ծաղիկների մասին, հարցրեց, թե Սանդուխտի հետ կալն ու խանգարված կտա՞ հանեսի աղջիկը:

Երեկոյան միտք արեց, գնաց եղբոր հետ խոսեց: Եղբայրն էլ համաձայն եղավ:

— Ինչի՞ դ ա պետք մարագը: Դրանից էլ լավ տեղ…

Հոր տնից վերադարձավ, դարձյալ միտք արեց: Եվ Սանդուխտը չհասկացավ, թե ինչու մայրը նրա մազերը շոյեց, հետո կռացավ ճակատը պաչեց: Թարմ լավաշի հոտ էր գալիս մոր ծոցերից, և երբ Սանդուխտը աչքերը կիսբաց արեց՝ տեսնելու մորը, զարմացավ, թե ինչքան շատ փող ուներ նա: Երդիկից լուսնի կաթնագույն շողքն էր ընկել, և Շահանի բռան արծաթների վրա շողքն էր ցոլցլում: Սանդուխտին մի դեյրացու առնելու փողը կար, մի քիչ էլ ավել:

Մյուս օրը, երբ Ղազախի Օհանը կնոջն ուղարկեց աղջկատես, Շահանը Սանդուխտին լվաց և խնամքով հյուսեց շեկ ծամերը: Օհանի կինը հավանեց Սանդուխտին: Նա տուն մտնելուց առաջ կալն ու մարագն էլ էր նայել:

Օրը շաբաթ էր, երբ Ղազախի Օհանը, տղան, Շահանն ու Սանդուխտը գնացին զագսում գրանցելու ակտը: Կալ ու մարագի վաճառման թուղթը նախորդ օրն էին պատրաստել:

Սանդուխտը նոր դերյա ուներ: Երբ քամուց փոփռում էր դեյրայի տուտերը, սիրտն էլ հետը լայնանում էր: Բայց Օհանի տղին նայելիս իսկույն ընկնում էր հաճույքի ալիքը, ետ էր քաշվում, պատյանի մեջ մտնում, ինչպես խխունջի շոշափուկները: Մութ և անորոշ կասկած կար նրա սրտում, կասկածի հետ և ուրախություն, որ մոր փեշից բռնած եկել է բավական ճամփա, Աքարը թողնելով անտառի ետև: Աշխարհն ի՜նչ մեծ թվաց նրա համար, դիմացի սարերը մոտիկ:

Եվ եղավ անսպասելին: Բժիշկը ներս կանչեց Շահանին ու Սանդուխտին, աղջիկն ամաչկոտ շարժումով դեյրան հանեց, բժիշկի աչքերն ակնոցների միջով տեսան վտիտ ուսերը, տափակ կուրծքը և ձյունի պես սպիտակ մարմինը: Շահանը փորձեց ստել, թե հասած է, տերտերն է սխալ գրել, Սանդուխտը հիվանդ է եղել, դրա համար էլ մարմինը չի հասել, բայց բժիշկն օրենքից էր խոսում և համոզում, որ աղջկա համար վատ կլինի:

Սանդուխտը հասկացավ, և երբ կոճկեց դեյրան, չուստերը հագավ, մոր փեշից բռնեց դուրս գնաց, տեսավ, թե ինչպես բժիշկը օրորեց գլուխը: Դռան մոտ Շահանը բարկացավ աղջկա վրա, որ փեշից է բռնում ծծկերի պես:

Ղազախի Օհանն օրենքի մասին լսեց, ունքերը վեր քաշեց, մեկ էլ

աչքերը փոքրացրեց: Հենց այդ վայրկյանին նա որոշեց օրենքը զանց առնել, թռնել վրայով, որպես բարակ մի առու, կողպեք կախել Հանեսի աղջկա մարագի դռնից:

Ճանապարհին Սանդուխտն առաջից էր գնում, Շահանն ու Օհանը միասին, Օհանի տղան ետևից: Ծանրաշարժ ու ծանրամիտ էր Օհանի տղան, ոսկորը պինդ: Խոսելիս պռոշը կախում էր. դրա համար էլ պռոշի մի անկյունից ծլըն էր թափվում, որպես կտուրի նովդան: Նայում էր Սանդուխտին, զոլավոր դեյրին, և ծլըն ավելի շատ էր թափվում պռոշի նովդանից:

Շահանը ճանապարհին պատմեց բժշկի ասածը սպասելու մասին: Բայց Օհանը կտրուկ հայտնեց, որ սպասել չի ուզում: Աքարում աղքատ աղջիկ շա՜տ, ավեր կալ ու մարագ լի:

— Թող ապրեն, որ հասակն առավ, էն ժամանակ տանենք զագս. օրենքն ի՞նչ պիտի իմանա: Դու հիմա պայմանը կապիր…

Այդպես էլ արին: Սանդուխտին լացով ու խաբելով տարան, մայրը մինչև լույս մանց նրա մոտ, խոստացավ ամեն օր գալ, ծեծով սպառնաց, մայրն էլ լաց եղավ: Լուսադեմին Սանդուխտը կոտրեց իր խոսքը և վախով նայեց Օհանի տղին, որ ցորենով լի ջվալների մոտ պառկել, խռմփացնում էր:

Հաջորդ գիշերն էլ լաց եղավ Սանդուխտը, բայց գլուխը խոնարհեց Օհանի տղի հետ մի բարձի վրա: Լուսաբացին սփրթնած, արցունքն աչքին մոր մոտ վազեց, փաթաթվեց նրան, բայց մայրը ետ բերեց, դարձյալ համոզեց:

Ղազախի Օհանը նորոգել էր կոտրած գերանները և քար թափել Հանեսի աղջկա կալ ու մարագի մոտ:

Չորս ամիս անցավ, Աքարի պատմության համար չորս վայրկյան էլ չէր անցած ամիսները: Էլի հաճար էին ուտում, իսկ նորոգած մարագը մատնաչափ չէր էլ փոխել գյուղի ընդհանուր տեսքը:

Սանդուխտը հաշտվել էր վիճակին, անխոս էր մնում, եթե հարց տային, գլխի շարժումով էր պատասխան տալիս: Թվում էր, թե ոչ միտք ունի և ոչ էլ ցանկություն, լիմոնի տրորված կճեպ է. անշունչ մի իր: Ինքն իր մեջն էր ամփոփվել, հայրական տունն էլ չէր գնում:

Եվ հանկարծ զգաց, որ կրծքի տակ մի բան է շարժվում: Վախեցավ, ձեռը սրտին տարավ, հանգստացավ: Թվաց, թե ջրի մի կում շարժվելով կորավ կրծքի տակ: Մի քանի օրից հետո նորից շարժվեց, և մի կասկած սողաց այդ շարժումի հետ:

Սանդուխտը մայր պիտի դառնար: Մարմինը լարում էր բոլոր մկանները, հավաքում բոլոր հյութերը, արագորեն զարգանալու և հարմարվելու նոր վիճակին: Նա նմանվում էր խնձորենու մի ճյուղից կախված փոքրիկ խնձորի, որին արևը կարմիր գույն էր պարգևել, բայց նիհար ճյուղը հյութ չէր հասցրել, որ մեծանա, հասունանա:

Ջրի գնալիս՝ մանկամարդ մի ուրիշ հարս Սանդուխտին

սովորեցրեց, թե ինչպես են վիժում: Սանդուխտը նախ վախեցավ, բայց հետո, երբ կուժը տեղը դնելիս կռացավ ու նորից կրծքի տակ շարժվեց, մի վճռականություն եկավ վրան:

Կատարեց այնպես, ինչպես հարսն էր պատվիրել: Սոված մնաց երկու օր, երրորդ օրը դեղին ծաղկի ջուր խմեց և երբ փորում անասելի ցավեր զգաց, շրթունքներն ու փոքրիկ բռունցքները ցավից սեղմելով, աննկատ վազեց գոմը, դուռը դրեց: Ցավը թնդելիս պետք է քարով խփել փորին...

Երեկոյան նախիրը հանդից տուն եկավ: Ղազախի Օհանը գոմի դուռը բաց արեց, հենց դռան մոտ արյուն տեսավ և հարսին՝ ուշաթափ ընկած: Սանդուխտին տուն տարան: Լուսադեմին արյան վերջին կաթիլի հետ թռավ և նրա շունչը:

Շահանը լաց եղավ գերեզմանի մոտ էլ, տանն էլ:

Այդ գիշեր նրա ծամերից մի փունջ սպիտակեց:

ԱՅՌԻ ՍԱՐԻ ԼԱՆՋԻՆ...

Առաջին արլորականչի հետ զարթնում էր Պետին, տրեխները հագնում, տան առաջ հոսող առվակի ջրից մի երկու կից անում, երեսը լվանում, փափախով սրբում ու գեղի ծայրին կանգնում, որ կովերը դուրս անեն, ինքը սարը տանի պահելու:

— Զառի աքիր, շատ ես կթել, հեյվանը մեղք ա, ջան չունի, — ասում էր Պետին պառավ կնոջ, որ մի տուն լիքը մանուկներ ուներ և մի կով:

— Ճար չունեմ, Պետի, — ու տնքում էր Զառի բիբին, պառավ կովն առաջ արած:

Խնամողի աչքով էր Պետին նախիրին նայում: Մի նայելուց իսկույն հասկանում էր, թե որ կովն է գիշերն անհանգիստ եղել, որն է շատ քաղցած:

Եվ երբ վերջի կովերը բերեին, մահակը ճոճում էր օդում ու զիլ կանչում.

— Հո՜, մարալ...

Պետին հնուց նախրապան էր: Նա աչքը տավարի մեջ էր բացել: Երբ երեխա էր, հորթերն էր պահում, իսկ հետո գեղի նախիրն էին տվել:

Ոչ ոք չուներ: Դեռ հորթարած էր, երբ մայրը մեռավ, և Պետին մնաց կատարյալ որբ: Գյուղն էր նրան պահում. մի օր մեկի տան, մյուս օր մյուսի գոմում կամ մարագում քնում էր մինչև լուսաբաց և էլի վեր կենում, նախիրը քշում:

Իր հայրական հին տունը խանգարվել էր, կտուրը խոնարհվել, գերանները օջախի ծխից սևացած կախվել էին, կտուրի հողն ու քարը թափել ներսում: Վայրի կանեփը փարթամորեն աճում էր տան ավերակների վրա, և հարևանի հավերը քուջուջ անելուց հետո պառկում էին կանեփի շվաքում:

— Պետի՛, ա՛յ անժառանգ, բա ե՞րբ պիտի հորդ ամարաթը շինես, — հարցնում էին նրան:

Պետու ծաղկատար դեմքը ժպտում էր, հատ ընկած աչքը ծռում էր ու բերանը ձգում, ուսերը վեր քաշում:

— Սաղ գեղն իմ տունն ա. — կասեր, և մահակը էլի կճոճեր օդում:

Երբ չուխան պատռում էր կամ տրեխի թելն էր կտրում, շալե շալվարի հին կարկատանները մաշվում ու մազոտ ազդրերը բաց անում, — Ջառի աքիրն էր միշտ հանդիմանում, թե ինչու կնիկ չի առնում , հոր հանգած օջախը շենացնում:

— Պետի, փուչ մնացած, կարողությունդ ո՞վ ա ուտելու...

Հանդիմանում էր Ջառի աքիրը և չորացած աղբյուրի ակունքի պես աչքերը կկոցում, բրդի թելը, ոսկրոտ մատները դողացնելով, ասեղի ականջով անցնում և կարկատում Պետու շալվարը շալի:

Գեղի հարսերն էլ էին ծիծաղում Պետու վրա, բայց նա նեղանալ չուներ: Ժպտում էր, և ճերմակ ատամների շարքը փայլում էր մուտ շուրթերի միջև:

Մի կաղ, ձեռքի մեկը չորացած պառավ աղջիկ կար գեղում, որ սրա-նրա փռած ցորենն էր պահում կամ կտուրի վրա մեկնած չորաթանը:

Աղջիկները նրան «Պետու հարս» էին ասում և ծիծաղում, իսկ պառավ աղջիկը, կաղ և ձեռքը չորացած, ունքերը կիտում էր, զայրանում, հայհոյում և հետո էլ ժպտում ամոթխած:

Մի միտք, որպես ամպի ճերմակ քուլա ամառվա լազուր երկնի վրա, ցանկալի մի միտք լողում էր հանդարտ պառավ աղջկա ուղեղում.

— Եթե այդպես լիներ, Պետին իրեն ուզեր...

Մարագում, դարմանի վրա պառկած, գիշերով հանկարծ Պետու միտն էր գալիս աղջիկների ծիծաղը, Ջառի աքոր խոսքը, թե՝

— Կնիկ ա՛ռ, այ փուչ մնացած:

Միտքը ման էր ածում գյուղի ծանոթ տներում, աղջիկներին վերհիշում: Մի պահ թվում էր իրեն, որ լավ կլինի, եթե կնիկ ունենա, իրիկունը տուն գա, մեկը լինի, որ տաք ապուր եփի և տեղաշորը փռի: Բայց հարմար աղջիկ չէր գտնում: Չէին տա, գեղում իրենից լավ և ունևոր մարդ շատ կար:

Մարմինը եռում էր, քոր էր զգում և քնաթաթախ երկար եղունգներով քորում էր մարմինը, ինչպես եզն է քորում վիզը՝ մի հաստ բարի կամ սյունի քսելով: Միտն էր բերում և կաղ աղջիկը պառավ, և հետո միտքը մեղրաճանճի պես թռնում էր ուրիշ ծաղկի վրա, շնչում նոր բույր:

Եվ այդպես էլ մնաց:

Տարիներ անցան, տարիների հետ ջահելությունն էլ անցավ, և աշնան խոտի պես չորացավ տուն դնելու, կնիկ առնելու միտքը թաքուն:

* * *

Բացվում էր գարունը, հալոցքն էր սկսվում, և առվակներով ձյունաջուրը կչկչալով հոսում էր: Գարնան արևը մեղմ տաքացնում էր գետինը, և ձմռան երկար գիշերներից բեզարած գյուղացիք արևկող էին անում, նստում պատի տակ, մի չոր գերանի վրա և զրուցում:

Բացվում էր գարունը, և գոմերում տավարը տաքից նեղվում էր, անհանգստության նշաններ էր ցույց տալիս, շուտ-շուտ դռան կողմը նայում և բառաչում լիաթոք: Մոզիները գիժ և արջառները խամ ջրի տանելիս թռչկոտում էին ձյունի վրա, պոզահարում իրար: Բուղաները չաղ, մուտ ազդրերով, իրենց թաց ռունգերով գարնան տաք օդում դուրեկան հոտ էին որսում, բառաչում և ոտքերով ջլապինդ կիսահալ գետինը փորում:

Անհանգիստ էր և Պետին:

Տաքը նրան էլ էր նեղում, ավելի շատ էր քորում մարմինը և շուտ-շուտ նայում Այու սարին: Սարը նրա նշանն էր: Գարնան արևը հալցնում էր ձյունը Այու սարի, և կողերը քարոտ սևին էին տալիս:

Երբեմն գյուղի մոտակա հանդն էր գնում, ոտով ձյունը դեսուդեն հրում և տեսնում, որ նոր ծլող բեղի պես կանաչ խոտը ցցվել է ձյունի տակ:

Կենդանական մի հաճույք էր ապրում Պետին գարնան սկզբին: Ձյունաջրի առվակների պես նրա երակներում արյունն ավելի էր եռում և ծիծաղում էր, կոկորդային ձայներ հանում: Այդպես անորժով վրնջում է ձին, երբ ախոռը ոսկեհատ գարի են լցնում:

Պետին գարնան պատրաստություն էր տեսնում , տրեխներն էր կարկատում, պարկի քուղերն էր ամրացնում, ուսին քցելու հնամաշ կարպետն էր փռում արևի տակ:

— Պետին կարպետն արևին է տվել, — ասում էին գյուղացիք, և այդ նշան էր, որ մի քանի օր հետո տավարը հանդ է գնալու:

Հոգատար մոր պես Պետին գոմից գոմ էր գնում, դիտողություն անում կովատիրոջ, որ այս կովին շատ կեր տա կամ գոմը տաք պահի: Եթե մեկը կովի ծնելու ժամանակն էր ուզում իմանալ, պետուն էր հարցնում, թե կովը երբ է բուղով եկել:

Պետին գիտեր, թե այս հորթը որ բուղից է, կամ այս կովը դժվար է ծնում: Կովը ծնելիս նա անպատճառ պիտի գլխավերևը կանգներ, օգներ կովատիրոջ:

Եվ երբ լորձունքոտ հորթը թաց կոպերը հազիվ էր կարողանում շարժել, Պետին էր մաժում քիթ ու պռունգ կամ կովին շոյում:

— Ջան, հեյվանը շատ տանջանք ա քաշել... Համ ատես է, էս էն ալա բուղի հորթն ա հա՛:

Կովը ծնելուց տան տերը մի բան պիտի տար Պետուն, մի հին արխալուղ, մի աման կաթնով կամ խոստանում էր կալին մի կոտ ցորեն: Պատահում էր, որ կովը հանդին էր ծնում: Նախիրը բերելիս Պետին հորթը ուսին էր դնում և նախիրն առաջ արած գյուղ մտնում: Այսպիսի օրերին ժպիտն անպակաս էր նրա դեմքին: Գիտեր, որ բարիք է շալակին տանում և ուրախություն կովատիրոջ համար:

Նախիրը հանդ տանելուց մի քանի օր առաջ նա իմաց էր տալիս, որ պատրաստվեն: Եվ ինչքան շատ նորություններ էր պատմում առաջին օրերին, երբ գյուղ էր վերադառնում: Ձյունը հալվել էր, և ձյունի տակ մի կմախք կար ցցված: Պետին մոտենում էր, նայում և որոշում, թե այդ այն ոչխարն էր, որ ձմեռը գայլը գյուղից տարավ:

Օրերն ավելի էին տաքանում, կանաչը բոյ էր քաշում, բացվում էին ծաղիկները՝ կապույտ, դեղին, կարմիր, հազար բզեզ ու թիթեռ էին թռչում, մասուրի թփերի վրա ծիտն էր բույն հյուսում, և նախիրը փնչոցով արածում էր խոտը համեղ:

Պետու համար գարունը երջանիկ օրեր էր բերում: Տարիներ շարունակ նույն հանդում ու սարում տավար պահելով՝ նա այնքան էր վարժ խոտին ու ծաղկին, որ անսխալ կարող էր ասել, թե որ ծաղիկն է կանուխ բացվում, որ խոտն է ցավի դեղ:

Երբեմն երբ նրա աչքին էր ընկնում մի շքեղ բզեզ կամ թիթեռ գունավոր թևերով կամ դիտում էր, թե ինչպես են մրջյունները աշխատում հերվա բունը սարքելու,— Պետին գլուխը երերում էր և ինքն իրեն խոսում.

— Փառքդ շա՜տ, ա՛յ աստված, որ էսպես հրաշք բաներ ես ստեղծել...

***

Մի ամառ էլ տավարի մեջ ցավ երևաց: Ագին ծաղիկ մի կով առավոտ նախիրը քշելիս միշտ ետանում էր մյուսներից, կանգնում ճամփի կիսին, թնչում: Պետին զայրացավ, մահակով մի անգամ խփեց, բայց մինչև սարի տակը կովը չկարողացավ գնալ:

Պետին տեսավ, թե ինչպես կովի ոտքերը դողացին, չոքեց փնչոցով և էլ վեր չկացավ: Քթածակերից արնախառն թարախ էր գալիս, փորն ուռել էր, և հիվանդ կովը, որի ջուխտ աչքերում մի կսկիծ կար, նայում էր Պետուն:

Պետին շիվարել էր:

— Ի՞նչ եղավ սրան, յոնջա տված չլինե՞ն...

Դանակը հանեց, որ արյուն առնի, ականջի ծայրերից պատռեց մի քիչ: Կովը ցավից գլուխը ձգեց, փորձեց կանգնել, բայց ոտքերը դողացին:

Տաք արյան շիթերը ցայքուն տվին կանաչի վրա, բայց հետո արյունը լերդացավ, իսկ կովը չլավացավ:

Պետին գնաց, որ ջուր խմի մոտակա աղբյուրից, ցրված նախիրը հավաքի ձորի մոտ: Եվ երբ վերադարձավ, կովն արդեն սատկել էր: Արնախառը թարախը քթից թափվել էր, լեզուն կապտել, սառել ատամների արանքում, փորն էլ ուռել էր՝ ձգված թմբուկի պես:

Պետին նոր գլխի ընկավ, որ «սև ցավ» է: Երեկոյան գյուղում էլ ուրիշ խոսելիք չկար: Բոլորի դեմքին էլ տխրություն կար. հարցնում էին իրար, թե որտեղից կարող էր ցավը պատահած լինի, շուտ-շուտ նավթի ճրագներով գոմ էին գնում, նայում ապրանքին:

Ասես սառը ջուր էին մաղել Պետու գլխին: Իրեն կորցրել էր, շիվարել: Մտքով հազար ու մի բան էր անցնում, թե ինչու համար ցավը պատահեց:

Զառի աքիրն էլ մի կողմից էր կրակին յուղ ածում.

— Պետի, ցավը տվովի ա, փորձանք ա լինելու գեղում:

Եվ Պետին ավելի էր մտածում «փորձանքի» համար, բայց ավելի շուտ վախենում էր բժշկից, որ տարիներ առաջ մի անգամ էլ էր եկել գյուղը, տավարի ցավի ժամանակ:

Մյուս օրը երկու կով էլ սատկեց: Լուր եկավ, թե հարևան գյուղում էլ է կով սատկել: Իսկ երեկոյան դեմ գզիրը կտուրներից ձեն էր տալիս, որ վաղը քաղաքից տավարի բժիշկ է գալու:

Պետին մեջքը դեմ էր արել գոմի դռան, հենվել մահակին, գզիրին էր լսում: Միտն ընկավ Զառի աքոր խոսքը, թե՝

— Պետի, գեղի վրա փորձանք ա գալու:

Այդ իրիկուն նա բերանը մի պատառ էլ չդրավ: Կոլոլվեց կարպետի մեջ և պառկեց հերվա չոր խոտի վրա: Առավոտյան Պետին մոլորվածի պես էր: Նրա կյանքի սովորական ընթացքը խանգարել էր հանկարծակի երևացած ցավը: Օրվա այդ ժամին նա շատ քիչ էր գյուղում եղել և անվարժ էր իրեն զգում, ման էր գալիս գոմից գոմ, ապրանքին էր նայում: Իսկ ապրանքը գոմերի առաջ կապոտած բառաչում էր սարի կանաչ խոտի համար: Եվ տավարի ամեն մի բառաչը ցավ էր ազդում Պետու սրտին:

Օրը ճաշ էր դարձել, երբ երկու պահակի հետ բժիշկը գյուղ եկավ: Պետին տեսավ նրան ձիու վրա, պսպղան ակնոցները աչքին, փայլուն կակարդը ճերմակ գլխարկի վրա:

Պետին տեսավ և ճանաչեց նրան:

Տավարը հանեցին գյուղի վերև, մի ընդարձակ կալ, կապոտեցին առաջուց պատրաստած բիհերից: Տավարը նեղվում էր շոգից, բառաչում էր սարի կանաչի համար, իսկ տավարատերերը գլուխները կախ, ձեռները ծոցին կանգնել էին, ամենքն իրենց տավարի մոտ:

Եկավ և բժիշկը, պահակներին ուղարկեց, որ գոմերում փնտրեն, թե չկա՞ թաքցրած ապրանք: Եվ պահակները որսի շան հոտառությամբ գոմերն ընկան:

Նրանցից մեկը, որ կես արշին բերան ուներ, մեկի գոմի դուռը բաց անելիս աչքին ընկավ չաղ աքլորը, աղբում քուջուջ անելիս: Տեսավ աքլորին, կես արշինանոց բերանը ջրակալեց և թռով աքլորի մի թևը պոկեց, արնակոլոլ աքլորը խուրջինի մեջ կոխեց:

Տան տերը կանչեց, աղաչեց, բայց նա սպառնաց, թե բժշկին կասի, որ ապրանքը փախցրել է ուրիշ գյուղ, սպառնաց և ահարկու բռունցքը մոտեցրեց գյուղացու քթին:

Մի գոմում գտան թաքցրած մի կով, դարմանով լի քթոցների ետև: Աղքատ մի տան միակ կովն էր, որ թաքցրել էին գոմի մութում բժշկի վախից:

Ամբողջ գյուղը հավաքել էր գյուղի վերև, տավարի մոտ:

Երբ պահակները վերադարձան գոմից հանած կովը առաջ արած, բժիշկը ակնոցների ետևից հերստ աչքերով նայեց գյուղացիներին և ինչ-որ բան ասաց, մատն էլ թափ տվավ:

— Չարանում ա, որ ապրանք են թաքցրել, —ասաց մեկը:

Հետո սկսվեց քննությունը, որին սրտաարոփ սպասում էին գյուղացիք: Նրանցից յուրաքանչյուրի սրտում ահ կար և կասկած, թե իր կովը կարող է հիվանդ դուրս գալ: Էլ պրծում չկար այն ժամանակ:

Բժիշկը սկսեց ծայրից: Մոտենում էր ամեն մի տավարի, նայում լեզվին, աչքերին, պոչի տակին, ձեռքով նշան էր անում պահակին, առողջը հիվանդից ջոկելու:

Պետին էլ էր այնտեղ: Կանգնել էր հեռուն, նայում էր բժշկին,կովերին, գյուղացոց: Ժխորի մեջ, ոչ ոք ուշք չէր դարձնում նրա վրա, ոչ ոքի մտքով չէր անցնում, որ Պետու սիրտը թրթռում էր, հենց որ բժիշկը մոտենում էր մի կովի և ավելի երկար սկսում զննել:

Իրիկնադեմին քննությունը վերջացավ: Տասներկու կով հիվանդ էին: Վառելուց բացի փրկության ուրիշ միջոց չկար:

Եվ պահակները շտապեցնում էին գյուղացոց, որոնք փոսեր էին փորում հիվանդ տավարը վառելու:

Շատերը լալիս էին: Հորթերը բակերում բառաչում էին, բառաչում էին և կովերը, ցավ կար և նրանց սրտում, որոնք բահ ու քլունգով արագ փորում էին խոր փոսեր:

Բժիշկն էր մենակ խաղաղ. սովորական բան էր նրա համար:

Երբ փոսերը պատրաստվեցին, հիվանդ կովերին քշեցին փոսերի մոտ: Պահակներից նա, որ կես արշինանոց բերան ուներ, կացնի բութ ծայրով խփում էր կենդանու ճակատին, շշմում էր կենդանին անասելի ցավից, բառաչում և գլորվում փոսի մեջ:

Հետո սև նավթ թափեցին և խոտի խուրձեր, վառեցին նավթն էլ, խոտն էլ: Մութի մեջ վառվում էին խարույկները, ճենճերահոտ էր բարձրանում, իսկ քամին նավթի ու խանձված մսի հոտը փչում էր հեռու, դեպի սարերը, ուր կանաչի վրա գիշերվա ցողն էր կաթում:

Բակում բառաչում էին հորթերը մինչև ուշ գիշեր, սուգ էր իջել գյուղի վրա:

Պետին անխոս, ցավը սրտում կանգնել էր վառվող խարույկների առաջ, միտն էր բերում սև կովը, որ կուրծքը կախ էր միշտ, և հանդից գալիս յուղոտ կաթը ծլլում էր:

Երբ խարույկները հանգան, Պետին շիվար ետ դարձավ, կոլոլվեց կարպետի մեջ, պառկեց հերվա չոր խոտի վրա:

Որբ մնացած հորթերը բառաչում էին, և հերվա խուրձը գլխի տակ, հնացած կարպետի տակ Պետին լալիս էր անօգ մնացած մանկան պես:

***

Մյուս առավոտ տավարը տանելիս Պետին սիրտ չարավ կալերի կողմը նայելու, գլուխը կախ անցավ: Աղբյուրի մոտ Զառի աքիրն էր, որ կովը բերել էր նախիրին խառնելու: Եվ Պետին առաջվա պես նրան չասաց, թե՝

— Հեյվանը մեղք ա, քիչ կթի:

Բայց Զառի աքիրը տնքալով իր խոսքն ասաց, որ՝

— Փորձանք ա գալու գեղի գլխին:

Առաջին օրերը շատ ծանր անցան: Պետին չէր կարողանում մտահան անի կրակով վառած տավարը: Սիրտը մղկտում էր, նեղանում էր իրենից, երբ մտաբերում էր, թե ինչպես ինքը հիվանդ կովին սարի տակ մահակով մի անգամ խփեց:

Ժամանակն անցավ, ժամանակի հետ էլ գյուղը մոռացավ կորուստն իր: Ձմեռը եկավ: Էլի առաջվա պես Պետին գոմերումն էր, ծանրած կովերին էր նայում, պարապությունից նեղվում և ձմռան վերջին նայում, թե երբ են երևալու Այու սարի դուրս ցցված կողերը:

Ձմեռն անցնում էր, հալոցքի հետ խոտ էր կանաչում, կանաչի հետ ջահելանում էր Պետին, եռում էր արյունը: Բայց մտքից հանել էր կաղլիկ, մի ձեռքը չորացած պառավ աղջկան:

Զառի աքիրն էլ մեռել էր, և էլ ոչ ոք նրան չէր ասում, թե՝

— Կնիկ ա՛ռ, այ փուչ մնացած, հորդ ամարաթը շինիր:

Պետին մերվել էր նախիրին, ընտելացել: Նախիրից դուրս ուրիշ գործ չուներ նա, մտքերը նախիրից չէին հեռանում, սարերից դենը չէին գնում:

Միայն երբեմն, ամռան պարզկա լուսաբացին, երբ օդը մաքուր է, ապակու պես թափանցիկ, երբ հեռավոր սարերի գագաթները պարզ երևում են կապույտ հորիզոնում, նախիրն Այու սարի փեշերին արածացնելիս Պետին նստում էր մի բարձր քարի վրա և դիտում հեռուն, դաշտն անծայր, որի մեջտեղ կանաչ այգիների մեջ թաղված էր քաղաքը հեռավոր:

Մի անգամ էր եղել այնտեղ, երազի պես էր հիշում քաղաքը հեռու, ասես չէր էլ տեսել, լսել էր հեքիաթի հետ, ձմռան երկար գիշերներին:

Նախիրը տուն քշելիս մի իրիկուն էլ նա գյուղում անսովոր

իրարանցում տեսավ: Ամռան իրիկուն էր, հնձից, հարից տուն դարձած գյուղացիք խոսում էին խումբ-խումբ:

Փողոցով անցնելիս Պետին լսեց, որ մեկն ասաց, թե՝

— Այ անդարդ մարդ, սալդաթ էլ չի գնալու:

Պատերազմ էր հայտարարված, գյուղը զինվոր պիտի տար:

Աշխատանքի խաղաղ օրերին այնպես էր երևում, թե սարերի ետև ընկած այդ գյուղի մասին քաղաքում ոչ ոք չգիտե: Բայց այդ օրն գյուղն անտես թելերով կապված զգաց իրեն, և մի բռունցք, զինված բռունցք հարված էր պատրաստում գյուղի համար:

Գյուղից զինվոր տարան:

Առաջին ամիսներում ասես ուրախություն կար: Զինվորների առաջին խումբը դհոլ-զուռնով ճամփա ընկավ, բայց հետո գարնան ծիծեռնակի պես երևացին կռնատ տղերք, փայտե ոտքեր: Գերությունից նամակներ եկան, օտար և անսովոր խոսքեր եկան հեռու քաղաքներից զինվորների նամակների հետ, և գյուղը կերպարանքը փոխեց: Դհոլ-զուռնով էլ զինվոր չէին ճամփու դնում, լաց եղող շատ կար, գյուղում այրի մնացած հարսերի համարքը ավելանում էր:

Ամեն ինչ գյուղում տակնուվրա էր եղել: Օրերը տարի էր դարձել, աղքատությունը ավելանում, հացի գինը բարձրանում, շաքարը դառնում հիվանդի դեղ:

Եվ ասես վերջ չէր լինելու:

Պետին գլուխը քաշ իր գործին էր: Գյուղում ասես նրան չէին էլ նկատում, առաջվա հանաքները չկար, սարում ծնած հորթը տուն բերելիս տան տերն առաջվա պես չէր ուրախանում:

— Պետի՛, մի խաբար բեր է՛, էդպես մի խեր խաբար բեր գերմանու պլենից:

Պետին ուսերը թոթվում էր, անխոս հեռանում: Վարձն էլ էր քչացել, առաջվա պես հաց չէին տալիս, շատերն էին փող տալիս հացի տեղ, թղթի փողեր, որի համարքը Պետին չգիտեր:

Հին շոր ոչ ոք չէր տալիս, շատերն էին հնացած շորեր հագնում: Պետին ինքն էր գոմում, ճրագի լույսի տակ ասեղը թելում, չուխի հերվա կարկատանը բրդի թելով նորից կարում: Հնացել էր ուսի կարպետը, և ոչ ոք չէր մտածում Պետուն մի նոր կարպետ տալու: Պաշարի մեջ շատ անգամ էր միայն չոր հաց լինում, յուղն ու պանիրը գյուղը ոսկու հաշվով էր ծախում: Առաջվա առատ ու լի օրերը չքացել էին:

Եվ երբ Պետին նախիրի հետ բարձրանում էր Այու սարի փեշերը, միտն էր բերում Զառի աքոր խոսքը.

— Փորձանք ա գալու, Պետի՛...

Միտն էր բերում, նայում քաղաքին, միտքը դանդաղաշարժ ծայրը ծայրին չէր հասցնում, մի ափի չէր հանգում:

Ձմեռը եկավ: Նախիրը գոմերում էր, բայց առաջվա պես չէր: Օրեր էր պատահում, որ սոված էր մնում, աշխատում էր գոմերում, բայց հացի չէին կանչում: Ինքն էլ ամաչում էր հաց ուզի:

Նստում էր գոմի տաք անկյունում, լսում, թե ինչպես են որոճում կովերը, ուտելու պահանջ զգում:

Եվ մի հին միտք, որպես մանուկ օրերի հիշողություն, ելնում էր գլխի մեջ, շարժվում կանաչ թրթուրի պես: Այդ հին օրերի ծածուկ միտքն էր, տուն ունենալու, օջախ շինելու ցանկությունը զուսպ, որ ծնվում էր առաջ, երբ կուշտ էր, և երակների մեջ եռում էր արյունը:

Ժպտում էր ինքն իրեն: Ծաղկատար դեմքի վրա ժպիտը փայլում էր մի պահ, հետո լուծվում, անէանում: Կռանում էր գլուխը, հառում էր աչքերը մի կետի, միտք անում երկար, մինչև քունը հաղթեր:

***

Գյուղում մի օր էլ լուր տարածվեց, թե ազատություն է ընկել, զորքը տուն է գալու, թագավոր չկա, կռիվ չկա:

Տեսակ-տեսակ մարդիկ եկան գյուղ, հազար ու մի խոսք ասացին, ժողովներ արին: Բայց այդ բոլորից գյուղը միայն հասկացավ այն. որ դրությունը ծանրանում է, նոր փորձանքներ են պահված օրերում գալիք:

Զինվորները վերադառնում էին գիշերով, զենքով, առանց հրացանի. ծածկվում էին ցերեկով մարագներում, մոտակա սարն էին փախչում, երբ լսում էին, թե մարդ է գալու գյուղ ժողովի, նոր զորքի:

Աշուն էր, երբ լուր բերին, թե մոտակա շրջանում հայ, թուրք խառնվել են իրար, գյուղեր են կրակում, երկուստեք խմբերը դարձել են հրձիգներ վայրագ, արյունն են ոթում արանքում գյուղերի:

Գյուղում զենքը մահակից շատացավ: Գնդացիրներ կային, խոսում էին թնդանոթի մասին: Երեխաները զենքից էին խոսում, հատ ու կենտ կրակոցները սովորական էին դարձել:

Զենքի հետ կողոպուտն էլ շատացավ: Գյուղում ապահով չէր: Քնելուց առաջ տան դռների կապերը ավելի էին պնդացնում: Գողություն կար այգիներում, գյուղը հին հաշիվներ էր մաքրում և հրկիզում հարևանի արտը, տասը տարի սրտում պահած վրեժը հանում:

Համարյա ամեն իրիկուն դիրքապահներ էին շրջում գյուղի չորս կողմ: Նոր մարդիկ էին եկել՝ խմբապետ, վաշտապետ, որոնք լավ սենյակներում էին ապրում, յուղ ու հավ պահանջում, հեռանում գյուղից մի քանի օրով և թալանով վերադարձնում:

Գյուղը կծկվել էր, վախից կուչ եկել: Բայց և կերուխում կար հարուստ տներում, ուր հրամանատարը հարբած կրակում էր տասնոցից պատուհանից դուրս, օդի մեջ: Սոսկում էին ազդում գյուղի վրա գնդակները՝ թեժ արճիճ, որ վզզում էին ձմռան ցուրտ օդում: Կես քուն, կես արթուն գյուղի հսկումի մեջ էր, մինչև լուսաբաց ականջը ահազանգի պատրաստ:

Տավարն էր, որ տաք գոմերում փնչոցով որոճում էր առաջվա պես, ծծկեր մանուկներն էին, որոնք անգետ, անբան մուշ-մուշ քնում էին օրորոցի տաք պարուրների մեջ:

Պետին գյուղի գործերին չէր խառնվում: Ժողով չէր գնում. հարցնող չկար, մարդատեղ չէին դնում: Առաջվա պես գոմերում էր գիշերում, տավարի հետ կամ մարագի դարմանի մեջ:

Ճնչագրում էին գյուղը, ցուցակներ կազմում, տասնյակների բաժանում: Եվ ամեն անգամ, երբ գյուղացիք հարցնում էին, թե էլ ով մանց ցուցակ մտցնելու, մեկը հանաքով պիտի ասեր.

— Բա Պետին:

Մյուսները պիտի ծիծաղեին, ջահելները սրախոսեին, թե Պետին լավ թնդանոթ կնետի կամ հրաման կտա, և մեկն ու մեկն էլ հանկարծ, խոսքի մեջ, պիտի ասեր.

— Հանաքը դեն, Պետին աչքիս շատ ա այլակերպ:

Պետին այլակերպ էր դարձել: Նա քաշվել էր, կծկվել, շատ քիչ էր խոսում, շատ քիչ էր երևում մարդամեջ: Ասես ծերացել էր. աչքերը փոս էին ընկել, ճակատի կնճիռները շատացել: Քայլելիս գլուխը կախ էր պահում, մի բան փնտրողի պես:

Եվ երբ խոսքը պետու վրա գար, առաջարկ էր լինում Պետուն մի չուխա տալ կամ կարպետ:

— Էն ի՜նչ ա հալը, գաղթականը նրանից լավ ա:

Բայց գյուղն իր ցավերն ուներ, Պետու մասին հոգալու ժամանակ չկար:

Ձմեռն անցավ, հալոցքի հետ Այու սարի կողերն էլ բացվեցին, Պետին էլ ժիրացավ:

Կանաչը հերվա չոր խոտի տակ ծլել էր արդեն, գետինը ձմռան ամբարած խոնավությունն էր գոլորշիացնում: Կաթում էին կտուրները, ցեխ էր փողոցներում, դուրեկան էր ջերմությունը գարնան արևի:

Պետին նախիրը հանդ տարավ: Այս անգամ մահակի հետ նա հրացան էլ ուներ:

Իր օրում հրացանից չէր կրակել, նա իսկի ձեռք էլ չէր տվել: Պետին շատ ուզեց հրացան չառնի, բայց ստիպեցին: Վաշտապետը հերսոտեց, ոտը գետնին խփեց, պետին էլ վախից տապ արավ, համաձայնեց: Գյուղը վախ ուներ, թե կարող էին տավարը սարից փախցնել:

Ծիծաղում էին, երբ մի քանի ջահել սովորեցնում էին Պետուն հրացան բանեցնել: Պետին վախվխելով ձեռք տվավ հրացանին, ձեռքը ետ քաշեց, կարծես կրակ էր, այրեց: Եվ հրացանը մահակի պես ձեռքն առած՝ ամեն օր նախիրը սարն էր տանում:

Իր մտքում նա ավելորդ էր համարում հրացան առնել: Սարում նրան բոլորն էլ գիտեին. քանի՜ ուրիշ հովիվ է եկել, միասին աղբյուրի մոտ հաց են կերել:

Պետին խոր համոզում ուներ, թե իր ճանաչը երբեք չի կրակի, տավարի չի մոտենա:

Շատ անգամ էլ, երբ հրացանի ծանրությունը նեղացնում էր նրան, գյուղից հեռանալուց հետո մի քարի տակ պահում էր հրացանը և գյուղ դառնալիս էլի հանում, ձեռքին բռնում:

Երեխաները ծիծաղում էին նրա վրա.

— Պետի՛, քանի՞ մարդ ես սպանել:

— Պետի՛, բա զորքդ ու՞ր ա…

Երբեմն Պետուն թվում էր, թե վաշտապետը դիտմամբ է զենք տվել, որ ծաղր անեն, ծիծիաղեն: Այդ մտքից նեղանում էր, կոտրվում և քաշվում գոմի մի անկյուն, որ մարդ չտեսնի:

Լուսաբացին, երբ Պետին աղբյուրի մոտ երեսն էր լվանում, իսկ կովերը հավաքվում էին աղբյուրի մոտ, Պետուն ասացին, որ ինքը սարում դիրքեր փորի: Նախիրն այդ օր գյուղում պիտի մնար:

Պետին շփոթմունքից մոռացավ երեսը փափախով սրբել: Ջուրը ծլլում էր դեմքից: Մի պահ մտածեց, ուզեց հրաժարվի, բայց հիշեց, որ վաշտապետը ոտը էլի գետնով կտա:

Եվ մյուսների հետ ինքն էլ գնաց Այու սարի լանջին դիրքեր փորելու:

Գարնան ամպոտ օր էր: Անձրևը մաղում էր մեղմ, խոնավության մեջ կար գարնան ծաղիկների, կանաչ խոտի բուրմունք:

Պետին հացը մի քարի տակ դրեց և տասնապետի ցույց տված տեղը սկսեց փորել: Բավական հեռու մի ուրիշն էր փորում, նրա կողքին երրորդը, և այսպես գարնան ամպոտ մի օր, Այու սարի ծաղկոտ լանջի վրա երևացին խրամատի գոտիներ:

Փորում էր Պետին անվարժ շարժումներով, և քրտինքը սնդիկի հատիկների պես գլորվում էր նրա ծաղկատար ճակատից:

Ամպերը մեկ էլ ետ քաշվեցին, գարնան արևը երևաց ամպի տակից, և բուրմունքն ավելի շատացավ: Պետին թիկն տվեց մի քարի, նստեց հանգստանալու:

Հեռվում, այգիների մեջ թաղված քաղաքը դաշտի վրա օազիսի նման էր երևում:

Պետու ականջին հասավ կովի բառաչի ձայն, որ գյուղի կողմից էր գալիս: Նա նայեց, բառաչի ձայնը մեկ էլ լսվեց:

— Ջա՛ն, մարալ. սոված ես մնացել, —ասեց ինքն իրեն և մտքում դրեց տավարն առավոտ կանուխ Այու սարիկողմը քշելու, ուր խոտը համեղ էր ու առատ:

Թիկնել էր քարին, նայում էր դիմացի բլուրներին: Արևի շողերի տակ ինչ-որ վեհություն կար Պետու չարքաշ, պղնձագույն դեմքին, փոս ընկած աչքերում անհուն բարություն կար և միամիտ սեր դեպի խոտը, կովը, ծաղկած սարերը:

… Դիմացի բլուրի ետևից լսվեց հատուկենտ կրակոցի ձայն, Պետին ձգվեց հասակով մի, լողությունը լարեց:

Եվ հանկարծ ընկավ խրամատի մեջ, ընկավ երեսնիվար, թաց հողի վրա: Այդպես ընկնում է խոտը կիսաշոր, երբ գերանդին սլալով կտրում է ներքևից: Պատահական գնդա՞կ էր, թե դարանակալի խելագար ցանկություն, որ շիկացած արճճի հետ թռավ հեռվից, շաղ տվավ Պետու զանգը կանաչ խոտերի վրա:

Երբ տասնապետը եկավ խրամատին նայելու, տեսավ Պետուն՝ ընկած երեսնիվայր: Նոր փորած հողը ծծել էր արյունը կարմիր:

Խրամատի մի անկյունում էլ թաղեցին նրան:

Գյուղը հոգս շատ ուներ, լաց չեղավ Պետու համար: Տավարն էր, որ առավոտյան բառաչում էր գոմում, սարի կանաչին կարոտ:

Իսկ գիշերվա անձրևը սրբեց, լվաց խոտերից կաթիլները Պետու արյան...

•••

Այու սարի լանջին հիմա մի կտոր տեղ կա, ուր կանաչն ավելի փարթամ է, ավելի մուգ: Փարթամ կանաչի տակ փտում են ոսկորները Պետու:

ԾԻՐԱՆԻ ՏԱՓ

Թեկուզ անունը Ծիրանի տափ է, բայց և ծիրանի ոչ մի ծառ չկա այնտեղ: Գետի ափին, քարաժայռերի ճեղքերում մացառներ կան, քրքրված ցախավելի պես դիք-դիք ցցված: Ծիրանի տափի առավելությունը քամիներից պաշտպանված լինելն է և ջրի մոտիկությունը: Սարում, երբ գարնան սկզբին բորան է լինում, անձրևախառն քամի, չոբանը ոչխարը դեպի ձորն է քշում և պատսպարան տալիս լերկ Ծիրանի տափի ժայռերի ետև: Այծերը մացառներ են կրծում: Ոչխարը՝ գլուխը իրար շեքի մեջ՝ որոճում է: Հոտի մեջ և ոչ մի ոչխար բորան օրերեին գլուխը վեր չի հանի.

Ծիրանի տափը հիշատակելու արժանի ոչինչ չէր ունենա, եթե նա երկու գյուղի՝ Միրի և Մրոցի միջև անվերջ շարունակվող կռիվների, խոսք ու զրույցի առարկա չդառնար, եթե նրա համար տարիների ընթացքում բազմաթիվ անգամ մահակներով կռիվ չտային երկու հարևան գյուղերը՝ Մրոցն ու Միրը:

Երկու գյուղն էլ գետի ձախ ափին են ընկած, Մրոցը վերև, իսկ Միրը՝ ներքև:

Մրոցն ու Միրը հավասար ծխեր ունեն, և առաջներում, երբ մահակներով կռիվ էին տալիս Ծիրանի տափի համար, այնպես էր պատահում, որ մի տարի Մրոցն էր հաղթում, հաջորդ տարին՝ Միրը կամ երկուսն էլ ջարդված վերադառնում էին, որովհետև Ծիրանի տափի համար համարյա հավասար թվով մահակներ էին զարկվում երկուստեք:

Մրոցն էլ էր այծ ու ոչխար պահում, Միրն էլ, վերին գյուղումն էլ կար եկեղեցի, ներքևի գյուղում էլ: Շատ անգամ միաժամանակ էին բացվում ուշունցի պարկերը: Վերևի գյուղում, պատի տակ նստոտած ալևորներից ոմանք հոնի կարմիր փայտերը մեկնում էին Միրի կողմը, հայհոյում.

— Միրն էլ շեն ա՞, վառես խանձահոտ չի գա: Մեր աղբաջրումն են նրանք խմոր հունցում...

Գուցե հենց այդ ժամանակ Միրի ալևորներն էլ էին անիծում վերի գյուղերին և ջահելների սրտում պապենական ոխը թեժ պահում: Բայց նրանք առիթ չունեին ասելու, թե Մրոցը վառես՝ խանձահոտ չի գա, թե նրանք աղբաջրով են խմոր հունցում, որովհետև Միրում երեխան էլ գիտեր, թե գետը վերից է գալիս, անցնում է Մրոցի կողքով, սրբում գետի մոտ կիտած աղբակույտերն ու մոխրանոցները և լվանում գետի միջով անցնող կովերի, եզների, ձիերի սմբակներն ու կճղակները: Միրի հարս ու աղջիկ այդ ավելի լավ գիտեին, դրա համար էլ լուսաբացից վազում էին գետը՝ ջուր առնելու, մինչև ջրի պղտորվելը:

Միրի երեխաներն էլ գիտեին, որ գետը վերևից է գալիս, բայց հարկավոր էր մի քիչ հասակ առնեին և հասկանային, թե ինչու իրենց ալևորները վերի գյուղի հասցեին չէին ասում.

— Վառես, խանձահոտ չի գա...

Մրոցն էլ այծ ու ոչխար էր պահում, Միրն էլ, բայց Մրոցում այնպիսի մարդիկ կային, որոնք ամբողջ Միրի չափ ոչխար ունեին: Կարելի էր առավոտ կանուխ գետից ջուր վերցնելով խմել նույնպիսի մաքուր և սառը ջուր, ինչպիսի վերի գյուղն էր խմում, բայց Միրը վերի գյուղի չափ կով չէր պահում: Երբ Միրի լղար կովերը քարերի արանքում բուսած չոր խոտերն էին պոկում, Մրոցի կովերի լիք կուրծքը թաղվում էր կանաչ խոտերի մեջ, պտուկները քսվում էին ծաղիկների թերթերին, և ծաղկափոշի էր նստում վերի գյուղի կովերի կուրծքին:

Այդ մասին Միրի երեխաները պիտի իմանային, երբ չափահաս դառնային և հասկանային, որ կավե կճուճի մեջ պահած յուղի պաշարը կապ ունի սարի կանաչի հետ: Երբ այս հասկանում էին Ծիրանի տափի մասին գյուղում խոսք ու զրույց լինելուց հետո, նրանք խլշում էին ականջները, մահակի կոթն ավելի պինդ սեղմում և մյուսների հետ վազում Ծիրանի տափը, եթե հավարն ընկներ, որ Մրոցի չոբանները ոչխարն ու տավարը քշել են ձորի կողմը:

Եվ թեկուզ ամառվա շոգին կանաչը խանձվում է, հողը ճաքճքում, էլի շոգից նեղացած նախիրը ժայռի շվաքում հանգստանում է, գետի սառնությունը հովացնում է նրանց մաշկը, և արևը թեքվելուց հետո,

Ծիրանի տափում նախիրն էլի ուտելու մի քիչ խոտ է ճարում, այծերը՝ մացառների վրա տերև:

***

Ոչ ոք չէր հիշում՝ ոչ Մրոցում և ոչ էլ Միրում, թե երբ ծագեց առաջին թշնամությունը Ծիրանի տափի համար:

Եթե Մրոցին էին հարցնում, հազար ու մի պատմություն էին անում, թե իրենցն է Ծիրանի տափը, «ինչիների» ձեռքով քաշած պլան ունեն, թղթեր կան:

— Էս է, ես իմ ձեռքերով եմ էնտեղ կուրգանի քարերը սահմանի վրա շարել…

— Իմ միտս է, որ հորս ոչխարը գիշերն էլ էր Ծիրանի տափում մնում:

— Միրի սահմանը ծիրանի տափից էլ շատ դենն ա… էն մեր հայրական հողն ա…

Իհարկե, Մրոցը միայն սդյ չէր ասում, և երեք հոգի չէին խոսում, եթե մեկը հարցներ նրանց Ծիրանի տափի մասին: Վրա էին տալիս, իրար հրմշտկում, ամեն մեկն աշխատում էր առաջ ընկնել և չինովնիկին պատմել իր մտքինը, իր լսածը հաստատելու, որ Ծիրանի տափը Մրոցինն է: Շատերն այնքան էին հեռու գնում, այնպես էին հորինում, որ մոտին կանգնած հարևանն էլ չէր հավատում նրա ասածին. բայց լռում էր, մտքում ծիծաղում, գլխով անում, որ չինովնիկը հավատ նրա ասածին: Չէ՞ որ խոսքը Ծիրանի տափի մասին էր, գետի ափին բուսած մացառների, գյուղի սահմաններն է՛լ ավելի լայնացնելու մասին:

Բայց վեճը շատ խոսելը և բարձր կանչելը չէր որոշում: Չինովնիկի գնալուց հետո Մրոցում շշուկով և շատ ծածուկ իրար մեջ հավաքում էին այն գումարը, որի մասին գիշերվա կերուխումի ժամանակ ակնարկել էր քաղաքից եկած «մեծավորը» և ավելացրել.

— Ձեր օգտի համար եմ ասում, դուք գիտեք, մանակ ինձ համար չեմ ուզում:

Չինովնիկը Միր էլ էր գնում: Ներքի գյուղն աշխատում էր ավելի ճոխ ընդունել նրան, սրա-նրա տնից հավաքում էին հարմար իրեր, մի տնից մաքուր բարձ, մյուսից՝ գյուղի միակ լավ կարպետը, տունը զարդարում, հարսերի վրա բարկանում, որ փոշի չանեն, ապա, սենյակը սարքելուց, խոնարհ գլուխ տալիս եկվորին, ներս տանում:

Ոմանք եկողների ձիերն էին տեղավորում, զարի տալիս և խոնարհաբար ռամկի խեղճությամբ ժպտում մեծավորի պահակի առաջ, նրան էլ լավություն անում, մտածելով, որ գուցե այդ էլ օգնի Ծիրանի տափի անվերջ վեճին:

Միրում էլ էին բարձր ձայնով կանչում, աղմկում, նրանք գիտեին, թե ինչ են ասել վերի գյուղում, հերքում էին «պլանի» պատմությունը, մեկը մոտենում էր, իր ճղած գլուխը ցույց տալիս, պատմում, թե ինչպես են Մրոցի գյուղացիք մահակով խփել, մյուսը՝ հարևաններին բոթելով երեխային էր առաջ հրում, բաց անում ոտքը և շան կծած վերքերը ցույց տալիս:

Երեխան զարմացած և վախով նայում էր չինովնիկի պսպղուն կոճակներին, հայրը նրա ոտից պինդ բռնած բարձրացնում էր երեխային , որ «մեծավորը» ավելի լավ տեսնի: Իսկ չինովնիկի աչքերը երեխայի ոտի սպիներից սահում էին գետնի գունավոր կարպետին և մտքում գին դնում կարպետին, կարպետը համեմատում Մրոցի խսստացած կաշառքի հետ:

Զարմանքն էլ չէր, եթե մյուս օրը, Մրոցի աչքից անտես պահելու համար, Միրից մի քանի հոգի, գիշերվա կարպետը թաղիքի մեջ փաթաթած տանում էին քաղաք, չինովնիկի տունը: Միրում էլ էին շշուկով ինքնատուրք նշանակում, կարպետի գինը տալիս տիրոջը, որ հարս ու աղջիկ ձմռան գիշերներին գունավոր թելերից մի նոր կարպետ գործեն և պատմեն հնօրյա չարքերից:

Եթե պատահեր, որ քաղաքից եկողը մյուս օրը համաձայնվեր անձամբ տեսնելու Ծիրանի տափը, համարյա ամբողջ Միրն էր գյուղից դուրս գալիս՝ որը ոտով, որը ձիով: Գյուղի աչքաբաց, ազդեցիկ մարդիկ, «մեծավորի» ձիու սանձը բռնած, դարձյալ Ծիրանի տափի մասին էին պատմում և նույն հոգով այդ պատմությունն անում՝ ազդեցիկ մարդիկ չինովնիկին, գյուղի գզիրը՝ նրա պահակին:

Անհնար էր, որ մեկը կոտրատած ռուսերենով Ծիրանի տափին հասնելիս «մեծավորին» չպատմեր մի հին խոսք, թե ինչպես մի հարուստ մի տգեղ կին է ունենում և մի սիրուն աղախին, ինչպես մի օր երկուսն էլ գնում են սարը՝ ոչխարը կթելու, խանի չոբանը կարծում է, թե սիրունն է խանի կինը, և երբ խանը գալիս է, չոբանը ցույց է տալիս տգեղ կնոջը և խանին զարմանքով հարց տալիս՝ խանն ապրած կենա, սրան էլ են զուռնով բերե՞լ...

Եվ այդ ասելիս պատմողը պիտի հարցներ, թե Մրոցի հողերի շարքերին Ծիրանի տափն է՞լ է հող, բայց «մեծավորը» քահ-քահ պիտի ծիծաղեր, և Միրի մի քանի միամիտ գյուղացի , որոնք անգիր կասեին այդ պատմությունը, չինովնիկի ծիծաղը հօգուտ Միրի կընդունեին:

Այսպես շատ տարիներ եկել են, գնացել , երկու գյուղից էլ շատ յուղ ու պանիր, գորգ ու կարպետ են տարել հազար ու մի չինովնիկ և տարածի համեմատ էլ հատկացրել Ծիրանի տափը՝ մերթ Միրին, մերթ Մրոցին, կռիվների աղբյուր ստեղծել, ամեն տարի մացառուտի կանաչ տերևները բացվելու հետ երկու գյուղումն էլ թեժացրել զայրույթը Ծիրանի տեփի համար...

Խորհրդային օրերն եկան:

Երբ որ գավառական քաղաքից թշնամու խուճապի մատնված զորքերը հեռացան, և բեզարած կարմիր բանակայինները պառկեցին Ազգային խորհրդի դիվանների վրա, բանակի շտաբը քաղաքի հետ գրաված համարեց և հեռու ձորերը, որոնցից մեկումն ընկած էին Մրոցն ու Միրը:

Հարկավոր էլ չէր զորք ուղարկել, ոչ էլ թնդանոթ: Տեղացի մի ագիտատոր անցավ ձորերով և պատմեց այն, ինչի մասին լսել էին ձորի գյուղերում:

Հենց որ լուր եկավ, թե գավառական քաղաքից փախել են նրանք, որոնցից ոմանք առաջվա չինովնիկի պես էին մտածում Ծիրանի տափի խնդիրը որոշելիս, երկու գյուղն էլ ականջները խլշեցին նոր օրերի լուրերին, աչքերի առաջ Ծիրանի տափը:

Եվ ձորերում քարոզող ագիտատորը հենց որ Միր գնաց և ընդարձակ կալում հավաքված ժողովրդին ճառ ասաց, ձեռքերն օդում ճոճելով, զայրացած մի քանի անգամ կրկնեց «արնախումներ, գիշատիչներ», Միրում շատերն այնպես հասկացան, թե այդ բառերը վերի գյուղին են ուղղված: Ճառից հետո եկվորին շրջապատեցին գյուղացիք, և առաջին հարցը Ծիրանի տափի մասին եղավ պատասխանը՝ թե «հողն աշխատավորին» — ավելի երկմիտ դարձրեց Միրի բնակիչներին: Ագիտատորի գնալուց հետո գյուղում ոմանք նրա պատասխանը հօգուտ Մրոցի էին մեկնաբանում:

Նույն ճառը կրկնվեց և Մրոցում: Այնտեղ էլ ժողովուրդը խլշած ականջներով լսեց նրան, և երբ ագիտատորը հողահավասարման անունը տվեց, բազմությունը շարժվեց. թե մարդիկ կային, որոնց մտքերը հեռու էին, ցնցվեցին, մոտեցան խոսողին: Շատ մարդ էր լսում նրան, և այդ րոպեին Մրոցում ոչ մի ուղեղ չկար, որի ծալքերում Ծիրանի տափի պատմությունը չդառնար շվաքի պես: Լսելուց հետո շատերը խոսեցին Ծիրանի տափի մասին:

Կեսգիշերին Մրոցում մի քանի մարդիկ խոսում էին կտուրի վրա, որի տակ քուրսու վրա քնել էր ագիտատորը:

— Հը՞, ի՞նչ անենք...

— Չի վերցնի, հերսոտ ա...

— Բա էդպես գնա՞, ախր լավ չի լինի...

Առավոտյան, երբ քաղաքից եկած ընկերը ձին նստեց ուրիշ գյուղ գնալու, նրան բարի ճանապարհ ասացին, մոտեցան ձեռք տվին:

Երբ մոտեցավ և նա, որ կեսգիշերին կտուրի վրա խոսելիս ասել էր, թե «լավ չի լինի, թե էդպես գնա» և ուզեց աջը մեկնի և բարևելիս ձիավորի բռան մեջ դնի այն,ինչ պինդ սեղմել էր ձեռքում, աջը մեկնելիս աչքը ընկավ ձիավորի աչքին, և կիսով չափ մեկնած ձեռքը երկյուղից ետ ընկավ փափախի վրա, բռի մեջ դրամ: Ձիավորին ճանապարհելիս նա փափախը հանեց: Նույն օրը կտուրի վրա խոսողները շատ հանդիմանեցին նրան, իսկ նա ուսերն էր վեր քաշում և ասում.

— Կարացի ոչ, աչքերը հերսոտ էր...

Մի գարուն էլ շուռ տվեց, և այդ գարնանը քաղաքից հողաչափ եկավ երկու գյուղի սահմանները որոշելու: Հողաչափը դեռ գյուղ չեկած՝ երկու գյուղումն էլ գիտեին նրա մասին այնքան տեղեկություն, կարծես այդ մարդը տարիներ էր ապրել նրանց հետ: Մինչև նրա գալը երկու գյուղումն էլ նրա մասին էին խոսում:

— Ասում են շատ խղճով ա:

— Խմիչքեղենից հեռու չի...

— Որ հերստեց, էլ պրծնում չկա, գործը կքանդի...

— Աչքի մինն էլ մի թեթև շաշ ա...

Հողաչափի գալուց հետո խոսքն ու զրույցն ավելի շատացավ: Դեռ Միրին չհասած, վերին գյուղից ձիավորներ էին եկել նրան իրենց մոտ տանելու: Եվ որովհետև նա « խմիչքներից հեռու չէր», վերի գյուղը գնաց, որի մասին լսել էր քաղաքում: Առաջին հաղթանակը թև տվեց Մրոցին, ջուր մաղեց Միրի գլխին: Ծիրանի տափի բախտը կիսով չափ որոշված համարեցին:

Հողաչափը շաբաթից ավել մնաց, երկու գյուղումն էլ կերավ ձու, կարագ, մեղր, քնեց մաքուր տեղաշորում, շատ անգամ էլ լսեց խանի և զուռնով բերած հարսի պատմությունը, Մրոցի ազդեցիկ մարդկանց խոսքը, որ իրենք Ծիրանի տափի պլանն ունեն:

Հողաչափը վերադարձավ: Ճամփին նրա ձիու սանձից բռնում էին: Երբ բռնողը Մրոցից էր, Ծիրանի տափն իրենց գյուղի համար էր խնդրում, իսկ եթե Միրից էր՝ Միրի համար:

Եվ երկուսն էլ համարյա նույն օրհնությունն էին թափում հողաչափի զավակների, տան և մեռած-կենդանի բարեկամների գլխին, աշխատում մի բան իմանալ, խոսքի միջից մի շող, որով լուսավորեին իրենց կասկածների մթությունը, մինչև քաղաքից մի լուր գար:

Իսկ հողաչափը հենց մի գլուխ ասում էր.

— Լավ կլինի, էնպես սահման եմ դրել ո՛ր...

Եվ այդ լավը հօգուտ Միրի եղավ...

Քաղաքից այդպես հայտնեցին Միրին էլ, Մրոցին էլ, նույն ձևով գրած, նույն թղթի վրա. « Ծիրանի տափն ամբողջովին տալ Միր գյուղին, որպես աղքատ և հողազուրկ գյուղի»:

Թեկուզ թուղթը շատ փոքր էր և հասարակ, բայց ամենամեծ ռումբն էլ այդպիսի աղմուկ չէր հանի Մրոցում, ինչ հանեց թուղթը: Գալիս էին նայում թղթին, ձեռք տալիս, թեկուզ շատերն էին անգրագետ, և ձեռք տալուց, ուրիշին էին վերադարձնում թուղթը, որ կեծացած թիթեղի կտորի պես խանձում էր ձեռք տվողի մատները:

Նույն երեկոյան Միրում գյուղացիք խոսում էին, կասկածներ հայտնում: Ճիշտ է, թուղթը չէր խանձում, բայց վստահություն էլ չէր տալիս: Այդ փոքրիկ կտորի վրա ի՞նչ գրչով կարելի էր Ծիրանի տափի պատմությանը վերջ տալ:

— Հը՞, ըստեղ մի բան կա որ...

— Չէ, էսքան շուտ չէր լինի...

Մյուս օրը Միրից երեք հոգի քաղաք գնացին, մոտեցան մի

երիտասարդի, որ հողային գործերն էր վարում, նրա սեղանին դրին Միրի համախոսականը: Զարմացք բան էր գրած համախոսականում, երիտասարդը կարդաց, քթի տակ ժպտալով նայեց գյուղացիներին:

— Մեզ Ծիրանի տափի կեսը տվեք, — ասացին նրանք:

ՄԻՐՀԱՎ

Աշուն էր, պայծառ աշուն…

Օդը մաքուր էր, արցունքի պես ջինջ: Կապտավուն սարերն այնքան մոտ, այնքան պարզ էին երևում, որ հեռվից կարելի էր համարել նրանց մաքուր լանջերի բոլոր ձորակները, կարմրին տվող մասրենու թփերը:

Աշուն էր, տերևաթափով, արևի նվաղ ջերմությամբ, դառնաշունչ քամիով, որ ծառերի ճղներից պոկում էր դեղնած տերևները, խմբերով քշում, տանում հեռու ձորերը: Նույնիսկ քարափի հաստաբուն կաղնին խոնհարվում էր քամու առաջ: Ամայի ձորերում, դեղնակարմիր անտառի և հնձած արտերի վրա իջել էր մի պայծառ տխրություն: Ջինջ օդի սառնության մեջ զգացվում էր առաջին ձյունի շունչը:

Այգում երիտասարդ կեռասենիները մրսում էին, քամուց խշշում: Սիմինդրի երկար տերևները թրերի նման քսվում էին իրար, պողպատի ձայն հանում: Կարծես ձիավորներ էին արշավում իրար դեմ, և սիմինդրի տերևը, որպես բեկված սուսեր, ընկնում էր քամու առաջ:

Արևի տակ ժպտում էր վերջին արևածաղիկը և օրորում դեղին գլուխը:

Դիլան դային նստել էր հնձանի պատի տակ, ընկուզենու չոր կոճղին: Նա սովորություն ուներ ուշ աշնանը վերջին անգամ այգին մտնելու, դուռ ու ցանկապատ ամրացնելու և հնձանը փակելու, որպեսզի ձմռան ցուրտ գիշերներին գայլ ու գազան չպատսպարվեն ներսը:

Չորացած ոստերի և ցողունների մի կապ ժողովել էր, դրել մոտը: Եվ հոգնությունից հանգստանում էր, աչքը հեռու սարերին: Նստել էր ու միտք էր անում՝ ականջը սիմինդրի տերևների խշշոցին:

Աշնան արևը ջերմացնում էր նրան. ձորի խաղաղությունը դուրեկան էր: Ծառերին փաթաթված վազերն օրորվում էին քամուց, Դիլան դայու միտքն էլ տարուբեր էր լինում, ինչպես քամիների բերանն ընկած չոր տերև: Քամուց հնձանի դռնակը մեղմ ճռնչում էր, և մաշված դուռը դողդոջ երգում էր մի հին երգ:

Եթե արևը չխոնարհվեր դեպի մայրամուտ, նա առանց հոգնության երկար կմնար այդ դիրքով և չէր հագենա մրգերը քաղած և արդեն դեղնող ծառերի սոսափից: Շուտով կիջնի ձմեռ, և ո՞վ գիտի, բացվող գարնանը նորից պիտի ի՞նքը բանա այգու դուռը, թե՞ մի ուրիշ ձեռք:

Աշնան խաղաղ օրերին նրան հաճելի էր և՛ սիմինդրի տերևների խշշոցը, և՛ վազերի օրորը, և՛ հնձանի դռնակի երգը:

Այդպես մի անգամ էլ, շատ տարիներ առաջ, ճռնչաց այգու դուռը: Էլի արև օր էր: Հնձանի ստվերում ուռենու կողովների մեջ սև խաղողը շողշողում էր:

Ներսը՝ քարե տաշտի մեջ, Դիլան դային, մինչև ծնկները բաց ոտներով, ճմլում էր խաղողը, և արնագույն շիրան քարե տաշտից ծորում էր կավե կարասը:

Հնձանը շոգ էր: Ճմլում էր խաղողը, ինքն իրեն դնդնում կայտառ մի երգ, և քրտինքի կաթիլները գլորվում էին, ընկնում շիրայի մեջ: Երիտասարդ էր այն ժամանակ. երակներում արյունը եռում էր իբրև թունդ գինի:

Դռան ձայնին Դիլանը գլուխը դուրս հանեց: Այգում ոչ ոք չկար: Ու հանկարծ, երբ սիմինդրի մարգերում երևաց գլխի զառ կապույտ մանդիլը, ինքը պահվեց դռան հետևը:

Կարծես հավք էր թաքնվել անտառի մթին խորշում: Ապա վիզը երկարեց, ինչպես կաքավը դեղնած արտերում խշշյուն լսելուց, և մի ջահել կին դուրս եկավ սիմինդրի խիտ արտից: Դուրս եկավ ճոճեց բարակ մարմինը, որպես եղեգ և կաքվի մանր քայլերով սորաց դեպի հնձանը:

Սոնան էր, զառ մանդիլով նորահարսը, լույս ատամներով այն աղջիկը, որ այնպես զրնգան ծիծաղում էր, երբ առվակի մեջ կախում էր սպիտակ սրունքները, իսկ դրացու տղան՝ Դիլանը, ջուր էր ցնցղում նրա ողկույզի պես գանգուր մազերին:

Հարսը փափուկ քայլերով, ինչպես այծյամը ձյունի վրա, մոտեցավ հնձանին: Դռան մոտ զրնգացին Սոնայի շալե շապիկի արծաթ սուրմաները, և ներս մտավ, ինչպես միամիտ հավքը վանդակի բաց դռնով:

Հանկարծ տեսավ նրան, ցնցվեց, ուտյուն արեցդեպի հետ, բայց մի կրակված ձեռք փակեց հնձանի դռնակը:

— Բաղը մարդ կգա, Դիլան, — դողալով խնդրեց նա:

Ու չիմացավ գինուցն էր, թե հնձանն էր տաք, — Դիլան դային չիմացավ:

Սոնայի ականջին շշնջաց.

— Կաց, անխիղճ...

Շշնջաց ու պինդ-պինդ փաթաթվեց նրան: Այնքան դուրեկան էր նրա շույը վեր չարած, լաջվարդ հալավի հոտը, այնքան տաք էր հնձանը:

Սոնան օձ պես կեռումեռ արեց, փորձեց ազատվել նրա բազուկների օղակից, կարոտով խնդրեց, խոստացավ:

Որպես եղեգ ճոճվեց նրա դալար մարմինը, և մեջքը խոնհարեց... Անիմաստ մաքառումից հոգնած, հարսը սրտաբուխ նրան ընծայեց իր մարմինը, որպես անարատ զոհ: Եվ նա ագահ համբուրեց հարսի կարմիր լար շրթունքը, անհագուրդ հիացավ ոսկեղեղձան հյուսերով, որ ծփում և խշշում էին լուսեղեն լանջի վրա:

Հետո թևը ջարդած հավքի պես Սոնան ամաչկոտ դուրս թռավ հնձանից, մի անգամ էլ շորորաց այգու շողոտ խոտերի վրա և ներսը թողեց լաջվարդ շապիկի բույրը:

Իսկ զրնգան սուրմաները կայտառ կոհակների նման ծափ էին զարկում:

***

Նրանք մանկության ընկերներ էին, և նրանց սերը էր նույնքան աննկատ, ինչպես մի գիշերում բացվում է մուգ մանիշակը: Առուների ափին, այգիներում, դաշտերից խուրձ կրելիս, ամառվա լուսնյակ գիշերներին խոտի դեզի մոտ, ամեն տեղ այդ սերը ծիծեռնակի պես ճռվողում էր , մինչև հասունացան նրանք, և մի օր էլ մեծատուն հարևանի շեմքով ներս մտավ Սոնան, հարսի քողը երեսին, քողի տակ արցունքից կարմրած աչքերը՝ պայծառ, որպես լեռնային ծովակ:

Հարսանիքից չորս ամիս հետո պատահմամբ հանդիպել էին իրար այգիների ճանապարհին: Դիլանը նրան կանգնեցրել, հարցրել էր հալը, Սոնան թախիծով թոթվել էր ուսը և արագ հեռացել:

Հանդիպումը բորբոքել էր նրան, բայց առաջվա նման մոտիկ լինելու ցանկությունը, իբրև խոր երկնքում նազով ճախրող թռչուն, երբեք չէր իջնում նրա շեմքին:

Ու հանկարծ այդ հավքը թառեց նրա ուսին....

Ինչու՞ եկավ այգին, արդյոք Սոնան մանկության առվակի ջրե՞րն էր կարոտել, թե՞ պատահմամբ մոտեցավ հնձանի դռնակին՝ մտածելով, որ ներսն էլ ամայի է, ինչպես այգում: Դիլան դային մինչև վերջը չիմացավ այդ:

Մի քանի անգամ մոտեցավ, կամեցավ նրա հետ խոսել, բայց Սոնան խույս տվեց:

— Թո՛ղ, Դիլան, գնա քեզ համար...

Եվ էլ իրար չտեսան:

***

Դիլան դային միայն գիշերը տուն գնաց: Ամբողջ օրը թափառել էր ձորում, եղել էր հարևանի այգու շրջակայքում, աղբյուրն էր գնացել, փողոցի անկյունում կանգնել էր, բայց ոչ մի տեղ Սոնային չէր տեսել:

Լուսնյակ գիշեր էր, երկինքն անամպ: Փչում էր գիշերվա հովը: Դիլան դային պառկեց դեզի գլխին, նոր հարած խոտերի վրա ու քունը չտարավ:

Հազարավոր չորացած ծաղիկներ բուրում էին խոտի խուրձերի միջից, և լուսնյակ գիշերով նրան այնպես էր թվում, ասես այդ նույն դեզի վրա պառկել է Սոնան և խուրձերի մեջ թողել լաջվարդի բույրը:

Լուսաբացին հալվեցին աստղերը, գիշերվա լազուրը գունատվեց: Երբ ծաղիկներն արթնացան գիշերվա նիրհից, և ցողը շողշողուն կաթիլներ շարեց նարնջագույն քարերի վրա, արևի առաջին շողերի հետ, գյուղի դիմաց, դեղնած արտերում զարթնեց կաքավը — Կա՛խ-կղա, շա՛խ-կղա…

Լսվում էր կաքավի թավ երգը: Ավելի վերև, անտառի խորքից, կանչում էր միրհավը:

Դիլան դային վեր կացավ, ուսը գցեց կայծքարով հրացանը և երեսը դարձրեց դեպի սարալանջի անտառը, որտեղից կանչում էր միրհավը:

Միրտ չուներ իջնելու այգին, տեսնելու հնձանը:

Քայլում էր Դիլան դային շաղոտ խոտերի միջով, հնձած արտերն էր կոխ տալիս, ոսկեգույն ծղնոտները և գլուխը կախ բարձրանում դեպի անտառը՝ արահետի կեռմաններով և թփերի միջով:

Ահա ճամփի եզրին՝ մասրենու պառավ թուփը, նրա մոտ տափակ քարը, որի վրա հովիվներն այժմ էլ աղ են ցանում ոչխարի համար… խուրձ էին կրում միասին՝ ինքը, Սոնան: Արևը խանձել էր աղջկա երեսը, ոսկեդեղձան հյուսերի ծայրը: Դեղին ծղնոտի փշրանքներ կային մազերի արանքում:

Կալից ձիերը քաշում էին, հասնում այդ քարին և ձիերը կանգնացնում: Ինքը բարձրացնում էր Սոնային ձիու վրա, հետո իր ձին նստում և գնում արտերը խուրձի:

Մի անգամ էլ Սոնան խնդրեց, որ միասին նստեն: Ու մի ձին հետքից քաշեցին: Առջևը Սոնան էր նստել, հետևում ինքը: Մի ձեռքով սանձն էր պահում, մյուսով գրկել էր նրա բարակ մարմինը: Աղջկա ծամերը քսվում էին նրա երեսին:

Իսկ մյուս առավոտը, երբ այդ քարին հասան, և ինքն առաջարկեց նորից միասին մի ձիու նստեն, Սոնան հայտնեց, որ մայրը հանդիմանել է իրեն և խստիվ պատվիրել առանձին նստելու…

— Ինչու՞:

— Ամոթ է, — ասաց աղջիկը արդար ժպիտով:

Դիլան դային մոտեցավ մի դեզի, ձեռքը կոխեց խուրձերի մեջ և տաքություն զգաց: Կեծացել էին խուրձերը, գիշերվա խոնավությունից հասկերը տմկել էին:

Երբ ծանոթ արտին հասավ, հենվեց կայծքարով հրացանին, միտք արեց: Սոնան այստեղ մի ամառ քաղհան էր անում, կռանում էր ցորենների վրա, մատները փուշ էին մտնում: Սոնան հնձվորի համար հաց էր բերում, քրտնում էր արևի տակ և քրտինքից շապիկը փակչում էր լանջին:

Լինե՜ր, այնպես լիներ, որ ինքը հնձվոր լիներ, նրանց արտը հնձեր, Սոնան հաց բերեր իրեն, շապիկը քրտներ և քրտնած նստեր կողքին:

Ետ նայեց Դիլան դային, եկած ճանապարհին նայեց: Մարդ չկար. աշնան մերկ դաշտերն էին: ու միայն մասրենու կարմիր թփերն էին, և փայլուն մասուրները դեղնած տերևների արանքում:

Հանկարծ մի թփի ետևը լսվեց կաքավի ձայնը.

— Կա՛խ-կղա, շա՛խ-կղա…

Դիլան դային զգույշ քայլերով, կուզեկուզ մոտեցավ թփերին: Հնձած արտերում կաքավները հավաքում էին ընկած հատիկները, կտցահարում թափված հասկերը: Մեկը չէր, շատ էին: ցատկոտում էին, օրորում գեր մարմինները: Գարնան երկու ճուտեր մի հասկի համար կռվում էին՝ կտուց կտուցի:

Դիլան դային չոքեց, նշան բռնեց: Մի գեր կաքավ սպիտակ վիզը ձգեց, սկսեց չորս կողմը նայել: Մյուսները լռեցին, տապ արին ծղնոտների մեջ: Քամին խշշացրեց թփերը, ինչպես Սոնան՝ սիմինդրի երկար ցողունները... Ու խշշոցը կաքավներին հասավ թե չէ, իսկույն փռռալով մի քանի հանգույց արին օդում, իջան արև առած արտերի վրա:

Ճանապարհը շարունակեց: Քանի գնում թփերն ավելի էին շատանում, արտերի մեջ երևում էին հատուկենտ կաղիններ՝ ծռված, կռացած, կայծակից խանձված: Ասես պահապաններ էին կանգնել անտառի և արտերի սահմանում:

Արահետը բարակում էր: Վերջին արտերն էին կոխ տալիս: Անտառից հովը փչեց նրա դեմքին, ռունգերն ագահորեն ծծեցին անտառի խոնավ ու զով օդը:

***

Անտառը ծանոթ էր նրան, գիտեր, թե որտեղ է սիրում բուն դնել ու կանչել միրհավը, մթին անտառների ոսկեփետուր թռչունը:

Անատառի մեջ մամռոտ ժայռեր կային, արջաբներ, քամուց ընկած դարավոր կաղնիներ, որոնց վրա սունկերը շար էին ընկել: Ծառերի կիսաչոր ճղները մամռոտել էին, և կիսախավարի մեջ կարծես հետին ոտքերի վրա բրդոտ արջեր էին կանգնած:

Ժայռերին չհասած՝ դիմացից լսվեց հրացանի պայթյուն:

Աղմուկից դղնգաց անտառը, դեղին տերևներից ցողի խոշոր կաթիլները մետաղի ծանրությամբ ընկան խազալի վրա: Մթնկա խորշում թփրտաց գիշերահավը:

Ո՞վ պիտի լիներ: Կայծքարով հրացանի ձայն չէր: Իսկ գյուղում ուրիշ բերդան չկար:

— Տեսնես ո՞վ է որս անում, — մտածեց նա:

Տերևները խշշացին: Դիլան դային տապ արավ, պահվեց քարի ետևը: Միրհավն էր, հանգիստ քուջուջ անելով փոխում էր արնագույն տոտիկները և կտուցով քրքրում լորենու փափուկ տերևները:

Դիլան դային թաքստոցից գլուխը հանեց նշանի, հրացանի փողը երկարեց քարի վրա: Բայց հանկարծ թռավ միրհավը, հետքից մի ուրիշը, ապա երրորդը, չորրորդը...

Զգույշ է միրհավը, դժվար է նրան խփել: Երբեմն այնքան մոտ է գալիս, ահա ուզում ես կրակել, բայց մի թեթև խշշոցից, նույնիսկ որսորդի խոր շնչառությունից, — բացում է թևերը, թռչում գնդակից արագ, ծղրտում, պտույտներ անում թանձր սաղարթի վրա և անձայն իջնում մի ուրիշ տեղ: Զգույշ է միրհավը, քուջուջ անելիս ձգում է վիզը, աջ ու ձախ կռանում և ապա նորից երկարում վիզը, չորս կողմը նայում:

Դիլան դային թաքստոցից դուրս եկավ, ճանապարհը շարունակեց: Արդեն անտառի խորքն էր, տեղ-տեղ ծառերն անանց պատնեշ էին կազմել: Տերևները հարյուրավոր տարիներ թափվել էին իրար վրա, արևերես չէին տեսել ու չէին փտել: Ծառերի բները թաղվել էին տերևների կույտի մեջ, և ճյուղերը թխսամոր թևերի նման փռել ստվերում բուսած կապույտ սունկերի վրա:

Դիլան դային կոխ էր տալիս չորացած տերևները, թաղվում, ինչպես հարդի շեղջի մեջ, սայթաքում և ճղներից բռնելով ճանապարհը շարունակում:

Հասավ աղբյուրը, կռացավ, կուշտ խմեց: Քիչ հետո իջավ լորենիների ձորը:

Ներքև, քարերի վրա, այնքան շատ միրհավ կար... Արևը տաքացրել էր մամռոտ քարերը, ոսկեփետուր միրհավը, թևերին սև պուտեր, թռչում էր քարից քար, կանչում, կտցահարում հարևանին, էգի շուրջը պտույտներ անում:

Նշան բռնեց: Երբ քարը կայծ տվավ և կայծից բռնկվեց վառոդը, հրացանի փողից բոց ու մուխ ելավ, ձորերը որոտացին ահավոր արձագանքով, ձորից թռան միրհավները՝ թևերը լայն, փափուկ բմբուլով, թևերը փռած աշնան արևի ոսկե շողերի տակ:

Միայն մեկը թպրտաց, մամռոտ քարից վայր ընկավ թփուտների մեջ:

Դիլան դային վրա վազեց և վազելիս նկատեց, որ մի սպիտակ շուն, լեզուն հանած, ցատկեց թփուտների կողմը: Որսկան շան շունչն ու Դիլան դայու ձեռքերը միասին ձգվեցին դեպի արնոտ միրհավը:

Նրա մատները դիպան դեղին բմբուլներին, բայց վիրավոր միրհավը հանկարծ թևին տվեց, թռավ վեր: Երկու փետուր օրորալով վայր ընկան, աշնան դեղին տերևների նման:

Դիլան դային ափսոսանքով նայում էր արնոտ միրհավի ետևից, երբ հանկարծ, շատ մոտիկ լսեց ոտնաձայն: Հետ նայեց, աչքերը զարմանքից լայնացան,և հրացանը բնազդմամբ ձեռքից վայր սահեց ծառի ետևը: Անտառապահն էր, աչքերը՝ կաս-կարմիր ածուխ...

Մոտեցավ, բղավեց, և մինչև ուշքի կգար, նար մտրակը օդը ճեղքելով չափեց Դիլան դայու ուսը, մինչև թիակների ոսկորը,մրմուռը ծակծկեց, ինչպես եղինջի հարվածը բաց մսերի վրա:

Անտառապահը հարվածում էր նրան և զայրանում, որ Դիլան դային փախցրել էր նրա զարկած միրհավը:

Անտառապահի որսկան շունը մեկ նայում էր տիրոջը, մեկ Դիլան դայուն, մռռում էր, պոչը գետնով տալիս, մեկ բերանը բաց՝ հուզմունքից հորանջում, մեկ էլ անհանգիստ հոտոտում թփերը, որտեղ քիչ առաջ թպրտում էր արնոտ միրհավը:

Անակնակալ հանդիպումը նրան շշմեցրեց… Նրանք արդեն հեռացել էին, երբ Դիլան դային ուշքի եկավ, նայեց նրանց հետևից, մտաբերեց շան կարմիր երախը…

Դիլան դային նստեց քարի վրա: Ցավից նրա դեմքը կծկվում էր: Մեջքը կարծես շիկացած շամփուրներով խանձել էին, աչքի տակը հարվածից տաքացել էր: Երկար միտք արեց Դիլան դային, աչքի միրհավի երկու փետուրներին: Մի անհուն դառնություն և կսկիծ ավերեց նրա չքնաղ օրը:

… Արևը խաղում էր մայրամուտի ամպերի հետ: Անտառում լռություն էր: Միրհավը թռել էր հեռու… Մամռոտ քարի վրա երկու փետուր էր ընկած, դեղնագույն-սև պուտերով, իսկ թփի չոր ճյուղերին՝ արյան կաթիլներ:

Դիլան դային ձորով իջավ ներքև:

Երբեմն երազ էր թվում միրհավը, բայց մտրակի տեղերը մրմնջում էին, աչքի տակ ցավ էր զգում, ոտքերը թեթև դողում էին:

Սեղմել էր հրացանի տաք փողը, ինչպես միրհավի մարմինը, որին միայն մի վայրկյան շոշափեց և մատների ծայրով զգաց, որ բմբուլը փափուկ է: Միրհավի մարմինը՝ տաք բմբուլ, ինչպես Սոնայի մարմինը լաջվարդ շապիկի մեջ:

Տուն չգնաց: Քարքարոտ արահետով իջավ այգին: Ճռնչաց հնձանի դռնակը, ներս մտավ, մեկնվեց քարե հատակի վրա:

Երբ առավոտյան արևի շողքը հնձանի դռնակի ճեղքով փայլեց ներսում, Դիլան դային զարթնեց, տրորեց աչքերը և աչքի տակ ցավ զգաց: Ուռուցքը չէր անցել:

Այդ օրը նա քարե տաշտում ավելի զայրացած էր ճմլում սև խաղողը և չէր զգում, թե ինչպես քրտինքը գլորվում է ճակատից, կաթում պղտոր գինու մեջ:

***

Աշուն էր, պայծառ աշուն…

Հնձանի առաջ նստել էր Դիլան դային, գլուխը խոնարհել կրծքին ու միտք էր անում արևի տակ՝ անցած-գնացած օրերի մասին:

Այդ աշնան հաջորդ ամառը Սոնան մեռավ երեխայի վրա, և լաց

լացին նրա մայրը, ամուսինը, բարեկամները: Ուրիշ աղջիկ գնաց նրա տեղը, Դիլան դային էլ կին առավ, բայց հիշողության մեջ հավիտյան անջինջ մնաց Սոնան, հնձանը, լաջվարդ շապիկը, արծաթե սուրմաները:

Դիմացի բլրակի լանջին գերեզմանատունն է: Սոնայի գերեզմանաքարի վրա մամուռ կա, գրերը վաղուց լցվել են հողով, քարը թեքվել է մի կողքի վրա և թաղվել հողի մեջ:

Սոնային լաջվարդ շապիկով թաղեցին: Արդեն վաղուց փտել է լաջվարդն էլ, ոսկե մամուռի նման մարմինն էլ...

Քանի աշուն էր անցել այն օրից, — համարք չունի: Գիտի, որ ինքը զառամել է արդեն, քայլելիս հենվում է փայտին, աչքը չի տարբերում աշնան անտառի գույները, ականջը սուր չէ մանրիկ ոտնաձայն լսելու:

Հնձանի առաջ խոխոջալով հոսում էր առվակը, գիշեր-ցերեկ ջուրն աղմկում էր, ջրի անվախճան և անքննելի զրույցն անում մամուռներին, քարերին ...

Դիլան դային առվակի կողմը նայեց, ժպտաց: Նրա հիշողության խավար անդնդում բոցկլտաց այն օրը, ինչպես միայնակ աստղը մթին երկնքում: Այն օրը, երբ Սոնան սրունքները կախել էր առվակի վրա և ծիծաղում էր...

Ապա միտքը սահեց, արահետով անցավ դեպի անտառը:

Միրհավ կար անտառում, թռավ արնակոլոլ, երկու փետուր թողեց փափուկ մամուռների վրա: Միրհավի պես էր Սոնան, աչքերը խաղողի սև հատիկներ, — տարիներ առաջ, մի արևոտ աշնան, երբ իր ջլուտ ոտքերը պղնձաքարի ծանրությամբ ճմլում էին խաղողը, և անապակ գինին շիթ առ շիթ ծորում էր մատների արանքով...

Միրհավի պես թռավ Սոնան, հետքից թողեց տխրություն և դառնաթախիծ հուշեր:

... Դիլան դային վեր կացավ, հետ քաշեց հնձանի դուռը, երկաթե փակն ամրացրեց, մինչև մյուս գարուն: Ապա կռացավ, դժվարությամբ շալակեց չորացած ոստերի և ցողունների կապը և հոգնած ոտքերը ծերունու հուշիկ քայլերով փոխեց դեպի այգու դուռը:

Այգում էլ ոչ ոք չմնաց:

Միայն իրիկվա հովից խշշում էին սիմինդրի կոշտացած ցողունները. չորացած տերևներն անհանգիստ խմբվում էին այս ու այն անկյունում, թպրտում հուսահատ և անմռունչ պառկում սև գուբի մեջ:

ԳՅՈՒԼԲԱՀԱՐԻ ՀԱՄԱՐ

Կա մի գյուղ՝ քսան երդիկով, անունը Դրմբոն: Առավոտ ծեգին քսան երդիկից ծուխ է բարձրանում, կրակը թանով ապուրն է տաքացնում:

Դրմբոնը ձորեր ունի դրնգան, սրածայր քերծեր, մի-մի շիշ փափախ, և ձորում դրնգան էշի զռոցը զիլ արձագանք է տալիս՝ դմբ-դմբ դրնգան: Եվ երբ ձորերում արձագանքը մի ապառաժից մյուսն է խփում, այծերը քարի ծերպին նոսր մացառի կանաչ տերևները չեն ուտում, խլշած նայում են ներքև, ձորի անդունդին և մկկում:

Կա մի գյուղ՝ Դրմբոն, ճանապարհից հեռու, առանց դպրոցի, Դրմբոնում մի տերտեր՝ տեր Մարուքը խնուսցի: Երբ «փաշայի» զաղթականության ալիքը պղտոր, տարիներ առաջ լափին տվեց Դրմբոնի ձորերին և հեռացավ, պղտոր ալիքը դրնգան ձորերում թողեց մի տաշեղ՝ խնուսցի տեր Մարուքին:

Պատահել է ճիշտ այնպես, ինչպես մանկական հեքիաթումն է գրված. «Երկինքը փուլ եկավ, մի կտորն էլ պոչիս ընկավ»: Եվ այդ կտորը տեր Մարուքն էր, որ ընկավ Դրմբոնի պոչին:

Մի ամիս, երկու ամիս հիվանդանում է տեր Մարուքը, հետո տեղը լայնացնում, դառնում Դրմբոնի ծխատեր քահանա: «Մենք քեզ հոտ, դու մեզ հովիվ», ասում են դրմբոնցիք: Տեր Մարուքը երջանիկ օրերում է ապրում, խժռում, ինչպես թրթուրը կաղամբի համեղ տերևը, անդաստանով, պատարագով լղարած կողերը ճարպակալում:

Դրմբոնում կա մի կին ՝ Գյուլբահարն այրի, երկու որբատեր, տունը՝ մեկը քսան երդիկից, տեր Մարուքի քսան ծխից, — տունը գյուղի ծայրին: Գյուլբահարը՝ մարդաթող, Գյուլբահարը՝«զարնան ծաղիկ»: Եթե ապրեր Թլկուրանցին Դրմբոնում, Գյուլբահարի համար երևի կասեր.

— Գենա բահար, այլվի բահար,—

— Այլվի կուտան սիրո խաբար...

Թլկուրանցու փոխարեն տեր Մարուքն է մտքում ասում, թե ի՜նչ փափուկ միս ունի Գյուլբահարն այրի: Ճարպոտում է տերտերը, եռում է արյունը երակներում, և զատկին մասունք տալիս նրա ձեռքը կամացուկ շոյում է Գյուլբահարի թշերը:

Մի տարի, երկու տարի: Գյուլբահարն է տերտերի փոխնորդը լվանում, փարաջան կարկատում: Փոխնորդը թևի տակ Գյուլբահարի մոտ գնալիս տերտերը մութին է սպասում, գիշերին՝ անլուսին:

Մեկ, երկու. հոգևոր հորդորը դառնում է մարմնավոր, և ամեն անգամ, Գյուլբահարի տնից վերադառնալիս, տեր Մարուքն ավելի ախորժով է սղալում միրուքը, մեջն սպիտակած, շրթունքները ծպպացնում: Այդպես հանգստանում է ճանճը, սեղանի վրա մոռացված շաքարի կտորը լիզելուց հետո:

***

Մի օր էլ Դրմբոն կոմսոմոլ մի տղա եկավ, ասեց, խոսեց, դըմբոնցի ջահելները խմբով ճամփա դրին նրան: Մյուս օրն արդեն կոմսոմոլը Դրմբոնում բջիջ ուներ:

Գյուղն առաջ էլ դժգոհ էր տեր Մարուքի Գյուլբահարի մոտ գնալուց: Դժգոհությունը խուլ էր: Դրմբոնը չէր հավատում, թե քահանան անդաստանից բացի Գյուլբահարի համն էլ գիտե:

Դրմբոնը նահապետական, վագոնի երեսը չտեսած, Դրմբոնը՝ առանց երկաթ գութանի, կոմսոմոլն էլ հին աղաթով, պապական նամուսով: Մի հարց, որպես սյուն, ցցվում է ջահելների առաջ:

— Մեր գյուղի պատիվը գաղթական տերտերն էսպես ոտնատակ տա՞... Այ նրա կարգին, ճակատի մեռոնին...

Դրնգում է կոմսոմոլը, արձագանք են տալիս լուսավորչական ծերերը: Յախշին՝ Դրմբոնի նախագահը, գործի է անցնում, հետևում են, պայման անում տեր Մարուքին բռնելու:

Զգույշ է տեր Մարուքը, զուսպ է, բայց սենյակի մթության մեջ ցանկությունները հաճելի «ելանեն, լեռնանան և իջանան, դաշտանան»...

Չի լինում, չի դիմանում: Մի գիշեր էլ, «տաքության մեջ» հարևանի երեխին ուղարկում է Գյուլբահարին կանչելու, տերտերի մրսած մեջքին գավաթներ փակցնելու: Երեխան Գյուլբահարին է կանչում, հետո ծլկվում Յախշու մոտ:

Վառվում է տերտերի տան կավե ճրագը, Գյուլբահարն իր ձեռքով է կախում լույսը պատուհանից և երբ հանգցնում է կավե ճրագը, Յախշին կապում է դռան ռիզան:

Ասես արջ է թաթը կոխել ծառի փչակում բուն դրած մեղվանոցում: Այդպես աղմկում է Դրմբոնը գիշերով, կանայք կտուրներից չանչ են անում Գյուլբահարին, մոթալ փափախների տակ հարյուր աչք է պեծին տալիս, մթնում մահակները շարժում:

Տեր Մարուքը՝ մթին սենյակում, թակարդ ընկած արջի պես մռռում է, խաչակնքում երեսին, իսկ դուրսը՝ գարնան վարար հեղեղի պես վշշում է Դրմբոնը, աղմուկից զրնգում են ձորերը...

— Այ ժողովուրդ կարգին խնայեք ... — Մուխսին է կանչում, գեղի ալևորներից՝ հարգով, պատվով:

Յախշին ետ է տալիս ամբոխին աղմկող, մինչև լուսաբաց պահակ է դնում տերտերի դռան: Եվ միչև լուսաբաց օջախի մոտ ջահելները խոսում են, պլան քաշում, թե ինչ անեն տեր Մարուքին:

Առավոտյան գյուղի մեյդանում,կաղնու շվաքի տակ, ուր ամռան

շոգին նախրից ետ արած հորթերն են դինջանում, կաղնու շվաքի տակ, գեղական ժողովը որոշում է տեր Մարուքին գյուղից հանել:

Երեք օր բերնեբերան, ձորերի արձագանքի պես, գիշերվա լուրն է տարածվում: Խոսում են մոտիկ, հեռու հարևանները: Մեկը թե՝

— Գնացի, որ երդը ծածկեմ, տեսա տերտերի տանը ճրագը հանգած: Երդից կռացա, փսփսոց էր գալիս, իմացա, որ տերտերը Գյուլբահարի հետ պոռնիկություն է անում: Էդ միջոցին Յախշին զցում է ռիզան:

Մի ուրիշը պատմությունն ավելի է ծաղկեցնում.

— Վազեվազ գնացի տերտերի տունը և հեռվից տեսա, որ տերտերը դուռը ծեծում է. նաև տեսա, որ մի շվաք տան աջի կողքով անցավ դեպի վերև...

***

Մի օր էլ թուղթ եկավ Յախշու անունով, դատարանն էր կանչում: Ո՞վ էր սովորեցրել տեր Մարուքին գործը դատարանին տալ:

Էլի ժողով, էլի աղմուկ քարի գլխին ցինի բնի պես թառած Դըմբոնում:

— Սաղ գեղով վկա ենք, տեր Մարուքին հանենք մեր գյուղից...

Եվ քարվանը շարժվում է դատարան, ճանապարհին՝ աղմկելով, խոսքը մեկ անելով, մահակներով:

Դըմբոնը դատարանի կարգին ծանոթ չէ դեռ: Եվ երբ քարվանը ներս մտավ, Մուխսին, որ գիշերվա աղմուկին կանչել էր, թե կարգին խնայեք, Մուխսին տեսավ տեր Մարուքին դատարանի անկյունում, նստարանի վրա կուչ եկած: Եվ Մուխսին, թե՝

— Բա ես քո տեղն ա՛, տերտեր, — ասաց և սկսեց պատերից կախված նկարներին նայել:

Դատարանի լուսավոր սենյակի պատերին խառնիխուռն նկարներ են փակցրած: Ահա մի պլակատ՝ կաթնարտելի մասին, թևավոր մի ուղտ, օդի ոլորտում թռչում է, տակը տպած « Կորչի իմպերիալիստական պատերազմը»: Այդպես տպել են, բայց «պատերազմի» վրան դատարանի ցրիչը փակցրել է «դատարանը» և ստացվել է «Կորչի իմպերիալիստական դատարանը»:

Դըմբոնցիք նայում էին պատի նախշերին, Մուխսին բոթում էր Յախշուն — տես, ինչ նախշուն կով ա էն...

Դատավորը մեղադրականը կարդաց, և երբ Յախշին ասաց, թե չհասկացանք, դատավորը բացատրեց, որ խորհուրդը մեղադրվում է ինքնագլուխ և ապօրինի բանտարկության համար: Մի կուժ սառը ջուր թափվեց Մուխսու գլխին, և նա շշմածի պես նայեց պատերին, դատավորին, կոշտացած մատներով փափախը ճմռթեց, ինքն իրեն հարցրեց, թե՝

— Էս ո՞նց ա, տեր Մարուքը գեղի պատիվը թափեց, հիմա Յախշին ա մեղավո՞ր...

Եվ երբ դատավորը Ցախշուն հարցրեց, թե մեղավոր է ճանաչում իրեն, Մուխսին առաջ ընկավ.

— Մեղավորը տերտերն ա...

Ցախշին խոսեց, Մուխսին, դրմբոնցիք: Մեկն ասաց, թե գյուղի կանայք են դրդել, որ Գյուլբահարի գլխին այդ խաղն անեն, թե չէ՝

— Մենք էլ կսովորենք նրանից:

Այդպես են ասել դրմբոնի կանայքը:

— Գյուլբահարն ինչպիսի՞ կին է, վարքի կողմից մաքու՞ր է, թե ոչ, — հարցնում է դատավորը:

Դրմբոնցի մեկը, արծվաքիթ, քթում խոսող, տեղից կանչում է՝

— Գյուլբահարին իսկի կարողանու՞մ ենք պահել. ետ տալ ետ ճանապարհից:

Մի ուրիշը, որ խոսելիս ձեռքերը կրծքին է խաչում և խոնարհ գլուխ տալիս, մի իսկական դրմբոնցի, դատավորի հարցին, թե՝ առաջ էլ է՞ տեսել Գյուլբահարին տերտերի մոտ, — պատասխանում է.

— Մի անգամ եմ տեսել:

— Ի՞նչ էր անում...

— Չեմ կարա ասի, լեզուս պատ չի տա ասեմ:

— Ուրիշին հո չե՞ս ասել դրա մասին:

— Դե, հոգի ունեմ տալու: Երեք մարդու թաքուն ասել եմ, թե նրանք սաղ գեղով մին իմաց են տվել, մեղքը նրանց վզին լինի:

Դրմբոնցի չոբանին են հարցնում՝ անգետ, անբան, փափախը գլխին, երկու ոտքով քարի կտոր:

— Անունդ ի՞նչ է , — հարցնում է դատավորը:

— Ի՞մ , — պատասխանում է ծոր տալով և քիչ անց ասում:

— Քանի՞ երեխա ունես:

— Ե՞ս , — ասում է, մտքերը ժողովում, ասես նոր է իր երեխաների համրանքն անում:

— Ի՞նչ գիտես:

— Ե՞ս ... — և պատմում է, որ այդ գործից հետո տեր Մարուքը ժողովրդին խնդրել է, թե՝

— Ա հասարակություն, անց կացեք, ծեր քահանա եմ, սպիտակած միրուքիս խնայեցեք:

Դատավորը Ցախշուց է հարցնում, թե ինչու՞ է ռիզան զցել, Մուխսին տեղից ձեն է տալիս.

— Բա թողեինք շնություն աներ, էգուց էլ սաղ գեղը վարակե՞ր...

Ցախշին պատասխան է տալիս, որ ռիզան զցելու մասին ժողովուրդը որոշում ունի: Մի կոմսոմոլ ավելացնում է, թե Դրմբոնում կառավարության օրենքներին ծանոթ չեն:

— Էդ գործը մեր գյուղում շատ վատ բան ա, իսկ թե կառավարության օրենքին ընդունելի չէ, էդպես չենք տանի...

Տեր Մարուքն է խոսում: Գյուլբահարն աղքատ կին է, տերտերն

եկամուտից երբեմն բաժին է հանել նրան, շորերն է լվանալու տվել, իսկ ինչ որ ժողովուրդն է ասում, սխալ է, սուտ, ջահելների սարքած խաղ:

— Հայոց սինոդ որ իմանա, ինձ ի՞նչ կանի, — ասում է, նայում է դրմբոցիներին, «ծխատեր» քահանայի դիրքով:

* * *

Դատարանը Ցախշուն մեղավոր ճանաչեց, բայց Դրմբոնի պայմաններն ի նկատի ունենալով՝ ներեց:

Աղմուկով հեռացան դրմբոնցիք հաղթանակից վերադարձող բանակի պես:

Միայն Մարուքն էր, հարցական նշան, միտք անում, թե էլ որտեղ կա Դրմբոն, ժամի զանգեր ծլնգան, շարական ու մաշտոց և Գյուլբահար, Գյուլբահար...

ՄԻՆԱ ԲԻԲԻՆ

Մինա Բիբուն ասել էին, որ երեկոյան հարսն ու որդին գյուղ պիտի հասնեն: Եվ դեռ երեկո չեղած, նա կտրից տուն չէր ուզում գա:

Կանգնել էր կտուրի վրա, մի ձեռքը ճակատին, մայր մտնող արևի շողերից աչքերը ծածկելով, նայում էր հեռուն, կածանի կեռումեռ պտույտին և սպասում էր, թե երբ են երևալու:

Որդին օտար քաղաքից էր գալիս: Տասը տարուց ավելի էր, որ գյուղ չէր եկել, մայրը նրան չէր տեսել: Քաղաք էր գնացել դեռ պատանի, մախմուրի պես աղվամազով, իսկ այժմ վերադառնում էր կնոջ ու աղջկա հետ:

— Ա՛յ պառավ, բա օքմին չի երևո՞ւմ, — ներքևից կանչեց Ավան ամին: Նա էլ սենյակում էր անհամբեր և շուտ-շուտ ձայն էր տալիս պառավին, լռությունը սրած, ոտնաձայնի պատրաստ:

— Ջինգիլա քարի մոտ հրեն երկու ձի յա երևում, մին ոտավոր էլ կա, — պատասխանեց Մինա բիբին կտուրից և լարեց առավել տեսողությունն իր: Նրա աչքերն ավելի փոքրացան, ձգվեց, ասես երկարացավ, որ ավելի լավ տեսնի, կանգնեց ոտքի թաթերի վրա:

Մի պահ հառեց կկոցած աչքերը Ջինգիլա քարին, փորձեց որոշել, թե ովքեր են գալիս: Մի քիչ էլ, և հանկարծ Մինա բիբին ծնկներում թեթև դող զգաց, ափ ընկած ձկան պես սիրտը թրթռաց, ներսում հրճվանքը ալիքի պես բարձրացավ, կոկորդին դեմ առավ:

Եվ շնչասպառ, կտուրից իջավ, տուն վազեց:

— Գալիս են, ա՜յ մարդ, հրեն է...

* * *

Մյուս առավոտ Մինա բիբին սովորականից կանուխ զարթնեց: Գիշերը քունը չէր տարել:

Գիշերը երբեմն զարթնում էր, նստում տեղաշորի մեջ և ականջը սրում՝ տեսնելու, թե ով է զարթուն, ինչպես են քնել: Մի անգամ էլ վեր կացավ, ճրագը վառեց, նայեց մեկ էլ, ասես տեսածին չէր հավատում: Մոտեցավ և վերմակի կախ ընկած տուտը կամացուկ շտկեց:

Նա մի ուզեց ալնորին զարթեցնի, մտքինն ասի, բայց հանգ չարավ: Ճրագը հանգցնելուց առաջ մեկ էլ նայեց, ինչ-որ բան ասաց գորովով և շուլալվեց վերմակի տակ:

Առավոտ կանուխ ջրի գնալը, կովեր կթելը Մինա բիբուն ավելի հեշտ թվաց: Ուրախությունից ջահելացել էր. երբեմն սենյակ էր մտնում, մտքինը մոռանում, նորից դուրս գալիս: Կամ օջախի կրակին փչելիս, երբ աչքին էր ընկնում հովանոցը կամ մի ուրիշ իր, որ բերել էր որդին, — տնտղում էր ուշադիր, էլի իր տեղը դնում:

Երբ օջախի առաջ ամաններն էր լվանում, թեյամանը կպավ ափսեին և զրնգաց: Ավան ամին նեղացավ, թե կամաց, կզարթնեն, իսկ Մինա բիբին՝

— Ձեռքս չորանա:

Ասեց և շփոթմունքից չնկատեց, որ կաթը եռաց ու սպիտակ փրփուրը թափեց մխացող աթարի վրա:

Ավան ամին սրահի առաջ կանգնել էր և ուրախ ժպիտն երեսին բարի լույս էր ասում փողոցով անցնող հարևաններին, ովքոք մոտենում և աչքալույս էին տալիս:

— Փոխն էլ ձեզ լինի, ձեր դարիբն էլ տուն գա:

Եկողին Ավան ամին մի թաս օղի էր առաջարկում ու մազա՝ չոր միրգ կամ պանիր-հաց:

Դեռ անցյալ տարի նա իր մտքում դրել էր մի եզ մորթել որդու գալու առթիվ: Եվ երբ այդ մասին խոսք բացեց պառավի մոտ ու ավելացրեց, թե չի՞ լինի, որ եզան տեղ մի չաղ ոչխար մորթի, Մինա բիբին բողոքեց: Խոստացած մատաղը պիտի անել, հազարից մի անգամ է այդ հարկի տակ այդպիսի ուրախություն:

Հետո Ավան ամին գոմ գնաց: Նա մոռացել էր տավարին կանուխ ապուռ տալ: Այդ առավոտ նա իր բազուկների մեջ մի առանձին ուժ զգաց, ավելի արագ գոմն ավլեց, խոտ ու դարմանը ավելի շատ տվավ:

Նրան թվաց, թե տավարն էլ է զգում, որ տանը ազիզ մարդիկ կան: Կովերը տաք գոմում ախորժով խոտ էին ուտում, իսկ Ավան ամին կոշտացած ձեռքերով, որոնց ուռած երակներն ասես պարաններ լինեին, — շոյում էր կովերի մեջքը, փաղաքշական խոսքեր ասում:

— Ապե՛ր, հո շատ չես չարչարվել...

Որդին էր՝ Տիգրանը, որ զարթնել էր ու հոր ետնից գոմ եկել:

— Մի գա՛, գնա՛, գնա՛ տուն. սապոգներդ թրքոտ կանես, բալաս: Մեր փեշակն ա, բա, պտի չարչարվենք, առանց էդ չի:

Գոմ գալուց առաջ Տիգրանը իրենց բակից նայեց գյուղին, խոտի սևացած դեզերին, աթարի բուրգերին, շնչեց գյուղի օդը՝ բակերում, փողոցներում կիտած աղբի, վառած աթարի ու կծծած խոտի, գոմերից դուրս եկած ու մեզի անդուրեկան, ծանր հոտով լցված գյուղի օդը:

Եվ այնպե՛ս խեղճ թվաց հայրենի գյուղը, այնքա՛ն հետամնաց:

Առաջին տպավորությունը գրավիչ չէր: Քաղաքում երկար տարիներ ապրելուց հետո նրա հիշողության մեջ վառ էր մնացել միայն գյուղի գրավիչ կողմը՝ սարերը ծաղկաշատ, աղբյուրները պաղջուր, արտերը կանաչ, ուր խոտը տեղ-տեղ մինչև գոտկատեղն է հասնում:

Նա մոռացել էր, որ գյուղում կեղտ շատ կա, սապոնով երբեք չեն լվանում, մի ձեռք շոր ունեն, հագնում են այնքան, մինչև հնանա, սևանա. հետո կարկատում են հազար տեղից ու նորից հագնում:

Տիգրանը կանգնել էր գոմի դռան մոտ ու նայում էր, թե ինչպես հայրը աղբով լի քթոցը շալակին, ոտները կրաջրի մեջ ճլմփացնելով ներս ու դուրս է անում, գոմը մաքրում:

Նրա աչքին ընկավ հոր վզի ամուր ջիլերը, որոնք լարերի պես ձգվում էին, երբ հայրը ծանր քթոցի տակ վիզն էր երկարում:

— Գնա՛, գնա՛ տուն... նանին հիմա չայը գցած կլինի...

Տարիներ հետո, երբ քաղաքում Տիգրանը մտաբերում էր գյուղը հայրենի և հորն ալնոր, նրա աչքի առաջ կանգնում էր հայրը՝ վիզը ձգած, ջղերն ուռած՝ պինդ լարերի պես, աչքերն ավելի դուրս ընկած...

***

Առաջին օրերը հա գալիս-գնում էին հարևան ու բարեկամ: Նրանք բոլորն էլ նույն ձևով էին արտահայտում իրենց հրճվանքը, համբուրում գյուղացու պինդ պաչով այտ ու աչք, ունք ու ճակատ:

Երբ մի անգամ էլ Անժիկին պաչեցին, նա թաշկինակով թշերը սրբեց, նոթերը կիտեց այնպես, ասես տհաճ էր գյուղացու պաչը:

Մինա բիբին նկատեց: Նրան դուր չեկավ, որ Անժիկը սպիտակ, մաքուր թաշկինակ ունի: Փոքրիկ աղջկան թաշկինակ չի սազում, լավ չի սովրի:

Միտք արեց Մինա բիբին, տխրեց, նրա մտքովն անցավ, որ որդին, հարսն ու թոռը գյուղում չեն ապրելու, քաղաքին են վարժ և էլի պիտի գյուղը թողնեն, հեռանան: Իսկ ինքը կապված է գյուղին, Ավան ամուն, խնոցուն ու հին ճախարակին, որ շատ ձմեռներ լացել էր իր հետ, տաք քուրսու մոտ, սև նավթի ճրագի տակ:

Մի անգամ էլ Անժիկը թաշկինակով իր գդալը սրբեց: Այդ նկատեց և Շարմաղ հորքուրը, որ ժպտալով նայեց Անժիկին.

— Մինա՛, տեսնո՞ւմ ես՝ թոռդ քեզ հավան չի:

Տիգրանն ուզեց տպավորությունը կոծկել և ասաց, թե նա քաղաքում էլ էր այդպես անում: Բայց Մինա բիբին էլի տխրեց, կոտրվեց, ինչպես այն ժամանակ, երբ Անժիկը թաշկինակով երեսը սրբեց:

Անժիկի համար գյուղում շատ բան նոր էր: Նա բազմաթիվ հարցեր էր տալիս հորը, թե ինչո՞ւ գյուղում պատառաքաղ չկա, ինչո՞ւ տատը շաքարը շորի մեջ է փաթաթում ու սանդուղի մեջ պահում: Գյուղին անվարժ մանուկի հետաքրքրությամբ դիտում էր գյուղական ամեն մի աշխատանք ու հարցնում, թե ինչու են այդպես անում:

Մի օր էլ հարևանի մեկը ներս մտավ ու Տիգրանին խնդրեց մի բան գրել: Ստորագրելու ժամանակ մարդը ծիծաղեց: Անժիկի աչքին ընկավ նրա սպիտակ ատամները և այն, որ այդ մարդը գրիչը բռնել էր այնպես, ինչպես Անժիկը կբռներ գոմի թին:

— Հայրիկ, մեր առաջին խմբակում դրանից լավ են գրում:

***

Առաջին երկու շաբաթը շատ արագ անցավ, և ամեն ինչ մտավ իր հունի մեջ: Գյուղն իր մեջ առավ նորեկներին, այլևս դադարեցին նրանց մասին խոսելուց, աչքալուս տալուց:

Միայն երբեմն գյուղի հարս ու աղջիկ հետաքրքրիր նայում էին Էլյայի զգեստին, կոշիկներին, գլխարկին: Ոմանք ծիծաղում էին, գլխարկը համեմատում ծտի բնի հետ, ոմանք էլ ասում էին, թե այդպես ավելի լավ է, ավելի ազատ և աչքին էլ դուրեկան:

Տիգրանը գյուղի ժողովներին էր մասնակցում, ասում-խոսում ահել-ջահելի հետ, պատմում նրանց քաղաքի մասին, հեռավոր երկրների անցուդարձի մասին:

Գյուղացիք հետաքրքրվում էին, հարցեր տալիս նրան, իրենց ցավ ու կրակից պատմում:

Եվ շատ հաճախ հուսահատությունը թանձր քողի պես պատում էր Տիգրանին. այնքան շատ էր թերին, գյուղում աշխատանքն այնպես դժվար: Բայց մեկ էլ նրա ներսում ուժգին գրոհով զարկում էր մակընթաց մի ալիք, բնազդորեն սեղմում էր բռունցքը, աչքերը կկոցում, ասես հեռվում տեսնում էր գյուղը գալիք:

Էլյան տան աշխատանքն էր անում, օգնում Մինա բիբուն: Միասին աշխատանքի ժամանակ Էլյան սրտի դողով և ուշադիր լսում էր Մինա բիբու պատմածը գյուղի ներքինի մասին, թե ինչ է ապրում աղջիկը մանկամարդ, երբ նրան զոռով ամուսնացնում են տարիքով մեկի ունեցվածքի հետ, թե ինչպես են բուժում գյուղում, ինչ ծանր ցավով է վիժում ջահել հարսը՝ ծծկեր մանուկը գրկին:

Մինա բիբին միասին աշխատանքի ժամանակ՝ խնոցի հարելիս կամ բուրդ գզելիս, Էլյայի աչքի առաջ բացում էր գյուղի հազարամյա գիրքը, որի յուրաքանչյուր էջը ողբերգության մի զոհի մարտիրոսագիր էր, սկեսրոջ ահի տակ, բռնակալ ամուսնու կրնկի տակ ընկած կնոջ տանջանքի նկարագիր կամ ծածուկ խեղդամահ արած մանուկների պատմություն: Մինա բիբին մեկ-մեկ դեպքեր էր պատմում ու թեթև գլուխը շարժում:

Սոսկում էր պատում Էլյային, ու թվում էր, թե գյուղում, կիսամութ խրճիթների անկյուններ, դեռ մնում են դարերի թանձր խավարն ու ոգին չար:

Անժիկը պապի հետ էր լինում, երբեմն էլ հարևան երեխաների հետ: Հասակակից մանուկները հավաքվում էին նրա շուրջ և զարմացած նայում սիրուն սանրած մազերին, փոքրիկ սանրին՝ մազերի մեջ, կոճակավոր կոշիկներին: Նայում էին գյուղի երեխաները, և ամեն մեկի սրտիկի մեջ ծնվում էր մի շատ մեծ ցանկություն՝ ունենալ այն, ինչ Անժիկն ուներ, նրա պես կաշվե սև գոտի կապել: Մանուկներից յուրաքանչյուրն աշխատում էր Անժիկի ընկերությունը ձեռք բերել, նրա հետ ավելի մոտ լինել:

Համարյա ամեն իրիկուն քնելու առաջ Մինա բիբին Անժիկին խնդրում էր իր հետ պառկել: Պառավն ուզում էր գրկել թոռան և իր սմքած մարմնի թույլ ջերմությամբ նրա մատղաշ մարմինը տաքացնել, հուսադրել ինքն իրեն, թե վերջին շառավիղը չէ, միջուկը փտած արմատը դեռ շատ ծիլեր է տալու:

Բայց Անժիկը միշտ էլ մերժում էր.

— Քեզ մոտ լավ չի, իմ տեղաշորից չեմ հեռանա:

Անժիկն ավելին էր ուզում ասել: Նա ուզում էր տատին ասել, որ նրա շապկից ծանր հոտ է գալիս, որ տատը ցերեկով բոբիկ է քայլում, գիշերն էլ առանց ոտքերը լվանալու պառկում:

Քաղաքից բերած իր կապույտ վերմակի տակ Անժիկը քնելուց առաջ մտաբերում էր քաղաքը, իրենց դպրոցը, շարքերը պիոներական, կինոն, տրամվայն ու էլի հազար ու մի պես-պես բաներ: Կապույտ վերմակի տակ Անժիկն իրեն քաղաքում էր զգում, և այդ նրան դուր էր գալիս:

***

Գարնան արևն իրեն արդեն զգալ էր տալիս: Գյուղի եռուզեռը շատացել էր:

Գյուղը հեռվից մի մեծ մրջնանոցի էր նման, որ գարնան սկզբին սկսում էր շարժվել: Գարնան արևն ավելի արագ էր քայքայում բակերում կիտած աղբը, և կծծահոտն ավելի թանձր էր թվում, զրզռում քթի լորձունքոտ մաշկը և աչքերից արցունք հանում:

Գոմերում տավարը նեղվում էր, օդաներում գյուղացիք խոսում էին սարի մասին, ուր մատաղ կանաչն արդեն ծլում էր:

Մյուսների պես Մինա բիբին էլ էր պատրաստվում սար գնալու: Նա մտքում դրել էր սար գնալուց առաջ Անժիկի հետ մատուռ գնալ: Նրա կրծքի տակ, որպես մի թույլ կանթեղ, վառվում էր Անժիկին աղոթել սովորեցնելու ցանկությունը:

Ինչո՞ւ ծնվեց նրա մեջ այդ ցանկությունը. — ինքն էլ չգիտեր: Պառավն ուզում էր կապել նրան գյուղի հետ, Անժիկին դարձնել գյուղի մի խոնարհ աղջիկ և տարիների ընթացքում արմատախիլ անել այն ամենը, ինչ քաղաքն է տվել:

Ի՜նչ լավ կլիներ, եթե նրանք գյուղում մնային: Իսկ Տիգրանը միշտ ասում էր, թե շուտով պիտի վերադառնան քաղաք, արձակուրդը լրանում է: Արդյոք մեկ էլ կգա՞ն գյուղ, ինքը ողջ կմնա՞ մինչ այդ:

Գարնան մի գեղեցիկ առավոտ, երբ ամեն ինչ աշխույժ և դուրեկան է թվում, երբ մարդ ամենից քիչ է մտածում առօրյա հոգսերի մասին և իրեն ավելի մոտ զգում բնության, գարնան այդպիսի մի առավոտ Անժիկն ու Մինա բիբին գնացին դեպի ձորակ: Տանը Մինա բիբին չէր ասել, թե մատուռ են գնում: Նա վախենում էր, որ Տիգրանն արգելի Անժիկին:

Երբ դուրս եկան գյուղից, Մինա բիբին սկսեց Անժիկին պատմել, որ ինքը պառավ է, շուտով կարող է մեռնի: Տատի տարօրինակ այդ պատմությունը, որ նպատակ ուներ երկյուղած տրամադրություն ստեղծել թոռան սրտում, վատ ազդեց երեխայի վրա: Նա չգիտեր ինչ ասի և վարանքով նայում էր մոռի թփերին, որ մուգ կանաչին էին տալիս ճամփի երկու կողքին:

Հասան մատուռին: Կիսախարխուլ մի շենք էր, ավելի քարակույտի նման. Մատուռի մոտ, կածանից ոչ հեռու, հողի մեջ խրված էր ծխից սևացած մի խաչքար , որի մոտ գյուղի շները ճամփով գնալ-գալիս շատ անգամ կանգնում էին, ետևի մի ոտը բարձրացնում և միզում հենց խաչքարի վրա:

Մինա բիբին մոտեցավ, չոքեց, երկյուղած՝ խաչքարը համբուրեց մի անգամ: Անժիկը զարմացած նայում էր նրան ու չէր հասկանում, թե ինչու է տատը համբուրում այդ սևացած քարը: Մինա բիբին ոտքի կանգնեց, մոտեցավ Անժիկին և խնդրեց, որ նա էլ համբուրի:

— Չեմ ուզում, կեղտոտ է… Ես քարը չեմ համբուրի, էնտեղ ի՞նչ կա որ…

Մինա բիբին մնաց սառած, Անժիկի պատասխանը նրա համար անսպասելի էր: Եվ մի պահ նա անշարժ կանգնեց խաչքարի մոտ, ինչպես մի երկրորդ խաչքար:

Հետո սթափվեց ու քայլերն ուղղեց դեպի մատուռ, կռացավ և կուզեկուզ ներս մտավ, որովհետև մատուռի դուռը ցածլիկ էր: Անժիկը հետևեց տատին: Նա ուզում էր իմանա, թե ինչ կա մատուռում, ինչ է անելու Մինա բիբին այնտեղ: Ներս մտնելիս Անժիկի գլուխը կպավ դռան քարին:

— Թո՛ւհ, էս ի՞նչ դուռ են շինել…

— Թու չեն անիլ, բալաս, աստված կչանչի քեզ, — երկյուղած ասաց տատը, կարծես սրբազան մի գաղտնիք էր հայտնում:

— Աստված չկա՛, տատիկ, — բարձր և հատու պատասխանեց Անժիկը:

Մինա բիբուն թվաց, թե փուլ եկան մատուռի պատերը, և պատից մի քար ընկավ գլխին: Սարսուռով նայեց Անժիկին, և հինավուրց մատուռի մեջ տատիկին անհարազատ թվացին թոռան աչքերը ժիր:

Մտաբերեց որդուն, հիշեց, որ շուտով հեռանալու են, և անզոր գլուխը խոնարհեց մատուռի խոնավ հատակին: Մատուռի մամռապատ քարերը լսեցին Մինա բիբու զսպված հեկեկանքը:

Իսկ Անժիկը ձեռքը մեկնել էր մոռի կանաչ տերևներին, որոնք փարթամորեն փռվել էին մատուռի կտուրի վրա:

ՋՈՐԲԱՆ

Տունը գյուղի ծայրին է, ճանապարհի կողքին: Եթե գյուղը ման գաք, էլ ուրիշ ներկած դարպաս չեք ճարի: Կապույտ ներկ միայն նրա հաստ ու ամուր դարպասի վրա կա:

Եվ եթե բաց են դռները, փողոցից կարելի է տեսնել բակն ու տան սրահը:

Բակում բացօթյա մի արհեստանոց կա: Մեծ ու փոքր մուրճեր, սղոցներ, պայտարի գործիքներ, անիվների օղեր, առնիներ, նոր քաշած տախտակների կույտ, կլպած գերաններ, որ չորանում են արևի տակ:

Ամեն օր մի քանի բանվոր է աշխատեցնում: Մեկը ցեխապատ է անում, նոր գոմի պատերը շարում, մյուսը քար է տաշում, իսկ ինքն էլ իր որդիների հետ լուսաբացից մինչև արևմուտ աշխատում է:

Իզուր չէ, որ գյուղում եթե մեկը լավ աշխատող է, ասում են՝

— Ջորբա Օսեփի ճանկն ընկնի, մի շաբաթ էլ չի դիմանա:

Ինքն էլ է աշխատում և արհեստավորին շուտ-շուտ ձեն տալիս.

— Հը՛, քեզ մատաղ, օրը պրծավ, հա՛, շուտ արա, էս շարքն էլ պատի, իրիկունը արաղ կտամ:

Վարձը կալին է տալու ցորենով: Իսկ մինչ այդ եղածից բաժին է հանում: Եթե մի ծուռ գերան իրեն պետք չի, տալիս է արհեստավորին, տանի խանգարված կտուրի գերանը փոխի: Կալին հաշվից դուրս է գալու:

Բակի անկյունում զինվորական մի խոհանոց կա՝ կաթսան ժանգոտած, խողովակը ծուռ:

Մորեխի տարին մի փութ կորեկով է առել: Մտքում դրել է կաթսան հարմարեցնել արաղ քաշելու, իսկ մնացած երկաթեղենը ծախել:

Խոհանոցի մոտ ընկած է երկանիվ մի սայլ, կռիվներից մնացած: Կարգի է բերել, ներկել և գործ է ածում, երբեմն էլ քրեհով տալիս:

Տան կից պարտեզն է, գյուղի ամենալավ պարտեզը, ծառերը շարեշար, զանազան տեսակի, պատվաստած: Միայն նրա այգում կան պատվաստած ծառեր:

Պարտեզի մոտ բանջարանոցը, որի մի անկյունում մեղուների տասներկու արկղ կա կարգով շարած:

Պարտեզն ու բանջարանոցը բարձր ցեխապատով է պարսպած, փողոցից միայն ծառի վերի ճյուղերն են երևում:

Եթե մի հիվանդ մեղր ուզի կամ ձմեռը թթու խնձոր, Օսեփի ներկած դարպասն են ծեծելու:

— Չկա, — կասի, — Ի՞նչ էր, մի քանի խնձոր. — կամ, — ճանճը էս տարի օգուտ չտվավ, — և եթե լավ գին տաս, — սպասիր տեսնեմ, — կասի և մառանը կիջնի:

Ընդարձակ բակն ընկած է տան առաջ, որ չորս լուսավոր սենյակ ունի, փեղկերով, ապակած: Սենյակներում գորգ ու կարպետ կա, պատերին՝ խալի, երկու լավ մահճակալ, սպիտակ պղնձից ինքնաեռ, ափսեներ ու բաժակներ:

Օսեփն առաջ խանութպան էր, գյուղումն էր առուծախ անում:

Այն ժամանակից է պահել և պատերազմի տարիներում խալին ու սանդուղները լի պինդ թաքցրել մառանի մի անկյունում:

Խաղաղության հետ ամեն տարի նրա տունը լցվում է, պահածը դուրս է հանում և ավելացնում անընդհատ:

Գյուղում նրան «քոռ գայլ» են ասում: Եվ եթե խոսքը վեր է գալիս Օսեփի վրա, մի ջահել վրա է բերում. — նրա ամբարում հլա ինչե՞ր կա...

* * *

Իսկ իրեն որ նայես, բամփես՝ տզի պես գետնին կփակչի. լղար՝ դարմանով պահած ձիու պես, այտոսկրները դուրս ընկած, կարճահասակ, կուզը մի քիչ դուրս ընկած: Նայում ես դեմքին, ասես որդ կերած կարտոշկա լինի, աչքերը փոքրիկ, բզով ծակած, ունքերը կատարյալ բեղ, փափախի մազերից չի ջոկվում:

Բայց զորբա է: Չորս ձի ունի, սեփական գութան, որ նոր է առել: Եթե ուզենա, գութանը մենակ լծելու չափ եզներ ունի... բայց մենակ չի լծում: Հարաքաշ է անում, եզանց մի ջուխտն էլ գոմում պահում:

Ձեռքից եկածը չի խնայում: Ձեռքափող է տալիս, տոկոս առնում կամ գարնան սերմացու տալիս, կալին մեկին երկու ստանում: Եթե գյուղում մեկը որոշում է մի ոչխար մորթել միսը ծախելու, և եթե մենակ ուժը չի պատում, Օսեփը միշտ ընկերանում է, աժան պատահած ոչխարն առնում և մորթում:

Ականջին է հասնում, որ գյուղում մեկը ծախու գերան ունի կամ քարն է ծախում, ուժ չունի նոր շենք շինելու, Օսեփը աչքերը ճպճպացնելով գլխին կանգնած է, գինը նաղդ է տալիս:

Ինչպես էլ գիտե՜ հարևանի թույլ կողմը: Մի ուռի տեսնի, կկանգնի, աչքի պոչով կնայի, մտքում կհաշվի, թե քանի տախտակ դուրս կգա, և ծառի տիրոջ տեսնելիս կասի.

— Էն մարագիս մի գերան ա պակաս, ծառդ ծախիր առնեմ:

Ծառը դեռ արմատի վրա Օսեփի սեփականն է, մի տարի էլ կմնա, երկու տարի էլ, ոչինչ, ավելի է հաստանում:

Կաշի է ծախում: Ձմեռն էլ աղվեսի մորթի հավաքում, ծախում քաղաքում:

Զորբան հին աղաթի փեշից այնքան էլ կախված չի: Օսեփը առաջ էլ եկեղեցի չէր գնում:

Եվ եթե գյուղի կոմսոմոլն ընդունի, նա իր տղաներից մեկին կգրի նրանց շարքերում:

— Մենակ նալոգն ա, որ դժար ա, չենք դիմանում:

Տուրքն է և տուրքի հետ կապված մի շարք խնդիրներ, որ ինչքան էլ զորբան գլխին զոռ է տալիս, չի հասկանում, թե ինչու է այդպես: Եվ իր մտքում որոշել է, թե՝ միջի մարդն է խառնակիչ:

Քաղաքից գալիս են շնչագրելու, ապրանքի և հողի ցուցակ անելու: Օսեփն իրեն խեղճ է ցույց տալիս, նվազած ձայնով ասում.

— Ունեմ, կա, ինչու, ապրի էս կառավարությունը:

Եվ եթե վիճակագիրը մեկ-մեկ հարցնում է՝ ձի, եզ, կով, Օսեփը, նախ կմկմում է և պակաս գրել տալիս՝ մի ձի, երկու էշ:

Բայց հետո տեսնում է, որ հարկաթերթի մեջ իր ասածը չեն գրել, այլ այն, ինչ ունի: Դրա համար էլ ասում է, թե միջի մարդն է խառնակիչ:

Եթե ջահելները ժողովի ժամանակ նեղացնում են և ասում, թե՝

— Օսեփ ապեր, ունես տուր, — Օսեփը չարանում է, ձայնը երկինք բարձրացնում և սկսում պատմել այն, ինչ հազար անգամ ասել է և լսողն էլ հազար անգամ իմացել, որ սուտ է ասում:

Ի՞նչ է ասում:

Որ աղքատը ծույլ է, ինքը օրնիբուն աշխատել է, որ խանութն իրեն օգուտ չի տվել, որ զուր են կարծում, թե ունևոր է, և վերջում էլ ասում.

— Մի սաղ գեղի չափ հարկ եմ տալիս կառավարության, էլ ի՞նչ եք ուզում:

Եթե այդ չասի, պիտի ասի, որ մի քանի աղքատ տուն է պահում, իր արևի տակ են ապրում:

Օսեփի հարևան մի քանի աղքատ տներ կան, որոնց կանայք նրա տանը բուրդ են լվանում, հաց թխում կամ ուրիշ գործ անում: Օսեփի հոտաղը միշտ այդ տներից կլինի, մաճ քշողն էլ, տավար պահողն էլ:

Եթե մի վռազ գործ լինի, Օսեփը ձեն է տալիս բակից, մեկն ու մեկին կանչում:

Աղքատ տներ են, որոնցից յուրաքանչյուրը մի եզ ունի կամ մի կով, երկու օրավար վար ունի, մի տուն լիքը ուտողներ:

Իրենց գործն անելուց հետո սրա-նրա համար աշխատում են, գլուխ պահում:

Օսեփը դրանց համար է ասում, թե իր արևի տակ են մեծանում. լսողն էլ գիտե, որ այդպես չէ: Օսեփն է տզի պես փակչել նրանց և հացափոր աշխատեցնում:

— Բա խի՞ դողն ընկել էր ջանդ, որ ասում էին պայման կապի բատրակի հետ...

Այդ որ ասեին, Օսեփի ջանը իրոք որ դող էր ընկնում, վեր էր կենում, գեղամիջից հեռանում:

***

Գզիրը կտուրից ժողովի է կանչում:

Մեկ-մեկ հավաքվում են դպրոցի բակում և նստոտում պատի տակ, գետնին կամ քարերի վրա:

Ժողովը հարկի մասին է:

Քաղաքից եկած մի ընկեր այս տարվա հարկի մասին է խոսում, բացատրում, թե ինչու է քիչ:

Ուշադիր լսում են, հետո հարցեր են տալիս: Հարցնում են, թե էլի առաջվա պես պիտի հավաքե՞ն՝ հարուստից շատ, միջակից քիչ:

Օսեփն էլ է ժողովի եկել:

Նա ոչ մի ժողով բաց չի թողնում, ամենից առաջ է խոսում, աշխատում է ծուռ ու մուռ ճանապարհներով, առակներով իր մտքինը ասել, ուզածն իմանալ: Եթե քաշվում է հարց տալ, մի ուրիշին է խնդրում, որ իմանա:

Եվ ամեն ժողովի, երբ խոսք է բացվում հարկի մասին, նա միշտ նույնն է ասում.

— Աղքատից էլ հարկ առեք, թող մի աբասի լինի, միայն առեք:

Առեք, ասում է, որովհետև աղքատը հարկ չտալով՝ ծուլության է վարժվում, ամեն տեղ նրա խնդիրն առաջ են ընդունում:

Այդ մի յուրահատուկ տեսություն է նրա համար, որի ճշմարիտ լինելուն Օսեփը երբեք չի կասկածում:

Աղքատը դատարանին խնդիր տալիս դրոշմատուրք չի վճարում:

Դրա համար էլ աղքատները դատարանին շատ են դիմում և ճնշում ունևորին:

Կամ թե աղքատ գյուղացին համոզված է, որ կառավարությունը հարուստից առնելու է իրեն տա, դրա համար էլ չի ուզում հարստանալ, սեփական տնտեսություն ստեղծել:

Մի խոսքով՝ մի ամբողջ տեսություն իր գործնական միակ առաջարկով, որ անում է Օսեփը ամեն ժողովի, երբ հարկի մասին խոսք է լինում:

— Մի աբասի էլ աղքատից առեք:

Մի անգամ էլ խորհրդի նախագահին Օսեփն առաջարկել էր դիմում տալ կառավարության և իրավունք խնդրել գյուղի հարկը գյուղում բաժանելու:

— Հարյուր մանեթ չեն ուզում գյուղի՞ց, թող երկու հարյուր մանեթ ուզեն, մենակ թե մեզ ասեն՝ էդ երկու հարյուր մանեթը դուք ձեր մեջ փայ արեք:

Գյուղխորհրդի նախագահը ծիծաղել էր.

— Ուրիշ տեղ չասես, Օսեփ ապեր, թե չէ կբռնեն քեզ:

Եվ մինչև հիմա ուրիշ տեղ չի ասել, բայց մտքից էլ չի հանել:

***

Նախիրի գալը ժողովը ցրում է: Բոլորը վռազում են տավարը տեղաց անելու:

Նախագահն իզուր է կանչում:

— Ժողովը դեռ պրծել չի. հարցեր կա՞...

Բայց նախիրը «հարց հարցոց» է գյուղի համար:

— Այ տղա, բա էսպես էլ ժողովն ո՞րդ, — թոնթորում է նախագահը, ինքն էլ իր տավարի մոտ գնում, որովհետև կտուրից արդեն ձեն են տալիս:

Գյուղի խոսք է, թե շինականի ապրուստի մասին նախրապանից հարցրու: Նա լավ գիտե, թե ով ինչ ապրանք ունի:

Նախրապանն է, որ նախիրը գյուղում ցրելուց հետո ժողովատեղին է եկել, մնացողներից մի բան իմանա: Բայց բոլորը ցրվել են, ես եմ նստել քարին:

— Օսեփը շատ ա՞ զորբա, — հարցնում եմ նախրապանին:

— Բա հայտնի բան ա, որ զորբա յա: Էն տավարն ո՛ւմն ա, — ասում է և կողքիս նստում, տրեխի թելը կապում:

— Թամահը շատ ա է՛, հենց էն ա բերանը բաց ման ա ածում, թե որ քյասիբի թիքան կուլ տա: Բայց վե՛րջը փուչ ա նրա:

Եվ երբ հարցնում եմ, թե ինչո՛ւ վերջը փուչ է: Նա ուսերը թոթվում է, հետո գրպանից թութունի քիսան հանում, լցնում չիբուխի կավե գլուխը, մթնում կայծքարը պողպատին խփում և շրթունքները ծպպացնելով փստացնում:

— Դա մեզ լավ հայտնի յա նրա վերջի կյանքը...Օսեփը շունչը դինջ չի տալու...

Եվ առակ է ասում, թե ինչպես ազահ մի գյուղացու ասում են՝ լուսաբացից մինչև արևմուտ ոտով ինչքան գնաս, այդքան հող կտանք քեզ: Մարդը գնում է, գնում. քանի արևմուտը մոտենում է, այնքան նա քայլերն է շտապեցնում:

Եվ մայրամուտի վերջին պահին ագահությունից բոյով մի մեկնվում է, որ իր պառկած տեղն էլ զավթի:

Նախրապանը առակն ավարտեց ու մահակն առավ, որ գնա:

Մեկ էլ նայեց ինձ և ասաց.

— Հենց էն պառկած տեղն ա մնալու իրան, զորբա Օսեփին...

ՕՐԱՆՋԻԱ

Օրանջիայի ձորակում ամեն գարնան մասրենիներն են ծաղկում, բացվում են վայրի վարդերը՝ դեղին, սպիտակ: Երբ գարուն է լինում, տաքանում են Օրանջիայի քարերը, և խլեզները, փոքրի մաշկը դեղին, պառկում են տաք քարերի վրա, լեզուները հանում:

Այն ժամանակ, երբ շեն էր Մանասի խրճիթը, Օրանջիայի ձորակում մասրենիներ չկային, տան պատերի վրայով երկչոտ խլեզները չէին վազվզում, վայրի վարդերի տեղ բոստանում վարունգն էր ծաղկում.

Մի բարակ արահետ Օրանջիայի ձորակը միացնում էր գյուղի հետ: Այժմ այդ արահետն էլ չկա:

— Մանաս, ինչո՞ւ տունդ Օրանջիայում շինեցիր, չգիտեի՞ր, որ Դավոյենց Առաքելն էլ աչք ուներ դրած ձորակին, ուր ձյունն ավելի շուտ է հալվում, և ձյունի տակից կանաչը ծլում:

Դավոյենց Առաքելը, եզան կաշվից տրեխները հագին, մի առավոտ աչքի տակով նայեց Օրանջիայի ձորակին, ուր նախրից ետ մնացած երկու հորթ էին արածում և մտքում դրեց ձորակում ամարաթ կառուցել:

Իսկ երկու շաբաթ անց Օրանջիայում Մանասն էր քարն ու կիր թափել, ոտքերը մինչև ծնկները վեր քաշած ցեխ էր շինում, ուստան էլ տաշած քարերն էր շարում:

Առաքելը գյուղում չէր: Վերադարձին աչքի տակով նայեց շարած պատին, հերսոտեց և սրտում զայրույթը պահեց, որ առավոտյան Մանասի երեսով տա, կռիվ անի Օրանջիայի համար:

— Հենց գիտես, թե դատ ու դատաստան չկա, էլի՛, որ զոռ ես անում, — ասաց Մանասը, — Օրանջիայում ես պիտի տուն շինեմ, Առաքել...

— Մանաս, իմացիր առաջդ ով ա կանգնած: Ես Դավոյենց Առաքելն եմ, բա դու ո՞ւմ լակոտն ես:

Եվ ա՛ռ հա մի հատ Մանասի գլխին, ձեռքի դագանակով: Իրար անցան, աղմուկ, աղաղակ եղավ: Մանասին արնաթաթախ տուն տարան:

Առաքելն էլ նայեց հեռացողներին, պատի տակ գերանի վրա նստոտած մարդկանց, էլի սպառնաց և գնաց, տուն:

Լսեցին, տեսան, բայց ծպտուն չհանեցին: Վախենում էին Առաքելից. շշուկով պատմում էին, որ Առաքելը «ջանդարմի» հետ կապ ունի, գյուղում լրտեսություն է անում, մեծամեծ չինովնիկների աջ ձեռքն է:

Երբ Առաքելը հեռացավ, մի ծերունի շշուկով ասաց, հարևանին.

— Առաքելը մատնիչ ա, հերն էլ էր էդպես, հորն ա քաշել:

***

Երկու տան մեջ թշնամությունը հնուց կար:

Ձորակում շինվող տունը սուր փշի պես Առաքելի աչքը մտավ: Իր այգու ցանկապատի արանքից երբեմն նայում էր տան պատերին, Մանասին, որ գլուխը շոր փաթաթած, վարպետին քար ու կիր էր տալիս:

Նայում էր Առաքելը ցանկապատի ետևից և ափսոսում, որ դագանակի ծայրը Մանասի ականջատակին չկպավ: Բարձրանում էին տան պատերը, և պատերի հետ Առաքելի սրտում զայրույթն էր ծառս լինում, սանձարձակ ձիու պես: Փափախի տակ մտքերը որդեր էին, լեշի վրա վխտացող զազիր որդեր:

Գնաց իր ծանոթ պրիստավի մոտ, նրա համար յուղ ու մեղր տարավ, պրիստավի տղի համար զատկին ճակատը ներկած զառ տարավ:

— Մանաս, տապ արա, Առաքելը պրիստավի տունը ջրի ճամփա է շինել:

Բայց Մանասի ջրաղացն էլի հերվա աղունն էր աղում:

— Հենց գիտեք, թե պրիստավից էլ մեծ մարդ չկա՞, իրա, եներալի դուռը կգնամ...

Առաքելը գնաց եկավ: Օրանջիայի ձորակով գլուխը կախ անցավ, նոթերը կիտած: Ոխ ուներ սրտում, աչքն էլ ուրիշ բան չէր տեսնում:

Մանասը տուն շինեց, կտուրը ծածկեց փայտով, չոր ցախով, կինն ու երեխան էլ հայրական հին տնից հանեց և արահետով անցավ, տեղավորվեց նոր տան մեջ:

Ասում են, որ հենց այդ օրերին պրիստավն իր մոտ է կանչում գյուղի մի քանի ազդեցիկ մարդկանց և մատը թափ տալով ասում.

— Հա՛. Առաքելին որ տանուտեր չեք ընտրել այս անգամ, էլ պրծնում չկա ձեզ:

Շատերն էլ ասում են, թե պրիստավը չի ասել, Առաքելի կողմնակից մարդիկն են այդ լուրը տարածել գյուղում:

Մանասը ձորակում բոստանատեղն էր փորում, երբ ականջովն ընկավ այդ: Աչքի տակով նայեց գետնին, քարը մի պահ ձեռքին մնաց, քարը պատին դնելիս մտքում տպվեց, որ Առաքելը ոխը մի տեղից պիտի հանի:

Իրիկունը Մանասը դռան երկաթ կապին նայեց ու կնոջն ասաց.

— Ա՛յ կնիկ, մեզ մի շուն ա պետք, գյուղի ծերին ենք, ճամփի բերան:

...Ո՞վ էր՝ կանչեց, թե Առաքելը պիտի տանուտեր լինի: Ժողովին մեկը կանչեց, հետո մի ուրիշ խումբ միացավ, վերջում որոշեցին կողմերի բաժանվել:

— Առաքելին ուզողը դեպի պատը, — կանչեց մեկը: Մի խումբ քաշվեց դեպի պատը, հետո մի քանի հոգի միացան, և երբ գյուղի «իշխան» մարդիկ իրար բոթելով շարժվեցին դեպի Առաքելի պատը, ժողովուրդը հետևեց: Նրանց, աղի վրա գնացող ոչխարի պես:

Մանասի ոտքերը թուլացան, և ոտքերը քաշ տալով ինքն էլ գնաց բոլորի հետ, հոտից ետ ընկավ կաղլիկ ոչխարի նման:

— Շեն կենա Առաքել քյոխվան, — ձայն տվին այս ու այն կողմից, փափախները գետնով տվողներ էլ եղան:

Մինչև հիմա էլ գյողում պատմում են Առաքելի մասին:

— Ցաման քյոխվա էր, ջանի կրակ էր: Քանի՜ մարդ ա փչացել նրա ձեռքից: Մի ձեռքը խանչալի կոթին էր, մինն էլ դամշու:

Պատմում են, թե ինչպես Առաքելը գիշերով հանդ էր գնում: Եթե տեսներ, որ մի ոչխար է ընկել իր կամ բարեկամի արտը, ոչխարն արտի մեջ մորթում էր: Սարում, երբ լսում էին, թե Առաքել քյոխվան ման է գալիս, չոբաններն ահից ոչխարը մի վերստ էլ հեռու էին քշում: Եվ պատմելիս ծերերից մինն ավելացնում է.

— Խեղճ Մանասն էլ նրա ձեռքով չփչացա՞վ, տունն էլ ավերակ թողեց...

***

Մանասը երբեմն միտք էր անում, թե Առաքելը ոխը հանելու համար գնաց տանուտեր եղավ: Մտածում էր, բայց մտքինը ոչ ոքի չէր ասում:

Իսկ եթե ազգ ու բարեկամ էլի ասում էին.

— Մանաս, տապ արա, թրի սուր ժամանակն է...

Մանասը փափախը գետնով տալ չէր ուզում, էլի իր հին ասածն էր կրկնում:

Բայց Առաքելը չէր էլ ցույց տալիս, թե ինքը հաշիվ ունի Մանասի հետ: Այն օրից, երբ տանուտերի շղթան վզովն անցկացրեց, պղնձե կնիքն էլ գրպանը դրեց, Առաքելն այդ օրից ձևացնում էր այնպես, որ իբր թե Մանասին չի էլ տեսնում:

— Մանաս, զարթուն կաց, Առաքելը հանկարծ է քեզ նեղը գցելու:

...Երբ լուր եկավ, թե քաղաքներում գործադուլ կա, հեղափոխություն է ընկել, Առաքելն ականջները խլշեց: Նույն գիշեր Առաքելի ձիու սմբակների տակից կայծեր թռան: Պրիստավը հուսադրեց նրան.

— Ձեր գործին կացեք, ժողովուրդ, տարին խառն ա, չլսեմ, չիմանամ, թե լոթի-փոթի մարդիկ են գալիս, գիշերով թաքուն ժողով անում:

Իր շվաքից խրտնեց, թե իրոք վտանգ կար գյուղում, երբ մի շաբաթ հետո Առաքելը նորից գնաց պրիստավի մոտ:

— Պրիստավն ապրած կենա, գյուղում էլ են երևում խառնակիչ մարդիկ. մի տասը հատ ղազախ թող հետս գա, գյուղում երևան մի անգամ, ժողովուրդը զարզանդի:

Պրիստավը բեղերը ոլորեց, բեղը փաթաթեց մատին և ձգեց մինչև աչքատակ, ասես աչքն էր ուզում կոխի: Բեղերը ոլորելիս թշերն ուռեցրեց, զուռնա փչողի պես:

Առաքելը կազակների հետ դեռ գյուղը չհասած, բոլորն էլ գիտեին, որ գալիս են: Այդ երեկո շատ տներում ճրագ չվառեցին, շատերը մինչև լույս աչք էլ չփակեցին:

... Էյ, պլաստուն կազակ, ինչո՞ւ այդքան շատ խմեցիր Առաքելի տանը, արյունդ գլխիդ տվավ, տաքացար: Մանաս, կինդ այդ օրը երանի լվացք չաներ և լվացքը չփռեր պատին: Որովհետև դիմացի ցանկապատի արանքից Առաքելը կազակին մատով ցույց էր տալիս կնոջդ, որ լվացք էր փռում: Կազակ, մոռացա՞ր միթե, որ Դունյաշայիդ երկրում ձորակներ չկան, ինչպես Օրանջիան, ցանկապատի ետև վերջին անգամն էիր պռոշներդ լիզում:

Մինչև այժմ էլ գյուղում, երբ պատմում են Օրանջիայի մասին, մի ականատես միշտ էլ ավելացնում է.

— Սարքովի էր բոլորը, Առաքելը սատանի հունար ուներ...

— Մթնում էր, դռները կապում էինք, մտնում տները: Լակում էին ղազախները, ընկնում քուչեքը: Շաշկով էնքան հավի վիզ թռցրի՛ն...

— Էն տարին իմ մի երինջս տարան, որ էլ ինչ ասեմ է՛, աչքերս էլ հետը տարան...

Այդ տարուց շատ բան են պատմում, երբ խոսք է վեր գալիս Օրանջիայի մասին:

Մանասն այդ օրն անտառ է գնացած լինում: Հունձը վերջացել էր, կալի ժամանակն էր:

— Ի՜նչ էլ բերք կար էն տարին... Կտուրների վրա, պատերի տակ դեզեր էին...

Մթնել էր, մեկ էլ Օրանջիայից մի ծկլթոց եկավ, հավարի ձայն:

— Հենց էն ա, ականջս ծկլթոցին էր, մեկ էլ մի անգամ կրակեցին: Կրակոցից ձորերը զրնգացին: Օրանջիայի ձորակը վառվում էր, ալավը երկինք էր հասնում:

Ամբողջ գյուղն էր այդ գիշերը թափվում ձորակը, բայց արդեն ուշ էր: Խրճիթը, որի կտրին դեզեր կային, պատերի տակ թափված խուրձեր, խրճիթը վառվեց, նավթոտ փալասի պես: Երբ լուսը դեմ կրակը հանդարտեց, խանձված ընկած էին Մանասի կինը, երեխան, կազակը:

— Է՜, ի՜նչ չարչարանք քաշեց գյուղը, քանի՞ մարդու ծեծեցին, ինչեր չարին... Մանասին տարան, ինչ ասես չարին, վիզ չառավ: Հենց ասում էր, թե ես անմեղ եմ, ես չեմ ղազախին սպանել: Ղազախներն էլ վկայել էին, որ Մանասն է սպանել: Բա, էսպես բաներ...

Երբ Մանասին վագոն դրին դեպի հեռավոր տունդրաները, իզուր էր կայարանի ժխորի մեջ աչք ածում ծանոթ մեկին:

— Գնաց, էլ թե ինչ եղավ, տեղեկություն չկա...

...Հետո քամին սերմեր բերեց, և Մանասի տան ավերակների վրա ծաղկեց մասրենին: Ամեն գարնան Օրանջիայում այնքա՜ն վարդեր են լինում, դեղին, սպիտակ:

ԽՈՆԱՐՀ ԱՂՋԻԿԸ

Գարնանային առավոտը խոստանում էր պայծառ և արևոտ օր: Կուշտ կերած մեր ձիերը արագ քայլերով բարձրանում էին քարոտ արահետը և ամեն քայլափոխի փնչում: Քրտինքից խոնավացել էր ձիերի մուգ-կապույտ վիզը:

Արահետն օձապտույտ ոլորվում էր: Ինչքան հեռանում էինք գյուղից, այնքան ավելի խտանում էր անտառը, հանդիպում էինք հաստաբուն ծառերի, որոնց ճյուղերն իրար էին խառնվել և կախվել արահետի վրա: Հաճախ էինք կռանում թամբից, գրկում ձիու վիզը, որպեսզի կախ ընկած ճյուղերը չքերծեին մեր դեմքը և փշերը չծակծկեին:

Լուռ էինք: Ես մտրակի ծայրով զարկում էի ծառերի տերևներին, պոկում տերևները կամ թափահարում ծառի կախ ընկած ճյուղերը, և գիշերվա ցողը անձրևի նման թափվում էր ձիու վրա, ինձ վրա:

Ընկերս կամաց սուլում էր մի երգ և ձիու քայլերի համեմատ թամբի վրա օրորվում:

— Այս կածանով տասներկու տարի առաջ գնացի Ձորագյուղ, — ասաց ընկերս: Թվում էր, թե ինքն իրեն էր խոսում:

Նայեցի նրան: Ժպտում էր. կարծես միտն էր ընկել մի երջանիկ դեպք, որին ականատես են եղել արահետը և հին անտառը:

Ես հարցրի, թե ո՞ր քամին էր նրան շպրտել հեռու ձորերում ընկած այն գյուղը:

— Հենց այդ օրը բանտից նոր էի դուրս եկել: Տասնյոթ-տասնութ տարեկան երիտասարդ էի: Այնքան եռանդ ունեի աշխատելու և այնպիսի կորով... Եթե մնացած լինե՜ր այդ երիտասարդությունը:

Արահետը վերջացավ և անտառի խորքում խառնվեց ավելի լայն ու փափուկ ճանապարհի, որ գալիս էր գետերի հովիտներից: Ձիերը կանգ առան, խորը շնչեցին և ապա շարունակեցին քայլերը:

— Գիտես, երբեմն մարդու հիշողության մեջ մի դեմք այնպես է մեխվում, որ տասնյակ տարիներ հետո էլ հիշում ես նույնքան պայծառ, ասես երեկ ես տեսել: Մարդ մոռանում է անունը, տեղն ու տարին, թե երբ է տեսել այդ գլուխը, աչքերը. մոռանում է մանրամասնությունները, սակայն մնում են միայն գլուխը, աչքերը, կարծես մինչև մահ-գերեզման անջնջելի պիտի մնա այդ առաջին տպավորությունը:

Նա ինձ չթողեց, որ հարցնեի այդ դեպքի և նրա անջնջելի տպավորության մասին, որ այդ րոպեին լույս էր տալիս նրա հիշողության մեջ, ինչպես արևի ոսկե շողը՝ ծառերի մթնում:

— Շատ պարզ հիշում եմ այն օրերը, երբ որոշեցի Ձորագյուղ գնալ: Հարկավոր էր քաղաքից հեռանալ, միաժամանակ չերևալ այնտեղ: Եվ սիրով ընդունեցի բարեկամիս առաջարկը՝ ուսուցիչ լինել այդ հեռու գյուղում: Երկու միտք ինձ ոգևորում էր: Նախ, որ ոչ մի աչք չի հետևի, հետքերս չի փնտրի, և երկրորդ՝ գյուղում պիտի աշխատեի:

Երբ որ դպրոցների տեսուչն ինձ պատմեց Ձորագյուղի մասին, թե տեղն անառիկ է, օդը լավ, կողքին մթին անտառներ կան, որտեղ առատ է որսը, ես իսկույն համաձայնեցի: Կարծեմ նույն օրն էլ ճանապարհ ընկա:

...Ձմռան սկիզբն էր, ձյունը նոր էր եկել: Գիշերը հասանք հենց այս արահետին և բաժանվեցինք անտառի գլխավոր ճանապարհից: Լուսնյակի տակ ձյունը շափաղ էր տալիս, ասես սպիտակ մարմար էր, որի մեջ արտացոլում էին ծառերի սև բները: Ձորագյուղցի ձիապանը արահետի գլխից մատը մեկնեց ներքևի ձորը.

— Հրեն է՜, մեր գյուղը:

Սյունի սպիտակության վրա վերևից ես նշմարեցի փոքրիկ սև կետեր: Գյուղի տներն էին, խոտերի և աթարի դեզերը: Մի տան պատուհանից ճրագի սպիտակ լույս էր երևում, կարծես այդ մթին ստվերների մեջ մոլորվել էր մի մանրիկ աստղ: Մի քիչ իջանք լանջով, և լսելի եղավ շան զրնգան հաչոցը, որ անտառում արձագանք էր տալիս, ինչպես կացնի զարկերը:

— Էն մեր Բողարի ձայնն է, — ասաց ձիապանը: Ձին էլ կարծես հասկացավ, որ գյուղը մոտ է, որ Բողարն է հաչում, և քայլերն արագացրեց:

Իսկ ինձ թվում էր, թե գնում եմ շատ հեռու երկիր, որի մասին հեքիաթի պես պատմում էր աշխարհագրության դասատուն: Մանուկները հաճախ ցնորում են հեռավոր երկրների մասին, ուր կարմրամորթ մարդիկ են ապրում, ծառերի վրա՝ գույնզգույն փետուրներով թռչուններ: Եվ երբ նրանք տնից հեռանում են, նրանց թվում է, թե շատ մոտ է ցնորքի այդ աշխարհը:

Ես էլ այդպես էի մտածում, թեև արդեն պատանի էի: Երևի անտառն էր այդպես տրամադրում, ձմեռային գիշերվա վեհությունը, քարաժայռերի անձև կերպարանքը և այն անորոշ ձայները, որ գալիս էին ձորերից ու անտառից: Գուցե և հոգնածությունն էր մշուշել իմ գիտակցությունը: Չեմ հիշում. միայն գիտեմ, որ առաջին անգամ Ձորագյուղ գալը դարձավ իմ կյանքի լավ գիշերներից մեկը:

Ձիապանն ինձ տարավ իրենց տունը: Ինչպե՛ս անուշ մրափեցի թոնրի մոտ, քուրսու վրա: Բավական ուշ աչքս կիսաբաց արի և նայեցի երդիկին: Ձմռան գիշերից մի քիչ դեռ կար: Ես նորից փաթաթվեցի վերմակի մեջ, ոտքերս կախեցի տաք մոխրի վրա, և քնի ու երազի սահմանում օրորվեց գիշերվա անիրական աշխարհը:

Ամաչեցի, երբ աչքերս բաց արի: Վաղուց զարթնել էին մյուսները և սպասում էին ինձ, որպեսզի թոնիրը վառեն:

Դուրս եկա. բակից տեսա գյուղը, գիշերվա մեր ճանապարհը: Հավաքնի մոտ Բողարը հաչաց ինձ վրա: Նրա հաչոցն այլևս ահավոր արձագանք չուներ, և ոչ էլ կախված ժայռերն էին տձև: Ձյունի վրա, կտուրների կարասների վրա շողում էր ձմեռվա նարնջագույն արևը. երդիկներից ծուխ էր բարձրանում:

Ինձ նույն օրն էլ տեղավորեցին մի տան մեջ, որտեղ և պիտի ապրեի: Տան տերը՝ Օհան ապերը, նահապետական բարքով մարդ էր: Հիմա մեր գյուղերում նրա նման մարդիկ այլևս չկան: Ձմեռը նստում էր բուխարու մոտ, չոր փայտը դարսում կողքին: Փայտերը մեկ-մեկ գցում էր կրակի մեջ և պատմություններ անում շահի ժամանակից, անցած գնացած օրերից, որսից և անտառից: Իսկ եթե ոչ ոք չէր լսում նրան, մենակությունից թե ձանձրույթից, բուխարու առաջ բաց էր անում շարականի գիրքը:

Տանը չորս հոգի էինք: Ես, Օհան ապերը, նրա պառավ կինը և տասը տարեկան Աշոտը, որ հավատարիմ ընկերս էր, երբ գնում էինք դպրոց, որովհետև շները դեռ ինձ վարժ չէին, հաչում էին կտուրներից և հետևի ոտքերով ձյուն մաղում ինձ վրա:

Դպրոցը գյուղի ծայրին էր, բլրակի վրա: Հին գերեզմանատունը դպրոցի բակն էր: Մի ընդարձակ սենյակ էր, փայտե հասարակ նստարանների երկու շարք, դիմացի պատից՝ գրատախտակը: Անսվաղ պատերին ուրիշ ոչ մի զարդ չկար: Պատուհաններին ապակու տեղ խմորով փակցրել էին յուղած թուղթ:

Միակ ժամացույցն ինձ մոտ էր: Մի օր էլ բլրակը բարձրանալիս, ոտքս սայթաքեց, ընկա սառույցի վրա, գրպանիս մեջ ժամացույցը փշրվեց և մինչև տարվա վերջը մնացի առանց ժամացույցի: Արև օրերին ստվերով էինք ժամ որոշում, թխպած ժամանակ՝ երբ հոգնեինք:

Երկու շաբաթ հետո քառասունի չափ իմ աշակերտներին անունով

էի կանչում, շատերի տունը գիտեի, ոմանց ծնողներին ճանաչում էի: Ժիր երեխաներ էին, բոց աչքերով, և այնքան արագ ընտելացանք իրար:

Օրապահի զանգին ես իջնում էի տան սանդուղքով, բլրակի գլխին չհասած տեսնում էի դպրոցի առաջ խմբված երեխաներին: Խմբով էլ ներս էինք մտնում:

Դասերից հետո ես համարյա միշտ տանն էի: Օհան ապերը գնում էր գոմը, տավարին ապուր տալու: Աշոտը մարագից քթոցով դարման էր կրում, պառավը վառում էր օջախը կամ լվանում ընթրիքի ձավարը: Օհան ապոր չոր ցախերը դարսում էի բուխարիկում, պառկում կրակի առաջ և նայում, թե ինչպես են մոխրանում փայտի կտորները, ինչպես կրակի լեզվակները կայծերը թոցնում էին երդիկով:

Մութն ընկնելուց գալիս էին Աշոտն ու Օհան ապերը, տրեխները հանում և նստում կրակի մոտ: Եվ մինչև պառավը ձավարի ճաշը եփեր, Օհան ապերը սկսում էր մի հին պատմություն, որի վերջը լսելու համար ես և Աշոտը երբեմն խանգարում էինք նրա քունը:

— Հա, ո՞րտեղ մնացի, — արթնանում էր և, մինչև մենք հիշեցնեինք, զանգատվում էր.

— Պառավել եմ, քունս շուտ է տանում: — Եվ շարունակում էր կիսատ պատմությունը:

* * *

Ես ուշադիր լսում էի ընկերոջս, և թեպետ ծառերը դարձյալ ճյուղերը կախել էին ճանապարհի վրա, բայց այլևս մտրակով չէի պոկում նրանց տերևները: Արևը բավական բարձրացել էր, ցողի կաթիլները գոլորշիացել էին:

— Ձորագյուղում մի որսորդ կա, վիզը ծուռ Անտոն են ասում: Հիմա էլ մնում է, թեպետ բավական ծեր է: Նրա աչքերը լավ չեն տեսնում, դրա համար էլ որսի չէ գնում:

Նրա մասին Օհան ապերը շատ էր պատմում: Անտոնը մի անգամ անտառում արջի հետ է կռիվ կացել, արջը ջարդել է նրա հրացանը, կռացել է, որ գերանը վերցնի Անտոնին խփելու, բայց նա սպանել է արջին: Օհան ամին պատմում էր, թե ինչպես է նա բռնում աղվեսին բռնել:

— Իրեն որ տեսնես կզարմանաս: Լղար, բոյը կարճ, վիզն էլ ծուռ: Կասես, որ բամփես գլխին, տափին կփակչի, — ասում էր Օհան ապերը նրա մասին:

Ես մտքումս դրել էի նրա հետ որսի գնալ, թեև մինչև այդ որս քիչ էի արել: Պառավը խոստացավ խնդրել հարեվանի կայծքարով հրացանը:

Հենց հաջորդ կիրակի, առավոտ կանուխ, երբ երդիկներից դեռ նոր էր բարձրանում ծուխը, ես և Անտոնը բռնեցինք անտառի ճանապարհը: Այդ օրը ես չորս անգամ կրակեցի: Կրակոցից ծառի ճղներից ձյուն թափվեց, բայց իմ վառոդը չհանձնեց ոչ մի աղվեսի մորթի:

Անտոնը սիրտ էր տալիս, թե առաջին անգամ այդ էլ շատ է: Բայց ես տեսնում էի նրա ծաղկատար դեմքի խորամանկ ժպիտը: Ինքը մի ծեր աղվես սպանեց և երկու մոշահավ: Ծեր աղվեսն այնքան չարչարեց մեզ:

Անտոնը կրակեց, մուխի մեջ ես տեսա, թե ինչպես աղվեսը գլորվեց: Վրա վազեցինք, աղվեսն ատամները կրճտացրեց, պոչը կոխեց հետևի ոտքերի արանքը և փախավ: Ձյունի վրա մնացին նրա հետքերը և արյան շիթեր: Մի քանի տեղ ուժասպառ ընկել էր, արյունն ավելի շատ էր հոսել, և ձյունի վրա թափվել էին մորթու մազերը:

Աղվեսին փնտրելու ժամանակ Անտոնը մի մոշահավ էլ սպանեց: Միասին վազեցինք դեպի այն կողմը և փոսի մեջ տեսանք ծեր աղվեսին, որ կծկվել, կուչ էր եկել և դունչը մոտեցրել էր վերքին: Նրա կախ ընկած լեզուն արնոտ էր: Երևում էր, որ լիզել էր վերքի արյունը: Անտոնն աղվեսին ուսովը գցեց, ես մոշահավերը վերցրի, և մենք վերադարձանք:

Գյուղին չհասած, անտառի բացատում, չոր ճյուղերի կոտրատելու ձայն լսեցի: Ինձ թվաց, թե պախրան եղջյուրներով ծառի ճյուղերը դեն է հրում, որպեսզի չոր տերևներ հանի ձյունի տակից: Հետ նայեցի:

Ութ-տաս տարեկան մի տղա ցախ էր դարսում ձյունի վրա մեկնած պարանին: Մի քիչ հեռու կանգնել էր մի աղջիկ պարանի չափ բարակ ճյուղը ձեռքին: Նրանք մեզ ավելի վաղ էին տեսել և կանգնած նայում էին:

Ահա այդ դեմքն է, որ մեխվել է հիշողությանս մեջ, թեև այն օրից անցել է տասներկու տարի և այն էլ ի՜նչ տարիներ:

Ընկերս լռեց, ես նրա դեմքին տեսա երանության նույն ժպիտը, ինչպես առաջին անգամ, երբ մենք դեռ բարձրանում էինք արահետով: Ասես աչքի առաջ, ձյունոտ անտառում, տեսնում էր աղջկան, ձեռքին չոր ցախը:

— Տեսա ու կանգնեցի, — դանդաղ շարունակեց նա, — և թեպետ Անտոնն ասաց, թե ո՛ւմ աղջիկն է, ասաց, որ ցախի են եկել, բայց ես նրան չէի լսում: Հիշում եմ, որ մի անգամ էլ, երբ բացուտն անցանք և իջնում էինք գյուղի և կալերքի վրա, հետ նայեցի: Չգիտեմ աղջիկը ժպտաց, թե չէ, բայց ինձ այդպես թվաց: Գլուխը խոնարհեց ու փշրեց ձեռքի բարակ ճյուղը:

Մեր տան պատշգամբից ես տեսա աղջկանը՝ ցախը շալակին: Մեր հետքերով նրանք իջան կալերի վրա: Մոխրագույն շորեր ուներ, գլխին՝ տանը գործած բրդե շալ: Ես պատշգամբից նայում էի այն կողմը, իսկ Օհան ապերը ինձ հարցնում էր մոշահավի մասին, Աշոտը նրանց փետուրներն էր պոկում, ես կցկտուր պատասխան էի տալիս և աչքի տակով հետևում, թե ո՛ր տունը պիտի մտնի ցախով աղջիկը:

Որքան մեծ եղավ իմ ուրախությունը, երբ մյուս օրն իմացա, որ նրա փոքր քույրը սովորում է դպրոցում:

Հենց այդ օրից էլ գլխին կարմիր շոր կապած աղջիկը, որ մինչ այդ իմ քառասուն աշակերտներից մեկն էր, բոլորից ջոկվեց և իմ աչքում դարձավ այն կետը, որի շուրջը պտտվում էր իմ ներքին աշխարհը:

Ուզում էի իմանալ աղջկա անունը: Ես հորինեցի մի դաս, երբ աշակերտները պատմում էին իրենց ընտանիքի անդամների մասին: Եվ որովհետև նրանք երկու քույր էին, դժվար չէր իմանալ, որ անտառում տեսած աղջկա անունը Խոնարի էր: Մյուս աշակերտներն էլ մատ բարձրացրին, իրենց տան մասին պատմելու և զարմացան, երբ ես գրատախտակի վրա գրեցի գումարման նոր վարժություն:

Խոնարի, Խոնարի... Նայում էի գրատախտակի թվերին, աչքերիս առաջ բրդե շալով աղջկա գլուխը, ոտքերը ձյունի մեջ և ձյունի ճերմակության վրա օձի պես սև պարանը:

Այդ դեմքը մերթ սուզվում էր անդունդը, որը սովորական էր դառնում, հիշում էի, որ անտառում մի ծեր աղվես ենք սպանել, երկու մոշահավ: Մեկ էլ դեմքը մոտենում էր, կանգնում էր աչքիս առաջ, և ես ճգնում էի իմանալու՝ ժպտա՞ց աղջիկը, երբ ետ նայեցի, թե միայն ինձ թվաց:

Անտոնի հետ մի անգամ էլ որսի գնացի: Բացուտին երբ հասանք, ես մոտեցա այն գերանին, որի մոտ կանգնել էր աղջիկը: Որսորդն իմ հետևից կանչեց, թե ճանապարհին աջ է ծռվում: Գերանի մոտ ձյունը ծածկել էր աղջկա հետքերը: Ոչինչ չէր երևում: Միայն ծառի տակ ընկած էր մի չոր շյուղ: Կռացա վերցրի:

Վերադարձին եկանք գյուղի ծուռ ու մուռ փողոցներով, որպեսզի անցնենք նրանց տան առաջով: Այդ թաղի շները հաչոցով ինձ վրա վազեցին: Բայց և այնպես կիսաբաց դռնից նրան տեսա բակում՝ գրկին մի խուրձ խոտ: Ինձ տեսավ, դեմքն իսկույն մյուս կողմը դարձրեց, տուն մտավ: Ես նկատեցի, թե ինչպես կարմրեց նրա դեմքը:

Այդ օրն այնքան ուրախ էի: Օհան ապերն էլ նկատեց իմ ուրախությունը և ծիծաղելով ասաց, թե վիզը ծուռ Անտոնի հետ անտառում երևի մի օյին ենք սարքել: Ընթրիքից հետո բուխարու մոտ երբ նա ննջեց, ես արագ թերթեցի նրա շարականի գիրքը, բրդե թելը ուրիշ թերթի արանքում դրի, որպեսզի առավոտյան Օհան ապերը զարմանա, թե ե՛րբ կիսեց շարականի հաստ գիրքը, կարդա ու կասկածով նայի մեկ ինձ, մեկ՝ Աշոտին:

Ձմեռվա ընթացքում Խոնարիին երկու անգամ տեսա: Մի ամիս հիվանդ էր և առողջացավ բարեկենդանի տոներից առաջ: Ես շատ անգամ էի նրա մասին հարցնում նրա քրոջից: Եվ ամեն անգամ տարբեր պատրվակով հեռվից հեռու, շատ անգամ իբրև թե պատահաբար, մեջ բերելով ուրիշ խոսք:

Դժվար էր միշտ պատրվակ գտնելը: Հիշում եմ, երեք օր տեղեկություն չունեի, քաշվում էի հարցնել: Հանկարծ փոքրիկ աղջիկը գնար և տանն ասեր... Չորրորդ օրը սովորականից շուտ եկա դպրոց: Քույրը դեռ չէր եկել: Կանգնել էի մուտքի դռան մոտ: Աշակերտները վառարանի կողքին տաքանում էին: Աչքս բլրակին էր: Հանկարծ երևաց քույրը, ինձ տեսավ և կարծեց, թե հանդիմանելու եմ ուշանալու համար:

Աղջիկը քայլերն արագացրեց և ինձ երբ հասավ՝ շնչակտուր ասաց.

— Խոնարհին արդեն վեր է կացել...

Հետո ես իմացա, որ նա դեռ չորս օր պառկել է: Աղջիկը սուտ էր ասել:

Բարեկենդանի մի օր Խոնարհին տեսա: Մեր դիմացի կտրան աղջիկները խաղում էին, իրար ձյունով տալիս և երգեր ասում: Շատերի ձեռքին խնձոր կար: Նրանք նոր շորերով էին՝ կարմիր, կապույտ, կանաչ: Նրանց մեջ էր Խոնարհը. նրա հագին երկար զոլերով կարմիր չիթ էր: Ձեռքերը պահել էր գոգնոցի տակ, կանգնել կտուրի ծայրին և նայում էր ավելի փոքրահասակ աղջիկներին, որոնք զվարթ ծիծաղով իրար հրմշտկում էին և վազվզում կտուրների վրա:

Պատշգամբից ես նրան գունատ տեսա և մի քիչ նիհար: Նոր շորերի մեջ նա երևաց ավելի բարձրահասակ, մեջքը բարակ: Կապույտ գոգնոցի թելերը մեջքին հանգույց էր արել: Պատահմամբ նայեց պատշգամբի կողմը, տեսավ ինձ, հեռացավ կտուրից և խառնվեց աղջիկների խմբին:

Նորից տեսա Խոնարհի սպիտակ դեմքը, նրա մանրիկ աչքերը: Կարմիր շորերով այդ աղջիկը ինձ թվաց որպես մի բարձրահասակ երեխա՝ գլխին նույն բրդե շալը, ինչ որ առաջ: Տուն մտա նրան չխանգարելու համար, որովհետև մյուս աղջիկները քչփչացին, փոքրահասակներից մի քանիսը, որոնք դպրոցում սովորում էին, գոգնոցով իրենց դեմքը ծածկեցին և պահվեցին ինձնից:

***

Անտառն արդեն վերջացել և սկսվել էր լեռնային փարթամ մարգագետինը, որի հատուկտոր թփերը ապացույց էին, թե ժամանակին մարգագետնի սնահողերում աճել է կաղնին:

Կանաչների միջով հոսում էր գետակը, որի ակունքները անտառի մթին ձորերի աղբյուրներն էին: Դրա համար էլ գետակի երեսին, կանաչ խոտերի հետ, լողում էին և չոր տերևներ:

Ձիերը հոգնել էին: Լեռնային կանաչը գրավիչ էր և՛ մեզ, և՛ հոգնած ձիերի համար:

— Իջնենք, ձիերը թող հանգստանան, — ասաց ընկերս: Ձիերը լեզվով դուրս հրեցին սանձի երկաթները և ագահությամբ պոկեցին խոտը: Մենք պառկեցինք գետակի ափին, խոտի վրա:

— Օհան ապերը գրքեր շատ ուներ, հին գրքեր: Մի կիրակի պատշգամբում նստած կարդում էի նրա հին գրքերից մեկը, կարծեմ Հուստինիանոս թագավորի մասին: Ձյունը դեռ չէր հալվել, բայց արևի ջերմությունն արդեն զգացնում էր, որ գարունը հեռու չէ: Այդպիսի օրերին կատուն էլ հեռանում էր թոնիրի տաք քարից և աչքերը փափկած, փռվում արևի տակ:

Մեկը բարձրանում էր սանդուղքով: Գլուխս վեր հանեցի: Գիրքը

ձեռքիս դողաց: Կողքիս կանգնել էր Խոնարհը և մատներով խաղում էր գոգնոցի եզրի հետ: Երբեք նա ինձ այդքան մոտ չէր կանգնել: Դրանից էր, որ գրքի տառերը շաղվեցին, և գիրքը դողաց:

— Հայրս խնդրում է ճաշին գաս մեր տունը:

Ինքս էլ չիմացա, թե ինչու պատճառ բռնեցի գիրքը, ասեցի, որ չեմ կարող գալ: Խոնարհը ձեռքի արագ շարժումով գիրքս ծալեց, և ես դեռ ուշքի չեկած, բակից կրկնեց իր խնդիրը:

Չգնացի, բայց գիրքն էլ բաց չարի: Անելիքս չգիտեի:

Փորձեցի տետրակներն ուղղել, չկարողացա: Օհան ապերը եկավ, և մինչև իրիկուն միասին էինք: Այդ օրը ես նրա հետ գոմը գնացի կովերին խոտ ու դարման տալու:

Չգիտեմ, ամեն տարի Զորագյուղում գարունն այնքան սիրուն է, ինչպես այն տարին: Քարերն էլ էին շնչում գարնան բույրը: Անտառի հազարավոր լորենիների հոտը գիշեր-ցերեկ գյուղի վրան էր: Երբ դասերից հետո պառկում էի անտառում, լորենիների տակ, գլուխս պտտվում էր:

Ձորակներում հիմա էլ կան այգիներ: Գարնանը ուռել և հասել էին խնձորենու բողբոջները: Հարկավոր էր մի շաբաթ տաք եղանակ, որպեսզի բացվեին խնձորենու ծաղիկների կարմիր թերթերը և ձորակները բուրեին: Հեռվից ծաղկած ծառերի սպիտակ ճյուղերը երևում էին ձյունով ծածկված, ասես գարունը ձյուն էր թափել ծառերի վրա, գունավոր և հոտավետ փաթիլներով ձյուն:

Գյուղի փողոցներից արևը գոլորշիացնում էր աղբաջուրը, կովերը ջրի գնալիս շլանում էին արևի լույսից, մնչում էին արջառները, հոտոտում, դես ու դեն վազում և ոտքերով փորում թաց գետինը: Եվ ինչ դժկամությամբ էին նրանք ներս մտնում գոմի ցածր դռնակներից:

Գարնան արև օրերը հիշեցնում էին ինձ, որ շուտով մայիս է: Դպրոցն արձակելուց հետո նույն ճանապարհով պիտի վերադառնում և էլ երբե՛ք, երբե՛ք չպիտի տեսնեմ Զորագյուղը:

Նրանց տունը չգնալու համար փոշմանել էի: Մի օր էլ փողոցում մայրը հանդիմանեց, որ հրավերը չեմ ընդունել: Ես ուզում էի, որ մեկ էլ կանչեր, թեկուզ մի թեթև ակնարկ աներ:

Այն ժամանակ սովորություն կար տարեվերջին դպրոցում կազմակերպելու հանդես: Ես էլ էի պատրաստվում, և աշակերտները սովորում էին երգ ու ոտանավոր: Հետո մեծահասակ աշակերտները տախտակներ բերին, տներից հավաքեցին գորգ ու կարպետ և սարքեցին բեմ: Աշակերտներին պատվիրել էի, որ շատ մարդու կանչեն: Եվ ամեն անգամ աչքս նրա քրոջ կողմն էր:

Կիրակին եկավ: Գուցե և ոչ մի տարի այդ օրն այնքան բազմություն չէր հավաքվել գյուղի դպրոցում: Բաց պատուհաններով գարունը այգիներից բերում էր ծառերի բույրը, դպրոցի կտուրի տակ սարյակները բունից բուն էին թռնում աշխույժ ճռվողյունով: Նրանք էլ էին զուգվել, և այնպես փայլում էին սարյակների սև փետուրները:

Բազմության մեջ ես միայն մի գլուխ էի տեսնում, այս անգամ առանց շալի, մազերը կիսած և խնամքով սանրած: Եվ ի՜նչ բարակ էին նրա շրթունքները:

Ընդմիջումից հետո հանդեսի երկրորդ մասը պիտի սկսվեր մի բանաստեղծությամբ, որ արտասանելու էր նրա քույրը: Կարպետը շարժվեց, բեմի ետևում երևաց Խոնարհը, իր գլխի սանրով կոկեց քրոջ մազերը:

Մանկան զիլ ձայնով և համարձակ, փոքրիկ աղջիկը ինչ-որ բան էր ասում: Բազմությունը լուռ լսում էր: Չէի լսում ես: Կողքիս Խոնարհն էր: Նրա աչքերում ուրախության ժպիտ կար: Աչքերը փայլում էին սարյակի փետուրների նման սև: Ձեռքը բռնեցի:

— Խոնարհ... — Ձայնս դողաց:

— Թո՛ղ, — ասաց ու ձեռքը մեկնեց քրոջը, որ ավարտել էր արտասանությունը, և որի դեմքը անսովոր հաճույքից կարմիր էր: Դահլիճում ծափահարում էին. ոմանք զանազան ձայներով, նույնիսկ ձեռնափայտի շարժումով իրենց գոհունակությունն էին հայտնում:

Քիչ հետո հանդեսը վերջացավ: Ինձ թվաց, թե հանդեսը տխուր անցավ, և պղտորվեց գարնան օրը: Ականջիս տակ նրա խոսքն էր՝ թո՛ղ: Ձեռքիս էի նայում և ուզում էի ստուգել՝ բռնե՞լ եմ արդյոք նրա ձեռքը: Ինչու այդքան ջերմ էին նրա մատները:

Հանդեսից հետո Խոնարհին մի քանի անգամ տեսա: Պատահմամբ իմացա նրանց այգու ճանապարհը: Դասերից հետո գնում էի ձորակը, պառկում Օհան ապոր այգու կապույտ քարին, որից վերև ցանկապատի կողքով նա պիտի վերադառնար իրենց այգուց: Ոչ մի խոսք չէի կարող նրան ասել, թեկուզ մի քանի անգամ տեսա ցանկապատի ետև: Հայրը գնում էր առաջից՝ չոր ցախի կապը մեջքին, աղջիկը՝ նրա հետևից, ջրամանն ու հացի շորը թևի տակ: Հետս գիրք էի առնում, բայց չէի, թերթում ոչ մի էջ, որովհետև ամեն մի ոտնաձայնի նայում էի ճանապարհին:

Մի անգամ միայն ցանկապատի ետևից ինձ նայեց և ժպտաց: Թվաց, թե հացի շորը դիտմամբ վեր գցեց, որ կռանա և մի քիչ ավելի կանգնի: Գուցե այդպես չէր, գուցե, իրոք, շորը սահեց ընկավ: Հիմա էլ պարզ տեսնում եմ նրա դեմքը ցանկապատի փշերի արանքից: Նույն աչքերն էին, ինչպես բարեկենդանի օրը կտուրի վրա: Նրա աչքերի մեջ մանկական արտահայտություն կար, թեև տասնհինգ տարեկան էր, և ամուր կոճկած զգեստի տակ երևում էր հասուն կուրծքը:

Ընկերս լռեց: Ձեռքով տրորեց ճակատն ու աչքերը, ասես ուզում էր հեռացնի այն դեմքը, որ հին տարիներից ժպտում էր այդքան պայծառ:

Գարնան ջինջ երկնքի վրայով սահում էր մի սպիտակ ամպ, ասես արար աշխարհին հպարտությամբ ցույց էր տալիս, որ անհաս բարձունքում լողանում է արևի շողերի մեջ:

— Եկավ և վերջին օրը: Դպրոցն արդեն արձակել էի.

աշակերտներին բաժանել էի հին տետրակները, վերադառնալու պատրաստություն էի տեսնում: Օհան ապերը առավոտը շարական չէր կարդում: Վաղ լուսաբացին նա գնում էր այգի կամ վար ու ցանքի հոգսի հետևից էր:

Հրաժեշտը դժվար էր: Տանն ընտելացել էին ինձ, ես դառել էի մտերիմ մարդ և՛ Օհան ապոր, և՛ Աշոտի, և՛ պառավ նանի համար: Բակում ձիապանը բարձում էր իրերս, նանին պայուսակի մեջ դարսում էր գաթա և ճանապարհի պաշարը:

Խոնարհին մի քանի օր չէի տեսել: Ինձ թվում էր, թե ես նրան էլ չեմ տեսնելու: Եվ մի անգամ էլ տեսնելու պահանջը ինձ ստիպեց արագ-արագ անցնել գյուղի փողոցներով, մի վայրկյան կանգ առնել նրանց տան առաջ և բաց դռնով նայել բակին:

Խոնարհին բակում չտեսա: Փողոցում մարդ չկար, բոլորն աշխատանքի էին, արտերում սկսվել էր քաղհանը, այս ու այն սարալանջից լսվում էր հորովելի ձայնը: Մի տեղ աշունքվա մուգ-կանաչ արտերն էին, մի տեղ զարնան սև ցելը:

Օհան ապերը մի քանի խրատներ կարդաց: Երբ նա կռացավ ու ճակատս համբուրեց, ես նրա բարի աչքերում արցունքներ տեսա: Նանին ձիապանին պատվիրում էր ինձ լավ տանել և զգույշ մնալ, որ պայուսակը չընկնի, միևնույն ժամանակ գոգնոցով սրբում էր թափվող արցունքը:

Անցանք փոքրիկ ձորակը, աղբյուրը և ուռենու հաստ նովը, ուր ձմեռը կովերը ջուր էին խմում: Ահա և Օհան ապոր այգու դռնակը: Արագ բարձրացա ձորակով, դռնակը բաց արի, մոտեցա այգու կապույտ քարին. ցանկապատի ետևը մարդ չկար: Այգում խաղաղություն էր, ծաղկաթափ էին ծառերը, և բողբոջների փոխարեն նշմարվում էին կանաչ ու մանրիկ պտուղները:

Դպրոցի մոտ երեխաները խմբվել էին: Նրանք ինձ տեսան և իջան բլրակով: Որպիսի՛ միամիտ պարզությամբ նրանք ինձ բարի ճանապարհ ասեցին: Մի քանիսը ծաղիկներ էին բերել: Հենց որ մեկը ինձ մեկնեց ծաղիկը, մյուսներն էլ նրա օրինակին հետևեցին:

Աղջիկներից ոմանք լաց եղան: Նրանք և՛ ժպտում էին, և՛ ժպիտի հետ սրբում էին արցունքը, որ ծորում էր աղբյուրի պես: Լաց էր լինում և Խոնարհի քույրը:

Մեկը թե՝ «Ուսուցիչ, մեզ չմոռանաս»: Լավ հիշում եմ Ճուտիկին, որը միշտ դպրոց էր գալիս հոր մեծ փափախը գլխին և երկար, հնամաշ տրեխներով: Որբ էր Ճուտիկը, լռիկ-մնջիկ մի երեխա, որին բոլորը սիրում էին: Խմբի մեջ Ճուտիկն էլ էր: Մյուսների պես նա մոտեցավ ձեռք տալու, տրեխի ծայրերն իրար դիպան, քիչ մնաց ընկներ: Ճուտիկը փաթաթվեց ծնկներիս: Մեծ փափախի տակից տեսա նրա խելոք աչքերը: Եվ այնքան խեղճություն կար ճուտիկի աչքերում:

Ձիապանի կանչը ինձ հիշեցրեց, որ ժամանակն է հրաժեշտ տալու: Մանուկները մի անգամ էլ ձեռք տվին: Կռացա և համբուրեցի Ճուտիկի ճակատը, ինչպես Օհան ապերը՝ իմ ճակատը: Իմ աչքերում արցունք երևաց, արցունքի միջից մի անգամ էլ տեսա այգու դռնակը, դպրոցի ներկած թիթեղները: Հետո ծառերը ամեն ինչ ծածկեցին:

Քայլում էի ձիապանի հետևից: Մինչև զառիվայրի սկիզբը ճանապարհն անցնում էր փոքրիկ տափարակով: Կանաչ արտերում քաղհան էին անում: Մի քիչ վերև, սարալանջին, եզները դանդաղ քաշում էին արորը և հանգստացած հողը շրջում ակոսի մեջ: Արտերում կանաչի մեջ երևում էին կարմիր-կապույտ ծաղիկներ: Բացվում էր պուտը:

Սպիտակ քարի մոտ, գոգաձև ընկած երկարաձգարձ արտերում քաղհան անող կանանց մեջ տեսա Խոնարհին: Մեր հայացքներն իրար հանդիպեցին, և ես նրա աչքերում ժպիտ չտեսա: Ի՞նչ էր ասում. նրա համար դժվա՞ր էր, որ ես հեռանում եմ Չորագյուղից, չէ՞ որ ինձ ոչինչ, ոչինչ չէր ասել այդ խոնարհ աղջիկը: Հագին նույն գորշ զգեստն էր, ինչպես առաջին անգամ անտառում: Արտի մեջ կանգնել էր, ձեռքին քաղհանի բիրը, կարմիր պուտ և մոլախոտի մի կապ:

Ոչինչ չասացի, հեռացա: Արահետով բարձրանալիս միշտ հետ էի նայում: Կռացած կանայք կանաչին ընկած թռչունների էին նման: Եվ այդ երամից մեկը, գորշ շորերով մի աղջիկ, ավելի հաճախ էր բարձրանում, ձեռքը դնում ճակատին, որ արևի շողերը չխանգարեն տեսնելու անտառի մեջ հալվող արահետը և միայնակ անցվորին: Ձորի գլխին կանգնեցի և, երբ աղջիկը մի անգամ էլ բարձրացավ, նայեց իմ կողմը, ձեռքով արի: Խոնարհին իսկույն կռացավ արտի վրա: Ես արագացրի քայլերս ձիապանին հասնելու:

Երբ ընկերս լռեց, ինձ թվաց, թե գետակը նույն հանգով է պատմում, խոսում է նույն կերպ, ինչպես նա, որ մեջքին ընկած, փակ աչքերը երկնքին, անգիր ասում էր մի ծանոթ պատմություն, գրված Օհան ապոր հին գրքերում:

Վեր կացա, թուլացրի ձիու թամբի կապերը: Ձիերը հագեցել էին կանաչից և մեզ նման մեկնվել էին զարնան արևի տակ:

— Հետո տասներկու տարի... Եվ ի՜նչ տարիներ: Կռիվ, քաղց, երկրներ ու քաղաքներ, հազարավոր դեմքեր, տարբեր ցեղից, անցքեր՝ մեկը քաղցր, մյուսը դառն հիշողության հետ կապված... Եվ նրանց մեջ Խոնարհի դեմքը, ցանկապատի փշերի արանքից երկու մանրիկ աչքեր, որպես սև ձիթապտուղ և բարա՜կ, կարմիր շրթունքներ:

Հանկարծ ընկերս կողքին դարձավ, վիզը ձգեց իմ կողմը: Նրա աչքերն ավելի մեծացան:

— Գիտե՞ս, ես Խոնարհին տեսա:

— Ե՞րբ:

— Երեկ: Վերին գյուղում: Դու քնել էիր, դպրոցի բակում հավաքվել էին գյուղացիները: Խոսում էին հողի մասին, գանգատվում էին, որ հողը առաջվա բերքը չի տալիս: Այս տարվա ժանտախտից էին խոսում: Շատ կովեր են սատկել, ոմանք ցել անելու եզ չունեն: Հետո ինձ մոտեցավ մի կին, ցնցոտիների մեջ, ոտքերը բոբիկ, ոտքերի կաշին ճաքճքած: Կնոջ փեշերից կախվել էին երեք կիսամերկ երեխա: Նրանք մերթ ինձ էին նայում, մերթ մորը:

Կինն արցունքն աչքերին չորս փութ ցորեն էր խնդրում, մինչև հունձը:

— Հետո մի ճար կլինի, — ասաց:

Ամուսինն անցյալ տարի էր մեռել: Ժանտախտից սատկել էր նրանց միակ կովը: Իսկ տանն ուրիշ աշխատող չկար:

Ես ճանաչեցի Խոնարհին... Աչքերն էլի առաջվանն էին, բայց առանց փայլի: Ես ճանաչեցի Խոնարհին: Բայց չգիտեմ նա ինձ ճանաչե՞ց, թե ոչ:

...Անխոս նստեցինք ձիերը և անցանք գետակը: Արևն արդեն դեպի մայրամուտն էր կախվել:

ԼԱՌ-ՄԱՐԳԱՐ

1

Նրա համար ամենից մեծ հաճույքը այգին ու արտերը ջրելն էր: Երբ բոբիկ, արևից խանձված ոտքերով քայլում էր առվի եզերքով, բահով ճումերը առվից դեն զցում, որ ջրի հոսանքը սահուն լինի, — Լառ-Մարգարին այնպես էր թվում, թե ջրի պապակ արտերն ու ծարավ այգիները տապ արած, իրեն են սպասում:

Առվով ջուրը կապելիս նա ջրի հետ էլ գնում էր, մինչև ջուրը այգուն հասներ: Արևից չորացած հողը, տեղ-տեղ ճաքճքած, ագահությամբ ծծում էր ջուրը, ճեղքերից օդի պղպջակներ էին դուրս գալիս, ձայն հանում, ասես հողը հազար պռոշ ուներ և անհագ ծարավ:

Ջուրը ծառերի տակ կապելուց հետո Լառ-Մարգարը պառկում էր ծառի շվաքի տակ, երկար բահը կողքին, աչքերը կիսախուփ անում, ննջում, մինչև ջուրը հասներ: Հետո վեր էր կենում, ջուրն ուրիշ առվով անում, էլի ջրի հետ գնում:

Ամռան շոգին, երբ արևն այնքան մոտ է, ջերմությունը շատ, երբ շները շոգից տան ստվերում պառկում են, լեզուն հանած դնչին տալիս, — առվի եզերքին միշտ էլ կարելի է տեսնել Լառ-Մարգարին, ոտքերը մինչև ծնկները բաց, գլխին մի սպիտակ շոր, բահն ուսին:

— Լառ-Մարգարը լագլագի պես ջրերից ձեռք չի քաշում, — ասում

են գյուղացիք: Եվ ճիշտ որ, Լառ-Մարգարը մի քիչ նման է արագիլին, ոտքերը բարակ ու երկար, ասես ոտքի վրա երկու ծունկ կա:

Լայն առվի վրայից շատերը չէին կարողանում անցնել, իսկ Լառ-Մարգարը մի մեծ քայլ էր անում և առվի մյուս ափին կանգնում: Արևից խանձված դեմքի վրա սրածայր քիթը երկար կտուցի էր համեմատ, եթե սպիտակ բեղերը չլինեին:

Գյուղի ջրվորն է: Գիշեր-ցերեկ առուների վրա է լինում, հսկում առուներին, ջուրը բաժանում, առուների մաքրության նայում:

— Լառ-Մարգար, արտս խանձվեց, ջուր հասցրու, — գանգատվում էին երբեմն:

— Կեցցիր դիա, կրակ չեղավ, սրադ ուրբաթ է, — ասում է Լառ-Մարգարը:

Լառ-Մարգարը տեղացի չէ: Պղտոր հեղեղի բերանն ընկած տաշեղի պես Լառ-Մարգարը շատ ափերի է զարկել, վերջը ալիքը լափու է տվել և Լառ-Մարգարին իր թոռան հետ գցել այդ գյուղը:

Անցյալ գարունքին էր այդ: Գյուղը նրան ջրվոր է վարձել:

— Ղարիբ մարդ է, ազգ ու բարեկամ չունի, ջուրը արդար բաժին կանի:

Երբ առաջին անգամ առվով ջուր էր կապել, ոտքերը մինչև ծնկները վեր քաշած, բահը ուսին անցել առվով, գյուղում մի հանաքչի ասել էր.

— Տեսեք հա՞, գաղթական բիձեն լառի լագլագ լինի կասես:

Գյուղը նորեկին ավելի անուն էր դրել՝ Լառ-Մարգար: Քչերն էին փորձում ջրվորին խաբել, հերթից դուրս ջուր գողանալ: Վայ թե իմանար Լառ-Մարգարը, կթոնթորար, կկանչեր, բահը գետնով կտար:

— Ծառը պտուղ չի տար, յավրիս, գողության մի վարժեցուր:

Լառ-Մարգարի համոզումն էր այդ: Եվ երբ բարկանար, այդ խոսքը կասեր: Իսկ եթե խոսքին կասկածող էր լինում, ավելացնում էր.

— Էս հասակս քաշեր, նո՞ր պիտի սուտ խոսիմ...

Այդ ասելիս Լառ-Մարգարը հանկարծ խեղճանում էր, ձայնը երերում էր: Թողնում էր խոսակցին, բահն առնում և առվի հետ գնում, թեկուզ գնալն էլ միտք չունենար:

Հեռու չէր գնում: Նստում էր առվի մոտ, նայում ջրի հանդարտ հոսանքին, չոր ծղոտներին, որոնք գալիս էին հեռուներից և ջրի հետ գնում: Նայում էր առվի եզերքին բուսած կանաչին, և մտքերը նորից հանդարտվում էին:

2

Լուսնյակ գիշերներին, երբ գյուղը քնած էր բեզարած մրափով, հովը սառնություն էր բերում ցերեկվա շոգից խանձված դաշտերին, լուսնյակ գիշերներին, երբ բարդու վրա իր բնի մեջ հանգստանում է արագիլը, որ լուսաբացին լառ-լառ թևերը փռած իջնի ճահճուտի վրա, — Լառ-Մարգարը մինչև լուսաբաց աշխատում էր:

Ջրտուքի այդ գիշերներին լուսինը շողք էր գցում առվի մեջ, ջրվորի պողպատ բահի վրա արծաթ փայլով պսպղում էին սերկևլու տերևները, հովից հասկերը քսվում էին իրար, խշխշում: Ամայի արտերի միջով անցնում էր Լառ-Մարգարը, ջուր տալիս ծարավ հասկերին:

Լուսաբացին արտատերը արտը ջրած պիտի տեսնի, պիտի ժպտա և կռանա, մատներով արորի թաց հողը, տեսնի՝ խո՞րն է ծծել ջուրը, Լառ-Մարգարը ջուրը վարար չի՞ կապել:

Լուսաբացին հալվում էին աստղերը ձյունի գնդերի պես, շառագունում էր արևելքը, արևի առաջին շողերը խաղում էին ամպերի հետ, ասես մի անտես ձեռք բյուր շողերով ամպի սպիտակ քուլաների վրա հազարավոր նախշեր էր նկարում, որ մի քիչ հետո ավրի նույն շողերով, մի ուրիշը նկարի, մինչև արևը ծագի:

Արևի առաջին շողերի հետ գոլորշի էր բարձրանում, տերևների վրայից, ծաղիկների գունավոր թերթերից, արտերից ու այգիներից գիշերվա խոնավությունն էր գոլորշիանում: Գլխահակ ծաղիկները բարձրացնում էին իրենց գլուխը, նայում արևին, որ կեսօրին, երբ արևը թեժանա, նորից խոնարհեն:

Լառ-Մարգարը գիշերվա ջրտուքից բեզարած պառկում էր բարդիների տակ, ոտ ու ձեռը փռում, լայն ու հանգիստ: Բարդիների մոտ հերվա չորացած գերաններ կային, փչակով գերաններ:

Եվ երբ Լառ-Մարգարը պառկում է գերանների մոտ, բարդիների տակ, այնպես է թվում, թե ինքն էլ փչակով մի գերան է, չորացած բարդի:

Լինում էին օրեր, երբ Լառ-Մարգարը ջուրը տալիս էր հերթի համաձայն, ինքը չէր ջրում:

— Քեֆսըզ եմ, — կասեր և կպատվիրեր, որ հերթով ջրեն մինչև ինքը գար:

Առվիափն ի վեր քայլում էր, մինչև մոտակա ձորակը, ուր ծիրանիներ կային: Պառկում էր ծիրանու տակ կամ քնում ժայռի շվաքում, կամ էլ մեջքի վրա դառնում, ոտքերը ձգում, հսկա մկրատի պես: Կարծես մեկը խաչել էր ծիրանու տակ:

Ծառի ճղների արանքից վեր էր նայում Լառ-Մարգարը երկնի կապույտին: Մի ճերմակ ամպ, թափանցիկ ու անձև, հանդարտ լողում էր լազուրի մեջ: Լառ-Մարգարին թվում էր, թե երկինքը մի հսկա տաշտ է, մեջը լի լեղակած ջուր և ամպը՝ լվացքի մոռացված կտոր տաշտի ջրի մեջ: Լառ-Մարգարը նայում էր ամպի կտորին. ինչքա՜ն հանդարտ էր լողում, ձևը փոխում, մերթ պոունկը ձգում, մերթ ետ քաշում:

Եթե բարձրանար ամպի վրա, Լառ-Մարգարը հեռու սարերի ետև պահված իրենց գյուղը կտեսներ, կտուրները եղեգով ծածկած, գյուղի մոտ բարդիները, իր ծիրանուտը, տան դռնակը, որի մոտ կարասի կտոր կար, մեջը ջուր հավերի համար:

Ամեն առավոտ կանուխ Լառ-Մարգարի կինը հավաբնի դռնակը բաց էր անում, հավերը կղկղալով վազում էին նրա ետևից մինչև կարասի կտորը, ուր պառավը հավերին կուտ էր տալիս:

Մի հավք թռչում էր, օդի ոլորտում պտույտներ անում: Եվ երբ Լառ-Մարգարը նայում էր ծիրանի ճղների արանքից, նրա ծերացած աչքերին այնպես էր թվում, թե հավքը լազուրի վրա միայնակ սահող ամպի կտորի հետ է խաղում:

...Կտավատը կապույտ ծաղիկներն էր բացել, ծիրանն արդեն դեղնել էր: Վար էր անում, արորը փափուկ հողում ամռան ցելի ակոսներ էր ծրում: Երբ մի անգամ էլ դարձավ, աչքն ընկավ արահետին: Մասրենու մոտ պառավը կանգնել, ձեռքով էր անում:

— Գեղը խռովտուք կա, մարդ, — կանչում էր պառավը:

Եզներն արձակեց, արորը հողի մեջ խրած թողեց: Վարից բեզարած եզները երեկոյան տան իրերով բարձած սայլն էին քաշում դեպի անծանոթ հեռուները:

Տեղահանության օրերն էին:

Սայլը ճռնչում էր օր ու գիշեր, փոշի կար ճանապարհին, շիվար դեմքեր: Գյուղերը խառնվել էին իրար, ճանապարհին նոր խմբեր էին միանում քարվանին, նորեկներից հարցնում էին ետ մնացած հարազատների մասին, հարցնում էին գնալիք ճանապարհի մասին: Եվ ոչ ոք հաստատ ոչինչ չէր ասում, մարդիկ կասկածից ավելի էին շվարում:

— Մա՛րդ, թոնիրին քարը մոռցա վրա դնել, — ասաց պառավը սայլի վրայից:

Լառ-Մարգարը որդու մասին էր մտածում ամեն անգամ, երբ սայլին նայելիս տեսնում էր կնոջը թոռանը գրկած:

— Ամուր նստե, նայե, Թորոսիկը չմրսե... Թորոսիկը մերթ քնում էր տատի գրկում, մերթ զարթնում, զարմացած հարցնում.

— Պապե՛, դիա կերթանք... Հո՞, ա՞ս ինչ երկեն գացինք, պապե...

Եվ երբ պապից պատասխան չէր ստանում Թորոսիկը խռովկան էր դառնում, շրթունքը կախում, նստում սանր վրայից գլխիվայր կախած հավերին:

Սայլը ճռնչաց շաբաթներ, փոշին ճամփի վրա անպակաս էր գիշեր-ցերեկ: Ուրիշ ջրեր էին, ուրիշ երկրներ, Մարգարը ինչքան էլ խմում էր, ծարավը չէր հագենում:

Երբ շունչ առան մի ամայի ավազուտում, ոչ սայլ կար, ոչ զույգ եզները: Փոքրիկ կապոցներ էին մնացել, Թորոսիկի երեսն արևն այրել, մաշկահան էր արել:

Պառավի մազերի վրա ճամփի փոշին նստել էր, մազերը դեղնել, աղոտ գույն էին ստացել: Մարգարը տեսավ, որ աղետը կնոջ դեմքին նոր ակոսներ է ծրել:

...Լառ-Մառզառը երբ «քեֆսըզ եմ» կասեր և ծիրանուտի տակ պառկած ցերեկվա շոգին ծիրանի ճղների արանքով կնայեր երկնքի կապույտին, ամպի սպիտակ քուլային, որ ճերմակ լաթի պես մեկ սուզվում էր, մեկ էլ պռունկները հանում, թռչուններին, որոնք բարձրում պտույտ էին անում և հազիվ երևում սև կետի չափ, — Լառ-Մարգարը մտաբերում էր հարավի ավազուտները, շարվեշար վրաններ, վրանների վրա գունավոր լաթեր, որ տարագիրները բերել էին հեռավոր գյուղերից: Ավազուտի մեջ հատ ու կենտ ծառեր կային, որ Մարգարի աչքին մեծ ավելներ էին թվում՝ խրված ավազի մեջ:

— Քար պիլա չկա, մարդ, աս ո՞ւր բերին մեզ,— գանգատվում էր Մարգարի կինը, որ ամեն իրիկուն իր տան բանալիներին նայելիս ափսոսում էր հավերին, տանը թողած իրերը:

— Գիտնայի նե, հետս կառնեի, — ասում էր:

Մի անգամ Մարգարը փորձեց որդու մասին խոսել, բայց պառավը փղձկաց, հեծկլտոցը կոկորդը սեղմեց, գոգնոցի ծայրով աչքերը սրբեց և պինդ, շատ պինդ գրկեց Թորոսիկին: Մարգարն էլ խոսք չասեց որդու մասին:

Ձմեռն անցավ, բայց և ոչ ոք չնկատեց գարնան գալը: Ավազուտների վրա կոշտ, փշոտ բույսեր կանաչեցին, հետո չորացան: Նրանց հետ էլ անցավ հարավի կարճատև գարունը, ավազուտները նորից լերկացան, կեծացան հրավառ արևի տակ:

Մարդահավաք արին, վրանների աշխատող ձեռքերը հանեցին նոր շինվող ճամփի վրա բանելու: Մարգարն էլ գնաց: Աշխատում էին օրնիբուն, հեռուներից քար էին կրում, հող էին բերում: Հազարավոր բահ ու բրիչ ամեն օր փորում էին, ճանապարհը սարքում: Մյուսների հետ Մարգարն էլ էր աշխատում: Ծանոթներ կային, շինականներ: Խիճ էին պատրաստում, և երբ արևը պահվում էր շեղջակույտերի ետև, ծառերը երկար ստվերներ էին ձգում, վերադառնում էին վրանները, որ արևածագին նորից գնան:

Մի իրիկուն էլ պառավն իրեն վատ զգաց, գանգատվեց սրտի ծակծկոցից: Մարգարը ելավ վրանի առաջ քար փնտրելու, տաքացնելու, պառավի կրծքին դնելու: Իրենց գյուղում այդպես էին անում: Փնտրեց, ձեռնունայն ներս մտավ:

— Քար պիլա չկա, մա՛րդ, աս ո՞ւր եկանք, — տնքաց պառավը: Էլ չխոսեց:

Եթե այդ ժամանակ այգիներից մի մարդ ձայն էր տալիս, թե՝

— Լառ-Մարգա՛ր, ջուրը բարակեց, —

Լառ-Մարգարը հանկարծ վեր էր թռնում տեղից, բահն առնում և դեպի ջրի բանդը գնում: Եվ ոչ ոք չգիտեր, որ Լառ-Մարգարը առվի բանդը սարքելիս մտքով ուրիշ տեղ էր, գյուղից հազարավոր վերստեր հարավ:

Մարգարն էլի խիճ էր ջարդում, պառավն աչքի առաջին: Ի՞նչ լավ կլիներ, եթե ճամփի քարերից գիշերով գողանար, պառավի գերեզմանի վրա դներ: Ավազուտը կբացվեր, շնագայլերը կքրքրեին պառավին: Քար պիտի դնել, ծանր քար՝ ավազի շեղջակույտի վրա:

Իր կյանքում Մարգարը երկու անգամ է ծեծ կերել. մեկ երբ տղա էր, շան պոչից ցախավել էր կապել, մեկ էլ պառավի գերեզմանին քար դնելուց հետո:

էլի արևի տակ խիճ էր կոտրում, երբ երկու հոգի մոտեցան իրեն:

— Այս ծերո՞ւկը, — հարցրեց մեկը, և երբ մյուսը գլխով նշան արեց, զինվորականի՝ կրունկը մեխած սապոգը կրծքին զարկեց, կրծքի տախտակը ղնգաց պարապ կարասի պես: Քթից արյուն եկավ, և երբ երկրորդ անգամ սապոգով կողքին խփեցին, խիճը ճղեց Մարգարի բութ մատը:

Բահով առուն մաքրելիս, հիմա էլ, երբ Մարգարի աչքին է ընկնում բութ մատի սպին, մատներն ավելի պինդ են սեղմում բահի կոթը, բայց զայրույթն անցնում է, երբ միտն է բերում շեղջակույտի վրա դրած քարը:

— Կմնա՞ դեռ, քամին լմաշե՞ց, չգողցա՞ն: — Շատ կտար Լառ-Մարդարը, թե հարցին պատասխան տվող լիներ:

Երբ վրանները հավաքեցին, և վրանների տակ ծվարած ժողովուրդը ուրիշ երկրների ճամփան բռնեց, Մարգարն էլ շալակեց մնացած կապոցները, Թորոսիկի ձեռքը բռնեց:

Մարգարի շալակին, կնոջ աղլուխի մեջ ծիրանի կորիզներ կային: Գյուղի ծիրանուտում մի ծիրանի կար, պտուղը մեծ ու համեղ: Պառավն այդ ծիրանի կորիզներն էր հավաքել, պահել, որ գալ տարի տնկի տան առաջ: Ծիրանի կորիզներն էլ պառավի հետ ճոնչան սայլի վրա շաբաթներ էին լուսացրել մինչև հեռավոր ավազուտները:

Երբ վրանները հավաքեցին և հեռացան, Մարգարը երկու միտք ուներ՝ Թորոսիկին պահել և ծիրանի կորիզները պահ տալ մի ապահով հողում:

3

Տարիներ անցան: Մի տեղ չգտավ Մարգարը, որ շունչ առներ: Հեղեղի բերանն ընկած մրջյունի պես վեր ու վար էր անում, մագլցում մի ծղոտի վրա, բայց հեղեղը ծղոտն էլ էր քշում, մրջյունին էլ:

Մարգարն աշխատում էր, զրկում իրեն և բերանի պատառը պահում Թորոսիկի համար, որ պապի թևի տակ մեծանում էր: Մի օր էլ Թորոսիկը շոգենավի տախտակամածի վրա ելավ:

Պապն էլ էր, ուրիշ հարևաններ էլ, որոնք Կավալայի մոտերքն էին ապրում, վրանների տակ, պատմում անցած-գնացած առասպել-օրերից, ցերեկով աշխատում ագարակներում, նավահանգստում, քաղաքում:

Մարգարն ուրախ էր, երիտասարդացել էր: Եվ երբ Թորոսիկը հարցրեց, թե՝

— Պապե, նավը մեզ ո՞ւր պիտի տանի, — Մարգարը նայեց թոռան կայտառ աչքերին, աչքերի մեջ տեսավ անհետ կորած որդու պատկերը և զսպելով իրեն ասաց.

— Մեր երկիր, յավրիս...

Այդ երկրի համար Մարգարը Թորոսիկից և ծիրանի կորիզներից բացի ուրիշ ոչինչ չուներ ընծա տանելու:

Նավը օրորալով ալիքներն էր ճեղքում իր սուր քթով, ալիքները հեռանում էին մի պահ, հետո մոտենում, զարկում նավին, փշրվում կոհակների:

Մարգարը տախտակամածից նայեց ծովեզրի լեռնաշղթային, որի սրածայր գագաթներին ամպը նազով էր նստել, նայեց և իր հին տան բանալիները կամացուկ հանեց գրպանից, տրորեց բռի մեջ, նետեց ծովը: Փոքրիկ օղակներ ելան նետած տեղից, օղակները լայնացան, հալվեցին, մի մեծ ալիք եկավ, ծածկեց բանալու ընկած տեղը: Բանալիներն արդեն սլվել, ընկել էին անդունդ:

Լառ-Մարգարը ոչ ոքի չասեց, թե ինչու արցունքներ երևացին աչքերին, երբ առաջին անգամ գնացքի պատուհանից Արարատի ձյունոտ գագաթը տեսավ: Այդ երկրում պիտի ծլեին ծիրանի կորիզները:

...Եվ եթե մեկը հերթից դուրս ջուր էր զողանում, զայրանում էր Լառ-Մարգարը, խրատում.

— Ծառդ պտուղ չի տա, յավրիս...

Եթե իր խոսքին կասկածող էր լինում, և Լառ-Մարգարն ասում էր, թե՝

— Էս հասակս քաշեր, նո՞ր պիտի սուտ խոսիմ, — իհարկե, գյուղում շատ քչերն էին իմանում, թե ինչ դառնությամբ է Լառ-Մարգարը այդ հասակը քաշել:

Իսկ եթե մեկին մի լավություն էր ուզում անել, Լառ-Մարգարը ժպտալով ասում էր.

— Կեցիր, ծիրաններս բոյովնան, քեզի մեկ հատ պիտի տամ: Նայե՛, ինտոր համեղ են: Աստեղվանքը հիչ չկա իմինիս պես ծիրանի:

Լառ-Մարգարի փոքրիկ, ջրակալած աչքերում փայլատակում էր մի մեծ հրճվանք, մանավանդ, երբ զարնան ջրտուքին, առվի բանդը սարքելու համար դպրոցի մոտովն էր անցնում և ցեխապատի ճեղքից նայում, թե ինչպես դպրոցի բակում վազվզում են երեխաները, խաղում, կանչում, և երեխաների հետ խաղում է Թորոսիկը:

Իսկ դպրոցից մի քիչ հեռու, իրենց տան առաջ, ծիրանու տունկերն են ձգվում արևի տակ...

ԱԼՊԻԱԿԱՆ ՄԱՆՈՒՇԱԿ

Արփենիկ Չարենցի հիշատակին

Կաքավաբերդի գլխին տարին բոլոր ամպ է նստում, բերդի ատամնաձև պարիսպները կորչում են սպիտակ ամպերի մեջ, միայն սևին են անում բարձր բուրգերը: Հեռվից ավերակներ չեն երևում, և այնպես է թվում, թե թուրքերի գլխին հսկում կա, գոց են ապարանքի երկաթե դռները, աշտարակի գլխից մեկը ահա ձայն է տալու քարափը բարձրացողին:

Իսկ երբ քամին ցրում է ամպերը, ձորերում հալվում են ամպի ծվենները, պարսպի վրա երևում են մացառներ, աշտարակի խոնարհված գլուխը և կիսով չափ հողի մեջ խրված պարիսպները: Ո՛չ մի երկաթյա դուռ և ո՛չ մի պահակ աշտարակի գլխին:

Լռություն կա Կաքավաբերդի ավերակներում: Միայն ձորի մեջ աղմկում է Բասուտա գետը, քերում է ափերը և հղկում հունի կապույտ որձաքարը: Իր նեղ հունի մեջ գալարվում է Բասուտա գետը, ասես նրա սպիտակ փրփուրի տակ ոռնում են հազար գամփռներ և կրծում քարե շղթաները:

Պարիսպների գլխին բուն են դրել ցինը և անգղը: Հենց որ բերդի պարիսպների տակ ոտնաձայն է լսվում, նրանք կռնչյունով աղմկում են, թռչում են բներից և ահարկու պտույտներ անում բերդի կատարին: Ապա բարձրանում է քարե արծիվը, կտուցը կեռ թուր, մագիլները՝ սրածայր նիզակներ, փետուրները որպես պողպատե զրահ:

Կաքավաբերդի բարձունքի միակ ծաղիկը ալպիական մանուշակն է, ցողունը կաքավի ոտքի պես կարմիր, ծաղիկը ծիրանի գույն: Քարի մոտ է բնում ալպիական մանուշակը, պարիսպների տակ: Արևից քարերը տաքանում են, և երբ ամպերը ծածկում են քար ու պարիսպ, մանուշակը թեքվում է, գլուխը հենում քարին: Ծաղկափոշու մեջ թաթախված գունավոր բզեզին մանուշակը ճոճք է թվում, աշխարհը՝ ծիրանագույն բուրաստան:

Ներքևը, ձորում, Բասուտա գետի մյուս ափին, քարաժայռերի վրա, թառել են մի քանի տներ: Առավոտյան ծուխ է ելնում երդիկներից, ծուխը ձգվում է կապույտ երիզի նման և հալվում ամպերի մեջ: Շոգ կեսօրին գյուղում կանչում է աքլորը, աքլորի կանչի հետ պառավ մի շինական հորանջում է տան ստվերում, ձեռնափայտով ավազի վրա նշաններ գծում, նշանների հետ փորփորում գլխով անցածը:

Ե՛վ գյուղում, և՛ բերդի գլխին ժամանակը սահում է դանդաղ, տարիները նույն ծառի միանման տերևներն են: Դրա համար էլ խառնվում է ծերունու հիշողությունը: Գետն աղմկում է առաջվա հանգով, նույն քարերն են և նույն քարե արծիվը:

Քանի՜ սերունդ է ապրել Բասուտա գետի մոտ, կարկատած թաղիքները փռել ցախերի վրա, եղեգնով պատել վրանները, և ամեն գարնան, երբ Կաքավաբերդի լանջին բացվել է ալպիական մանուշակը, այծ ու ոչխարը քշել են բերդի լանջերը, պարկը պանրով լցրել ու ձմեռը կրծել կորեկ հաց և այծի պանիր:

***

Արև մի կեսօր Կաքավաբերդի քարափով բարձրանում էին երեք ձիավոր: Ոչ միայն զգեստից, այլև ձի նստելուց երևում էր, որ առաջին երկու ձիավորը քաղաքի մարդիկ են և չեն տեսել ո՛չ Կաքավաբերդը, ո՛չ նրա քարափը:

Երրորդ ձիավորը նրանց ուղեկցում էր, և մինչդեռ առաջինները պինդ բռնել էին ձիերի բաշից, համարյա թե կռացել՝ հավասարակշիռ մնալու, — վերջին ձիավորը քթի տակ մռմռում էր մի երգ, մելամաղձոտ ու հուսահատ, ինչպես ամայի ձորը, տխուր քարափը և հեռավոր գյուղը:

Բերդի գլխին նստած ամպը վարագույրի պես մեկ հետ էր քաշվում, երևում էին պարիսպները, մեկ ծածկում էր կատարը: Առաջին ձիավորը աչքը պարիսպներից չէր հեռացնում: Նրա գլխում բերդի պատմությունն էր, մագաղաթյա մատյաններում գրած խոսքերը իշխանական օրերի մասին, երբ զրահապատ ձիերի սմբակները դոփում էին երկաթյա մուտքի առաջ, և ավերից դարձող նրա համհարզները ճոճում էին նիզակները: Ակնոցների արանքից նրա ուսյալ աչքերը տեսնում էին զրահավորներին, մագաղաթյա մատենագրին՝ եղեգնյա գրչով նրանց գովքը հորինելիս, և նա լսում էր հնօրյա ձիերի դոփյունը: Ինչ դժվար էր նրա համար քարափը, որով քարայծի նման մագլցում էին երբեմնի տերերը:

Երբ հասան վրաններին, առաջին ձիավորը շարունակեց ճանապարհը: Նա փնտրում էր հին ճանապարհը և չէր տեսնում վրանների առաջ, մոխրի մեջ խաղացող կիսամերկ երեխաներին, այծերին, որոնք զարմանքից վեր ու վար էին անում գլուխները:

Ֆետրե գլխարկով երկրորդ ձիավորը Կաքավաբերդի գլխին հնություններ չէր որոնում: Նրա ամբողջ հարստությունը ծոցի հաստ տետրն էր և սրածայր մատիտը: Հերիք էր աչքն ընկներ մի դեմքի, տեսներ գեղեցիկ մի անկյուն, մամռապատ մի քար, որպեսզի թղթի վրա մատիտով նկարեր այն, ինչ տեսել էին նրա աչքերը:

Առաջին ձիավորը հնագետ էր, երկրորդը՝ նկարիչ:

Երբ նրանք հասան վրաններին, շները հարձակվեցին ձիավորների

վրա: Շների ձայնին մի քանի հոգի դուրս եկան վրաններից, նայեցին նրանց կողմը: Մոխրի մեջ խաղացող երեխաները տեսան, թե ինչպես շները հաչելով վազեցին ձիերի վրա: Երրորդ ձիավորն իզուր էր մտրակով փորձում շներին հեռացնել: Շները հաչելով մինչև բերդի պարիսպները ուղեկից եղան ձիավորներին, հետո իրար հետ խաղալով վերադարձան:

Կաքավաբերդի քարերն ասես կենդանացել ու խոսում էին հնագետի հետ: Նա մոտենում էր այս ու այն քարին, կռանում, նայում, չափում, ինչ-որ գրում, ոտքով փորում հողի փլվածքը, բաց անում հողի տակ թաղված տաշած քարի ծայրը: Նա բարձրացավ պարսպի վրա, գլուխը դուրս հանեց բուրգի դիտարանից և բարձր կանչեց, երբ բուրգի անկյունում, քարի վրա, տեսավ փորագիր խոսքեր:

Երրորդ ձիավորը, որ ձիերի սանձերն արձակել ու պարսպի մոտ նստած ծխում էր, հնագետի կանչից վեր թռավ: Նրան թվաց, թե օձը խայթեց ակնոցավոր մարդուն:

Ֆետրե գլխարկով մարդը նկատեց պարիսպների փլվածքը, սրածայր բուրգը և պատերի հետքերը: Բերդի մուտքը նկարելիս մատիտը մի պահ ձեռքին մնաց, որովհետև նրա ոտնաձայնից մի անգղ կռնչյունով թռավ բնից, պտույտներ արեց բերդի գլխին: Նրա ձայնին մյուսներն էլ հավաքվեցին:

Ձիերը, անգղների կռնչոցից վախեցած, խլշեցին ականջները, իրար մոտեցան: Եվ երբ հնագետը բուրգի ծայրից կանչեց, թե ինքը գտել է Բակուր իշխանի դամբանը, նկարիչը չհասկացավ նրա խոսքը: Աչքերն անգղների պտույտի հետ էին, նրանց թևերի հզոր շարժումի, կեռ ու արնագույն կտուցների հետ: Ի՜նչ ահեղ թափ կար նրանց պտույտում: Մի պահ մատիտը ձեռքին մնաց և չնկատեց, թե ինչպես գլխարկը սահեց և ընկավ քարի վրա:

Վրաններից մի մարդ, մանգաղը գոտու մեջ խրած, գլուխը փաթաթած կեղտոտ թաշկինակով, մահակին հենվելով բարձրացավ բերդի քարափով և մոտեցավ ձիերի մոտ նստած պահակին: Մարդը տեսավ ակնոցավորին մի քար տեղահան անելիս: Եվ երբ պահակին հարցրեց, թե ովքե՞ր են եկվորները, ի՞նչ են փնտրում բերդի ավերակներում, պահակը նախ հանկարծակիի եկավ և պատասխանեց, որ գրքերում գրած է, թե Կաքավաբերդի գլխին կարասի մեջ թաղված են ոսկե զանձեր:

Հնձվորը միտք արեց, ուսը քորեց և դարձավ դեպի ձորը՝ հնձելու կորեկի արտը: Ու գնում էր ինքն իրեն խոսելով: Ի՜նչ կլիներ, եթե ինքը գտներ զանձը: Քանի անգամ է նա նստել հենց այն քարի վրա, որ տեղահան արեց ակնոցավորը: Եթե իմանար, ապա զանձերը կլինեին նրա արխալուղի գրպանում: Քանի՜ կով կառներ...

Միտք էր անում հնձվորը, երբ նկատեց, որ կորեկի արտի կողքին է: Նա չուխան շպրտեց, չուխայի հետ էլ ավելորդ մտքերը, մանգաղով զարկեց մի կապ կորեկ ու կտրեց:

Բերդի քարերի մոտ բուսել էր ալպիական մանուշակ, ծաղիկը ծիրանի գույն: Հնագետը չէր տեսնում ոչ մանուշակ, ոչ խոտ: Նրա կոշիկները կրնկակոխ էին անում խոտ ու ծաղիկ:

Աշխարհը նրա համար ընդարձակ թանգարան էր, ուր չկա ոչինչ կենդանի և ոչ մի բզեզ: Նա պոկոտում էր քարերին փաթաթված բաղեղը, փայտի ծայրով արմատախիլ անում քարի ճեղքում բուսած մանուշակը, ձեռքով քարը շոյում և սրբում գրերի հողը:

Ֆետրե գլխարկով մարդը երբ նկարեց այն ամենը, ինչ հարկավոր էր հնագետին, տետրի նոր էջի վրա նկարեց և պարսպի մի մասը, ատամնաձև քարերի արանքում, քարե արծվի բունը, պարսպի ոտների տակ՝ ալպիական մանուշակներ:

***

Կեսօրից անց նրանք բերդից իջան: Հնագետը մի անգամ էլ պտույտ արեց բերդի չորս կողմը, տետրում մի բան նշանակեց և ապա արագ քայլերով հասավ ձիերին:

Այս անգամ ամենից առաջ գնում էր երրորդ ձիավորը: Եթե հնագետի գլխում Բակուր իշխանն էր և մատենագրի մագաղաթը, նկարիչը հիշում էր մանուշակները և լսում Բասուտա գետի խուլ աղմուկը, — երրորդ ձիավորի աչքի առաջ թարմ լավաշներ էին, պանիր ու մածուն:

Նա հենց առաջին վրանի մոտ ձիերն արձակեց, սանձով կապեց ձիերի ոտքը ու ներս մտավ վրանի նեղլիկ դռնից: Քաղցած ձիերն ագահությամբ մռութները կախեցին թարմ կանաչի վրա:

Վրանի մուտքի առաջ, օջախի կողքին, մի փոքրիկ տղա մոխրի մեջ սունկ էր խորովում: Անծանոթ մարդկանց ներս գալը նրան զարմացրեց, չիմացավ սունկը թողնի՞ կրակի վրա, վազի մոր հետևից, թե՞ սունկն էլ հետը տանի: Երբ վրանի մոտ նա լսեց մոր բոբիկ ոտքերի ձայնը, զգեստի խշշոցը, տղան սիրտ առավ, խորոված մի սունկ հանեց մոխրից և դրեց օջախի քարին:

Մայրը ներս մտավ, գլխի շորը մի քիչ իջեցրեց աչքերի վրա, մոտեցավ և վրանի անկյունում դարսած ծալքից երկու բարձ մեկնեց հյուրերին.

Երրորդ ձիավորը հնագետի պայուսակից կոնսերվ հանեց:

— Մենք սոված ենք, քույրիկ: Թե մածուն ունես, տո՛ւր, համ էլ թեյ զցիր: Շաքար ունենք... — ասավ նա:

Կինը մոտեցավ օջախին, տղայի սունկերը դեն դրեց, կռացավ ու փչեց մխացող աթարներին: Նրա գլխի շորը հետ ընկավ, ֆետրե գլխարկով մարդը տեսավ կնոջ սպիտակ ճակատը, սև մազերը և նույնքան սև աչքերը:

Նրա հայացքը սևեռած մնաց մխացող օջախին, մոխրի մոտ չոքած

կնոջը: Ո՞րտեղ էր տեսել նա նման մի դեմք, բարձր, սպիտակ ճակատ և մուգ մանիշակագույն աչքեր: Երբ կինը վեր կացավ, եռոտանի կասկարան բերեց օջախի վրա դնելու, հանեց ծխից սևացած թեյամանը, նկարիչը շատ մոտ տեսավ նրա աչքերը և մոխրի փոշին ունքերի վրա, մազերի վրա:

Ինչքան շատ ժամանակ էր անցել այն օրից: Եվ մի՞թե հնարավոր է այդքան նման երկու դեմք, նույնիսկ նույն շրթունքները: Կաքավաբերդի կնոջ դեմքն արևը մի քիչ այրել էր: Բայց աչքերի ձևը նույնն էր, ինչ որ մյուս կնոջ, որ դարձյալ բարակ մեջքով էր և բարձրահասակ:

Կինը թեյի պատրաստություն էր տեսնում, անխոս և արագ շարժումներով: Ամեն անգամ, երբ նա կռանում էր, բարձրանում կամ բոբիկ ոտքերով քայլում էր խսիրի վրա, զրնգում էին նրա թևերի արծաթագույն սուրմաները, փոքրիկ զանգակների ձայն հանում: Խշշում էր նրա զգեստը, որի փեշերը իջնում էին մինչև մերկ ներբանները:

Այն կինն էլ ուներ խշխշան շորեր, հագնում էր գորշ գույնի վերարկու, սև թավիշե գլխարկ, որի երկար քորոցը նարնջագույն գլուխ ուներ: Հեռու էր, շատ հեռու: Գուցե Բասուտա գետը ուրիշ գետի հետ խառնվելով հասնում է այն ծովին, որի ափին, ավազի վրա, մի օր նստել էին՝ կինը և նկարիչը:

Պահակը բաց արեց կոնսերվի երկրորդ տուփը: Հնազետը սփռոցից ու պղնձե ամաններից գլուխը չէր բարձրացնում: Տղան սունկը կերավ և աչքերը սևեռեց կոնսերվի փայլուն տուփին, սպասելով, որ դատարկեն: Մարդը տեսավ նրա հայացքը և կոնսերվի տուփը մեկնեց տղային:

Տղան տուփը թափահարեց, վրանի առաջ պառկած շունը կուլ տվավ մսի կտորները և լիզեց քիմքերը: Ապա դատարկ տուփը ձեռքին նա վազեց երեխաների մոտ, նրանց ցույց տալու սպիտակ թիթեղյա տուփը, որ չտես նորություն էր այդ քարափների վրա:

Կինը նստել էր օջախի առաջ, հաճախ բարձրացնում էր թեյամանի կափարիչը և նայում տաքացող ջրին: Նա խառնում էր կրակը, աթարներն իրար մոտ քաշում, և երբ ծուխն ամպի պես բարձրանում էր ու դուրս գալիս վրանի եղեգնյա պատերի արանքով, կինը, աչքերը մուխից պահելու համար ձեռքը բռնում էր ճակատին:

Ֆետրե գլխարկով մարդուն օջախի մոտ նստած կինը, որի երկար զգեստի տակ պարզ երևում էին նրա ծնկները, թվում էր քրմուհի՝ եռոտանու առաջ ծխի շարժումները գուշակող:

Այն կինը երբեք բոբիկ ոտքերով չի՛ քայլել, չի՛ նստել մխացող աթարի առաջ: Առավոտյան ծովը բրոնզե հայլեքի պես տարուբեր էր լինում և լիզում ափերի կրաքարերը: Ծովափին սև թավիշե գլխարկով կինը հովանոցի ծայրով ավազի վրա նշաններ էր անում և ավերում: Իսկ ինքը ջարդում էր ձեռքի չոր ճյուղը, մանրիկ փշուրներ անում, և երբ ալիքները կաթիլներ էին ցողում նրանց ոտքերին ու հետ վազում, ալիքներն իրենց հետ տանում էին չոր ճյուղերի փշուրները: Այն կինը ծովափին խոստումի բառեր ասաց, աշխարհը թվաց լայնարձակ մի ծով, և սիրտը ձուլվեց ծովի հետ:

Հետո ուրիշ օրեր եկան: Այնքան պատահական եղավ ճամփաբաժանը և այնպես պարզ: Մտքի մեջ մնացին մի զույգ մանիշակագույն աչքեր, գորշ գույնի վերարկու և հովանոցի ծայրը, որով կինը ավազի վրա խոստումներ էր գրում և ավերում:

Թեյամանի մեջ ջուրը եռաց, կափարիչը ձայն հանեց: Կինը կողովից հանեց պնակները և ծաղկավոր բաժակները շարեց սփռոցի վրա: Երբ նա կռացավ սփռոցի վրա, թիկունքից ծամը թեքվեց, կախվեց ուսն ի վար: Ծովափի կինը կարճ խուզած մազեր ուներ և սպիտակ պարանոց, որի բարակ մորթու տակ երևում էին կապույտ երակները: Տղան դատարկ տուփը ձեռքին ներս վազեց: Վրանի դռնից մի խումբ մանուկներ զարմանքով նայում էին խսիրի վրա նստած հյուրերին: Որքան մեծ եղավ տղայի ուրախությունը, երբ նա ստացավ երկրորդ տուփը: Այս անգամ նա դուրս չվազեց, այլ նստեց խսիրի վրա, մայրը նրա համար ևս թեյ լցրեց, իսկ ֆետրե գլխարկով մարդը շաքարի մի մեծ կտոր զցեց տղայի բաժակը:

Տղան զարմացավ, և երբ շաքարից պղպջակներ բարձրացան թեյի երեսը, նա մատը կոխեց բաժակի մեջ՝ շաքարը բերանը տանելու: Թեկուզ տաք թեյը վառեց մատը, բայց ծպտուն չհանեց: Այնքան համեղ էր կիսահալ շաքարը: Հնագետը քթի տակ ծիծաղեց, ինչ-որ բան հիշեց մարդու նախնական օրերից: Կինը նորից ջուր լցրեց թեյամանի մեջ և ուրախ ժպտաց երեխայի չարաճճի արարքի վրա:

Ֆետրե գլխարկով մարդը տեսավ այդ ժպիտը, ինչքան ծանոթ էր... Երևի նույն դեմք ունեցող մարդիկ նույն կերպ են ժպտում: Կնոջ վերին շրթունքը աննկատ դողդողաց, ժպիտից շրթունքները կարմրեցին, որպես արնագույն մեխակի թերթեր, ժպիտից աչքերը փայլեցին:

Հանկարծ նա ծոցից հանեց տետրը, թերթեց քարերի և քանդակների նկարներ, թերթեց և քարե արծվի բունը պարսպի գլխին ու սպիտակ թղթի վրա մատիտի արագ շարժումով նկարեց կնոջը՝ օջախի մոտ նստած, աչքերը օջախի քարին: Ծանոթ էին դիմագծերը, միտքն այնքան էր աշխատել նրա վրա տարիներ առաջ: Փակ աչքերով էլ նա տեսնում էր կնոջ պրոֆիլը:

Միայն տղան տեսավ մոր նկարն սպիտակ թղթի վրա: Նրան այնպես թվաց, թե ֆետրե գլխարկով մարդու սպիտակ թղթերը արտացոլում են ամեն ինչ, ինչպես աղբյուրի վճիտ ջուրը:

Քիչ հետո ձիերը վրանի առաջ էին: Երրորդ ձիավորը ձիերի գլխին հազցնում էր սանձերը, պնդացնում թամբի կաշվե կապերը: Եվ երբ պայուսակը կապեց թամբին, մոտեցավ մնաս բարով ասելու օջախի մոտ նստած կնոջը: Կինը տեղից վեր կացավ, գլխի շորն արագ իջեցրեց ճակատին և մատների ծայրով բռնեց երրորդ ձիավորի մեկնած ձեռքը: Մյուսներն էլ հետևեցին նրա օրինակին: Այս անգամ կինը ձեռքը կրծքին սեղմեց և խոնարհեց գլուխը: Ֆետրե գլխարկով մարդը տղային տվեց արծաթ դրամ ու շոյեց նրա մազերը:

Ձիերն իջնում էին Կաքավաբերդի քարափով դեպի Բասուտա ձորը: Ձիերի սանձից բռնած իջնում էին երեք հոգի, որոնցից ամեն մեկը մտքի մեջ հյուսում էր իր նախշը: Ճանապարհի երկու եզրին բուսել էին ալպիական մանուշակներ: Ֆետրե գլխարկով մարդը կռացավ, պոկեց մեկը և դրեց տետրի այն թերթի արանքը, որի վրա նկարված էր եռոտանին և այն բարակիրան կինը:

Ձիերի սմբակի տակից քարեր էին թռչում, քարերն աղմուկով գլորվում էին ձորը: Ծով կար նրա մտքում, և այդ ծովը ափ էր շպրտում մերթ սև թավիշե գլխարկով մի գլուխ, մազերը կարճ կտրած, մերթ երկարազգեստ մի կնոջ, թիկունքին երկար ծամեր, մերթ քարե քանդակներ, կիսավեր պարիսպներ, նրանց հիմքի մոտ ալպիական ծիրանագույն մանուշակներ…

***

Իրիկնացավ:

Նույն ճանապարհով վրանների կողմն էր բարձրանում մի մարդ, գոտկում՝ պողպատե փայլուն մանգաղը: Բեզարած էր մարդը, ամբողջ օրը հնձել էր կարճ ցողունով կորեկ, և մեջքը ցավում էր: Դրա համար էլ նա դանդաղ էր բարձրանում, մահակը դեմ տալիս քարին, երբեմն կանգնում շունչ առնելու: Երբ կանգ էր առնում, նրա կորացած ծնկները դողում էին:

Հնձվորը ցերեկվա մարդն էր, որին երրորդ ձիավորը պատմել էր բերդի գանձերի մասին: Իր արտից նա տեսավ ձիավորներին, և նրան թվաց, թե ձիու թամբին կապած պայուսակներում հենց այն գանձերն են, որ հարյուր տարիներ մնացել են քարի տակ, որի վրա ինքը շարունակ նստել է, երբ բերդի ավերակներում պալւում էր այծ ու ոչխար: Ա՞յդ միտքն էր նրան զայրացրել, թե հոգնությունը,— մարդը մռայլ էր, որպես իրիկնապահին անտառում որսի դուրս եկող սոված արջը:

Նա հասավ առաջին վրանին, ոտքով զարկեց շանը, որ պոչը շարժելով առաջ էր վազել տիրոջը դիմավորելու, ապա գոտուց մանգաղը հանեց, շպրտեց մի անկյուն, փայտը դրեց օջախի մոտ և լուռ նստեց խսիրի վրա:

Օջախը մխում էր: Թեյամանում եռում էր տաք թեյը: Ծալքատեղում, բարձի վրա, երկու կտոր շաքար կար: Հնձվորը դեռ տրեխները չէր հանել և գուլպաներից թափ չէր տվել կորեկի փնջերը, երբ սուրմաների զրնգոցով, երկար զգեստի ծալքերն իրար քսելով, ներս մտավ նրա կինը, կնոջ փեշից կախված տղան՝ կոնսերվի երկու դատարկ տուփ ձեռքին:

Տղան դեպի հայրը վազեց, տուփերը ցույց տալու: Հայրը հասկացավ, որ ձիավորները նստել են իր խսիրի վրա: Տղան ցույց տվեց և արծաթ դրամը, որ տվել էր նրան մի բարի քեռի:

Հայրը ոտքով դեն հրեց որդուն էլ, դատարկ տուփերն էլ: Գլորվեցին տուփերը, տղան էլ գլորվեց: Ապա տղան ցատկեց և վազեց տուփերի հետևից: Երկու տուփը ձեռքին նա փաթաթվեց մոր փեշերին և սկսեց լալ: Հայրը ձայնը մեղմացրեց, տղային կանչեց, խնդրեց նրա արծաթ դրամը: Տղան արցունքների միջից ժպտալով մոտեցավ հորը, դրամը բռի մեջ: Ապա նա պատմեց, թե հյուրի ծոցում կար մի փայլուն իր, մեջը սպիտակ թերթեր: Արծաթ տվող մարդը մոր պատկերը հանեց թերթի վրա և դրեց ծոցը:

Խանդը կայծակի պես փայլատակեց մռայլ հնձվորի սրտում: Աչքերը լայնացան, նա գունատվեց: Մայրը նայեց տղային, հրդեհվեց դեմքը, հայրը տեսավ կնոջ դեմքի կարմիրը: Այդ ամենը կատարվեց մի վայրկյանում: Հաջորդ վայրկյանին մարդը գազազած արջի նման ոստյուն արեց, նրա մազոտ ձեռքերը սեղմեցին ծանր մահակը, և մահակն անասելի թափով իջավ կնոջ թիկունքին:

Սուրմաները զրնգացին, ցնցվեցին կնոջ երկար ծամերը: Եռոտանու վրա դրած թեյամանը թեքվեց: Մահակի ջարդված ծայրը թռավ ծալքի վրա: Կինը աղաղակ չհանեց, այլ ցավից գալարվեց: Նա ձեռքը թիկունքին տարավ, ապա դուրս եկավ վրանի դռանը անձայն հեկեկալու:

Տղան դատարկ տուփերը ձեռքին հետևեց նրան և պահվեց մոր փեշի տակ: Մարդը մի քիչ էլ դժգոհեց, ապա կերավ կորեկ հացը և փափախը գլխի տակ, մեկնվեց խսիրի վրա:

Հետո Կաքավաբերդի գլխին լռություն իջավ: Օջախներում հանգավ կրակը, եղավ խավար գիշեր: Գազանների ահից շները կուչ եկան վրանների առաջ: Ոչխարը պառկեց կանաչի վրա: Խսիրի վրա մեկնվեց և կինը՝ թաղիքի տակ ծածկելով տղային:

Կաքավաբերդի գլխից ամպը հսկա խխունջի պես սողաց դեպի վրանները, խոնավություն կաթեց քարերի վրա, մամուռների վրա, և մակաղած ոչխարների բրդի վրա նստեց գիշերային խոնավությունը: Ցող կաթեց ալպիական մանուշակի ծաղկաթերթերի վրա:

Բուրմունքից արբեցած մի բզեզ քնել էր առէջքների մեջ, և նրան այնպես էր թվում, թե աշխարհը հոտավետ բուրաստան է, ալպիական մանուշակ...

ԾԻՐԱՆԻ ՓՈՂԸ

Ես թերթում եմ ուղեգրությունների իմ տետրը և նրա էջերի արանքում գտնում եմ սուսամբարի երկու տերև՝ չոր ու գորշ, ինչպես հանգած մոխիր: Կռանում եմ թղթի վրա, ռունգերս լայնանում են սուսամբարի հոտից, ու դողալով թերթում եմ տետրը... Հետո պատից վերցնում եմ ծամի նման պիրկ մտրակը: Ես շոշափում եմ մտրակը, և Ցոլակը խելոք աչքերով նայում է ինձ, նայում է և հանդիմանում: Ինչո՞ւ էիր մտրակում: Մտրակը դառնում է սև օձ, որ զարկում էր ձիու ողորկ մարմնին:

Ես նորից եմ թերթում իմ տետրը, և սրտիս վրա իջնում է անդորր: Ցոլակը կայտառ վրնջում է, խաղացնում ականջները: Անընդհատ բարձրանում ենք, անցնում առապար ու քարափ: Քրտնած ձին մռութը կոխում է ջրերի սպիտակ փրփուրի մեջ և սանձերի երկաթների միջով ծծում սառցահամ ջուրը: Ինչքան վեր ենք բարձրանում, այնքան մոտ է արևը, և արևը խանձում է դեմք, զգեստ, ձեռք,-այնքան սառն են ջրերը, օդը ջինջ, և լսելի է ծաղիկների մեջ մոլորված մեղվի հանդարտ բզզոցը:

Ցոլակը վրնջում է և արագացնում քայլերը: Ճանապարհը լայնանում է: Ահա մի արտ՝ քարե պատով: Նոսր հասկերը սավում են լեռան հովից: Գյուղը մոտ է, ձին փռռացնում է ռունգերը և խայտալով կրծում սանձը:

Ճանապարհից վերև, բլուրի լանջին, մեկը ջրում է մուգ-կանաչ առվույտը: Ես լսում եմ, թե ինչպես առվի ավազի մեջ զրնգում է նրա ծանր բահը: Իսկ երբ բարձրացնում է բահը, արևը լուսավորում է բահը, և թվում է, թե ջրվորի ուսին բռնկված ջահ է:

— Սա՞ է Ձյանբերդի ճանապարհը...

Ջրվորը բացականչում է ոչ «հա», ոչ «հո»: Հարցս կրկնում եմ: Մարդը բահը խրում է առվի ավազի մեջ և գալիս է դեպի ինձ: Ինչքան մոտենում է ջրվորը, այնքան ավելի բարձրահասակ է երևում: Ես նայում եմ նրա բաց կրծքին. թվում է, թե նրա ձայնը պիտի խրոխտ թնդա: Ջրվորը լայն ու ծանր ձեռքը մեկնում է ինձ, ասում է «մեր աչքուն» ու ձեռքը տանում դեպի ճակատը:

Ամենևին էլ խրոխտ չի նրա ձայնը, այլ բարակ ու քաղցր: Ծերունի է. սպիտակ են ոչ միայն բեղերը և ունքերը, այլև կրծքի մազերը, որ հիշեցնում են խճճված մացառուտ:

Հարցս կրկնում եմ:

— Հա, — ասում է, — մըր գուղն ի... Իդա դար լե շրջվե... — ու գրպանից հանում է ծխախոտի քիսեն: Առաջարկում եմ գլանակ: Նա ժպտում է, կարծես ուզում է ասել, որ բարակ գլանակը նուրբ է նրա համար, սակայն վերցնում է և դնում ականջի հետևը: Ապա ոլորում է մատի չափ հաստ «ծզարան»:

— Յոնջան քո՞նն է:

Նա կուշտ ծծում է ծխախոտը, կուրծքն ուռչում է, չոր կաշվի նման ճռռում են թոքերը: Ռունգերից և բերանից ծխի քուլաները բաց թողնելով, գլխով է անում:

— Վարկայության նախակահի բերեց հերու: Անուշ բուս է: Ինա կուտ (ցորեն) լե մեր է, — գլխով նշան է անում քարոտ սարալանջի կողմը, որտեղ կանաչին են տալիս ցորենի մանր արտերը: Ես դժվարանում եմ որոշել նրա արտը, բայց գիտեմ, որ ջրվորը հեռվից ճանաչում է նույնիսկ իր արտի կարմիր պուտերը:

— Մըր բախտ կապած ենք գդալ ջրի... Մըր հողեր լե ցրվուկ: Էհ, հացի տեղ արուն շատ կերանք: Հիմա որ սերմ թալինք, սերմ վերունք, էլի գոհություն:

Նրա ուսից կախված է հարդի տոպրակը: Տարվա այս ժամանակ նրան ինչի՞ է պետք հարդը, և ինչո՞ւ է տոպրակը ուսից կախ:

Նա ինձ պատասխանում է, որ ինքը գյուղի ջրբաժանն է և գիշերները առուների ջրերն ինքն է բաշխում մանր և ցրված հողակտորների վրա:

— Իսկ հա՞րդը:

Հարդը ջրաչափն է: Ջրբաժանը ոսկեգույն հարդը շաղ է տալիս առուների ջրերի վրա և որոշում հոսանքի արագությունը, ջրի ծավալը:

— Մուրո՜ո... Մո՜ւ...րո՜ո, — վերևից լսվում է մի զիլ ձայն, — ջուր խլսա՜վ:

— Տղա լա՜ո ...

Ծերունին առավ բահը ու վազեց վերև, երևի ջրի բանդը:

Հետո ես և Յոլակը շրջեցինք «դարը», իջանք ձորակը, նորից բարձրացանք, և սարահարթի վրա երևաց լեռնային գյուղը՝ առանց ծառերի, առանց այգիների, օղակված կանաչ մարգագետիններով և բաց առուներով, որոնց ջրերը արևամուտին վարարում են, կեսգիշերին աղմկում խոր ձորերում, իսկ երբ արևը զարթնում է, լռում են՝ լեռան սառույցներից իջնող այդ առուները:

***

Սպիտակ եզան հետ մտանք բակը: Եզը գնաց դեպի միակ դուռը, որի ճակատին փակցրած էր աղբ, աղբի վրա՝ ձվերի ներկած կճեպներից խաչ: Եզը միակ դռնից ներս մտավ, և մենք՝ նրա հետևից: Գնացինք մութ միջանցքով, ապա մի դուռ բացվեց դեպի ձախ, մթնի մեջ կորավ սպիտակ եզը, նրա հետևից՝ իմ հոգնած ձին, որ լեռների մաքուր օդից հետո անախորժությամբ էր շնչում գոմի կծու հոտը:

Հետո միջանցքի աջ կողմը նույն հանգով երգեց մի այլ դուռ, և բոցերի լույսով, մուխի մեջ երևաց ոսկե ծամիկներով մի աղջիկ, Ազնոն, դուստրը իմ վաղեմի ծանոթի, որի տանը գիշերելու էինք ես և իմ ձին:

Ազնո, Ազնիվ... Երբ հիմա թերթում եմ իմ ուղեգրությունների

տետրը, որի էջերի արանքում գտնում եմ չորացած ծաղիկներ և սուսամբարի տերևներ, ես երկա՜ր, երկար նայում եմ դաշտային թիթեռնիկի թևին, որի ոսկեփոշին փայլում է, ինչպես այն օրը, երբ մարզագետնի վրա թիթեռը ծծում էր ջրախոտի ծաղիկները: Թիթեռնիկի թևի վրա ես կարդում եմ՝ «Ազնո»... Եվ մտածում եմ, որ Ազնոն հիմա դպրոց է գնում և կտուրների վրա ջինջ ձայնով այլևս չի երգում.

Քանց լուսին ամպի տակով,
Դու ջուր կերթաս ջուխտ դորակով:

Եվ այլևս չի պատասխանի այնպես, ինչպես այն օրը, երբ միասին նստել էինք իրենց բարձր կտուրին, և լեռան միամիտ աղջիկը պատասխանում էր իմ հարցերին.

— Ազնո, կինո տեսե՞լ ես:

— Հաքա օրի չըմ տեսե. շուր մը զարկեր է պատ, կցուցե ձի, աղջիկ, օրիորդ, կարտոֆել:

— Կարմիր բանակ լսե՞լ ես:

— Կարմիր բանակ շուր է, քցեր են դրոշակի վրա:

— Ազնո, աստված կա՞:

— Հաքա: Աստված կանաչ ճնճղուկ է:

— Հապա երկի՞նքը:

— Երկինք զինջիլով կապուկ է եզան կոտոշին:

— Ազնո, որ մեծանաս ի՞նչ ես դառնալու:

— Կեղնիմ օրիորդ:

Ազնո, Ազնիվ...

Բոց էր բարձրանում խոր թոնրից, գվվում էր օդը սնդուի խողովակների մեջ և թվում էր, թե գվվում էր գետինը բոցերի ուժից, մխի սև քուլաներից, որ իրեղնն սյունի հետ գալարվելով՝ ձգվում էր մինչև լեռնային երկնքի սառն աստղերը:

Իմ վաղեմի ծանոթը կրակի մոտ պատմում էր ջրի և ջրբաժանության, քարոտ հողերի և հանդերի մասին:

— Ինչ եղեր է չեղեր է, գացեր է: Եղանք գոմշու կոտոշ, կպանք զիրար: Սև թոն եկավ, արուն առու էլավ: Մըր փողպատ ազատինք Մոտկանա երկրեն, մըր Տալվորիկի հուղերեն: Ախ ու փախ, գիշեր-ցերեկ չփլախ, սոված, ռութ: Լենինի լույս մեզ ազատություն տվեց: Մենակ մըր սահման նեղ է, շնորհիվ սահմանի նեղության, ժողովուրդ կնեղվի: Մըր հողերի սահման ղըռ քար է, ժողովուրդի նեղություն քարից է: Մըր հոգին լե կառավարության, մըր ջան լե...

Նա հույս ուներ, որ Ձյանբերդի ժողովուրդի հողերի սահմանները կլայնանան, քար ու քարափ կանաչով կպատեն, լեռան գագաթին, սառույցների տակ կկառուցեն ջրամբարներ և լեռնային լճակներ, և այլևս գիշերները ձորերով անպտուղ չեն հոսի սառույցների ջրերը:

Նա պատմում էր, որ գյուղի երկու թայֆաները՝ «բարակ» և «հաստ» թայֆան հետզհետե հաշտվում են, առաջանում է նոր սերունդ, որն իրեն չի համարում ո՛չ Մոտկանա երկրից և ո՛չ Տալվորիկից, այլ Ջյանբերդից: Եվ որ ինքը և իրեն հասակակից մարդիկ դեռ հիշում են իրենց ձորերը և դուրանը, որտեղ խոտը բարձրանում էր մինչև կովի կուրծը, այնպես, որ կովերը հորթ էին բերում խոտերի միջին, և կովի հետքով գտնում էին հորթին՝ խոտերի մեջ նստած:

— Երեկ ամպ էր, էսօր պարզ արև...

Իմ ծանոթը պատմեց այնպիսի բաներ լեռների մարդկանց մասին, որ այժմ էլ, երբ թերթում եմ իմ տետրը, սիրտս լցվում է կսկիծով և դառնությամբ: Նրա սերունդը տեսել է և՛ հուր, և՛ պատերազմ, և՛ ջարդ, և՛ գաղթ: Երբ նրանց քշում էին հարավ, խփում էին և՛ հարավից, և՛ հյուսիսից: Հրդեհվում էր մի անտառ, և նրանք եղնիկների խմբերի նման, այրվող ծառերի միջից, եղջյուրներով բացում էին իրենց ճանապարհը: Նրանց քշել են արևմուտք, ապա ձիերի գլուխը դարձրել են հյուսիս և բնակություն հաստատել այս բարձր լեռան վրա:

Իմ ծանոթը պատմում էր, որ ոմանք հին սերնդից հրաժարվում էին հերկել Ջյանբերդի հողերը, որովհետև նրա սահմաններում թաղված են և թուրքեր: Որ դեռ երկար տարիներ նրանք իրենց մեռելները ուսերի վրա, լեռներից իջել են դաշտի գյուղերը, որպեսզի նրանց թաղեն հին վանքերի պատերի տակ: Նա ասում էր, որ Ջյանբերդում ես կտեսնեմ շատ խաչեր՝ դռան ճակատին, եզների եղջյուրներից կախ, կավե կարասների վրա, թոնրի շրթունքներին, նույնիսկ այն խրտվիլակների կրծքին, որոնց ցցում են արտերում՝ ճնճղուկների դեմ: Որ Ջյանբերդում ապրում է մունջ Սևդոն, որը հագնում է մազեղեն կոշիկ՝ «խարուկ», ինչպես Մոտկանա երկրում, որն «իր բերնին նալ է զարկել» և չի խոսում նրանց հետ, որոնք Մոտկանից չեն:

Ջյանբերդում միայն մի մարդ կա, որի առաջ խոնարհվում է համառ Սևդոն: Այդ մարդը Հազրոն է, ինչպես անվանեց իմ ծանոթը՝ լեռան գյուղերի ամենալավ մարդը:

Բայց մեր զրույցը խանգարվեց, որովհետև լսվեց ոչխարների մայունի աղմուկը: Ազնոն տեղից թռավ, դուրս եկան և մյուսները, նրանց հետ՝ ես:

Լեռներից գյուղի վրա իջնում էին այծերի ու ոչխարների հոտերը: Ի՛նչ աշխույժ աղմուկ էր, ի՛նչպիսի զվարթություն, կանչեր, շան կաղկանձ, պղնձե կովկիթների զրնգոց, բառաչ, մայուն և հովիվների սուլոցներ: Կարծես ավար էին բերում գյուղը, և կին, աղջիկ, երեխա ու տղամարդ, փողոցներից դեպի բակերն էին քշում այծ, ոչխար, հորթ:

Իմ ծանոթի բարձր կտուրից ես նայում էի Ջյանբերդին, Արարատյան դաշտին, որտեղ կանաչներով շրջապատված գյուղերը հետզհետե սուզվում էին երեկոյան մութի մեջ, և ավելի պայծառանում էին քաղաքների կրակները:

Երբ հիշում եմ այդ երեկոն, քաղաքների կրակները և դաշտի վրա իջնող գիշերը, Ջյանբերդի ներքևի կտուրի վրա տեսնում եմ մի մարդու, թիկունքը դեպի ինձ, դեպի լեռան գագաթը, երեսը դաշտի կողմը, և լսում եմ լեռան գյուղերի ամենալավ մարդու նվագը:

***

Նրա հայրենիքը եղել է քարոտ Սասունը, այդ խուլ երկրի ամենախուլ անկյունը, որտեղ ձորերը դառնում են կիրճեր և լեռների գագաթները՝ ապառաժներ: Տաք կիրճերում, լեռնային վտակների ափերին, կանաչում էր վայրի խաղողը, և նրա որթը մագլցում էր պղնձագույն ժայռերի վրա: Աճում էր և վայրի հոնը, երբեմն թուզը: Իսկ բարձրերում, որտեղ քարափների վրա ցրված էին նրանց աղքատ հյուղակները, ցանում էին կորեկ և վաղահաս ցորեն: Երբ հասնում էր կորեկը, ձորերից բարձրանում էին գազանները: Մարդիկ արտերի եզրին խարույկ էին վառում, որպեսզի արջերը չտրորեն կորեկը:

Նրա մանկությանը խաղացել է այդ քարափների վրա: Ինչպես ֆավն, այդ պատանին փող է նվագել քարանձավների ստվերում, և նրա պարզ երգերին արձագանքել են ձորերը: Երբեմն կարկուտն է ջարդել նրան, երբեմն քարերն են քերծել դեմքը, ցուրտը և արևը խանձել են նրա կուրծքը, ինչպես լեռան լանջը: Նա կռվել է գազանների հետ և նրանց հետ, որոնք հրացանների կրակոցների աղմուկով քշում էին նախիրը, ոչխարը, առևանգում կին ու երեխա:

Թվում էր, թե մինչև մահ կապրի այդ ժայռերի վրա, ինչպես իր պապերը, կցանի կորեկ, աշնանը կիջնի ձորերը, կհավաքի միրգ և ցախ, ձմեռը կլսի հին զրույցներ՝ Չենով Օհանի, Մսրա Մելիքի և Թլոր Մանուկի մասին:

Բայց պայթեց պատերազմը, եղավ զորաժողով, բռնություններ, հրդեհեցին դաշտի գյուղերը, հրդեհաձիգները ձորերով բարձրացան մինչև լեռների գագաթները, մինչև նրանց խեղճ խրճիթները, հրացաններ որոտացին, և շողացին սրեր, ամպերի փոխարեն քարափների վրա նստեց այրվող գյուղերի մուխը: Բոցը հասավ դեղնած արտերին, կրակը լափեց և՛ սերմ, և՛ սերմնացան:

Հազրոն առավ իր կնոջն ու աղջկան և ծերպերով, քարայծի արահետներով անցավ լեռից լեռ, քարանձավից քարանձավ, կերավ ընդեղեն, և՛ ալուճ, և՛ մասուր, — ապա հոգնած, ահը աչքերի մեջ, գնաց հարավի կողմը, գնաց մերթ իբրև քուրդ հովիվ, մերթ իբրև քաղցած գայլ և հասավ անծանոթ մի աշխարհ, որտեղ ոչ լեռներ կային, ոչ լեռնային լույս աղբյուրներ: Շոգ հարթավայր էր, պղտոր, դեղին գետերով, որոնց ջրերի մեջ չէին երևում այն կապույտ առվակները, որ իջնում էին իրենց լեռների սառույցներից:

Նա հանեց ծիրանի փողը, այն կարմրավուն սրինգը, որի վրա

նվագել էր կապույտ լեռների երգերը, և նրա մատները խաղացին ծիրանի փողի վրա: Հազրոն շոգից խանձված շրթունքներով գրկեց փողի բերանը, ինչպես լեռնային գյուղերում ջուր են խմում կավե դորակներից: Ջրի նման գլգլում էր նրա նվագը, լեռների երգը՝ շոգ հարթավայրում:

Լաց լացեց կինը, փոքրիկ աղջիկը քնեց մոր ծնկների վրա, լացեց և Հազրոն, հետո թեթևություն իջավ սրտի վրա, ինչպես կապույտ ամպը նստում էր Մարութա բարձր սարին: Ապա սրբեց արցունքը, ուսն առավ աղջկան, առավ կնոջը և հետ նայեց: Փոշի էր նստել հեռվի լեռների վրա, և չէին երևում իրենց բարձր լեռները:

Հազրոն ասավ կնոջը.

— Էսօր դուման է մեր լեռան վրա, վաղը նորից արև կծագի:

Բռնեցին մի ճանապարհ, մոլորվեցին հազար ճանապարհներում, հետո, երբ արդեն սպիտակ մազեր կային նրա գլխին, Հազրոյի քոչը ելավ այս բարձր լեռը:

* * *

Հանդարտվում էր գյուղի երեկոյան աղմուկը:

Լեռան սպիտակ սառույցները լույս էին տալիս: Մարգագետինները ծխում էին դաղձի բույր: Բարակ լուսինը դողդողում էր, և նրա լույսի տակ եզների շողիքը օրորվում էր արծաթյա օղակների նման: Դադրած եզները ննջում էին, և լուսնի տակ նրանք նման էին մարմարե արձանների:

Ներքևի կտուրի վրա հավաքվել են գյուղի հոգնած մշակները: Երեկոյան մութի մեջ նրանք ավելի հաղթամարմին են, ինչպես գեր եզները:

Ես բարձրանում եմ կտուրը:

Այնտեղ չորս փոքրիկ աղջիկներ կան և մի տղա: Մի բարձրահասակ մարդ զբաղվում է նրանց հետ: Աղջիկները հարձակվում են փոքրիկ տղայի վրա, իսկ տղան հրում է նրանց, ապա իրար են խառնվում ու գլորվում կտուրի վրա: Բարձրահասակ մարդը քրքջում է, մյուսների խոսակցությունը դադարում է, և լեռնցու բոց աչքերով նրանք նայում են երեխաների կռվին: Ցավից ճչում է մի աղջիկ և վազում կտուրի վրա նստածներից մեկի, ըստ երևույթին հոր, գիրկը: Հայրը ծիծաղում է.

— Հաբա աղջիկ, գռիվ տփոնք է:

Բարձրահասակ մարդը բաժանում է մյուսներին, գրկում է տղային, որ կորյունի նման կռվում էր հասակակից երեք աղջիկների հետ:

— Բաբեն դուրբան, հերիք, — ասում է մարդը: Իսկ տղան նրա գրկի մեջ թպրտում է, կարծես հիմա պիտի թռնի շիվար աղջիկների վրա:

Մեկը աղջիկներին պատվիրում է տուն գնալ, և նրանք փայտե սանդուղքով իջնում են ցած:

Տիրում է լռություն: Միայն բարձրահասակ մարդը զվարթ քրքիջով հանգստացնում է տղային.

— Բաքեն ղուրբան, չէ՞ աղջիկ լե մեղք է...

— Մինչև էնի չզարկեր, ես լե չզարկի, — բողոքում է տղան:

— Հազրո, — կանչում է նստած ստվերներից մեկը, — չալե՛ս:

Ուրեմն այս բարձրահասակ մարդն է Հազրոն, որի մասին պատմել էր ինձ իմ վաղեմի ծանոթը:

— Խանամին, խանամին...

— Յար խուշտա...

Տղան արագ իջնում է նրա գրկից և վազում ներքև: Հազրոն մոտենում է ինձ և մեկնում ձեռքը:

— Բարի տեսանք:

Նա ունի լայն ճակատ, որ լուսնի տակ պղնձագույն է երևում, ճերմակ մազեր և կեռ արծվաքիթ: Նրա աչքերը փայլում են երիտասարդական ավյունով:

— Կխաղա՞ք, — նայում է մյուսներին:

Ես երբեք, երբեք չեմ մոռանա այդ լուսնյակ գիշերը բարձր լեռան մի գյուղում: Հազրոյի տան կտուրը, նրա նվագը և հսկաների հին պարը:

Տղան տնից բերեց սրինգը, այն ծիրանի փողը, որ քիչ ավելի երկար էր մեր հովիվների սովորական սրնգից: Նա կանգնեց կտուրի ծայրին, փողի բերանը դարձրեց դեպի գյուղի կողմը, և հետզհետե, ինչպես լուսաբացը լեռներում, զարթնեց «Յար խուշտան»: Նա սկսեց դանդաղ և մեղմ, հետո ձայները զորացան, արագացավ չափը: Հետո վայրենի կանչով վեր թռավ ջրբաժանը, կանգնեց կտուրի մեջտեղ, նրան հետևեց երկրորդը, երրորդը և շուտով նրանց երկու շարքը, ինչպես երկու վիթխարի ապառաժ, զարնվեցին իրար՝ ձեռքերով, ծնկներով և կրծքով: Նվագն ավելի թնդեց. դղրդում էին կտուրի գերանները, կարծես իրար վրա արշավում էին բանակներ: Նրանց ձեռքերի հարվածը պողպատի ձայն էր հանում, և կայծեր էին թռչում նրանց բորբոքված աչքերից:

Հարևան կտուրների վրայից, տների բակերից կանայք և աղջիկները դիտում էին լեռնականների պարը: Երբ մի շարքը մյուսին հետ էր մղում՝ ձեռքերի հարվածով, կարծր կրծքերի զարկով, նահանջողները արշավում էին նոր թափով, որպեսզի վրիժառու լինեն ամոթի և պարտության համար:

Հազրոն նվագում էր իր ծիրանի փողը, նվագում էր նոր զվարթությամբ այն երգը, որ իբրև երիտասարդ ֆավն նվագել էր իր հայրենի քարանձավներում, այնտեղ, ուր ամպերը հյուղակներից ցածր են լողում, և երբ զարկում է կայծակի լախտը, մի վայրկյան բռնկվում են ձորերը:

* * *

Նրանք գնացին:

Կտուրի վրա մնացինք Հազրոն և ես: Տուն գնաց և այն փոքրիկ

տղան, նրա թոռը: Լուսնի տակ ես դիտում էի նրա կարմրավուն փողը: Նա ծանր էր և կարծես ձուլված էր ծանր մետաղից: Ես բռնում էի այդ փողը գիշերային զովի դիմաց, և փողը մեղմ քամուց մետաղի ձայն էր հանում:

Իսկ Հազրոն պատմում էր, որ իր կյանքում ամենածանր հարվածը եղել է կնոջ մահը: Աղջիկն ամուսնացել է դաշտի գյուղում: Պապի մոտ հաճախ է լինում այն փոքրիկ տղան, նրա առաջին թոռը:

Աստղերի և լուսնի տակ փռվել էր Արարատյան դաշտը: Մասիսների ձյունոտ գագաթների սպիտակ ցոլքը լույս էր զգում մինչև երկնքի խորքը: Հեռվում, ուղտերի քարավանի նման ձգվել էին Հայկական պարի լեռները:

— Կտեսնե՞ս էն գուղ, կրակների ձախ կողմ:

Հովվական կրակների ձախ կողմը, դաշտի վրա, երևվում էր մի սև կետ:

— Հոնի զիմ նշանածն ա թաղուկ:

Երբեմն նա իջնում է լեռան գյուղից, վերցնում է չոր ցախ և կնոջ գերեզմանի գլխավերևը կրակ վառում: Նա նստում է այնքան, մինչև հանգչում է կրակը, հետո տխուր, տխուր նվագում է ծիրանի փողը և այն երգերը, որ նվագում էր իրենց հեռու երկրում, որտեղ ինքը հովիվ էր, կինը՝ գյուղական աղջիկ: Հետո թեթև հոգով գնում է աղջկա տունը, լսում է նրա տան աղմուկը, խաղում է թոռների հետ և մենակ ճանապարհ ընկնում դեպի լեռը, դեպի լեռան գյուղի իր պարզ խրճիթը:

— Հազրո, դու լա՞վ էիր ապրում քո գյուղում:

— Մեր քարափների վրա՞: — Եվ լռում է:

— Հեյ վա՜խ ջահելություն, թռար... Եվ նորից վերցնում է փողը:

Նվագում է, այս անգամ ոչ թե լեռնականների կորովի երգը, որից բորբոքվում է արյունը, — այլ հովվական պարզ մի երգ: Կա և՛ թախիծ այդ երգի մեջ, կարծես մեկը մոլորվել է խոր ձորերում և տխուր հեկեկում է, կա և՛ ջինջ ուրախություն, երբ լեռների վրա ծագում է արևը, ելնում է ծուխը, մշակը գնում է աշխատանքի, վերջապես կան և կարոտի հնչյուններ՝ վերադարձի և վերջին հույսի:

— Հաղ մի երթամ տեսության մըր քարերին, մըր ձորերին, մըր Մարութա բանձր սարին: Առնիմ զիմ ծիրանի փող, ժողվիմ մարդերու, նստիմ անուշ խոտերու վրեն, հանց գառներ մարդիկ նստեն զիմ չորս բոլոր, երգեմ էնոնց խաղաղության զիմ երգեր, մարդիկ հալալ-զուլալ ախպրտոց պես գրկեն զիրար, չեղնի ոչ տեր, ոչ մշակ, ոչ թուր, ոչ բռնություն: Փչեմ զիմ ծիրանի փող, էլման ծուխ բանցրանա երդիկներեն, խմեմ մըր լուս աղբըրներեն, զիմ քոտինք կաթա մըր քարերու վրեն, մըր Մարութա բանձր սարի ամպ թող լիզա զիմ սիպտակ ոսկորներ...

— Հազրո, իսկ ո՞ւմ կտաս քո ծիրանի փողը:

— Զիմ փող կիտամ իմ քաջարծիվ թոռնիկին:

***

Փողոցում խաղաղություն է:

Քնել են հոգնած մարդիկ, և փողոցի լապտերների լույսի տակ օրորվում են քաղաքի տները, նրանց սև պատուհանները: Լեռներից զով է իջնում քաղաքի վրա, և գիշերային զովը բերում է սուսամբարի բույրը, լեռների հստակ օդը և մաքուր ջրերի ձայնը:

Ես զգում եմ ուղևորության իմ տետրը, նրա մեջ սուսամբարի երկու տերև՝ գորշ ու չոր, ինչպես հանգած մոխիր: Լեռների վրա վրնջում է իմ ձին՝ ինչպես սանձարձակ ուրախությունը, ինչպես սպիտակ ջրվեժը, որ իջնում է բարձրերից, թափով կտրում դաշտը, խառնվում մի պղտոր գետի և ուրիշ ջրերի հետ գնում դեպի անեզր ծովը:

Զյանբերդ, Զյանբերդ...

Դու դառնում ես անպարտելի ամրոց, քո բարձր լեռները զարթնել են, և քո լանջերին հնչում են հաղթության երգերը:

Մի վիթխարի ծիրանի փող, առանց հին ահի և նոր խնդությամբ հնչեցնում է մեր արդար երգերը:

ՆԱՄԱԿ ՌՈՒՍԱՑ ԹԱԳԱՎՈՐԻՆ

Իրիկնապահին՝ Արթին պապիս նստելու տեղը կամարակապ դարպասի նիշն էր, որի ներքևի մասը, գետնից մի մետրաչափ բարձր, կոկիկ տաշած էր, քարե աթոռի պես սարքած:

Կնստեր իր տեղը, կկռթներ հոնի կարմիր մահակին, գլուխը մի կողմի վրա կթեքեր և, եթե զրուցընկեր չունենար, ինքնիրեն կխոսեր ու քթի տակ կժպտար: Երբ նա ժպտում էր, նրա կապույտ աչքերը փոքրանում էին, և աչքերի տակ շարվում էին բարակ կնճիռներ:

Դարպասի մոտ իրիկնապահին նստելը պապիս հին սովորությունն էր: Կովերը արոտից էին տուն գալիս, վարից՝ հոգնած ու դանդաղ քայլերով եզները, պառավ ատամների տակ ծամելով ճամփի եզրից պոկած խոտը: Ու նստած տեղից պապս մեզնից մեկին մի բան էր պատվիրում.

— Էգուց Ալա եզը վարի չտանեք, — կամ թե՝ — Մի տեսեք էն քուռակն ինչի՞ է կաղում:

Հետո պիտի վեր կենար, խոտը հոնի փայտով հավաքեր և մոտեցներ Ալա եզին կամ շոյեր քուռակի հիվանդ ոտքը:

Մութն ընկնելուց ժամի զանգերը ծլնգում էին: Առաջին ծլնգոցին պապս փափախը կհաներ, կխաչակնքեր, թեկուզ այդ պահին կանգնած լիներ Ալա եզան մոտ: Եվ խաչակնքելիս հոնի փայտը ձեռքից բաց չէր թողնում:

Մենք բոլորս էլ գիտեինք, որ խաչակնքելուց հետո ձայն է տալու:

— Նազու աղջիկ, դռները բաց արա...

Նազու աղջիկը տատս էր, ծերությունից մի քիչ կռացած, ականջի մեկը խուլ: Եվ Նազու աղջիկը դռնակը բաց էր անում, դռնակը ճռռում էր, ինչպես սայլի անիվը սառույցի վրա:

Դռան շեմքին նստելն ուներ և մի ուրիշ նպատակ: Գյուղի մեծ փողոցը մեր տան առաջովն էր անցնում: Ուրիշ գյուղից եկողը մեր տան կողքով պիտի գնար: Հանդից տուն դարձողները՝ որը մի խուրձ խոտ շալակին, որը՝ լուծի կապերն ուսին ու բեզարած եզներն առաջն արած, որը՝ էշի վրա ոտները գետնին քսելով, — մի խոսքով, իրիկնապահին ով անցներ փողոցով, պապից պիտի ասեր «բարի իրիկուն»: Պապս էլ նրանց պիտի հարցներ, թե վարը պրծա՞ն կամ թե այսինչ սարի խոտն ինչպե՞ս է:

Մի անծանոթ մարդ եթե անցներ փողոցով, պապս մեզանից մեկնումեկին շտապ կասեր.

— Հենց էր դարիբ լիներ... Շուտ հասի կանչի, թող մեր տունը գա...

Վազում էինք և մինչև չիմանայինք, թե ո՞ւմ հյուրն է, նրան բաց չէինք թողնում:

— Պապի, էն դարիբը Խաչանենց դոնաղն էր, նրանց տունը գնաց:

Եվ պապս պիտի միտք աներ, թե նորեկը Խաչանենց որի՞ հյուրն է, ե՞րբ է եղել նրանց տանը, ի՞նչ ծանոթություն կար նրանց միջև: Եթե կասկածեր, կնոջը պիտի հարցներ.

— Նազու աղջիկ, հերո՞ւ էր, թե մեկէլ տարին, էն որ Խաչանենց Աղամի տղան սարուշենցի բրուտին կանչեց: Էն դարիբը նմանեցնում էր բրուտին:

Տատս, եթե խուլ ականջն էր դարձրել նրա կողմը, պիտի գլուխը թեքեր, մի անգամ «հը՞» ասեր և ապա հայտներ իր կարծիքը սարուշենցի բրուտի մասին:

Անասունները տեղավորելուց հետո, եթե ամառվա գիշեր էր, պապս տնքալով բարձրանում էր թախտը, արխալուղի կոճակներն արձակում և հնձվորի նման գլխին կապում սպիտակ շորը: Հողի գավաթի մեջ սառած սպասից մի քանի գդալ ուտելուց հետո՝ թիկնում էր բարձին և ննջում:

Առավոտ ծեգին ամենից կանուխ նա էր վեր կենում: Քաղցր քնի մեջ, մանավանդ, երբ լուսաբացին զովը պաղեցնում էր օդը և քունն ավելի անուշ դարձնում, պապս ձայն էր տալիս մեզ.

— Դե, վերեք, հրեն արևը դուրս եկավ հա՛...

Մենք ավելի էինք ներս խցկվում վերմակի տակ ու սկսում աւտ

խռմփացնել: Ու մեկ էլ մի ձեռք վերմակի տակ խտղտացնում էր մեր կրունկները: Ծլնգ էինք անում, նստում անկողնում և տրորում մեր քնատ աչքերը:

— Դե հա՜, վերեք... Տղամարդն էլ էդքան քնի՞: Հրես ձմեռը էնքան արջաքուն տա՜ք...— ասում էր և հոնի փայտի ծայրով դիպչում մեր մարմնի բաց մասերին և ինքն էլ մեզ հետ ծիծաղում:

— Վերեք, ես ձեր ժամանակ կարգին տղամարդ էի: Հրես ձեր պսակելու վախտը մոտենում ա հա՜, վերե՜ք...

Մենք այն ժամանակ ութ-տաս տարեկան երեխաներ էինք: Ու պիտի վեր կենայինք, քնաթաթախ աչքերով չջոկեինք, թե ով ում տրեխն է հագնում, պիտի կռվեինք իրար հետ, թե ո՞վ է եզները տանելու և ո՞վ է գնալու վարի: Բայց ավելորդ էր մեր խոսքն ու կռիվը, որովհետև պապս արդեն որոշել էր աշխատանքը, իսկ Նազու աղջիկը մեր պաշարի կապոցները կախել էր բակի ցից փայտերից:

Եվ արևածագին սկսվում էր գյուղի ծանր աշխատանքի առօրյան:

Ձմեռն էր լավ: Աշխատանք քիչ կար, տավարը գոմումն էր, խոտն ու դարմանը՝ մարագում: Պապս ոչ նստում էր դարպասի քարին և ոչ էլ պառկում բակի թախտի վրա: Արև օրերին նրա փոխարեն հավերը, սառած գետինը կոխ տալով, մոտենում էին, վիզները երկարում, թռչում ու շարվում թախտի վրա, գլուխները ծածկում թևերի տակ:

Պապս քուրսու մոտից չէր հեռանում: Նա սովորություն չուներ գյուղի հրապարակը գնալու: Քուրսու մոտ կնստեր, բրդե շալը ուսին կգցեր ու կմտմտար, երբեմն ինքն իրեն կժպտար, բարի և անչար մարդու ժպիտով:

Մանավանդ ձմեռը հյուրն անպակաս էր: Ով էլ լիներ, ինչ գործով էլ գար, մի օրվա փոխարեն պապս նրան պահում էր երկու, երեք օր: Եթե հեռու գյուղերից իր վաղեմի ծանոթը կամ թուրք «քիրվան» նրան տեսության էր գալիս, մեր տունը դառնում էր հարսանքատուն: Նստում էին մինչև աքլորականչը, պատմում անցած օրերից, վերհիշում մեռած մարդկանց, վաղուց եղած դեպքեր ու վաղեմի պատմություններ:

Մենք էլ էինք նստում այնքան, մինչև քունը հաղթեր, գլուխներս հենեինք քուրսու թախտին, մինչև տատը բոթեր մեզ, զարթեցներ ու վեր կենայինք, որպեսզի վերմակի տակ մի քիչ էլ լսեինք նրանց զրույցը:

Պապս այնքան էր պատմել իր գլխով անցածը մեզ և հյուրերին, որ հենց խոսքի կծիկը ետ տար թե չէ, մենք պիտի իմանայինք, թե ո՞րն է պատմում՝ այն, ինչ եղավ գյուղի ավերակ մատուռում, երբ ջահել ժամանակ պապս ընկերների հետ գրազ էր բռնել, գիշերով գնացել փափախը դնելու մատուռի ներսը, ու մի աղվես դուրս էր թռել, վախից պապս գյուղի ձանապարհը կորցրել և մինչև լույս բոստաններում պտույտ էր տվել, — թե ինչպես սարում գայլերը հարձակվել էին ձիու երամակի վրա, ինքը պահվել էր ձիերի արանքում և մի կերպ ազատվել:

Պատմությունն անելիս պապս միշտ կամ ջահել օրերին էր երանի տալիս, կամ էլ առանձին շեշտով խոսքը վերջացնում.

— Աշխարհքս միշտ կմնա, ասա մարդը սևերես չմնա...

Աշխարհի չար ու բարուց անտեղյակ, միամիտ երեխաներ էինք: Մեզ համար ամենից հզորն ու սարսափելին գյուղի զզիրն էր: Տանուտերը, որը նստում էր հարևան գյուղում, մեր գյուղի գործերը տեսնում էր զզիր Իբիշի ձեռքով: Մեկ էլ զզիրը տնկվում էր կտուրի վրա կամ կռանում էր և երդիկից կանչում.

— Քյոխվից հրաման կա... Տերության խարջը երեք օրում ուզում են: Չտվողին՝ Սիբիր:

Եթե հրամանը հասարակ էլ լիներ, Իբիշը խոսքը վերջացնում էր սպառնալիքով: Ոչ մի խնդիր և ոչ մի աղերս չէր կարող փափկացնել նրա սիրտը:

— Ուզում ես թագավորի հողից ինձ քոչեցնե՞ն... Չէ՛, չէ՛, բե՛ր: Ես ի՞նչ պատասխան պիտի տամ քյոխվին: Ուզում ես խալխի մեջ ինձ խայտառակ անի՞: Բե՛ր, թե չէ Սիբիր, հա՜...

Գզիր Իբիշը մեզ սարսափելի և հզոր էր թվում, որովհետև պապս, որ մեր աչքում անվախ մարդ էր, գայլ ու գազան տեսած, — նա էլ էր խեղճանում, երբ զզիրը կանչում էր երդիկից կամ թե երբ դարպասի քարին նստած ժամանակ զզիրը մոտենում էր և չոր ու կոշտ հայտնում տանուտերի հրամանը:

— Մեր տան կերած աղ ու հացը քոռացնի աչքերդ, Իբիշ...

Պապս էր ասում այդ խոսքերը, երբ զզիրը հեռանում էր այնքան, որ չլսի ասածը:

Եվ ամեն անգամ, երբ գար ու գնար Իբիշը, պապիս ժպիտը կորչում էր, մոռանում էր մեզ էլ, տունն էլ, եզն ու կովն էլ: Ամեն մի այցից հետո նա խոր թառանչով ասում էր.

— Ախ, Եգոր, մի էստեղից դուրս գայիր... Յարաբ աչք ա լինելո՞ւ քեզ տեսնեմ...

Այդ որ ասեր, մենք էլ էինք տխրում, չնայած մեզնից ոչ ոք չէր տեսել մեր քեռի Եգորին, որին տարիներ առաջ աքսորել էին:

Նրա աքսորման մասին հակասական պատմություններ կային, որոնցից ոչ մեկը ճշմարիտ չէր: Գիտեինք միայն, որ քեռիս զինվոր եղած ժամանակ ընդդիմացել է և իբրև թե հրացան է քաշել հրամանատարի վրա: Մեզ համար մութն էր այդ պատմությունը, չէինք տեսել ոչ նրան, ոչ էլ գիտեինք այն երկիրը, որտեղ, ինչպես պապս էր ասում, «ամառ-ձմեռ ձյուն է»: Իր որդու մասին պապս մեզ հետ չէր խոսում և եթե ձմռան գիշերներին քուրսու մոտ նստած հյուրերից մեկն ու մեկը պատահմամբ կամ անզգույշ հարցով հիշեցնում էր նրան այդ մասին, պապս «է՜հ» էր անում, ուսերը թոթովում և, մի քիչ լուռ մնալուց հետո, շարունակում զրույցը:

Այդ դեպքը մի ստվեր էր մեր լույս օրերի վրա: Մեծերը տխրում էին, տատս արտասվում էր, երբ նայում էր սնդուկում պահած որդու գուլպաներին: Եթե մենք նրան հարցնեինք, թե հեռո՞ւ է քեռին, նա պատասխանի փոխարեն պիտի կռանար, համբուրեր մեզ, մի-մի բան էլ ձեռքներիս դներ:

Ամիսներով մոռացվում էր այդ պատմությունը: Վար ու ցանքի հետևից էինք ընկնում, աշխատում էինք լուսաբացից մինչև իրիկուն, և մեզ թվում էր, թե մեր ընտանիքում ոչինչ չի պատահել և մեր տան գլխին չի ծանրացել ոչ մի հոգս:

Սակայն անհայտ աղբյուրներից երբեմն լսվում էին լուրեր, մանավանդ հարևան գյուղերում, և այնտեղից էլ այդ լուրերը, որպես շշուկ, հասնում էին պապիս ականջին: Մերթ ասում էին, որ նրան տեսնող է եղել, և ուրիշի անունով ապրում է այսինչ քաղաքում. պապս ձի էր նստում, գնում լուրը ստուգելու և հուսահատ վերադառնում: Մերթ պատմում էին, թե սահմանն անցել և գնացել է Իրանի հողը և իբրև թե նամակ է ուղարկում մեզ, բայց նամակը ճանապարհին բռնում են:

Սոսկալին այդ անհայտությունն էր, որովհետև եթե ստույգ իմացվեր, որ նա այլևս չկա, լաց կլինեին, և տարիների հետ կհալվեր մորմոքը: Սակայն մերոնց վիշտն անթեղած կրակ էր, որ մերթ բոցավառվում էր որպես պայծառ հույս, մերթ դառնում մարմրին տվող տկար կայծ:

Պատահում էր, որ ձմռան գիշերին մեզնից մեկն ու մեկը հանկարծ զարթնում ու գլուխը հանում էր վերմակի տակից: Այդ գիշերներին շատ անգամ տեսնում էինք տատիս ու պապիս քուրսու մոտ նստած: Երբեմն նրանք լուռ ննջում էին: Տատս հանկարծ սթափվում էր, աչքերը տրորում, մոտեցնում բրնձով լի ամանը և մատով մեկ-մեկ ընտրում բրինձը: Նրանք իրար հետ խոսում էին, ամեն գիշեր համարյա նույն ձևով, նույն հանգով:

— Բա ի՞նչ ասաց:

— Կտեսնեմ... ասում էր շատ ա դժվար...

— Հը՞:

— Դժվա՛ր ա, դժվա՛ր...

— Տնածնիս աչքերն առնի, բա հիմա ինչ է ուզում...

— Ճարներս ինչ, պիտի տանք... Տեսնենք մի խաբար կբերի՞:

Ու մենք հասկանում էինք, թե կա մի մարդ, որ, եթե մտքում դնի, ստույգ լուր կբերի մեր Եգոր քեռուց: Ո՞վ էր այդ մարդը, մենք չգիտեինք: Հայտնի էր, որ երբեմն զգիր Իբիշը մեր տնից յուղ ու պանիր էր տանում նրա համար: Մի անգամ էլ երկու ոչխար տարավ ու հենց գոմի շեմքին երդվեց, որ անպատճառ նրան կասի: Գզիրը ոչխարը քշեց հարևան գյուղը, որտեղ ապրում էր տանուտերը, և որի տանը շատ անգամ լինում էր պրիստավը:

* * *

Աշնան մի օր պապս, որ առավոտ կանուխ ձի էր նստել ու գնացել հարևան գյուղը, ուրախ-ուրախ ձիուց իջավ, սանձը հանեց ձիու գլխից, ու մինչև ձին ներս կմտներ գոմի դռնով, շտապեց մեզ հայտնելու, որ տանուտերից տեղեկացել է, թե քեռիս ողջ է և գտնվում է այսինչ քաղաքում:

— Անունն ինչ էր էն անտերի... Տես է՛, հուշ եմ ասել: Լեզվիս պտկին էր, ամբողջ ճանապարհին ասում էի, որ մտահան չանեմ:

Հարկավոր էր խնդիր ուղարկել ամենաբարձր տեղը՝ հենց իրեն ռուսաց թագավորին, ինչպես ասել էր տանուտերը: Պապիս պատմածը մեզ թվում էր հեքիաթ: Եվ մինչդեռ տատս ուրախությունից շփոթվել ու անվերջ աղ էր լցնում ապուրի մեջ ու խառնում, մենք զարմացած նայում էինք մեր կարճլիկ, մազը սպիտակ պապին, որի կապույտ աչքերը պայծառացել և վառվում էին հույսի հրճվանքով:

— Պապի, թագավորը նամակդ որ ստանա, ի՞նչ պիտի անի:

— Կկարդա, հրաման կտա պրիստավին, որ Ադամով Եգորին, որտեղ որ է, սաղ-սալամաթ հասցրեք իրեն հորը:

— Բա ո՞նց է գնալու նամակը:

— Էհ, դուք հլա աշխարհքի որտե՛ղն եք... Փոշտ կա, յասաուլ կա, պրիստավ կա: Տանելու են թագավորի ձեռքին դնեն: Քյոխվան ասում էր, որ պիտի լավ թղթի վրա գրել տաս, ղալամն էլ ոսկի պիտի լինի, թե չէ ընդունիլ չեն:

Ու մանկական վառ երևակայությամբ պատկերացնում էինք ոսկե գրիչը, որով փայլուն թղթի վրա գրում են պապիս խնդիրքը, բառերը պսպղին են տալիս, նամակը սարերի վրայով և թռչունի թևով հասնում է ոսկե մի տուն, և թռչունը նամակը դնում է թագավորի թախտին:

Այդ իրիկուն տատս ջոկեց պանրի յուղոտ կտորները, լցրեց մի մորթու մեջ և բերանը կապեց: Երբ պապս պատվիրեց պոչը ծաղիկ երինջին գիշերը կուշտ խոտ տալ, մենք հասկացանք, որ նա յուղ ու պանրի հետ քաղաք է տանելու և պոչը ծաղիկ երինջին, որը մեր բոլորի սիրելին էր, մեր աչքի լույսը:

Սակայն ոչ ոք չառարկեց: Առավոտ կանուխ բոլորս ոտքի էինք, և մեզնից ամեն մեկն աշխատում էր ավելի շոյել երինջի մեջքը, խոտի մեջ եղած չոր ծաղիկները ջոկել ու տալ նրան:

Պապս ձիու թամբին կապեց յուղն ու պանիրը և երինջին առաջ արավ: Դարպասից դուրս գալուց, երինջը հետ նայեց դեպի կիսաբաց դուռը ու բառաչեց: Գոմից նրան ձայն տվեց նրա պառավ մայրը:

Երբ ձին ու երինջը ծածկվեցին բոստանների պատերի ետևը, ու միայն երևում էր պապիս փափախը, որ սև կատվի պես վազում էր պատի վրայով, — մենք մի քիչ էլ կանգնեցինք ու ներս մտանք:

Երկու օր հետո պապս վերադարձավ: Իր խնդիրքը գրել էր տվել Միրզա Դավիթին և տանուտերի օգնությամբ հանձնել փոստը: Պոչը ծաղիկ երինջն էլ էր գնացել, յուղն ու պանիրն էլ: Փոխարենը պապս բերել էր թղթի մի փոքրիկ կտոր, որ նրան տվել էին նամակն ընդունելուց հետո:

— Նազու աղջիկ, լավ տեղ դիր, աչքի լույսի պես պահիր: Պատասխանն էդ թղթովն ա գալու: Թե որ կորա՛վ...

Եվ փոքրիկ թուղթը, որ ջրի մեջ ամուր փաթաթելուց հետո տատս դրեց սնդուկի մեջ, մեզ համար դարձավ և՛ ամենից թանկը, և՛ ահավորը:

Ի՞նչ կար այդ փոքրիկ թղթի մեջ, ո՞ւր է մեր պռչը ծաղիկ երինջը, մորթեցի՞ն, թե՞ քառաչում է ուրիշի գոմում: Մտածում էինք այնքան, որ հոգնում էինք, քնում ու երազի մեջ տեսնում երինջին, որ խոտի տեղ ախոռում ուտում էր թուղթ...

Մի ձմեռ անցավ, բայց նամակի պատասխանը չեկավ: Ամբողջ գյուղը գիտեր այդ մասին, և պապս միամիտ պարծանքով պատմում էր, որ ինքը ռուսաց թագավորին նամակ է ուղարկել: Մեր տունը հյուր եկողներին նա նկարագրում էր, թե ինչպես է Միրզա Դավիթը խնդիրքը գրել:

— Է՜ մենք էլ ասենք ապրում ենք: Ենպես ղալամ ունի, որ քարին դնի, քարը կճաքի... Ինձ որ տեսավ, երեսիս նայեց, թե Արություն ապեր, ուզո՞ւմ ես ասեմ, ինչի ես եկել ինձ մոտ: Ասաց, թե դու ուզում ես, որ թագավորին նամակ գրեմ տղիդ համար: Մնացի զարմացած: Օրենքի գրքերը բաց արեց կարդաց, կարդաց, մինը դրեց, մյուսը վերկալավ, վերջը գտավ: Ոսկե ղալամը դրեց թղթի վրա... Մի զարմացք էր որ: Էդպե՛ս էլ գիր, էդպես էլ զորություն...

Ունկնդիրն իր հիացմունքն էր հայտնում Միրզա Դավիթից և նրա գրչից, ինքն իր հերթին անում մի պատմություն նրա իմաստությունից և հնարագիտությունից:

— Ասենք թե անունը միրզա է, բայց աղվակատից էլ գիտուն է:

— Պապի, բա պատասխանը ինչո՞ւ չի գալիս...

— Ա՜յ որդիք, հենց իմանում եք, թե թագավորը ունի-չունի էդ հոգսն ունի՞: Կռիվ կա, ժողովուրդին կերակրել կա: Որը ես հազար ասեմ, դու երկու հազար իմացի, — էդքան նամակ ու խնդիրք ա ստանում: Հալբաթ մի օր էլ մերը ձեռքը կհասնի... Բա էս թուղթն ինչի՞ համար են տվել: Էդպես էլ վրան գրած է. Արություն Աղամովից նամակ ռուսաց թագավորի վրա:

***

Եկավ գարունը: Մի օր էլ զզիր Իբիշը ձայն տվեց, որ հարևան գյուղում ժողով կա:

— Թազա պրիստավ են դրել, ա՜յ ժողովուրդ, թազա քյոխվա են ընտրելու: Տունը մի մա՛րդ...

Տանուտերի ընտրությանը պապս չգնաց: Ալա եզն այդ օրը տնքում էր, նրա պնչերից ծորում էր ժահրոտ լորձունք: Պապս տաք մոխիր էր կապել եզան ճակատին, շոյում էր նրա մեջքը և փաղաքշական խոսքեր ասում:

Մի քանի օր անց, երբ հիվանդ եզը ոտքի կանգնեց ու ոտքերը զգուշությամբ փոխելով սկսեց լիզել բակի քարերը, — պապս դարձյալ նստել էր իր սովորական տեղը, աչքը հանդից տուն դարձողներին: Ու մեկ էլ երևաց գզիրը:

— Թազա պրիստավը քեզ էգուց առավոտ կանչել ա: Վախտով էնտեղ լինես, թե չէ ասում են հերստն ա...

— Խեր լինի, Իբիշ... — հարցրեց պապս, տեղից վեր կենալով:

— Հաստատ տեղեկություն չունեմ: Ինձ էդպես ա հրամայել:

— Ո՞վ:

— Թազա քյոխվան, Մուքելանց Առստամը:

Պապս էլ ոչինչ չհարցրեց: Իբիշը հեռացավ: Լավ նշան չէր Առստամի մասնակցությունը: Նա հին հաշիվ ուներ պապիս հետ:

— Ի՞նչ էր ասում բայղուշը, — հարցրեց տատս:

— Առստամը կաչել ա, թազա քյոխվան:

— Հը՞, — պապս նորից կրկնեց:

— Պատասխանը եկած չլինի՞, — ասաց տատս:

— Կարող ա: Վախտն ա. եկած էլ չլինի, հրես որտեղ որ ա կհասնի: Համա ասեց պրիստավն ա կանչում: Հը՞, — դարձավ նա մեզ:

Մենք հաստատեցինք, որ Իբիշն այդպես ասաց, և որպեսզի ավելի ստույգ իմանայինք, պապս մեզ ուղարկեց նրա մոտ մի անգամ ևս հարցնելու: Գզիրը նախ մեզ վրա բարկացավ, թե չենք թողնում, որ հանգիստ հաց ուտի, ապա մեզ հայտնեց, որ պապիս կանչողը պրիստավն է, բայց ինքը հրամանը ստացել է Մուքելանց Առստամից:

— Հենց քու ասածն ա լինելու, Նազու աղջիկ, — ասաց պապս մեզ լսելուց հետո: — Երևի պատասխանը եկել է կամ թե ո՞վ գիտի, թագավորի կողմից մի հարցմունք պիտի անի:

Քնելուց առաջ պապս ինձ պատվիրեց առավոտը կանուխ վեր կենալ: Ես նրան պիտի ուղեկցեի և այնտեղ նրա ձին պիտի պահեի, մինչև պապս ներկայանար պրիստավին:

Ուրախությունս անչափ էր: Ես պիտի տեսնեի հարևան գյուղը, պապիս թարքին նստած պիտի բարձրանայի սարի գագաթը, որ մեր բակից անչափ հեռու էր երևում: Վերջապես ես պիտի տեսնեի պրիստավին: Այս մտքի վրա ուրախությունս տեղի էր տալիս ահավոր երկյուղի:

Լուսաբացին մի անգամ ձայն տալուց իսկույն վեր թռա և արագ հագնվեցի: Բակում պապս հազցնում էր ձիու սանձը: Քիչ հետո երկուսով նստեցինք ձին ու ճանապարհ ընկանք:

Երբ հեռացանք գյուղից, ամեն ինչ ինձ համար նոր էր և անծանոթ: Իմ հարցերին վերջ չկար: Ու դեռ մեկի պատասխանը չստացած, մյուսն էի տալիս, իսկ պապս դողդոջ ձայնով պատասխանում էր, երբեմն կանչում ձիու վրա և սանձը ձգում, երբ ձին ոտքը դիպցնում էր քարին:

— Հրեն է՛, էն սպիտակ տունը, կտուրն էլ կարմիր, — ցույց տվավ պապս սարի գագաթից, — պրիստավն էնտեղ է նստում:

— Պապի, որ թագավորը գրած լինի, թե իրավունք եմ տալիս, քեռին քանի՞ օրում կգա:

— Մի աչքը ճպելում: Թագավորի համար ինչ: Ուզենա մի օրում հազար ոչխար մորթել կտա:

— Հազար ոչխա՜ր…

Քիչ հետո մենք սպիտակ շենքի մոտ էինք: Ինչքա՜ն նորություն կար ինձ համար: Այստեղ փողոցներն ավելի լայն էին, տներն ավելի գեղեցիկ: Փողոցում շատ ժողովուրդ կար: Խանութների առաջ մարդիկ խռնվել էին իրար՝ յուղ էին ծախում, կով, բուրդ, մեկը գովում էր իր ապրանքը, մյուսը՝ բարձրաձայն սակարկում գնորդի հետ: Մի քանի հոգի բարևեցին պապիս: Այդ ինձ ուրախություն պատճառեց:

— Էս հեռու տեղը ո՞րտեղից են իմ պապիս ճանաչում, — մտածեցի ես:

Սպիտակ տան առաջ իջանք, ձին քաշեցինք բակի ստվերը: Սանդուղքի վրա նստել էին գյուղացիներ՝ հայ, թուրք, ոմանք զրուցում էին իրար հետ, ոմանք պատի ստվերում պառկել էին, գլխատակին աղլուխի մեջ փաթաթած պաշարը: Պապս մոտեցավ և խառնվեց նրանց: Մի րոպե ես նրան իմ աչքից կորցրի. սիրտս ահ ընկավ և երբ տեսա նրա սև փափախը, կանչեցի.

— Պապի՜…

Ժպիտն երեսին մոտեցավ, պատվիրեց որ ձիուն լավ նայեմ և չթողնեմ, որ մոտենա մյուս ձիերին:

— Քեզ քացի կտան, աչքդ վրան պահիր, — և հուսադրելու համար ասաց.— Թե որ պատասխանը եկած լինի, քեզ համար խուրմա եմ առնելու…

Նրա խոսքը կիսատ մնաց. սանդուղքի գլխից մեկը կանչեց.

— Աղամով Արություն:

Ես տեսա, թե ինչպես պապս շտապեց արագ հասնելու սանդուղքին: Աստիճանների վրա նստած գյուղացիները նրան տեղ տվին անցնի: Հետո պապիս սև փափախը ծածկվեց դռների ետևը:

Ձիու սանձից պինդ բռնած, ես աչքս չէի հեռացնում փակ դռներից. Երբեմն դռները բացվում էին, ներս ու դուրս էին անում պսպղան կոճակավոր մարդիկ, աստիճաններին նստած մարդկանցից ոմանք ոտքի էին կանգնում և նրանց խոնարհ գլուխ տալիս: Իմ աչքին բոլորն էլ պրիստավ էին, ու ես չէի կարողանում ջոկել, թե նրանցից որն է ավելի մեծավորը:

— Պրիստավն էն է՞, — հարցրի ես կողքիս նստած մի գյուղացու, որի գլխին փաթաթած կեղտոտ շորի վրա և երեսին կային արյան չորացած կաթիլներ:

— Էն ուրյադնիկ Վասոն ա. պրիստավն օթախումն ա, — ասաց նա: Ես չհարցրի, թե ուրյադնիկը պրիստավի ի՞նչն է: Սակայն հետաքրքրությունս ավելի սաստկացավ: Եթե ուրյադնիկն այդքան շատ ոսկի կոճակներ ուներ, ապա ինչեր կլինի պրիստավի հագին: Իսկ թագավո՞րը...

Ինձ թվաց, թե սպիտակ տան ներսը մեկը գոռգոռում էր և ոտքը խփում գետնին: Սանդուղքի քարին նստած մարդկանցից ոմանք իջան և կանգնեցին բակում:

Հանկարծ դռները բացվեցին, երևացին մի քանի ձեռքեր, իրար խառնված մարմիններ, անթիվ փայլուն կոճակներ և այդ ամենի մեջ պապիս ալեհեր գլուխը:

Ձեռքերն իջնում էին նրա գլխին:

Ու մինչև ես բարձր կանչեցի և ձիու սանձից բռնած վազեցի սանդուղքի կողմը, — պապս արդեն թափ էր տալիս փեշերը: Վերևից մեկը ոտքով շպրտեց նրա սև փափախը: Դռները նորից փակվեցին:

Մի քանի հոգի սիրտ արին և մոտեցան մեզ: Սակայն ոչ ոք ծպուտ չհանեց: Իսկ երբ սանդուղքի վրա երևաց ուրյադնիկը, նրանք իսկույն հեռացան: Պապս փոշոտ գլխարկը թափ տվեց ու դարձավ ինձ.

— Ձին պահի, բալաս... Պատասխանը չկա:

Բերանից արյուն եկավ: Ես տեսա նրա ջարդված ատամը: Արյունը թքի հետ խառնված կաթում էր նրա արխալուղի վրա:

Ձին մոտ քաշեցի: Մեր գյուղացի մեկը օգնեց ինձ ու պապիս՝ ձին նստելու:

Մենք անխոս ճանապարհ ընկանք:

Պապս գլուխը կախել էր և ձախ ձեռքով բռնել ծնոտը: Ես պինդ գրկել էի նրան, գլուխս հենել մեջքին: Լսում էի նրա ընդհատ շնչառությունը:

Նա հեկեկում էր:

Էլ չկարողացա ինձ զսպել, և արցունքներս, ամբարտակը պատռած ջրի նման, ժայթքեցին դուրս: Ես ավելի պինդ փաթաթվեցի նրա մեջքին:

Երեկոյան, երբ պապս, ատամների ցավից տնքալով, հազիվ լսելի պատմում էր, թե ի՞նչ եղավ ներսը, երբ ներկայացավ պրիստավին, երբ Մուքելանց Առստամը պրիստավի ականջին փսփսաց, — պրիստավը փրփրեց, հայհոյեց և ոտքը գետին տալով բղավեց.

— Ես քեզ ցույց կտամ, թե ինչ ասել է թագավորին նամակ ուղարկել:

Պապս իզուր էր փորձել թարգմանի միջոցով հայտնելու, թե ինքը ռուսաց թագավորին նամակ է ուղարկել միայն իր որդու՝ Եգոր Աղամովի մասին:

— Բերանս բաց արի թե չէ, մի անգամ խփեց: Աչքերս սևացան... էլ միտս չի, թե ինչպես դուրս գցեցին... Առստամը բեղի տակ ծիծաղում էր...

***

Այն օրից շատ տարիներ են անցել: Պապս վաղուց է մեռել: Նրա գերեզմանի հողը նստել է, և թեք է ընկել գերեզմանաքարը:

Մինչև վերջին րոպեն միամիտ ծերունին հավատում էր, որ մի օր պատասխանը գալու է: Երբ հիշում էր այն օրը, դեմքն այլայլվում էր, և աղոտանում էր նրա հույսը: Սակայն հետո նորից հուսադրում էր իրեն էլ, մեզ էլ:

— Նազու աղջիկ, ես մեռնում եմ: Հուր հավիտյան պարտական մնաս, թե պատասխանն ստանալիս չգաս և իմ գերեզմանին իմաց չտաս, — ասել էր նա վերջին լուսաբացին:

Նրանից մի տարի հետո մեռավ և տատս:

Նազու աղջիկն էլ դատարկ ձեռքով էր պառկել նրա կողքին: Ու նրա հետ թաղել էին և թղթի այն կտորը, որ իբրև թանկագին ավանդ պառավը պահում էր սնդուկի մեջ:

Եվ այդպես էլ չիմացվեց, թե ինչ եղավ Եգոր Աղամովը:

...Շատ տարիներ են անցել: Այդ անցյալը ինձ համար դարձել է հիշողություն, որ հետզհետե ընկղմվում է մոռացության անդունդը: Միայն երբեմն աչքիս առաջ երևում է իմ Արթին պապի ալեհեր գլուխը, նրա կապույտ աչքերը և խեղճ ժպիտը: Սակայն հանկարծ ավերվում է և այդ պատկերը, նրա ժպիտը դառնում է ցավ, և ծերունու ջարդված ատամից նրա արխալուղի վրա ծորում է արյունը:

ԲՐՈՒՏԻ ՏՂԱՆ

Քամին հալածում է մառախուղի թանձր քուլաները: Նրանք խրտնած ոչխարի պես փախչում են ձորերով: Մառախուղի փեշերից ցցվում են պղնձագույն ժայռերի կոնուսները: Քարավոր տներից կապույտ ծուխը ձգվում է դեպի վեր և լիզում խոնավ ժայռերը:

Լուսանում է. լեռան ետևից ելնում է արևը, մամուռից պոկվում են անձրևի կաթիլները և ջինջ արցունքի նման շողշողում:

Տերրասաձև բարձրանում են ժայռերը՝ մեկը մյուսից խոժոռ և ահռելի: Ահա մեկը՝ ոնգեղջյուրի մռութը հառել է մի ուրիշի, որ նման է վիթխարի գորտի: Նրանց մոտ մի ժայռ՝ կարծես ծագող արևի դեմ խոնարհվել է հեթանոս քրմուհին: Նրանցից բարձր՝ քարե արծիվը ճիգ է անում թևերը թափահարելու և չի կարողանում:

Այս մեր գյուղի, մեր Գյունեյ թաղի թիկունքն է, մի խավար լաբիրինթ, որի խոր ձորերում բարակ առուն վշշում է փրփրած հեղեղի նման, ուր ծտի ոտքի տակից գլորված ավազը խուլ արձագանքում է:

Ավելի խորը Դրնզանն է, լռակյաց, հիվանդոտ և աղքատ մարդկանց բնակավայրը, ուր ամառվա երկար արևը հազիվ մի ժամ ջերմացնում է: Տարին բոլոր այդ ձորերում ստվեր է, խոնավություն: Մարդիկ ապրում են քարանձավներում և բարձրանում են քարե սանդուղքներով: Ուռենու մամռոտած փչակով ժայռից ժայռ ջուր են բերել ու քարերի վրա բազմացրել ընկուզենի: Հորդ անձրևին ավազախառն հեղեղը ահագին վշշոցով իջնում է ժայռերից, աղմկում, քամուց ընկուզենիները խշշում են, ձգում են արմատները և կռանում ձորի վրա:

Մեր Գյունեյ թաղն արևոտ է, գետի ափին: Ճանապարհը ձգվում է գետի եզրով, անցնում կամուրջի հին կամարների վրայով և քարափի լանջով գնում դեպի քաղաքը: Ջրաղացները սահմանն են: Քարափի գլխին նավթի պահեստն է, որի ստորոտով ջուրը շառաչելով իջնում է ջրաղացների վրա:

Արևը չորացնում է ժայռերի խոնավությունը: Տաք ու փափուկ գոլորշի է բարձրանում աթարի դեզերից, բակերից ու բոստաններից: Անա զիզին փեշերը շաղաթաթախ, քաղում է կանաչ պամիդորը, գոգը լցնում: Շեմքի առաջ չոր խսիրի վրա մեկնվել է կատուն, մռռում է, աչքերը կիսախուփ անելով:

Անա զիզին կուզեկուզ բարձրանում է քարի վրա և կանաչ պամիդորները շարում պատուհանի փայտերին, որ ավելի շուտ կարմրեն...

***

Յոթ-ութ տարեկան երկու մանուկ բարձր ժայռի գլխից նայում են Գյունեյ թաղին, դողդողացող գոլորշուն, Անա զիզու բոստանին, աթարի դեզերին... Դիմացը, ընդարձակ տափարակի վրա, քաղաքն է: Արևի տակ շողշողում են թիթեղյա կտուրները, կարծես տները ծածկված են ապակիով: Ապակեշող տների մեջ ցոլանում է «ռուսաց ժամի» ոսկեզօծ գմբեթն ու խաչը: Արևի ճառագայթներն արտացոլում են այնպես փառահեղ, կարծես գմբեթն է արևը, որ հրդեհվում է տների և կանաչ պարտեզների մեջ:

Գետի ափին կանայք ցորեն են լվանում: Նրանք կռացել են և ձեռքերը ջրի մեջ հետ ու առաջ են տանում: Մի քանի կտուրների վրա դեղնին են տալիս դդումները. ամայի բակերում օրորվում է արևի տակ փռած գույնզգույն լվացքը:

Մանուկները միատեսակ են հագնված՝ երկուսն էլ տրեխավոր, չթե հասարակ շապիկ: Նրանցից մեկի գոտին ծոպավոր է, կապույտ փնջերով:

Աջ ու ձախ խոր ձորեր են... Ահա Գայլաբունի ձորը՝ հատակը մութ ու խոր. վշշոց է գալիս ներքևից, ջո՞ւր է վազում, թե սառը քարանձավներում շաչում է քամին: Քար են գցում և կռացած ականջ դնում: Ապա լուռ իրար են նայում. նրանք չեն կարողանում որոշել՝ ջո՞ւրն է վշշում, թե՝ քամին:

Վայրի աղավնիների երամը փռռոցով անդունդից դուրս է թռչում և

գլորվող քարի աղմուկից վախեցած, ճախրում արևի տակ, ապա նորից իջնում մութը: Արևի տակ փայլփլում են նրանց ճերմակ թևերը: Հետո ներքևից հարյուրավոր թևեր թափահարում են և հետզհետե սուզվում անդունդը: Մանուկները լսում են լուռ և, երբ այլևս ձայն չի գալիս ներքևից, կամաց հարցնում են.

— Ո՞ւր կորան...

Վեր են կենում մանուկները, հացի կապոցն առնում և բարձրանում դեպի բրուտի քարանձավները: Մարդկանց ոտքերը և ձիերի սմբակները փորել են նեղ արահետ: Որտեղ քարը փուխր է, փոս է ընկել: Իսկ կարծր տեղերը պսպղում են կապույտ փայլով: Այդ արահետի կապերն են՝ սանդուղքաձև, որոնց հասնելիս ձին գլուխը կռացնում է, հոտոտում և ապա զգուշությամբ ոտքը փոխում, ինչպես սառույցի վրա:

Եվ ինչ շատ են արահետները, որ կոշտացած ձեռքի երակների նման ցանց են կապել քարափների, ժայռերի ու քերծերի վրա, ճյուղավորվում են, բաժանվում իրարից, մեկը մի ձոր է իջնում, մյուսը բարձրանում մի քարափ, մի տեղ լայնանում, մյուս տեղը բարակում,-և դարձյալ խառնվում իրար:

Կա ձմեռվա ճանապարհ, որ անցնում է արևկող տեղերով, վտակների ավազոտ հունով, կա գարնան ճանապարհ, կա այծի արահետ, որ բանուկ է, երբ կանաչում են քարափի ծերպերին բուսած թփերը: Այծերը ժայռի ողորկ լանջով քայլում են. դունչը մեկնում մի ծաղկի, որ գլուխը կախել է անդունդի վրա:

Մանուկները գնում են ծանոթ արահետով. մյուս կածանները նրանց անծանոթ են և երկյուղալի: Ո՞վ գիտե ինչ մութ ձորեր են մտնում. ա՛յ, հենց այս մեկը, որ կեռմաններով իջնում է Հյուսիբաթի ձորը, այնտեղ, ուր ապրում է լիսեմնը, զանգուր մազերով այն կենդանին, որ գայլի նման չորեքթաթ է գնում, իսկ ծիծաղում է ինչպես մարդը:

Ջինջ ուրախություն է պատում ինձ, երբ գրում եմ այս տողերը ժայռերի մեջ կորած երկու մանուկների, զանգուր մազերով լիսեմնի և բրուտների քարանձավի մասին, որի կիսամթում բրուտը ոտքով պտտեցնում է փայտե «չարխ»-ի կլոր տախտակը և դեղին կավից կերտում գավաթ ու կուժ:

Ես և իմ ընկեր Անդոն հաց ենք տանում նրա հոր՝ բրուտ Ավագի համար: Գունվար աղլուխի մեջ Անա զիզին փաթաթել է լավաշ, խորոված սիմինդր, սխտորած լոբի, մի քանի վարունգ և մի քիչ պանիր:

Բրուտի քարանձավը երկու մասից է՝ առաջինն ավելի ցածր, երկրորդը՝ բեմի չափ բարձր: Առաջին մասում «չարխ»-ն է, ջրի կուժը և կավե ցեխը. երկրորդ մասում բերնի վրա շարված են դեռ չթրծած կժեր, կուլաներ, գավաթներ և դորակներ: Քարանձավը դուռ չունի: Տուն գալուց բրուտ Ավագը մի քանի քար է դարսում իրար վրա, վերևն էլ դնում ցաքի փուշ, որպեսզի, ինչպես ինքն է ասում, «քամին խաղա» և չորացնի ամանները:

— Ա՛յ արևնիդ կծեմ, եկա՛ք, — կանչում է բրուտ Ավագը քարանձավի ներսից: Իսկ մենք հիհիհ ներս ենք մտնում: Էլ սարսափելի չեն ժայռերը, երբ հնչում է այդ թավ, կրծքային ձայնը:

— Ա՛յ ձեզ մատաղ, էս կողմը նստեք, էդտեղ փոս է...

Դրսի արևից հետո մեր աչքերը դժվար են տեսնում քարանձավի ներսը: Իսկ բրուտը կարծես ուրախացած մեր ներկայությունից, ավելի արագ է շարժում ձեռքերը: Նրա ոսկրոտ մատների արանքից լպրծուն կավը հոսում է անընդմեջ, ապա մատները գրկում են կավե սյունը: Դառնում է չարխը, ձգվում է կավե սյունը, բարակում, ապա նստում է նրա բռունցքի տակ: Այս անգամ ձեռքը թաթախում է կավաջրի մեջ և կոխում կավե զնդի մեջ: Անորոշ է ձևը, բայց ձեռքերը այդ հարափոփոխ զանգվածին կերպարանք են տալիս:

— Էս ա հա՛, — և ճղփում է կավը, կարծես ճահճուտում բադ է կռնչում: Թռչում են ցեխաջրի շիթերը: — Էս կուժն էլ պրծնեմ, — և տնքում է բրուտը, ամբողջ ուժով սեղմում կուժի ներսը, — վեր եմ կենալու...

Արդեն չարխի վրա ֆռռում է կժի նման մի բան: Ոսկրոտ մատները սեղմում են վիզը, և հլու կավը ձգվում է, բարակում է կժի վիզը: Մնաց ունկը շինի և ոսկրով նախշի կողերը:

— Հե՛-հ՛ե-հե՛յ, Եգոր հե՛յ, — դմբդմբալով, պատեպատ զնում է նրա կանչի արձագանքը: Բոլոր կժերը, դորակները զվզվում են: Եգորը նրա հարևան բրուտն է. ապա լսվում է պատասխանը, կարծես արձագանքը հետ է գալիս՝ «հո՛ւ-հո՛ւ...»:

— Անդո՛, վազի աստ զա, հաց ուտենք...

Ես մնում եմ մենակ: Տեսնում եմ ինչպես է հազցնում ունկը, քարանձավի ճեղքից հանում է հին ոսկորները, որոնցով նրա պապերը դորակների և կժերի վրա գծել են նույն նախշերը: Բրուտը ոսկրի ծայրը սրբում է թևով և գծում ո՛վ գիտի որպիսի քարանձավաբնակ մարդու խաղ:

Իսկ չարխը շարունակ դառնում է: Բրուտի աջ ոտքը իջնում է փոսը, բարձրանում, մարմինն օրորվում է: Ապա հանկարծ չրխկում է մի բան, չարխը դանդաղում է, ձեռքերը պոկում են կուժը և բարձր պահում: Այդ բոլորը տևում է մի ակնթարթ:

— Բարի վայելում, — նույն ակնթարթում ասում է բրուտ Ավագը և քարից բռնելով դուրս գալիս փոսից:

Գինի՞ պիտի խմեն այդ կժից, թե աղջիկը հարսանիքի ջուրը պիտի տանի, և ո՛վ է այն հարսը, որ մեջքը օրորելով այդ կուժը պիտի կրի, — բոլորին, այդ անհայտ հարսներին և աղջիկներին է ասում բրուտ Ավագը պապերից լսած խոսքը:

— Հո՛-հո՛-հո՛, — հռհռում է Եգորը, փակելով մուտքը: Նա հանկարծակի է հայտնվում, և հռնդոցը սարսուռ է մաղում ինձ վրա:

Արև ենք դուրս գալիս: Չոր ցեխից տախտակ դարձած գոգնոցը

թխթխկացնելով, մեր հետնից լոք լոք է անում Եգորը, կաղ ոտը քարշ տալով:

— Հը, բաջօղլի, Գյունեյ թաղը ո՞նց ա... Մեռնողն ա շատ, թե ապրողը:

Ես աչքերս բարձրացնում եմ նրա կողմը և չեմ պատասխանում: Նա նորից է հռնդում՝ «hn-hn-hn», բայց արևի տակ սարսափելի չէ նրա ծիծաղը: Խղճահարություն է իջնում ինձ վրա, երբ տեսնում եմ նրա գզգզված մազերը և ցեխի շիթը այտի վրա: Նա ինձ թվում է բարի մարդ, ինչպես բրուտ Ավագը, և ես մտածում եմ, թե ինչո՞ւ նա գյուղում չի երևում, ինչո՞ւ նրան անվանում են «շաշ»:

— Անդո, աշխարհում խելոքն է շատ, թե՞ սարսաղը...

— Սարսաղը: — Իսկ բրուտը բաց է անում Անա զիզու պաշարը:

— Ա՜յ մալադե՜ց, — բղավում է նա: — Պահ, պահ, խիա՜ր, կանաչ խիա՜ր... — և առողջ ատամներով կիսում է վարունգը:

...Այժմ էլ, երբ գրում եմ մեր հին Գյունեյ թաղի մասին, օրերի մշուշից մոտենում է ինձ չոլախ Եգորը, ելնում է, ինչպես մեր ժայռերը սպիտակ մառախուղի միջից: Ես տեսնում եմ նրա ցեխոտ մեջքը, խոնավությունից փտած շապիկը և կավի նման մաշկը, որ դեղնել էր քարանձավի խոնավությունից: Եվ նորից հռնդում է անասնական խրխինջով, ցցվում են մազերը, ինչպես տատասկի թուփը:

Պրոմեթեո՞ս էր նա, բանտարկված բրուտի քարանձավներում, թե՞ մի խեղճ սատիր...

***

Ահա մեր գետը, մեր զուլալ գետը: Կարող ես ջրի տակ խիճերը մեկ-մեկ համրել: Հորթերը վախվխելով, պոչները վեր պահած, մտնում են ծանծաղուտը, ջուր խմում, սարսռալով հետ գալիս: Սառն է ջուրը, բարձր սարից է գալիս, ուր միշտ մռայլ ամպ է նստում, ամպի տակ սառույցի հաստ շերտեր:

Իսկ երբ վարարո՜ւմ է... Կոճղեր է բերանն առնում, գազազած բաշը մեկ այս ափին տալիս, մեկ այն, նոր հուն ճեղքում՝ ավերելով բոստան ու մարգագետին: Հին կամուրջի գերանները դողում են շյուղի նման, գետը ծանր քարեր է շպրտում կամարի հիմքերին, ասես զայրանում է, որ կամուրջն իր հոսանքը բաժանում է ճյուղերի:

Գարնան մթնկա գիշերներին ջրի վշշոցը ահարկու սարսափ է տարածում գետափի տներում, Դրնգանի ձորերում: Ջաղացները լռում են, ջաղացպանը վառած լապտերը ձեռքին գիշերը մոտենում է գետին՝ տեսնի չի՞ բարակել:

Գյուղից ներքև, մի բարձր ժայռի մոտ, գետն արմունկ է կազմում ու կորչում ժայռերից պոկված հսկա քարերի արանքում: Ամեն տարի հեղեղն այդ քարերի վրա կիտում է ջարդված ծառեր, կոճղեր, թփեր, թռչունների քանդված բներ: Գետը հասնում է քարե այդ մաղին թե չէ, կորչում է, ջրերը շառաչով ներքև են թափվում և կատաղած դուրս գալիս Նեղը:

Նեղը, Լաստի խութի կարանը… Բնական այդ մեծ քարայրում, որից սև ջուր է դուրս հոսում, իբրև թե ապրում է օձերի թագավորը, գոհարապատ թագը գլխին: Անա զիզին ձեռքերը ծնկներին է խփում և աղաչում, որ Նեղում չլողանանք, ոչ էլ կարանի մոտ, այլ բաց տեղերը, ուր գետը փռվում է և հանդարտ հոսում ավազուտի վրայով:

— Հա՛, զիզի, հա՛... Մոտիկ տեղ ենք գնում:

Եվ Անդոն, ծաղկատար երեսով իմ ընկերը, նայում է ինձ, շարժում հաստ ու կարմիր շրթունքները, ձեռքով նշան անում դեպի ներքև, դեպի գետի արմունկը, փրփուր ջրվեժների մոտ:

Կուրծքը սպիտակ ջրածտերը թռչում են քարից քար, պոչը երերում, ծվծվում ու զնդակի պես իրենց նետում ջրի երեսին պտույտ անող մժեղների երամը: Մեզ հաճելի է դիտել, թե ինչպես նրանք թռչում են փրփուրի վրայով, կորչում ջրվեժի փոշու մեջ, նստում ցից քարերի ծայրին և անվախ ծվծվում, այնինչ շուրջը գետը կատաղությամբ կրծում է քարերը:

— Անդո, ա՜յ էն մեկին կարա՞ս խփես...

Անդոն կուզեկուզ մոտենում է, քարը բռան մեջ: Քարի հետ ջրածիտը թռչում է և կորչում փրփուրի մեջ:

— Թե իմացա՜ր նրանք որտեղ են քնում...

— Նրանք չեն քնում:

Իսկ Անդոն օրորում է գլուխը:

— Նրանք ջրի վրա ճոճք են շինում, մեջը քնում... Թե զիզին թողար մթնով գայի, բոլորին կբռնեի...

— Բա լի՞սեմնը:

— Լիսեմնը էստեղ չի գա: Նրա տեղը վերի ձորն է:

Ժայռերի ստվերոտ կողերը պատած են մամուռով: Ջրի ցնցուղները թռչում են վերև, հասնում նրանց: Ու երբ ժայռի տակով անցնում ենք, մամուռի ջուրն արճճի ծանրությամբ կաթում է մեր բաց գլխին:

— Էն ի՞նչ էր ֆշշաց...

— Սո՜ւս, օձ կլինի... Էստեղ օձի բներ են: Որտեղ քեղ կա, էնտեղ էլ օձը:

Ու սարսափով, վախից զգույշ կոխելով, ցատկում ենք քարից քար, ընկնում գետափի բանուկ ճանապարհը:

— Անդո՛, քեղն ո՞վ է տնկում:

— Օձը, — լրջությամբ և մեծի շեշտով պատասխանում է ընկերս: Եվ համոզումը, որ օձը հողի մեջ թաղում է քեղի սերմը, ինչպես զիզին՝ կոտեմը, ու հետո ծլում և մեծանում է լայնեզր, ճեղքված տերևներով քեղը, որի տերևի կպած տեղը մրմռում է, — այդ համոզումն արմատանում է իմ մեջ:

— Անդո՛, էդ քեզ ո՞վ է ասել:

— Չոլախ Եգորը:

— Բա նրան ո՞վ է ասել:

— Ո՞վ պիտի ասի: Իրա գլխիցն է դուրս բերել:

Ու Ները չհասած, շորներս հանում ենք, կռնատակին դրած վազում: Արդեն փրփուրների միջից մեզ են կանչում արևից խանձված մանուկները:

Անդոն քարից զցում է իրեն, օդի մեջ պտույտ անում և թաղվում փրփուրի ամենախոր տեղը: Ապա գորտի նման դուրս է թռչում, պառկում տաքացած քարերի վրա:

— Անդո՛, կովը քեզ կուտի՞:

— Չէ՛, կսատկի:

— Գոմե՞շը:

— Չէ՛:

— Ձի՞ն:

— Չէ՛... Մենակ ուղտը կուտի:

— Բա նա չի սատկո՞ւմ:

— Չէ՛, ուղտը ոչ օձից կվախի, ոչ քեղից: Նրա թուքը լեղի է, օձի կծածի նման կվառի:

— Ո՞վ ասեց էդ:

— Ուղտապանը, — և մեջքի վրա ընկնում է ջուրը: Իսկ ես նայում եմ ամառվա հստակ երկնքին: Մի ծուռվիզ ամպ լողում է, կարծես տափարակում արածում է տկլոր ուղտը: Նայում եմ ամպին և մտածում, թե Անդոն ե՞րբ է հարցրել ուղտապանից: Երևի նավթ առնելուց. պահեստի առաջ հաճախ չոքում են ուղտերը, որոնք տիկերով նավթ են բերում:

Մեր լողալու չափը կապտելն էր: Խշրտոցով իրար էին կպչում մեր ատամները, և, ինչքան էլ սեղմում էինք ծնոտներս, չէր հաջողվում ատամների կտկտոցին վերջ տալ: Արևը թեքվում էր, ստվեր էր ընկնում գետի վրա, ու սկսվում էր բարակ քամին:

— Է հերի՛ք... Դուրս ե՛կ:

Վերադառնում ենք այգիների ճանապարհով: Քար ենք զցում այս թթենուն, այն ընկուզենուն, ցանկապատի վրա կախ ընկած մոշն ենք ուտում, ամեն աղբյուրից ջուր խմում, մինչև հասնենք կամուրջի գլուխը:

— Անդո՛, Անա զիզին հրեն դռանը:

— Դու առաջ անցի: Որ հարցնի, ասա Մեծ ապոր բաղում թութ էինք ուտում:

Իսկ Անա զիզին երեկոյան դեմ մեր բակն էր գալիս ու մորս հանդիմանում.

— Ո՞ւր է էն փուչը... Ձեռս ընկնի, ականջը հլորեմ: Հալավը քար ու քոլի են զցել, ճղոտել:

— Մեր անիրավն էլ գոտին է կորցրել, — պատասխանում է մայրս:

Երկուսով անիծում էին մեզ, պատմում մեր չարաճճի արարքները,

թե առավոտից մինչև իրիկուն անհաց կորչում ենք այգիներում, «վաթսուն անգամ մտնում ջուրը դուրս գալիս» և կապտած վերադառնում: Նրանք զանգատվում էին մեզանից, իսկ Անդոն գլուխը պատից վեր էր հանում և աչքով անում:

— Աղջի, ծեծած աղ չունե՞ս, մի բուռը տաս, — վերջացնում էր Անա զիզին:

Նրանք տուն էին մտնում, իսկ մենք ծլկվում էինք դեպի ձիթհանքը, մեր խաղերի իրիկվա տեղը:

***

Նստել եմ ծիրանի ծառի տակ, տաքանում եմ ինչպես քարը, ձյունից մրսած գետինը, ծառերը, որ դեռ մերկ են և արդեն թխանում են արևի ջերմությունից:

Մերկ ծառերի արանքից երևում է քաղաքը, գունավոր տները: Ծխի ու փոշու կապտագույն շղարշ է փռված քաղաքի վրա: Ավելի հստակ են երևում մոտակա կավե տները, այգիների մեջ ընկած ամայի հնձանները:

Քամին խշշացնում է չոր տերևները, որոնք թռչում են քարերի վրայով, իրար հրում, փաթաթվում ոտքերիս և քչփչում, ինչպես առվակը. զարո՜ւն է, զարո՜ւն է...

Քաղաքի կողմից քամին ձայներ է բերում: Լսելի է, թե ինչպես մեխում են տախտակը: Թա՜խկ, թա՜խկ, հնչում է թիթեղագործի փայտե մուրճի խուլ ձայնը: Մի շուն կաղկանձում է: Բլուրի վրայից ես տեսնում եմ կաղկանձող շանը, որ ոտը քարշ տալով դուրս է թռչում մի փոքրիկ հյուղակից: Նրա հետևից դուրս է գալիս մի կին, որ ինչ-որ բան է շպրտում շան կողմը: Մի՞թե այդ հողաթումբը տնակ է, և մարդիկ են ապրում այնտեղ: Նույնիսկ դուռ ունի, որովհետև կինը դուռը վրա է դնում և մի բան շալակած իջնում գետի կողմը: Այնտեղ երկու կին լվացք են փռում քարերի վրա: Նրանցից մեկը կռանում է, լվացքը լողլողում գետի մեջ, մյուսը քամու առաջ փոփռացնում է կապույտ, կարմիր լաթերը և ապա մեկնում: Առաջին կինը մոտենում է նրան. նա ձեռքերով ինչ-որ բան է ասում նրանց: Երևի անիծում է շանը: Եթե այդ կինը բլրակի վրա լիներ, կտեսներ, որ շունը վերադարձել է, պառկել փակ դռան առաջ, իբրև հավատարիմ պահակ և լիզում է իր ցաված ոտքը:

Սև ժապավենի նման սողում է գնացքը: Ծուխը բարդ-բարդ հետ է գնում ու նստում դաշտերի վրա: Շոգեմեքենան սուլում է. քամին բերում է նրա խուլ փնչոցը: Երևի հիմա ուղևորները վագոնների պատուհաններին են սեղմել իրենց ճակատը և սպասում են, թե երբ կերևան կայարանի շենքերը: Երևի կա մի աղջիկ, որի համար ամենից դժվարը այդ րոպեներն են: Նա էլ ունի մի խրճիթ, որի դուռը փակել ու հեռացել է: Պերրոնի վրա կդիմավորի նրան մեկը, և աղջիկը սրտի դողով կբացի սիրո դռնակը:

Քամին խշշացնում է տերևները: Չքանում է գնացքը... Փակում եմ

աչքերս, և տերևների խշշոցը հիշեցնում է ինձ լուռ ընթերցանության ժամը դասարանում:

Դասարանում... Ծիրանի ծառը ստվեր է գցել տետրակիս վրա: Արևի շողը փայլփլում է մատիտի ծայրին և արտացոլում եղունգիս վրա: Մեկը բոթում է թևս:

— Մեծատառ Ժ-ն ո՞նց է:

— Է՜...

— Մի շվի կտամ:

— Այ, տե՛ս, — և ցույց եմ տալիս:

— Վերջի նստարա՛ն, լռությո՛ւն, — սաստում է ամբիոնին կռթնած ուսուցիչը: Ճռռում են նրա կոշիկները: Մենք թեպետ վայելչագրության տետրակի վրա գլխահակ ենք, բայց գիտենք, որ նա դեպի մեզ է գալիս:

Շատ է խանգարում ծիրանի ծառը, որ բուսել է մեր դասարանի միակ պատուհանի առաջ: Երբ փչում է քամին, աղմկում է ծառը, ճղներով թրխկացնում պատուհանը: Նրա ստվերն ու արևի դեղին բծերը թրթռում են իմ տետրակի վրա, օրորվում, ինչպես ջրածտի ճոճքը:

— Վազի՛ր, զանգը տուր, — և օրապահը թռնում է տեղից:

Սկսվում է ամենից զվարթ և աղմկալի երկու րոպեն, մինչև զանգը հնչի, և վազենք բակը: Բոթում ենք իրար, կամթում, մի խուսքով ելք է ստանում հոգնությունից և ակամա լռությունից զսպված մեր մանկական զվարթությունը:

Այս չոր ծիրանի տակ նստած, գարնան այս պայծառ օրը, երբ ուրախ արևը մեղմել է քարերի մռայլությունը, ես գրում եմ իմ մանկության, ծիրանի ծառի և իմ ընկեր Անդոյի մասին, և ինչպես դեղնած տերևները խշշալով փարվում են ոտքերիս և քչքչում, այնպես էլ երկու բարակ ձեռքեր ձգվում են դեպի ինձ և խնդրում.

— Ինձ էլ գրի՛ր:

Նուշիկն է: Միզր բարակ, դեղնած աղջիկը: Նրա սև աչքերը խոշոր են ու տխուր: Նա հաճախ է լաց լինում: Հայր չունի, իսկ մայրը ուրիշների դռանը լվացք է անում: Երբ ցրտում է կամ խոնավ է գետինը, Նուշիկը ներս է մտնում, մրսած մատները գոգնոցի տակ: Երբեմն նախաճաշ չի բերում, իսկ երբ բերում է՝ հաց է և խորոված կարտոֆիլ:

Նուշիկը մեզ հետ է լինում: Մնացած աղջիկները վախենում են Անդոյից և նրան ձեռք չեն տալիս: Մի անգամ Մաշոն (նրա հայրը նստում էր նավթի պահեստի առաջ և, երբ հաճախորդ չէր լինում, նարդի էր խաղում «ռուսների» հետ), — Մաշոն մի անգամ դասարանում Նուշիկին ասաց, որ նրա մայրը լվացքից մի կտոր գողացել է: Նուշիկն արտասվեց.

— Մամաս գող չի՛:

Ուսուցիչը ներս մտավ: Դասն սկսվեց: Իսկ Նուշիկի նիհար ուսերը ցնցվում էին: Կուչ էր գալիս, կարծես մրսում էր:

— Մաշո՛, — ասաց դասամիջոցին Անդոն, — տեսնո՞ւմ ես էս դանակը:

Մաշոն տեսավ դանակը և արտասվելով վազեց ուսուցչի մոտ:

— Դու քեզ լավ չես պահում, Անտոն... Փողոցային երեխայի նման ես:

Ուսուցիչը խլեց դանակը, իսկ մյուս օրը Անա զիզին եկավ մեր տունը:

— Աղջի մեր դմալթին ձեր տանը չի ...

«Դմալթին» կեսը ժանգոտ դանակ էր, կոթը ոսկոր:

Անա զիզին նրանով էր քաղհանում կոտեմի մարգը:

Անդոն Մաշոյին ցույց տվեց «դմալթու» ծայրը և վախեցրեց.

— Թե վարդապետին ասել ե՛ս...

Եվ Մաշոն վարդապետին չասաց: Անա զիզին գարնանը դմալթին փոխարինեց սուր ոսկրով:

***

Երեկո է. սարերի սպիտակ գազաթներից կապույտ ցոլք է բարձրանում: Պարզ երևում է լեռնաշղթայի թելը:

— Հորիզոն կոչվում է երկնքի և երկրի միացման գիծը...

Կրկնում եմ մտքիս մեջ այն, ինչ շատ տարիներ առաջ բարձրաձայն պատասխանում էի աշխարհագրության դասին:

— Դո՛ւ ասա, Անտոն...

Անդոն կրկնում է:

— Նստի՛ր:

Ներս է մտնում ավագ ուսուցիչը: Ոտքի ենք կանգնում: Մինչև շաբաթվա վերջը թոշակ չբերողը կհեռացվի դասարանից: Ավագ ուսուցիչը գլուխը բարձրացնում է, նայում լուռ դասարանին: Ապա նա հեռանում է: Կապույտ գլոբուսը պտտվում է աշխարհագրության դասատվի ձեռքին, և մենք խմբով կրկնում ենք.

— Երկրագունդը կլոր է՛ ...

Նուշիկն ուշանում է և «է»-ն ասում է առանձին՝ դողացող ձայնով: Աղջիկները ծիծաղում են. Նուշիկը գլուխը խոնարհում է, իսկ վարժապետը քանոնը բարձրացնում է, քանոնի հետ բացվում են մեր բերանները, և մենք նորից ենք կրկնում, որ երկրագունդը կլոր է:

Երեկոն կապույտ է: Ծուխը ծալվեծալ փաթաթվում է ժայռին, ինչպես վայրի խաղողի որթը: Ծխում է Դրնգանը, կրակները շարժվում են: Այնտեղ մարդիկ իջնում են գետափի գոմերը: Մի կով աղիողորմ բառաչում է... Գյուղը գիտե, որ բառաչողը Նարգիզն է, որի հորթը քարովն է ընկել: Կովը լիզում է հորթի խոտով լցրած մորթին և չի զգում անասնական ջերմություն:

— Անդո՛, բա թոշա՞կը:

— Թող նանը վերջացնի:

Անա զիզին կթում է բառաչող Նարգիզին, խոսում է նրա հետ, աղաչում, և կովը հանդարտում է, կարծես հասկանում է նրա լեզուն:

— Նանի՛:

— Հե՜յ:

— Բա թոշակն ուզում են: Վարժապետն ասել է...

— Նանին քեզ մատաղ: Նարգիզն էլ ցամաքել է, որ կաթը ծախենք: Սպասի, հրես հերդ կժերը կտանի Գետերը:

Աշնանը բրուտները կուժ ու կարաս են տանում Գետերը և բերում են բրինձ, բուրդ, ցորեն: Գետերը հեռու է: Չոլախ Եգորը պատմել է, որ այնտեղ բուսնում է բամբակ, որ բրնձի արտերում թևավոր օձեր կան, քարերի տակ՝ սև կարիճներ:

Երեկո է... Քաղաքի փողոցները լույս են: Խանութներում շողշողում են պղնձե սամավարներ, հայելիներ, ափսեներ: Անդոն հոգնել է: Ձեռքին թաշկինակն է, մեջը թարմ ձվեր: Վերջացել է վայելչագրության տետրը: Իսկ ձվերը չեն առնում:

Հոգնած գնում է բարձր տների առաջով: Մեծ լուսավոր պատուհաններ են: Նրանք էլ են շողշողում ինչպես խանութները: Այնտեղ ապրում են «ռուսներ», Մաշոն, խանութի տերերը: Այս մեկը Ներսես բեյի տունն է, իսկ նրա կողքին ապրում է պրիստավը: Նա շատ շներ ունի, բարակ, նիհար շներ, որոնք ամբողջ օրը քնում են և թռչկոտում են, երբ պրիստավը գնում է որսի:

— Այ տղա, ի՞նչ ես ծախում, — կանչում է մի ծանոթ ձայն:

Մաշոն է: Աղջիկն իջնում է վերնից: Դարպասի դուռը բացվում է:

— Էս իմ տյոտյայի տունն է:

— Քանի՞ ես տալիս ձվերը,-հարցնում է կինը: Անդոն կարմրել է: Նա չի ուզում, որ Մաշոն իմանա, թե ինքը ձու է ծախում: Անդոն չի ուզում, որ դասարանը խոսի: Իսկ ուսուցիչը պահանջում է վայելչագրության տետրը:

— Ձվերը ծախու չեն, — կտրուկ ասում է Անդոն և գլուխը բարձր պահած գնում է դեպի կամուրջը, դեպի մեր թաղը:

— Ես ուսումնարան չեմ գնում,-ասում է նա առավոտյան: Բայց Անա զիզին թախանձում է, և նա գալիս է ինձ հետ:

— Անդո, նանին քեզ մատաղ, հրես հերդ կժերը կտանի...

***

Հայոց «ժամը»:

Սպիտակ կամարներ և նկարներ՝ ոսկեզօծ շրջանակների մեջ:

Նուշիկի մայրը լալիս է... Մի քանի կանայք հեկեկում են, ինչպես կիհեկեկան ուրիշի դագաղի վրա:

Մեր դասարանը երգում է տխուր երգեր, երկա՜ր, երկա՜ր...

Նուշիկի համար ենք երգում: Աղջիկը ձեռքերը խաչել է, ինչպես թևերը ծալում է սառած թռչունը: Գլուխը մի քիչ թեքել է և հանգիստ քնել: Երեսը առաջվա դեղինն է, բայց գլխավերևը կարմիր ծաղիկներ են և սպիտակ մոմեր: Ծաղիկների կարմիրը խաղում է նրա դեմքին, երբ թրթռում են մոմի կրակները:

Նուշիկի դագաղը հասարակ տախտակ է: Վարպետը լավ չի ռանդել — մեխը երևում է:

— Ոտքը կծակի, — մտածում եմ ես և տխուր երգում Նուշիկի համար:

Անդոն չկա, նա չի եկել:

— Ես չեմ երգի... Չեմ ուզում:

— Դու քեզ անկարգ ես պահում, — բարկացավ ուսուցիչը: Իսկ Անդոն լուռ հավաքեց գրքերը: Դասարանն սպասում էր: Ուսուցիչը նորից պահանջեց, որ նա էլ միանա խմբին, որովհետև Անդոյի ձայնը զիլ է և քաղցր:

— Չե՛մ գա, — համառեց Անդոն:

Ուսուցիչը դասացուցակը ամբիոնին խփեց և գնաց ուսուցչանոց: Որտեղ որ է կգա ավագ ուսուցիչը:

— Անդո՛...

— Ասացի չեմ գնա:

Մտնում է «ավագը»: Նա նրան անվանեց կամակոր, համառ, պահանջեց, որ խմբին միանա:

— Դո՛ւրս կորիր այստեղից, — գոռաց «ավագը»: Աղջիկներից մի քանիսը գունատվեցին: Անդոն վերցրեց գրքերը և գլուխը բարձր բռնած անցավ նստարանների արանքով:

— Անպատկա՛ռ, — շպրտեց նրա հետևից «ավագը»: Անդոն դասարանի դուռը պինդ փակեց:

...Մենք ուղեկցում ենք դագաղը: Փոքրիկ փոս է: Կարծես ծառ պիտի տնկեն: Դագաղն իջեցնում են: Հեռանում ենք. մնում են մայրը և հարևան կանայք:

Գերեզմանատանը շատ մանուշակներ են բուսել: Մենք մոռանում ենք Նուշիկին և փնջեր ենք կապում: Իբրև փոքրիկ գազան՝ պատի վրայից ներքև է թռչում Անդոն: Աղջիկները նրանից փախչում են:

— Ես ուսումնարան էլ չեմ գնա՛, — տխուր կրկնում է իմ ընկերը:

***

Քաղաքից խճուղին դուրս է գալիս, սլաքի նման ձգվում, կամուրջի մոտ կեռ տալիս, ապա ոլոր-մոլոր բարձրանում բարձր սարը: Ու գնում է, գնում է խճուղին, ինչպես գետը, բազմաթիվ լեռնային արահետներ խառնվում են նրան, և ինչքան գնում է, այնքան շատ է ծեծված, այնքան հին է ճանապարհը, և բազմաթիվ բանակներ, ժողովուրդներ տրորել են ճանապարհը, անցել մեկը հյուսիս, մյուսը հարավ:

— Բռնի էս ճանապարհը, գնա՛, գնա՛ ու չի վերջանա: Աշխարհը մեծ է, աշխարհը ծայր չունի:

Բրուտ Ավագը ինձ հողե փարչ է տվել և հողի մարդու օրհնություն:

— Ծարավես՝ կխմես: Կուռդ դալար մնա...

Գիշերն անձրև է եկել, խոնավ է գետինը: Կառքը աղմուկ չի հանում:

Ընկղմվում է Դրնգանը, քարերը ծածկում են մեր արևոտ թաղը, միայն գետափի տներն են երևում և ընկուզենիները: Եվ ինչքան բարձրանում ենք, այնքան խոյանում է Ցից քարը: Նրա տակն են բրուտների քարանձավները:

Երեկոյան հորթերն եկան, նրանց հետ հորթարած Անդոն.

— Գնում ե՞ս:

— Հա՛:

— Գնա՛:

Տխուր է Անդոն: Հոգնել է, բայց չի գնում տուն:

— Էգուց հորթերն էն կուտը կտանեմ...

Կառքը բարձրանում է: Սարի վրա ամպ է նստում: Մեր թաղը չի երևում: Շուտով այս ամպը կիջնի սարի վրայով և կփռվի մեր ձորերի վրա:

Մեկն ամպի միջից վազում է, ձեռքով է անում, կանչում է: Զարմացած կառապանը քաշում է ձիերի սանձը: Կառքը կանգնում է:

— Անդո՛, — և դուրս եմ թռչում կառքից:

Գյուղի երեխաները, երբ հրաժեշտ են տալիս, ոչ համբուրում են իրար, ոչ ձեռք են սեղմում: Նրանք նայում են իրար, ինչպես մունջ մարդիկ: Հեռացողը հեռանում է, ով մնում է տեղը, նայում է նրա հետևից մինչև սարի հետևն անցնի կամ իջնի ձորը:

Կառապանը մեզ բաժանեց:

— Ճանապարհին կուտես, — և Անդոն իր տոպրակից հանում է բոված սիմինդը, որ ամեն առավոտ պատրաստում է Անա զիզին:

— Ունեմ, քեզ պահի...

— Չէ՛, իմը ա՛ռ, — և գլորվում են անիվները:

Ամպը կախվում է, Անդոն ու մեր հորթերը կորչում են ամպի մեջ: Ձորը լցվում է կաթնագույն ամպերով: Թաց գետինը խլացնում է վազող ձիերի դոփյունը: Իսկ կառքը գնում է. լսվում են զանգակների ծլնգոցը, կարծես աղջիկները մանր ծափ են տալիս:

Հոգնածությունը նինջ է բերում: Գլուխս հենում եմ մեկի տաք թևին: Քնում եմ, ինչպես ծիծեռնակի ձագը մոր թևի տակ: Երազում կառքը ամպերի վրայով է թռչում, դեպի խոր երկինքը:

Ահա և աստղերը... նրանք մեծանում են, նրանք շարժվում են: Նրանք աստղեր չեն, այլ դեղին ու սպիտակ զառնուկներ, որոնք ձիերից խրտնած փախչում են, և զրնգում են նրանց պղնձյա զանգակները:

Աչքերս բաց եմ անում: Մթնում է, ուրիշ սարեր են: Մեր եկած տեղը ամպ է: Երևի անձրև է մաղում մեր արևոտ թաղի վրա:

***

Քաղաքը տափարակի վրա է:

Դեպի արևելք, ուր մինչև հիմա էլ մնում են անհայտ շենքի ավերակները, տափարակը հանկարծ կտրվում է, կախվում խոր ձորի վրա, որի անդնդում մռայլ խոխոջում է մեր գյուղի գետը:

Տափարակը վերջանում է քարափի գլխին: Ուղղաձիգ ժայռերի լանջով ընկնում է սպիտակ արահետը, որ տաք անձրևից հետո շողշողում է կրաքարի փայլով:

Միայն մարդիկ են անցնում այդ ճանապարհով: Ոչ ոք չի կարող շալակին բեռ տանել այդտեղով: Նեղ է, դժվարին կապեր, օձապտույտ կեռմաններ: Իսկ ներքևը՝ ձորի երկու ափին, այգիներ են՝ քարերի վրա, քարակույտերի մեջ: Ջուրը խոր է, ձորը տաք է... Մինչդեռ քաղաքի փողոցներում դեռ սևացած ձյուն կա, — ձորից տաք գոլորշի է բարձրանում, և սառած օձերը պառկում են քարերի փափուկ մամուռի վրա:

Ջորն ահավոր է, ձորում ամայի տխրություն է:

Մի քանի քարափոր մարագներ կան, որոնց մեծ մասի դռները կանաչել են: Նրանց տերերը վաղուց չկան, խոնավ քարայրները նրանց մահից հետո տաք հարդի շեղջակույտ չեն տեսել: Մարագների առաջ հին թթենիներ են, դարձյալ անտիրական: Ով սիրտ ունի, ոտքի ջլերը պինդ են, իջնում է կեռմաններով, թափահարում թթենին, և քարերի վրա թափվում է սպիտակ, սև ու կարմիր թութը:

Այդտեղ են կարանները...

Բնական խոռոչներ են, որոնք խոր գնում են քաղաքի տակը: Ո՞վ գիտե որտեղ է վերջը այդ մթին անցքերի: Ամառվա շոգին այնտեղ սառն է, պատերը լպրծուն: Բազմաթիվ ոսկորներ կան ներսը, ամբողջ կույտեր ժանիքների, ծնոտների, ողերի: Դուք վառում եք կավե ճրագը և կռացած ներս մտնում, չոքեչոք գնում, քարերի վրայով մագլցում, կորչում քարի հետևը: Դուք մեկնում եք ձեր ձեռքը մի դեղին կույտի, կարծում եք քար է, ձեր մատները խրվում են թաց ավազի մեջ, որ բարակ շերտով ծածկել է ոսկորների կույտը: Եվ ճրագի լույսի տակ շողշողում է վարազի փայլուն ժանիքը, ու սարսուռը քարայրի սառնության հետ թափանցում է ձեր ոսկորների մեջ:

Առաջներում քաղաքի տափարակը, մեր թաղերը, ամբողջ ձորը խիտ անտառ է եղել, մթին խոռոչներ ու թավուտներ: Մարդուց առաջ ձորերում ապրել են գազանները, և քարայրները եղել են նրանց որջերը:

Արևը թեքվում է սարի հետևը: Քաղաքում զարթնում է երեկոյան աղմուկը: Ջորանոցների կողմից լսվում է գիշերահավաքի փողի ձայնը... Բոլորովին մոտիկ կողպում են մի դարպաս: Իսկ «ռուսաց ժամի» ոսկեփայլ գմբեթն ու խաչը դեռ լողում են արևի ալիքների մեջ:

Քարափի վրայով լայն ճանապարհ է, որ գալիս է հեռվի այգիներից, անտառից, մեր գյուղի ցրված հանդերից: Գյուղի ճանապարհն է, որ թեև քաղաքի փեշով է անցնում, բայց չի տարբերվում գյուղի մյուս ճանապարհներից: Նույն խուլն ու խութը, նույն քարերը, տաք փոշին, ջարդված հասկերը, չորացած խոտը և անասունների աղբը: Նույնիսկ գետինը գյուղի հոտն ունի:

Այդ ճանապարհը միայն մեր գյուղինն է: Առաջ, երբ քաղաքը չկար, երբ քարափի կարաններում ապրում էր գանգուր մազերով լիսեմնը, մեր ճանապարհը հեշտ էր և անցնում էր այնտեղով, ուր քաղաքի բուլվարն է և «ռուսի ժամը»: Տարեցտարի ճանապարհի հետ է զցվել, և եթե մի քիչ էլ քաղաքը հրեր, գյուղի ճանապարհը պետք է ընկներ հեղեղատի վրայով:

Ամառ երեկոները սպիտակ շորերով աղջիկներ ու տղաներ գալիս են ու քարափի վրա նստում: Նրանք նվագում են մանդոլին, կիթառ, նրանք երգում են ռուսերեն, ապա բարձր ծիծաղում են, և ձորի քարանձավներում նրանց առույգ ծիծաղն արձագանք է տալիս ահավոր կերպով, ասես ձորը քրքջում է նրանց հիմարության հանդեպ:

Ելնում են աստղերը: Երեկոյան դեմ նրանք դեռ աղոտ են, բայց շարժվում են, կարծես տիեզերքի անհուն խորքերից նրանք մոտենում են մեզ, ինչքան մթնում է՝ այնքան ավելի մոտ են աստղերը, այնքան ավելի շողշողում են՝ դեղին, սպիտակ, կապույտ...

***

Անդոն պառկել է կողքի վրա:

Նրա դեմքը կոշտացել է, շրթունքները հաստ են: Վերին շրթունքի վրա դեղին աղվամազը փայլում է, ինչպես նոր ծլած սիզախոտը: Աչքերն են առաջվանը՝ սև, ժիր, անհանգիստ: Նա պոկում է խոտը, թափում է: Այդ նրան ձանձրացնում է. աչքն ընկնում է ծղնոտի փշրանքին, ծղնոտը մոտեցնում է շրթունքին: Հանկարծ լսվում է աղջկա հնչուն ծիծաղ: Ծիծաղում է մի առողջ կուրծք:

Գլուխս դարձնում եմ այն կողմը:

— Ճանաչեցի՞ր, — հարցնում է Անդոն: — Մաշոն է...- պատասխանում է և ծամծմում ծղնոտի կտորը:

— Թիֆլիս է կարդում... Երկու տարուց կվերջացնի գիմնազը:

— Իսկ էն տղերքն ով են...

Էն մեկը Ներսես բեյի տղան է, էն երկուսը սմատրիտելի տղերքն են, էն կանգնածը Սոնան է:

— Նա մի դասարան ցածր էր:

— Ասում են լավ աղջիկ չի:

— Ի՞նչ է անում որ...

— Տղաների հետ միշտ գնում է բաղերը:

Այնտեղ կիթառ են նվագում: Մաշոն երգում է, մի թավ ձայն մեղմ երկրորդում է նրան:

Անճանաչելի են թվում Սոնան, Մաշոն: Ինչպես ընկղմվող քարը, իմ հիշողության մեջ դողդողում է մեր դասարանը, ծիրանի ոսկեզօծ ծառը և ապա սուզվում մոռացության խավար խորքը: Նրանք ուրիշ աշխարհից են, մենք ուրիշ:

Առաջ էլ այդպես էր... Ատելություն է ծնվում իմ ներսը դեպի այդ խումբը, որ ուրախ նվագում է, երգում: Եվ օտարի պես նայում եմ նրանց կողմը:

— Անդո, հիշո՞ւմ ես Նուշիկին:

— Նուշիկը լա՜վ աղջիկ էր...

— Մայրը մնո՞ւմ է:

— Հա՛, էլի լվացք է անում:

Մեր հարևանները հեռանում են, մեր խոսակցությունն ընդհատվում է: Մաշոն մեծացել, գեղեցկացել է: Նայեց մեր կողմը, երեսը շրջեց: Նա թափ է տալիս փեշերը, ինչպես առաջ, երբ նստարանից վեր էր կենում: Նրանք հեռանում են, մթնում դեռ երևում է Մաշոյի սպիտակ սիլուետը: Ինձ թվում է, որ նա գլուխը խոնարհում է և հիշում մեր դասարանը, մեր մանկությունը:

Էլ ուրիշ շատ զգացումներ են զարթնում իմ սրտում, ջերմ զգացումներ: Իմ սրտում էլ ատելություն չկա, և ես անտարբեր նայում եմ մթնում հալվող սպիտակ շորերով Մաշոյին:

* * *

Ամեն երեկո մենք հանդիպում ենք իրար նույն տեղը՝ ես ու Անդոն: Նա պառկում է կողքի վրա, ես նստում եմ քարին: Նա դեպի քաղաքն է նայում, դեպի գյուղի ճանապարհը, որով անցնում են այգիներից և արտերից վերադարձող հոգնած մարդիկ և եզներ:

Ներքևը, ուր հին մարագներն են, առավոտ կանուխ հավաքվում են մշակները: Անդոն նրանց հետ է: Քար են ջարդում և պայթեցնում են քարափները նոր առվի համար: Անդոն գիշերը քնում է տախտակների վրա և հսկում է մուրճերի, քլունգների կույտը:

«Իլիստրիկի» են կառուցում Բաղիրովի տղաները: Նրանք քաղաքում տներ ու խանութներ ունեն, նրանց մեծ եղբայրը Բաքու հարստություն է դիզել և վերադարձել է մեր քաղաքը էլեկտրակայան կառուցելու քարափի տակ, ուր գետը սահանքներ է գոյացնում:

Անդոն մշակ է, քար է ջարդում ցերեկը, երեկոյան ինձ պատմում է «իլիստրիկի» մասին, մշակների մասին և այնպիսի բաներ, որ չեմ կարդացել իմ գրքերում:

Երբեմն ինձ հարցնում է իմ տեսած քաղաքների, իմ կարդացած գրքերի մասին: Ես նրան պատմում եմ գիտեցածիս ամենալավը, կարծես ընծայում եմ իմ վեգերի ամենագեղեցիկը, ինչպես երեխա ժամանակ: Նա տնտղում է իմ ընծան և կարծես դժգոհ է, որ ուզածը չեմ պատմում:

Իսկ ինքն ինչե՜ր գիտի...

Վերի գյուղի ուսուցիչն ասել է, որ պատերազմը շուտ չի վերջանա, և պիտի լինի «ահեղ հեղափոխություն», որ անտառում երկու զինված մարդ հարձակվել են փոստի վրա, սպանել են ստրաժնիկին, փոստը կտրել, որ ներքի կարանում գիշերը մինչև լույս կարտ են խաղում, որ միրզա

Դավիթի տղա գիմնազիստ Վանոն ամեն օր հոր դախլից փող է գողանում և տանում տալիս, որ մեր հայոց լեզվի վարժապետ Մինասի տանը «կոմիտե» է նստում և նրանց ներքնահարկը լիքը զենք է...

— Ո՞վ քեզ ասաց, Անդո...

— Իմացել եմ:

— Չի կարող պատահի, վարժապետին իսկույն կբռնեն, — առարկում եմ ես:

— Վարժապետը զենքը հենց կառավարությունից է ստանում:

Անդոյի աշխարհն ավելի հետաքրքիր է, ավելի խորը: Մարդիկ երկուանում են իմ աչքին. վարժապետը ցերեկը դաս է տալիս, իսկ մթանը իջնում է ներքնահարկը և փամփուշտ հաշվում, Վանին գրքերը թևի տակ առավոտը գնում է «սմատրիտելի» տունը, իսկ գիշերը կարանում թուղթ է խաղում:

— Անդո, ուզո՞ւմ ես սովորել...

— Իմ սովորելը վերջացավ: Ապերը հրեն հիվանդ...

— Արի քեզ դաս տամ:

— Գիշեր-ցերեկ բանի եմ, ո՞նց սովորեմ... Հրես մոնտյորից թե կարողացա մի բան սովորեմ...

...Այն ամառը ես մենակ էի բարձրանում բրուտների քարայրը, նստում էի բրուտ Ավագի դռանը, ծերունին ցեխոտ ոտքով դարձնում էր չարխը և անսպառ հետաքրքրությամբ լսում իմ պատմածը: Երբեմն Չոլախն էր գալիս:

Ամպամած մի օր մենակ իջնում էի բրուտների կածանով: Քարերը գլորվում էին դեպի խորխորատները, և նրանց աղմուկից վախեցած աղավնիները անհանգիստ ճախրում էին:

Ես զգացի մի ծանրություն, մի ծանր տխրություն: Կարծես մի բան հասել էր, ինչպես պտուղը, ահա վայր պիտի ընկնի, և թեթևացած ճյուղը պիտի ձգվի: Ես չգիտեի, որ իմ սրտի ծանրությունն այդ մռայլ ձորերն էին, տխուր արահետը, որով շատ քիչ մարդ է անցնում: Ինչքան իջնում էի, այնքան արագացնում էի քայլերս, կարծես հետևում թողնում էի այդ ծանրությունը:

Երբեմն, տարիներ ընդ մեջ, եղել եմ մեր թաղերում: Սակայն ամպամած այդ օրից հետո էլ չեմ բարձրացել բրուտների ճանապարհով: Ինձ պատմել են, որ այնտեղ էլ ոչ մի չարխ չի պտտվում, որ մի մեծ ժայռ փչվել և տակովն է արել այն քարայրը, որտեղ աշխատում էր չոլախ Եգորը:

***

Իմ հիշողության մթազնած հորիզոնի վրա ցցվում է դաժան մի պատկեր: Դժվարությամբ եմ ճանաչում դիրքը, կապակցում մարդուն ու շրջապատը... Մեր քարափն է, խավար ձորը, որտեղ ոչինչ չի երևում: Մյուս ափը լույս է: Քարերը սպիտակ են, ինչպես ձյունի կույտերը գարնան հալոցքի գիշերը: Կարմիր ու սև եզները նստել են քարերի մոտ, նրանք անշարժ որոճում են, և թվում է, թե քարերը կարող են եզներ դառնալ կամ թե եզները, եթե շատ նստեն, կքարանան: Մեկը փաթաթվել է մաշված կարպետի մեջ և քարի տակ քնել է...

Որքան պրպտում եմ, չեմ կարողանում որոշել, թե ե՞րբ եմ տեսել մթին ձորի լուսավոր ափը, կանաչ խոտերի վրա հանգստացող սև եզները:

Իսկ քարափի գլխին կանգնած ստվերն իմ ընկերն է, բրուտի տղան: Նա սեղմում է իմ ձեռքը: Ես փողոցի անկյունից հետ եմ նայում: Դեռ կանգնել է քարափի գլխին, և դժվար է որոշել, թե որ կողմն է ուղղված նրա հայացքը: Նա ձեռնափայտ չունի, բայց կռացել է այնպես, կարծես ծնոտը հենել է փայտին:

Նույն կառքը, նույն ճանապարհը, որ շողշողում է մթի մեջ, ինչպես փրփուր ջուրը: Նույն զանգուլակները և տխուր ձանձրույթը:

Եվ հանկարծ մթնում վառվեցին ճրագները, կարծես միանգամից լույսի ալիքներ ծփացին քաղաքի վրա, ինչպես քամուց ծփում է հասած արտը:

Ես մտածում եմ, որ Անդոն իջել է ձորը, Դամուրի ավերակ մարագը, որ կենդանացել է, խորացել, որովհետև ներսը մեքենաներ են դարսել և պողպատներ հագցրել ժայռերին: Հիմա բանտարկված գազանի նման մոտորը մռնչում է խոնավ քարանձավում, որի կտուրից ջուր է կաթկթում:

Անդոն կրակ է արել դուրսը, մուտքի մոտ, որտեղ քարը փորել են և խոռոչում օջախ սարքել: Նա պղնձե սևացած թեյամանը կախել է կրակի վրա, և բոցը թրթռում է ձորում:

Շուտով բոլորովին կմթնի, օջախի կրակը կհանգչի, Անդոն կփաթաթվի մեքենայի ծածկոցի մեջ և հոգնած աչքերով մինչև լույս կնայի կարմիր լամպին, պղնձյա սլաքներին և փոկերին: Հոգնած կոպերը կծանրանան աչքերի վրա, սակայն նրա զգաստ լսողությունը կհետևի փոկերի աղմուկին:

Սարից փչում է սառը քամին: Կառքը բարձրանում է դեպի կատարը... Ներքևում թարթում են բազմաթիվ ճրագներ, նրանք հսկում են քաղաքի վրա: Ճրագները հանկարծ ուժեղացնում են լույսը, ապա մեղմում: Կառքը գլորվում է սարի մյուս երեսը: Իմ մտքում հրաժեշտի խոսքեր եմ ասում քաղաքին, Գյունեյ թաղին, մեր Ցից քարին և իմ մանկության ընկեր Անդոյին:

— Երեք անգամ եթե լույսերը սպիտակեն, ուրեմն իմացիր...

Այդպես ասաց Անդոն, երբ դուրս եկանք քարանձավից: Նա ինձ համար էր անում, այդպես ինձ էր հրաժեշտ տալիս:

Երրորդ անգամ ես չտեսա, թե ինչպես հանդարտեցին ճրագները: Քաղաքի վրա սպիտակ, կաթնանման լույս էր...

Սարի մյուս երեսը խավար էր: Լուսինը ցածր էր, և սարի կատարը ծածկում էր ձորը լուսնի սպիտակ մանգաղից: Կառքը գլորվում էր ցած, թվում էր, թե անդունդն ենք իջնում, անհատակ անդունդը:

Այսպես անդունդում սուզվում էր մեր Գյունեյ թաղը, երբ իջնում էր խավարը, քաղաքը ողողվում էր առատ լույսով, իսկ գյուղում հանգչում էր վերջին կավե ճրագը:

Քարափի գլխից Անդոն նայում էր գյուղի կողմը և դառնացած ասում, որ պղնձե լարերը չեն անցնում գետի մյուս ափը, քարերի մեջ կորած մեր խավար գյուղը:

***

Իբրև վաղեմի պատմագիր, դողացող ձեռքերով ես գրում եմ իմ պատմության վերջին էջերը: Հարկավոր է պատրույգը բարձրացնել, և մինչև ձեթը հատնի, ավարտել անկրկնելի օրերի պատմությունը:

Հիմա էլ մնում է մեր քարափը, իբրև հսկայի մատ՝ ցից քարը մեր թաղի գլխին: Ուզում եմ, որ այս անզարդ տողերը մնան այնքան, որքան կմնա մեր քարափը:

Վրա հասան դառնաշունչ օրերը, ինչպես ցուրտ աշուն: Արտերում հասած ցորենները ծլում էին, հողի մշակները մրսում էին խրամատներում և անվարժ ձեռքերով շարժում հրացանի փականակը: Արիճե կարկուտը ծեծում էր քարերն ու քարափները, հրանոթի գնդակը շառաչելով պայթում էր ծմակներում, սարսափահար անում մարդկանց ու գազաններին, ջարդում դողահար ծառերը:

Չոքեց ձմեռը, մահվան նման սառն ու անողոք:

Քաղաքում զզզված մազերով մի մոնտյոր, մազութից սևացած շորերով, սանդուղքն ուսին, իբրև լապտերավառ, տնետուն է ման գալիս: Մի տեղ բուքը պղնձե թելերն էր կտրատել, մյուս տեղը գնդակը փշրել էր լամպը: Շրապնելը ճեղքել էր սյունը, սպիտակ բաժակները ցած էին կախվել և աղիողորմ զրնգում էին, երբ քամին իրար էր խառնում թելերը:

Մոնտյորն ամեն տեղ լինում էր: Նա լսում էր, թե ինչ են խոսում տներում հավաքված մարդիկ. նա տեսնում էր, ով ինչպես է ապրում: Մի անգամ նա տեսավ Մաշոյին ձյունի նման սպիտակ շորերով, մազերի մեջ՝ թառամած մանուշակներ: Նա իջնում էր սանդուղքով, մի սպայի հետ թևանցուկ, իսկ Անդոն կապկպում էր էլեկտրալարը:

Կինը գլուխը վեր բարձրացրեց: Նրա հայացքում կար պաղ անտարբերություն, կարծես սյունի վրայից նայողը Անդոն չէր, այլ անմարմին մի խրտվիլակ: Սպան ոբսաց կնոջ հայացքը, զննող աչքերով նայեց վերև: Անդոն դանդաղ կապկպեց լարերը, աչքերը չհեռացնելով սպայից:

Թշնամին էր, Լեռնա-Հայաստանի հետախույզ բաժնի սպան: Եթե նա գիտենար, որ բոլորովին մոտիկ, սյունի տակ ընկած կաշվե պայուսակի մեջ պահված թուղթը կմատներ մոնտյորին, ինչպիսի գազանային ուրախությամբ սյունից կիջեցներ նրան և կքշեր խոնավ զնդանը:

Երբեմն ճրագները թարթում էին երկու անգամ, երեք անգամ: Ամբողջ քաղաքն ընկղմվում էր խավարի մեջ, և ապա հանկարծ լույսերը բռնկվում էին: Անդոն էր այդպես անում, երբ նրան պատվիրում էր մեկը, որին Անդոն երբեմն տեսնում էր քաղաքի խուլ թաղերից մեկի ներքնահարկ տանը:

Եվ այդ գիշեր քաղաքի զանազան անկյուններից մի քանի հոգի զարտուղի ճանապարհներով, այգիների արանքով, իջնում էին ձորը: Հին քարանձավում ձեթի ճրագի լույսը ճոճվում էր սևացած պատերի վրա: Ճրագի շուրջը նստողների ստվերները թրթռում էին պատերի վրա, կարծես ստվերները ճիգ էին անում իրենց թևերը կտրելու ճրագից:

Ամենից բարձր խոսողը մի վիթխարի տղամարդ էր, որ ցերեկը իջնանատան կամարի տակ նստած պայտ էր ծեծում: Մեղմ, ջերմ ձայնով խոսում էր այն ընկերը, որ ապրում էր ներքնահարկ տանը և ցերեկը դնում էր սև ակնոց: Նա հաղորդում էր տեղեկություններ զինվորների ու զենքերի մասին և հրահանգներ, որ ստացվում էին ընդհատակյա ճանապարհով: Երբեմն քաղաք էին գալիս գյուղերից և հեռու հանքերից. գալիս էին զարտուղի ճանապարհներով, երբեմն օրը ցերեկով իբրև ածխավաճառ, իբրև ձին պայտարի մոտ բերած գյուղացիներ:

Անդոն անխափան չէր լսում նրանց: Եթե ձորում մի շշուկ լսվեր, նա դուրս էր թռչում: Դրսի հսկողությունը նրա վրա էր: Նրանից լավ ոչ ոք չգիտեր ձորի ժայռերը, մութ քարայրները և նեղ արահետները:

Բուքը խաղում էր ձորում: Մրսած գայլերը իջնում էին Դրնգանի անտառից, հոտոտում մարդկանց հետքերը, մոտենում քարայրին: Ապա սարսափահար փախչում էին մեքենայի աղմուկից, լույսից, թեթև սուլոցից փախչում էին և նորից ոռնում քնի մեջ ընկղմած թաղերի վրա:

Լուսաղեմին քարանձավի մարդիկ մեկ-մեկ ցրվում էին: Նրանք նեղ առապարներով և այգիների ճանապարհով գնում էին դեպի քաղաքի լուռ փողոցները: Գնում էին և հետքերը կորցնում: Ձորն իսպառ ամայանում էր: Անդոն հանգցնում էր ձեթի ճրագը, պահում պատի ճեղքի մեջ և վերադառնում մեքենայի մոտ:

Երբեմն քարի տակից հանում էր տպագիր առաջին լոզունգը, որ ստացել էին սուրհանդակի հետ: Նա փակում էր դուռը, թուղթը մոտեցնում կարմիր լամպին: Խունացած թուղթը արնագույն էր դառնում, և սև տառերը պողպատի սառնությամբ ասում էին.

— Խաղաղություն խրճիթներին, պատերազմ պալատներին...

Դրսում ոռնում էր բուքը: Քաղաքի ու նրա բնակիչների վրա ծանրացել էր երկաթի խեղդող մի կափարիչ, ծանր, ինչպես ձմռան խավար գիշերը:

Պայծառ վառվում էր միայն մի կարմիր ճրագ, որի լույսի տակ մի

երիտասարդ կամք հզորանում էր փշրելու խավար կափարիչը: Ու նորից էր կարդում տպագիր թուղթը բրուտի տղան, Անա զիզու չար Անդոն:

Հնչում էր լուսաբացը:

* * *

Այն գարնանը ձյունը դժվար վեր կացավ: Քարերը մերկացել էին, բույց նրանց հյուսիսային կողմը դեռ մնում էր ձյունը, որ լուսնյակ գիշերներին կապտին էր տալիս:

Բրուտ Ավագը էլ վերն չէր բարձրանում: Գետերի ճանապարհը փակ էր, ամեն քարի հետևր մահ, էլ չէին առնում ո՛չ զավաթ, ո՛չ կարաս: Նա Գյունեյ թաղի եզների հետ ման էր գալիս տաք ձորերում: Մաշված եզները կոշտ լեզվով լիզում էին կանաչ մամուռը:

Նրանք հոգնում էին և փնչալով նստում քարերի արևադարձ կողմը, որոճում անշարժ, ինչպես քարերը: Եզնարած Ավագը փաթաթվում էր կարպետի մեջ և կուչ գալիս եզների արանքում:

Երբեմն եզները մոտ էր քշում ձորին: Դիմացը՝ մյուս ափին, ամբարտակն էր, քարափի տակով անցնող առուն և փայտե նովը, որով ջուրը շառաչով թափվում էր և դարձնում «իլիստրիկու մաշինը»:

Ցերեկը քարայրն ամայի էր, դուռը կողպ: Բրուտ Ավագը նստում էր քարի գլխին, ինչպես մեկը այն հեքիաթային ձևերից, որ կերտել էր մութ տարերքի քմահաճույքը: Այդ արձանացած մարդը ամայի ձորի վրա մաղում էր այն տխուր երգերից, որոնց հնչյունները մաքուր են, ինչպես արցունքը և հնամյա, ինչպես անտառի խշշոցը, գետի անվախճան զանգատը:

Բառեր չկային և ինչի՞ էր պետք բառը, երբ այդ ձորում ամեն ինչ նրան ասում էր որդու մասին, նույնիսկ քարանձավի փակ դուռը, օջախի սևացած պատերը: Մի՞թե բառը կարող էր անոթ դառնալ և պարփակել նրա հույզերը, որ խռնվել էին, ինչպես վերևում փոթորիկի հանդիպած կռունկների երամը:

* * *

Կարմիր բանակի 84-րդ բրիգադը վրան էր զարկել լեռնաշղթայի երկարությամբ: Հյուսիսից և արևելքից կարմիր գնդերը կիրճերով, ծերպերով առաջ էին գալիս, փշրելով սպարապետի զորամասերի հուսահատ դիմադրությունը: Արևմտյան ճակատում, ուր անխորտակելի պարսպի պես կանգնել էր 84-րդ բրիգադը, առաջին թեթև ընդհարումներն էին: Թնդանոթների երախները մունջ նայում էին քաղաքի կողմը:

Օղակված քաղաքը դարձել էր ռազմական ճամբար: Ու թեև վխտում էին զինավառված խմբեր, գայլավաշտեր, սակայն նրանց բոլորի դեմքին խարանված էր անխուսափելի պարտությունը, ինչպես վախճանը՝ մահամերձի երեսին: Մի կանաչ հիդրա ջղաձգությամբ շարժում էր ծանր մարմինը, կծկվում էր, ինչպես փախուստ փնտրող օձը:

Իսկ ռազմաճակատը մոտենում էր, ինչպես ամեհի ալիք:

— Գալիս են, — ասում էին իրար: Ոմանք ավելացնում էին «մերոնք», ոմանք՝ «նրանք», իսկ մնացածները միայն հաղորդում էին, որ գալիս են:

Գիշերը քաղաքում լույսեր չէին վառվում: Լիալուսինն էր ցոլում պղնձյա լարերի վրա և պարտեզներում հոսող ջինջ առուների մեջ:

Ու մի օր, արևի հետ, թնդանոթի արկը թռավ քաղաքի վրայով և պայթեց զորանոցների մոտ: Առաջին պայթյունը կարծես նրա համար էր, որ հաստատեր, թե գալիս են...

84-րդ բրիգադը խոսում էր արճիճի լեզվով:

Սաստկացավ խուճապը: Գայլավաշտերը հրաման ստացան նահանջի ճանապարհը բռնելու:

Մարդիկ փակեցին դուռ ու լուսամուտ, ովքեր ունեին դուռ ու լուսամուտ: Փողոցներից դեպի տները քաշվեցին նրանք, որոնց համար զենքը ծանր բեռ էր: Զարթնեց հույսը, թե շուտով նորից կառնեն մանգաղն ու գերանդին:

Անա զիզին քաղաքի փողոցներում մոլորվել էր վախից, անհանգստությունից: Այդքան երկար նա երբեք չէր եղել քաղաքի փողոցներում: Խեղճ մայրն ագահ լսում էր այն ամենը, ինչ խոսվում էր առաջխաղացող բանակի մասին:

Իր սենյակում, հետախույզ բաժնի սպան, ատամները կրճտացնելով, պատմում էր գունատ Մաշոյին, թե ամբողջ ձմեռը ձորից սիգնալ է տվել այն տղան, որ իրենց տան առաջ լուռ ու մունջ կապում էր էլեկտրալարը: Պատմում էր և պատուհանի վրա ամրացնում զնդացիրը:

Իսկ շտապ ու շիվար Մաշոն լցնում էր սնդուկները, կողպում, կապկպում: Նա լավ չէր հասկանում ամուսնու ասածը, ինչպես դժվար դասը...

***

Մյուս օրը լեռան հետևից հրետանին սկսեց ռմբակոծումը: Քաղաքում այս ու այնտեղ լսվեցին պայթյունի որոտներ: Եկեղեցու խաչը թեքվեց, ծռմռվեց, ինչպես ճյուղը: Ապա հանկարծ ընկավ ընկուզենու վրա և խրվեց գետին:

Միանգամայն անսպասելի կերպով ձորի կողմից քաղաք մտան չորս ձիավոր: Նրանց առաջից գնում էր մեկը, ոսկե գույն ձիու վրա: Նրանք մի վայրկյան կանգնեցին քաղաքի սահմանագլխում, ապա, երբ որոտացին թնդանոթները, նրանցից երկուսը քշեցին գերեզմանատան կողմը, փոփռացնելով փոքրիկ կարմիր դրոշակները: Նրանք դրոշակները խրեցին գերեզմանատան բլուրի վրա, որպես հրետանու նշանացույց: Ապա քարափի բաշով քշեցին դեպի կամուրջը:

Այս անգամ թնդանոթը խփեց ուղիղ քարափին: Քարից կտորներ թռան դեպի ձիավորները: Ներքևից լսվեց պայթյուն:

— Դրոշակը շարժիր, — գոռաց ոսկեգույն ձիավորը, արագ նայելով ձորի կողմը:

Մուխի մեջ կանգուն էր էլեկտրակայանը:

Ու ձիավորը փրփրած ձին ասպանդակեց դեպի կամուրջը, որտեղով քաղաք պիտի մտներ կարմիր հեծելազորը:

Ոսկեգույն ձիավորը ճեղքեց ամայի հրապարակը և քշեց կարճ փողոցով դեպի կամուրջը:

Այդ վայրկյանին պատշգամբից արձիձ տեղաց գնդացիրը: Մի կին ճչաց:

— Վա՜յ, բալա ջան...

Ձիավորը թեքվեց մի կողմի վրա և կախվեց, ինչպես հնձած հասկը: Փրփրած ձին խրտնեց ու սլացավ: Հեծվորի ոտքը մնաց ասպանդակի մեջ: Տաք մարմինը քարեքար դիպչելով շաղ տվեց արյուն և ուղեղ:

Փողոցի մեջտեղը շնչահեղձ պառկել էր Անա զիզին և լիզում էր որդու տաք արյան առաջին շիթը... Լիզում էր հողը, արյունը, երեսը քսում էր գետնին և չանդրամ անմռունչ գետինը:

* * *

Այն կողմերում այժմ էլ գարնանն ամպ է նստում: Մեր Գյունեյ թաղը կորչում է, ամպի միջից երևում է Ցից քարը: Բայց երբ քաշվում է ամպը, երևում են քաղաքի տների կտուրները:

Ռուսաց «ժամի» տեղը կանաչ պարտեզ է: Ձորը փոխվել է: Այնտեղ սպիտակին են տալիս եկեղեցու տաշած քարերը: Նոր հիդրոկայանն է, արևառ և ընդարձակ: Քարափից ներքև է իջնում լայն ճանապարհը: Գարնանը դպրոցական երեխաներին տանում են ձորը և նրանց բացատրում են, թե ինչպես են աշխատում մեքենաները:

Նորոգ երկիր, նոր մանուկներ...

Դիպվածը ինձ էլ նետեց մեր հին թաղը: Ես հաստատ քայլերով կոխում էի այն ճանապարհները, ուր խաղալով անցել է իմ մանկությունը: Ահա Նեղը, փրփրան ջուրը, քեղի թունավոր թփերը: Իմ ընկեր Անդոն ասում էր, որ օձերը իրենց լեղին պատրաստում են նրա տերևից:

Բիբլիական Հովբի նման խարխուլ տան առաջ նստել էր բրուտ Ավագը: Նա գրկեց ինձ և ինչպես կույրը, շոյեց դեմքս:

— Անդոն, իմ Անդո՜ն...

Արցունք չերևաց նրա ցավից կծկվող դեմքի վրա, թեև ձայնը խուլ հեկեկանքից դողում էր: Կարծես աչքերի հետ ցամաքել էին արցունքի ակները:

Մեր թաղի գերեզմանատանը թաղված է Անա զիզին: Գերեզմանաքար չկա, ո՛չ գիր, ո՛չ հուշարձան: Գարնանը կանաչում է թումբը, մոլախոտերը խեղդում են վաղահաս ծաղիկներին, ասես ապահով են, որ չի զարթնի Անա զիզին և նրա ոսկորե «ղմալթին» էլ չի քաղիանի:

Երեկոները քարափին շարվում են ուրիշ աղջիկներ, նրանց մանդոլինը նվագում է նոր երգեր: Եվ երբ հոգնում են, սկսում են պարզ զրույցը: Տղաներից մեկը ցույց է տալիս ձորի ճեղքված քարը և պատմում է բրուտի տղա Անդոյի կյանքն ու մահը:

— Կարմիր հեծելազորը քաղաք մտավ կամուրջի կողմից... Հրացանների վրա նրանք բերում էին Անդոյի արյունոտ մարմինը:

Էլ ի՞նչ: Վա՞յր դնեմ գրիչս...

Բայց ինչո՞ւ են դողում մատներս այս ծով ուրախությունից: Որ ես ժամանակի խոր ծալքերից իմ թույլ գրիչով վե՞ր հանեցի իմ մանկության ընկեր Անդոյի հերոսական դեմքը:

Ախ, ինչքան նոր Անդոներ կան այս թուխ պատանիների մեջ, որոնք հին քարափի գլխին, իբրև անգիր զրույց, թերթում են սկզբի լույս էջերը:

Ու դեռ մի անգամ ևս համայն աշխարհում մեր թնդանոթները հզորագայն կշառաչեն հին խոսքը.

— Խաղաղությո՛ւն խրճիթներին, պատերա՛զմ պալատներին:

ՍՊԻՏԱԿ ՁԻՆ

1

Շարմաղ բիբին երեկոյան, երբ ժամհարը քաշում էր եկեղեցու զանգերը, — խրճիթի ծանր դուռը տնքալով բաց էր անում: Երկար ու կերկեր, իբրև արևելյան թախծոտ երգ, ճռնչում էր հին դուռը, երբ պառավի դողացող ձեռքերը ձգվում էին դեպի դռան մաշված ունկը: Խավար խրճիթում դռան երգին արձագանքում էր պղինձների զնգոցը և Շարմաղ բիբու ջինջ ձայնը.

— Քո փառքը շա՛տ, էսօր էլ զանգերը զարկին, — մրմնջում էր այդ լուսերես կինը, որին իրիկնապահի զանգերն ավետում էին անանձնական անդորր:

Նա կանգնում էր դռան շեմքին, աչքը դեպի ներքնի բլուրները, որոնք անսահման հեռվում ձուլվում էին մայրամուտի մուգ-կապույտ երկնքի հետ և կազմում եզրը մի անգո աշխարհի, որին յոթանասուն տարի անդավաճան հավատում էր այդ միամիտ կինը:

Կանգնում էր դռան շեմքին և կարծես թե տեսնում էր պղնձյա զանգերի տխուր ղողանջները, ինչպես մթնող երկնքի տակ նազով ճախրող աղավնիները: Նա հավատում էր, որ երեկոյան զանգերի հետ երկնային մի օրհնություն թրթռալով ներս է մտնում ու քսվում հին տան սևացած քարերին, նրա այրվող օջախին, ինչպես ներս կմտներ գետնի երեսով սողացող մշուշը:

Եվ այդ հին հավատով էլ վերջանում էին Շարմաղ բիբու կրոնական զգացումները: Եկեղեցի չէր գնում. ոչ աղոթք գիտեր, ոչ ծանոթ էր եկեղեցական ծեսերի: Բայց և այնպես մի խորհրդավոր ակնածանք էր ապրում, երբ երեկոյան երգում էին զանգերը, երգում էր և հին դուռը, բլուրների և աշխարհի վրա իջնում էր մի խաղաղ երեկո, ճախրում էին ոսկեթև աղավնիները. և այդ ամենը ռամիկ հավատով նա ընդունում էր որպես անքննելի խորհուրդ, որ մնացել էր գյուղական աղջկա անուրախ մանկությունից:

Այդ երեկո, երբ Շարմաղ բիբին դուռը հետ քաշեց և ոտքը շեմքին դրեց, հանկարծ հետ քաշվեց մի ահարկու ձայնից, որ անակնկալ որոտաց հենց նրանց կտուրի վրա և խռպոտ աղմուկով խլացրեց զանգերի ծանոթ ղողանջը:

Տանեցիները, որոնք սփռոցի չորս բոլոր նստած լուռ ընթրում էին, — արձանացան և զարմացած իրար նայեցին: Ահ կար նրանց աչքերում: Նույնիսկ փոքրիկ Երեմը բնազդով զգաց, որ խռպոտ ձայնը բոթ է գուժում:

— Է-հե՜-հե՜յ, — ալիք-ալիք դիզվեց ձայնը. — ժողովո՜ւրդ... Թագավորի հրամանով առավոտը կանուխ ձիատերը ձիով քաղա՜ա՛ք, հե՜յ-հե՜յ... Ով չտանի, թագավորի հրամանով տունը, տեղը, է-հե՜-հե՜յ...

Եվ ձայնը հեռանալով նվազեց, որովհետև զզիրը ուրիշ կտուր բարձրացավ և երեսն ուրիշ թաղի կողմը դարձրեց:

Շարմաղ բիբին չլսեց, թե զանգերն ինչպես լռեցին և ո՞ւր կորան նրանց վերջին թավ ելևէջները: Դուռը դժգոհ վրա դրեց, և դուռը չերգեց երկար ու կերկեր, այլ դժգոհ վնգստաց պառավ շան նման:

— Չո՜ռ, բայղուշ, հենց էս սհաթին էր...

Երբ Շարմաղ բիբին եկավ, տեղը նստեց, և երեխաները տատի ներկայությունից սիրտ առան, — Սիմոնը խոր հառաչով, կարծես ինքն իրեն, ասաց.

— Էսօր Մինասի տղան էր պատմում... Ասում էի սուտ կլինի, ա՜ռ քեզ...

— Ապի, յանի թագավորն էդքան ձի ինչի՞ ա հավաքում, — հորը դարձավ անդրանիկ աղջիկը՝ ութ տարեկան Շողերը:

— Ես ի՞մ, — ուսերը վեր քաշեց հայրը, — կռիվ ա, բալա ջան... Մարդ են ջարդում, ձիեր են կոտորում: Ժողովուրդ տո՜ւր... Թագավորի հրաման ա:

— Փո՛ւ, փո՛ւ...

Անհայտ էր, թե Երեմը այդ բացականչությամբ իր զարմանքն էր արտահայտում, թե՞ պաղեցնում էր տաք ապուրը: Մայրը սկսեց նրան կերակրել և ահը սրտում ամուսնուն հարցրեց.

— Մեր Ցոլակը չափումը կզա՞, — բայց Սիմոնը, որ անակնկալ մտքերի հետ էր, չլսեց նրա հարցը:

Ցոլակը նրանց ձին էր, կապտավուն մորթով, որի վրա, ինչպես աստղերը, ցրված էին սպիտակ նշաններ: Երկար, ալիքաձև պոչ ուներ Ցոլակը: Եվ ասում էին, թե մի հին և ազնիվ ցեղի շառավիղն էր այդ ձին, որ Սիմոնը գնել էր երկու տարի առաջ, փոխարենը տալով իրենց էշը, մի անմայր հորթ, մի կարպետ և երկու բեռ ցորեն:

— Տուն եմ, երեխաների տեր եմ, առանց ձիու հնար չկա, — ասել էր նա և ուրախության ժպիտով առաջին անգամ ձին քաշել աղբյուրը: Հենց այդ օրն էլ նրան անվանել էին Ցոլակ, այն ձիու անունով, որ եղել էր նրանց տանը Սիմոնի մանկության տարիներին:

— Հակառակի պես հայվանն էլ ջանով ա, — ասաց Սիմոնը և սթափվելով խոր մտքերից, դանդաղությամբ հացի փշուրները փեշից սփռոցի վրա թափելով, — տարվա էս ժամանակ ձին էլ էդքան ջանով լինի: Հալբաթ էսպես պիտի լիներ...

Ասաց ու վեր կացավ, փափախի մորթու միջից ծղնոտները մեկ-մեկ դեն գցելով, դուրս եկավ գյուղամեջ, դրացի հարևաններից իմանալու ավելի ստույգ տեղեկություն:

Դարպասի մոտ Սիմոնը մի պահ կանգնեց, նայեց ձիուն, որ արոտից վերադարձել և ախորժակով խժռում էր սարի թարմ խոտի խուրձը, երբեմն մռութով քրքրում խուրձը և փնտրում սուսամբարի տերևն: Սիմոնը տխուր նայեց. Ցոլակի ողորկ մարմինը և մորթու սպիտակ բծերը աստղալուսին մեղմ շողշողում էին:

Նա մի անգամ էլ տեսավ, որ ձին նիհար չի և չար վրդովանքով կանչեց.

— Սատկած, քիչ կեր էլի, տրաքվելու չե՞ս հո...

Կանչեց ու խուրձը դրեց գոմի կտրան: Ձին մեղմ վրնջաց և վիզը մեկնեց դեպի խուրձը:

— Հը՞, բոյը կարճ չի՞, նանի... Չափումը թե չզա, — դարձավ նա մորը, որ հավաքնի մուտքը կալել ու կանգնել էր նրա կողքին:

— Ես ի՞մ, այ որդի...

— Ռուսի ղազախը սրա վրա կարո՞ղ է նստի... Չէ՛, չեն տանի, — հուսադրեց իրեն Սիմոնը և քայլեց փողոցով:

Շարմաղ բիբին նայեց որդու օրորվող մարմնին, մինչև նա հալվեց մթնում և կենդանական խանդաղատանքով ինչ-որ բան մրմնջաց, որ չգիտես աղո՞թք էր, օրհնությո՞ւն, թե՞ աղոտ հույսի ակնկալություն:

2

Մութն էր, երբ Սիմոնը տուն եկավ: Գոմում կապած ձին լսեց տիրոջ ոտնաձայնը, նորից վրնջաց: Սիմոնը խղճահարվեց. նա ճրագը վառեց, խոտի խուրձը գրկեց և ներս մտավ գոմը: Ցոլակն ուրախությունից վրնջաց, մի քանի քայլ արեց, փորձեց կապը կտրել, բայց չկարողացավ: Սիմոնը խուրձը մսուրը դրեց և, երբ ձին մռութը կոխեց մեջը, — ձեռքով շոյեց Ցոլակի փափուկ մեջքը:

Ընդարձակ գոմի անկյունում նստել էր պառավ կովը: Երկու այծերը, որոնք բարձրացել էին մսուրի վրա, Սիմոնին տեսնելով ցած թռան և միրուքներն օրորելով մոտ վազեցին: Սակայն Սիմոնը չմոտեցավ ոչ կովին և ոչ էլ այծերին: Նա մի պահ կանգնեց, ապա ձիու ոտքերի տակ թափված խոտը ժողովեց և դուռը դրեց:

Երեխաները քնել էին: Շարմաղ բիբին, աչքերը կկոցելով, դժվարությամբ թելում էր հաստ ասեղը, որպեսզի կարկատի որդու գուլպաները: Նրանց տան վաղուցվա կարգն էր այդ: Երբ Սիմոնը քաղաք գնար, մայրն էր հոգում նրա ճանապարհի պատրաստությունը:

Խրճիթի հին դուռը ճռաց, պառավը ասեղը թողնելով՝ անհանգիստ հարցրեց.

— Հաստա՞տ ա...

— Բա հո սուտ չի…

— Ի՞նչ են ասում:

— Ասում են բոյը հաշիվ չի, եթե ձին առողջ է, կտանեն... — և դարձավ մորը. — նանի, Ցոլակի էն մեծ տոպրակն ո՞ւր ա, հետս դարման եմ տանելու:

Շարմաղ բիբին վեր կացավ մեծ տոպրակի միջի բուրդը թափելու:

Քնելուց առաջ Սիմոնը մի անգամ էլ գնաց գոմը: Պառավ կովը այդ անսովոր այցից զարմացած, մինչև վեր կենար ու որոճալով մոտենար գոմի դռան, Սիմոնը ձիու համետն ու չվաննները սարքեց, դրեց ախոռի մոտ ու դուրս եկավ:

Դուրսը աստղալույս գիշեր էր:

Գյուղում մեկ-մեկ հանգչում էին կրակները, և կրակների հետ լռում էին ձայները: Ներքևը, գետափի մարգերում, կանչում էր գիշերահավը: Արտերից, դաշտերից և հեռվի անտառից հովը բերում էր զով սառնություն և հազարավոր խոտերի բույր, որի մեջ ավելի սուր զգացվում էր սուսամբարի և արդեն չորացող դաղձի կծու հոտը:

Սիմոնը նստել էր դարպասի քարին, և քարի նման հոգսը ծանրացել էր նրա սրտին: Հազիվ էր ծայրը ծայրին հասցնում, երբ հավասար աշխատում էին ինքն ու Ցոլակը: Իսկ ա՞յժմ... Եվ Սիմոնին թվաց, թե իրենց տնից տանում են ոչ թե մի ձի, այլ իր եղբորը, իր որդուն, այնպես, ինչպես անցյալ ամառ շատ տներից տարան նրանց որդիներին ու եղբայրներին:

Սակայն հոգնությունը հաղթեց, ու ներս մտավ տուն:

— Հակառակի պես անիրավի մեջքը կասես հինայած լինի, — նորից հիշեց Սիմոնը:

3

Լույսը դեռ չէր բացվել, երբ Սիմոնը ճրագը ձեռքին մտավ գոմը, Ցոլակին համետեց ու դուրս քաշեց: Հարեվան բակերում ճրագներ էին շարժվում, ճռնչում էին դռները, ինչ-որ ձայներ էին գալիս:

Սիմոնը լսեց իր հարևանի՝ Սաքու տղայի ձայնը: Նա բարկացած կանչում էր հարսի վրա, թե ինչու ձիու չվանը լույսով չի գտել:

Դռանը կանգնել էին Շարմաղ բիբին, կինը և նրա փեշից բռնած քնաթաթախ Շողերը, որ չէր լսել մոր խոսքին և լացով հագել շորերը, որպեսզի տեսնի, թե ինչպես են ճանապարհ զգում Ցոլակին:

Տխուր ժամ էր, երբ Սիմոնը դռնից հանեց ձին: Կարծես ներսը նա զարդարել էր մի դագաղ, իսկ դուրսը սպասում էին այդ ծանր վայրկյանին, որ աղի արտասվեն:

Ցոլակը գոմից երբ դուրս եկավ, վրնջաց և ականջները խլշեց: Շարմաղ բիբին ձեռքը կրծքին խփեց և աղիողորմ ասաց

— Ջա՜ն, — ու սրբեց արցունքը:

Շողերը մոտ վազեց, երեկվա խոտի փշրանքից մի բուռ մոտեցրեց ձիուն: Ցոլակի տաք ռունգերից մի ջերմ շունչ շոյեց աղջկա սառած ձեռքերը:

Սիմոնն ամրացնում էր ճանապարհի պաշարը, կապում հարդով լի պարկը և միաժամանակ տնեցիներին պատվիրում, որ ցերեկն այծերը հեռու չքշեն, որ եթե արև լինի՝ հնձած խոտի կիտուկները շրջեն և, եթե ջրի հերթն իրենց տան, լոբու մարգերն անպատճառ ջրեն: Հենց այդ խոսքին Սաքու տղան կանչեց.

— Սիմոն, բա չպրծա՞ր...

— Եկա՛, եկա՛:

Եվ Ցոլակի սանձը քաշեց: Տնեցիները դանդաղաքայլ հետևեցին մինչև հարևանի դուռը, ասես հուղարկավոր էին մի թանկագին դագաղի, որին ուղի էին զգում մահվան անվերադարձ ճանապարհով:

Շարմաղ բիբին անընդհատ լալիս էր. լաց էր լինում և Շողերը, լալիս էր նրա մայրը: Փողոցին չհասած, մայրը չոեց Երեմի ձայնը.

— Ապի՛, ապի՛...

Դռան շեմքին կանգնել էր մերկ երեխան ու բարձր-բարձր հեկեկում էր և կանչում հորը: Բայց ուշ էր: Սիմոնը Սաքու տղայի հետ արդեն իջնում էր ձորակը, որպեսզի միանա ուրիշ ձիավորների:

Մայրը վերադարձավ, գրկեց տղային ու տուն մտավ: Շարմաղ բիբին ու Շողերը կանգնեցին այնքան, մինչև ձիավորները դարիվերը բարձրացան և պահվեցին բլուրի ետևը:

Արևը նոր-նոր շողերով ոսկի էր թափում բարձր սարի կատարին,

երբ վերջին ձիավորը երևաց դարիվերի գլխին և անհետացավ, ինչպես սև ուրու:

4

Ձիավորները սկզբում լուռ էին, ոմանք առավոտի զովից ընդարմացել ու կարկամել էին: Սակայն բոլորն էլ իրենց դժվար մտքերի հետ էին, ձիերն էին համեմատում իրար, ուշի-ուշով դիտում, որպեսզի որոշեն, թե ո՞րը նորից կվերադառնա այս ճանապարհով, և որի՞ սանձն ու սարքը տերը շալակած տուն կբերի, որպես մեռած մարդու զգեստներ, որոնց վրա այնպես դառնաղի ողբ են երգում գյուղի կանայք:

Գնում էին մեկ-մեկ, խումբ-խումբ: Մեկը գրպանից հաց էր հանել, մյուսն ագահությամբ ծծում էր չիբուխը, երրորդը կախ էր արել ոտքերը, աչքը ձիու ականջներին և լուսաբացի նինջով օրորվում էր ձիու հետ:

Բայց երբ սարի հետևից արևը բարձրացավ, կարծես ջերմացավ տխուր ու լուռ ձիավորների սիրտը: Ամենից առաջ խոսեց դարբին Ավագի տղան՝ շիլ Իվանը, որ սարը բարձրանալիս սահել և հասել էր մինչև ձիու գավակը:

Նա ընդհատեց իր տխուր երգը և միամիտ պարզությամբ ասաց.

— Ես աստծու քոռ հավատն անիծեմ... Ի՛մ աչքս էսպես արեց: Իմ ձին որ քոռ լիներ, ես էս սարի գլխին ի՞նչ ունեի:

Մի քանիսը ծիծաղեցին: Սաքու տղան մտքում բարկացավ նրա վրա.

— Անդա՛րդ հեյվան...

— Հրեն Հիբանի ձիուն տեսեք, — շարունակեց Իվանը, ուրախ, որ ընդհատեց ծանր լռությունը, — կասես ղազախի ձի լինի: Հիբան, պրիստավը քեզ էդ ձիով տեսնի, քեզ էլ հետը կտանի...

— Ի՞նչ պակաս կավալեր ա, — ձայն տվավ մեկը: — Էն օրը Քարուտի առվով Լնպես թռավ, որ մնացինք արմացած:

— Մի տեսեք է՛... Տերտերն իրա ձին ժամհարին ա տվել: Այ, ինչ եմ ասել հալալ ախպերության, — խոսքը փոխեց դարբնի տղան:

— Ա, քիչ յավա-յավա խոսիր, է՛յ... — կանչեց Շուղունց Աքելը, որ գյուղում ավել անունով հայտնի էր որպես «աղվես խեղդող», երիտասարդ ժամանակ ձեռքով աղվեսը խեղդելու համար. — տերտերը հիվանդ տեղով կարող ա՞ ձի նստի:

— Դե ասի մնացել ա, որ մեզ համար աղոթք անի, էլի՛, — կծու հեգնեց մի ուրիշը:

Ընդհանուր խոսակցությունից բացի, ծայր առան և մասնակի զրույցներ: Ոմանք ճանապարհին աննկատ անցնելու համար մի պատմություն սկսեցին, ոմանք էլ խոսում էին պատերազմի և նրա արհավիրքների մասին:

— Մեր Անդրին անցկացած շաբաթը մի նամակ էր ուղարկել Վարշավու կողմերից... Լավ չի գրում. ասում է՝ էս է մի ամիս է ծմակի մեջ, գիշեր-ցերեկ թոփերը տրաքում են: Մինչև անգամ չոլ դուրս գալն էլ ա երկյուղալի...

— Իմ հորեղբոր Սիմոնն էլ ա գրել: Լազարեթից ա գրում, համա տեղը հայտնի չէ: Մի տեսակ անուն են ասում... Էն օրը տերտերը ինչքան ման եկավ գրքերում, չգտավ: Ասում ա էդպես քաղաք Ռուսեթու հողումը չկա:

— Նրա ի՞նչն ա որ...

— Ոտիցն ա կպել: Գրում ա, որ ծանր չի, մի ամսից պիտի դուրս գա:

— Աքել ամի, դու երկիր տեսած մարդ ես, էս կռիվն ինչո՞վ կվերջանա, — դարձավ նրան դարբնի տղան: Շատերը ծիծաղեցին, որովհետև Շուղունց Աքելը իր ողջ կյանքում իրենց գյուղից և գավառակային ավանից այն կողմը չէր եղել:

Ինքը՝ Աքելը, դժգոհ սաստեց.

— Անհամ անհամի տղա...

Քիչ հետո խոսք ընկավ ձիերի պետական գնի մասին:

— Թեկուզ անունը փող, ի՞նչ կառնվի դրանով...

— Երկու բեռ գարի...

— Էդ էլ չես առնի:

— Դե գոնե գինը տային:

— Տային էլ, որտեղից ես ձի առնում: Մեր գյուղից որ էսքան ձի են պահանջել, դու տես ամբողջ գավառից քանիսն են բերելու...

— Այ տղա, էս հո կարգին զորք ենք, — և դարբնի տղան բարձր կանչեց.

— Սլուշա՛յ... Ափիցեր Աքել Շուղունցով...

— Ա, հերիք տնազ տաս Աքել ամուն:

— Աքել ամիս նեղանալ չի... Դե, շարքով գնացեք, տեսնեմ ով ա ետ ընկել, — ասաց Իվանը և ձին ճանապարհից հանեց:

— Թամամ հաշիվ... Աբրահամի ձին չկա՝ էն ա բազարում, Իսախանենց ձին՝ ոտը գելը ցրիվ ա տվել, մեկ էլ Կոստանդ աղայի սպիտակ ձին...

— Կոստանդը հիմա քնած, ձին էլ ոսկի գարին առաջը... Վեր կկենա, յուղ ու մեղր կուտի, ձին կթամքի և Կաթնաղբյուր մեզ կհասնի: Նա հո քո հավասարը չի՞, — ասաց Գիլանց Մուքին:

— Մի հաշիվ չի՞... Էս գլխից հենց նրա ձին են տանելու, — ասաց Սիմոնը և տխուր նայեց Ցոլակին, որ ականջները խաղացնելով գնում էր մյուս ձիերի կողքով:

— Ոնց չէ, — առարկեց Իվանը, — քո Ցոլակը առաջի նոմերը կհանի, նրանը չէ... Թող Շարմաղ հոքիրն ինչքան ասես լաց լինի, — ձայնը տխուր մեղմացրեց Իվանը:

Սիմոնը վրդովվեց:

— Ուրեմն Կոստանդի սպիտակ ձին ու Ցոլակը մի հավասարի են... Նա սպիտակ ձիու արժեքը մի բեռ ոսկի է տվել: Ես ի՞նչ եմ տվել...

— Էս է, սև ու սպիտակ էնտեղ կջոկվի, — ասաց դարբնի տղան և

խոսակցությանը վերջ տալու համար սկսեց պատմել, թե իբրև գերմանացիք պայթեցրել են մի ահռելի պարիսպ և ծովը կապել ռուսների հազար-հազար զորքը վրա...

5

Արևը բավական բարձրացել էր, երբ ձիավորները հասան Կաթնաղբյուր և Գիլանց Մուքու առաջարկով իջան հանգստանալու: Նրանք ձիերն արձակեցին աղբյուրից ներքև ընկած արոտներում, իսկ իրենք տեղավորվեցին աղբյուրի մոտ և բաց արին ճանապարհի պաշարը:

Այդ աղբյուրը, ուտելու պահանջը, գուցե և այն, որ ճանապարհին հոգնելու չափ խոսել էին պատերազմից, ձիերի հավաքից և օրվա չարիքներից,-այդ ամենը աղբյուրի մոտ նրանց զրույցը փոխեց խաղաղ և սովորական առօրյայի հունով:

Կարծես հունձի ժամանակն էր, և ինչպես միշտ, ծփում էին լեռան լանջերի բարձր խոտերը: Եվ ինչպես ամեն տարի, ահա նրանք ձիերով եկել են սարը: Հիմա կզրնգան գերանդիները, լորը կթռչի խոտերի միջից, և լեռնային կաքավը կկարդա կանաչ սաղմոսը:

Դարբնի տղան հանկարծ նկատեց, որ Շուղունց Աքելը շտապելուց մթնում տրեխները թարս է հագել: Եվ այդ բուռն զվարճություն պատճառեց մյուսներին:

Նրանց զվարթ ծիծաղը լռեց, երբ Գիլանց Մուքին, որ արդեն ալեհեր ծերունի էր, բարձրացրեց օղու առաջին թասը:

— Բարի լույս բացվի մեզ վրա և մեզ նման չարքաշ մշակների վրա... Բարով տեսնենք մեր զավակների ազատությունը սրի բերանից: Ողջություն լինի և արդար լիություն: Դու մեր սրտովն անես,-և ալեհեր գլուխը դարձրեց դեպի ջինջ երկինքը, կարծես նրա անհուն խորքից մի աչք քաղցր նայում էր այդ խեղճ մարդկանց:

Սիմոնը լուռ էր: Նա թիկնել էր քարին, թրջում էր հացը պաղ ջրի մեջ և դանդաղ կրծում: Երբեմն նայում էր արածող ձիերին, որոնք գլուխները չէին բարձրացնում ցողապատ խոտից: Գյուղի ձիերի հետ արածում էր և Ցոլակը:

Սիմոնը մերթ աչքի տակով համեմատում էր ձիու բարձրությունը մյուս ձիերի հետ և տեսնում, որ Ցոլակը նույնիսկ Գիլանց Մուքու ձիուց էլ կարճ է, մերթ հայացքը գցում էր սարալանջի կողմը: Եվ դժվարին մտքերը խռնվում էին ուղեղում ու ելքը չէր տեսնում: Ահա՝ նորից դռանը կչոքի դառն աղքատությունը, վիզ կծռի ուրիշին, որ իր խուրձերը տուն բերեն, որ խոտը սարից բերեն: Ցոլակին կտանեն, և հնձած արտում խուրձերը անճրկից կսնանան...

— Թե Գիլանց Մուքու ձին հավասարվի Ցոլակի հետ... Թե չէ՝ նրանից կարճը չկա...

— Սիմոն, հրե՜ն, — հանկարծ կանչեց դարբնի տղան, և Սիմոնը ցնցվեց:

Նա գլուխը հետ դարձրեց:

Հեռվից խաղալով և խայտալով վազում էր սպիտակ ձին, քամին փոփոխացնում էր բաշը, և ձին լայն կրծքով ճեղքում էր լեռնային օդի սառն ալիքները: Փոշի չէր բարձրանում գետնից, և թվում էր, թե ձիու արագավազ ոտները չեն դիպչում գետնին, և պայտերը զրնգում են օդի մեջ:

Արևը դեմից էր և արևը ոսկեվորել էր ձիու մարմար ճակատը, արծաթաձույլ ասպանդակները և պողպատյա սանձը: Ձիավորը ձիու հետ միաձույլ էր, և թվում էր, թե արևմուտքի գորշ ամպերի պատվանդանից պոկվել էր մարմարիոնն մի հեծյալ և արշավում էր որպես չքնաղ տեսիլք:

Գյուղացիների զրույցը դադարեց: Բոլորը նայում էին նրա կողմը: Նույնիսկ ձիերից մի քանիսը բարձրացրին իրենց գլուխները և հափշտակված, անասնական ահով նայեցին սպիտակ ձիուն:

Շուղունց Աքելի բերանում հացի պատառը սառել, մնացել էր:

— Այ ձի… Հազար մանեթ գին ունի:

— Տերն էլ պակաս փող չունի:

— Էդ ձին ինձ տան, կռիվ չգնացողը մարդու տղա չի, — ասաց դարբնի տղան:

— Նրա վրա ամենաքաշը գեներալ կնստի…

— Վրան նստողն էլ գեներալ է:

Երբ ձիավորներին հասավ, Կոստանդ աղան սանձը ձգեց և հազիվ կարողացավ պահել ձիու գլուխը: Կապույտ քրտինքի փրփուրը նստել էր ձիու սպիտակ մորթի վրա: Ձին կարմիր ռունգերը փնչացնում էր, կանգնած տեղը ոտքերն անհանգիստ դոփում:

— Դուրս գալդ մի սհաթ կա՞, Կոստանդ աղա, — շողոքորթ կեղծությամբ հարցրեց Շուղունց Աքելը, որին շշմեցրել էր այդ տեսարանը:

— Սհաթին չեմ նայել… Մինչև դուք ձիերը նստեք, ես բազար կհասնեմ: Չեմ կարողանում գլուխը պահեմ, ձեռքերս կոտրեց…

Դարբնի տղան կամաց վրա բերեց.

— Տո՛ւր ինձ, ես կպահեմ:

Կոստանդն ուզեց ինչ-որ բան ասի, սանձը մի քիչ թուլացրեց. սպիտակ ձին նույն վայրկյանին զգաց այդ, և տիրոջ խոսքը մնաց կիսատ:

Գյուղացիները տեսան սպիտակ ձիու ամեհի ոստյունը: Մի ակնթարթից ձին պահվեց սարի հետևը:

— Հրեղեն ձի սրան կասե՜ն…

Քիչ հետո գյուղացիները քաշեցին իրենց ձիերն ու ճանապարհ ընկան:

6

Երկու լեռնաշղթայի արանքում, նեղ հովտի վրա, որի մեջտեղով գլորվում է լեռնային կապույտ գետը, — ընկած է այն փոքրիկ քաղաքը, դեպի ուր այդ օրերը լեռնային կածաններով և դժվար արահետներով գնում էին մարդկանց և ձիերի անընդմեջ շարքերը:

Նրանք իջնում էին բարձր լեռներից, որոնց գոգերում, ինչպես լեռնային արծվի բները, ծվարել են քարակոփ գյուղերը: Նրանք ելնում էին մթին ձորերից, ուր խավար խեղճություն կար: Նրանք գալիս էին բարձրավանդակի տափարակից, որի մեջտեղը ադամանդի նման ջինջ լիճն էր, եղեգների երիզով, քարոտ ափին՝ հին գյուղը, որի կիսավեր վանքը քարափից ցոլք էր գցում ջրերի վրա, և թվում էր, թե ջրերի տակ սուզվել է մի մեռած վանք, ու սպիտակ բադերը գիշերում են նրա մռայլ խորաններում:

Եվ ով հայրենի ճանապարհով հասնում էր այն ծանոթ կետին, որտեղից հանկարծ բացվում էր գետահովիտը, շողշողում էին քաղաքի տների ապակեպատ պատշգամբները, թիթեղյա կտուրները, — ով հասնում էր այդ կետին, ահով էր նայում ներքև, ինչպես արջառը, որին քշում են սպանդանոց և ահա թաց ռունգերով շնչում է թարմ արյան հոտը:

Վրնջում էին ձիերը՝ մետաղաձայն և երկարաձոր, ինչպես տխուր երգը, կարծես վերջի հրաժեշտն էին ուղարկում լեռնային կապույտ լճերին, որոնց ջրից խմել էին, տափաստաններին, որտեղ անցել էր նրանց մանկությունը և ամայի գոմերին: Մեկը թավ էր վրնջում, մյուսը՝ արծաթահնչյուն, և բարձրանում էր հետնի ոտքերի վրա, ինչպիս զազազած ցուլ, ձգում էր սանձը և չէր ուզում իջնել այդ անվերադարձ ուղիով:

Երբ ձիավորները քաղաք հասան, հրապարակում ասեղ գցելու տեղ չկար: Փողոցները, արտերի միջնակները, նույնիսկ տների բակերը սնացել էին ձիերի հազարավոր խմբերից:

Կային հազար գույնի ձիեր՝ որձ, էգ, ծանրած և ծեր, քուռակներով և դեռ անծին, թամբած ու մերկ: Նրանց կապոտել էին՝ որին քարից, որին ծառից կամ գետնին խրած սեպից: Կային և իրար կապած ձիերի խմբեր: Մեկի առաջ խոտ էր, մյուսինը հարդ, երրորդը նեղվում էր քաղցից, շոգից և անսովոր միջավայրից: Քաղցած ձիերը պոկոտում էին փողոցի չոր և հազար սմբակի տրորած խոտը:

Ձիերն իրար հետ կռվում էին. ամեն անկյունից վրնջոցի ձայն էր լսվում: Մի տեղ, ձիերի բազմության մեջ, քուռակը իր մորն էր կորցրել և բարակ վրնջոցով կանչում էր, վազվզում, մռութը մոտեցնում ուրիշ մայրերի: Շոգից կատաղած որձաձիերը կտրատում էին կապերը և ամեհի կրքով հալածում էգերին, իրար կրծոտում և արնոտում բաշ ու ազդրեր:

Այդ ժխորին խառնվում էր տերերի կանչն ու աղմուկը, հարայհրոցն ու բղավոցը: Հայ, թուրք իրար էին խառնվել: Պետական հրամանը բոլոր գյուղերում կրկնվել էր պաշտոնական կարգադրության գորշ նմանությամբ և մարդկանց ու ձիերի այդ ահագին բազմությունը քշել քաղաք:

Հրապարակի մի անկյունում, տախտակներից շինած փոքրիկ բարձրության վրա, դագաղի նման նեղ սեղանի շուրջը նստել էին իշխանավորները: Նրանցից հեռու ոտքի վրա էր ստորադաս պաշտոնյաների՝ ուրյադնիկների, տանուտերերի և գյուղական գրագիրների խումբը, իրենց պաշտոնական տարազով, շքանշաններով և պղնձյա ծանր մեդալներով: Ավելի հեռու՝ հպատակների բազմությունն էր, որ ծովի նման ծփում էր: Եվ բոլորի աչքերն ուղղված էին սեղանի շուրջ նստած չինովնիկների կողմը, որովհետև նրանք էին որոշում ձիու և ձիատիրոջ բախտը:

Գյուղի տանուտերը կարդում էր ձիատիրոջ ազգանունը, բազմության միջից մեկը, ձիու սանձը բռնած, առաջ էր գալիս, ինչպես կրկեսում՝ ըմբիշը: Ապա նրա ձիուն մոտենում էին մի քանի հոգի, տնտղում, ատամները նայում, թղթի վրա ինչ-որ նշումներ անում: Մի վայրկյան խորհրդակցելուց հետո՝ սեղանի մոտ նստած պրիստավը ձեռքով նշան էր անում:

Ահա այդ նշանն էր, որ հայտնի էր դարձնում ամեն ինչ.

Եթե նշանը բազմության կողմն էր, ուրեմն ձին անպետք էր: Ձիու տերը սկզբում երկյուղով, ապա ուրախությունից դողացող ոտքերով քաշում էր ձին և արագ հեռանում: Իսկ եթե նշանը տախտակների մոտ կանգնած ռուս զինվորներին էր ուղղած, ապա նրանք իսկույն մոտենում էին, նոր սանձ հագցնում ձիու գլուխը, հինը շպրտում տիրոջ կողմը, ձին հեռացնում էին, հանձնում ուրիշ զինվորների, որոնք բազմության և տիրոջ աչքի առաջ միահավասար կտրում էին ձիու պոչը, բաշը խուզում և բաշի մազերից կախում տախտակի մի փոքրիկ կտոր:

Ձիատերը փորձում էր գնալ իր ձիու հետևից, սակայն բղավում էին նրա վրա, և, ինչպես պարտված ըմբիշ, նա մնում էր գլուխը կախ: Բազմությունը լուռ դիտում էր այդ տեսարանը: Ապա տանուտերը կանչում էր նրան, և շշմած մարդը սթափվում էր, հավաքում այն, ինչ հանձնում էին՝ ձիու սանձը, չվանները, համետը, — և այդ իրերը շալակած անցնում էր հրապարակով դեպի բազմությունը, ձեռքում բռնած թղթի կտորը, որի վրա նշանակված էր ձիու գինը և նրա նախկին տիրոջ ազգանունը:

Գյուղացիները երբ քաղաք իջան, ձիերը կապեցին հրապարակից հեռու: Գիլանց Մուքին և Աքելը առաջ ընկան՝ ամբոխի մեջ գտնելու հարևան գյուղերի մարդկանց:

Առաջին հանդիպած ծանոթին, որ նրանցից կանուխ էր եկել, իսկույն հարցրին.

— Հը, շա՞տ են տանում...

— Էլ մի ասեք, զուլում ա...

Սիմոնը տեսավ իր վաղուցվա ճանաչ թուրքին և նրան մի կողմ քաշելով առանձին հարցրեց, թե ինչպիսի ձիերն են ազատվում, արդյոք կարճահասակ ձին է՞լ են տանում:

— Ձիուդ ոտքը պիտի կոտրած լինի կամ խոր վերք ունենա, որ ազատվի... Թե չէ՝ բոյը հաշիվ չի...

Սիմոնի ոտները թուլացան:

Մինչև այդ խոսակցությունը նա դեռ մի աղոտ հույս ուներ, որ այնուամենայնիվ հույս էր: Այժմ այդ էլ ցնդեց: Նա հուսահատ մոտեցավ ձիուն:

— Ցոլա՛կ, — և ձին վրնջաց այդ ծանոթ կանչից: Կարծեց հիմա խոտ պիտի գցեին նրա առաջը: Սիմոնը հարդով լի պարկը, կոխեց նրա գլուխը:

— Ցոլակ... Գնում ես էլի...

Քիչ հետո Գիլանց Մուքին հոգնած վերադարձավ: Նրա ալեհեր դեմքի վրա դառն անհուսություն կար: Եվ հուզված, հևացող շնչով ասաց գյուղացիներին.

— Հիմա Քարագլուխն են կանչում, հետո զիլբիրեցիք են գնալու, նրանցից հետո՝ մենք...

Սիմոնը մի վայրկյան մտածեց, տոպրակը ձիու գլխից հանեց ու ձին քշեց:

— Էդ ո՞ւր, Սիմոն, — ձայն տվավ Սաքու տղան:

— Տանեմ գետը... Կաթնաղբյուրից ջուր չխմեց:

Այդպես փախչում են սարսափից: Այդպես փախչում է հոտը, երբ կայծակն ահռելի որոտով խփում է մոտակա ժայռին: Այդպես դողահար վազում է գազանը, երբ հրդեհվում է անտառը:

Սարսափահար փախչում էր Սիմոնը, մոլորվելով քաղաքի փողոցներում, անվերջ մտրակելով ձիուն: Կարծես նրա հետևից էին ընկել հրապարակի բոլոր զինվորները, և նրանք, որոնք նստել էին դագաղի նման նեղ սեղանի շուրջը:

Ահա հասավ գետափի խուլ փողոցը: Այնտեղ էլ ձիեր կային. նրա նման գյուղի մարդիկ, յուրաքանչյուրն իր ձիու սանձից բռնած և ստրուկի հեզությամբ իր հերթին սպասող: Նրանք տեսան փախչող ձիավորին, և ոմանք կարծեցին, թե ահից սարսափած ձիավորը փախչում է դեպի հեռվի լեռները, ինչպես կփախչի պարտվածը դեպի փրկության բերդը:

Հոգնած ձին մտրակի հարվածից մի քիչ արագացնում էր քայլերը, ապա նորից գնում բեռան տակ մեծացած գյուղական ձիու ծանր քայլերով:

Ահա հետ մնաց վերջին տունը, և բացվեց կարտոֆիլի դաշտերը: Սիմոնը դանդաղեցրեց ձիու ընթացքը և շունչ քաշեց: Նրան քաղաքի սահմանից դուրս ավելի հեշտ թվաց: Այն հեռվի լեռներից, որոնց լանջին իրենց գյուղն էր, մի անապական զով զարկեց նրա քրտնած դեմքին:

Սիմոնը ծովեց դեպի աջ, գետը տանող նեղ ճանապարհով: Ձին զգաց գետի սառնությունը և առանց մտրակի արագացրեց քայլերը:

Գետակի հունն իջնելուց առաջ Սիմոնը երկյուղով շուրջը նայեց և տեսավ, որ ամայություն է: Միայն ներքևը, ուռիների ստվերում, ննջում էին կովերը: Ու երբ ծարավ ձին գլուխը կռացրեց ջրի վրա, Սիմոնը ցած թռավ, սանձն ամուր կապեց ձիու առաջին ոտքից և սկսեց հետևվի ոտքերը կապոտել:

Ցոլակը կուշտ խմելուց հետո փորձեց գլուխը վեր հանել, բայց չկարողացավ: Եվ մռութը հնազանդ ու մունջ նորից կախեց գետի կապույտ ջրերի վրա:

Սիմոնն անսովոր արագությամբ ձիու համետը հանեց: Արևի տակ փայլփլեց ձիու ողորկ և գեր մեջքը: Ապա նույն արագությամբ կռացավ և գետնից վերցրեց մի չեչաքար: Երբ առաջին անգամ նա չեչաքարը Ցոլակի մեջքին քսեց, ձին հովություն զգաց, խաղացին նյարդերը, և հաճելի գրգռից մեջքի մաշկը դողդողաց:

Ապա հանկարծ ձին մեջքին զգաց ծակծկոց: Ձին փորձեց հեռանալ, բայց չկարողացավ, որովհետև ոտքերն իրար պինդ կապված էին: Նորից փորձեց գլուխը վեր հանել, դարձյալ չկարողացավ: Իսկ ցավը հետզհետե սաստկանում էր, որովհետև Սիմոնը հուսահատ կատաղությամբ չեչաքարը քսում էր նրա մեջքին: Մի քանի րոպեից մաշկը պլոկվեց և արնոտեց քարը:

Ցոլակը տնքում էր, պոչն ուժգին խփում այս ու այն կողմ, գավակն աջ ու ձախ դարձնում, բայց ոչինչ չէր օգնում: Սիմոնն ամբողջ ծանրությամբ ընկել էր ձիու մեջքի վրա և քարը հա քսում էր: Արդեն նոր բացված վերքից արյան կաթիլները դուրս էին ցայտում և գլորվում հնացող կողերի վրայով: Իսկ Սիմոնն ավելի արագ էր քերում, կարծես չեչաքարն ուզում էր թաղել Ցոլակի այնքան գեր ու ողորկ մեջքի մեջ:

Ձին այլևս չդիմացավ, շրջվեց կողքի վրա և մեջքը կիսով չափ թաղեց գետի մեջ: Ցավից և անսովոր վիճակից Ցոլակը ցնցում էր ոտքերը, փռնչում ռունգերով, վիզն ու գլուխը քսում գետափին և փորձում ոտքի կանգնել:

Սիմոնն արնոտ չեչաքարը մի կողմ գցեց, ինչպես մարդասպանը դաշույնը, և սարսափով նկատեց, որ գետի ջուրն անվերջ կարմրում է, երբ ալիքը զարկում է ձիու մեջքին:

— Չլինի՞ տամար տրաքեց...

Ցոլակի աչքերի առաջ մթնել էր: Գլխիվայր դառնում էին քարերը, գետափը, և թվում էր, թե գետափի փափուկ մամուռը կախվել է երկնքից: Հաճելի էր ջրի մեջ և բնազդաբար կենդանին ավելի խորն էր թաղվում լպրծուն տիղմի և ջրային խոտերի մահիճում: Իսկ վիզն ու գլուխը չէր բարձրացնում կապույտ քարերի բարձից:

Սիմոնն արագ արձակեց կապերը, սանձը, ինքը կիսով չափ մտավ ջուրը և գոռալով, աղերսելով, հրելով ու քաշելով մի կերպ բարձրացրեց ձիուն:

Ցոլակը դողում էր:

Նրա մեջքի աջ կողմը ափսեի չափ վերք էր բացվել, և երևում էր կարմիր, տեղ-տեղ փուս ընկած, ճաքճքած միսը: Արյունը շարունակում էր կաթկթել, բայց մի քանի տեղ արդեն լերդանում էր:

Սիմոնը հանցագործի հապճեպությամբ արյան հետքերը լվաց ձիու կողերից, իր ձեռքերից, տիղմի բարակ շերտով ծածկեց վերքը, ջրախոտերով ծածկեց, ապա շտապ համետեց ձին և դուրս եկավ ճանապարհը:

Ձին հազիվ էր քայլերը փոխում: Սիմոնն ինչքան էլ կանչում էր, ոտքով փորին խփում, փաղաքշական խոսքեր ասում, ձին չէր արագացնում քայլերը :

Եվ Սիմոնն ու Ցոլակը նույն փողոցներով գնացին դեպի հրապարակը: Երկուսն էլ գլխիկոր էին: Մարդն իր դաժան խոհի հետ էր՝ կտանե՞ն այժմ, թե ոչ, ձին հազիվ տնքում էր, պղտոր աչքերի առաջ գլխիվայր կախված մի չնաշխարհիկ արոտ...

7

Իսկ հրապարակն այդ ժամանակ ծփում էր մի արտասովոր դեպքից: Փողոցներում խռնված բազմությունից ոմանք բարձրացել էին պատերի և պատուհանների վրա, որ ավելի լավ տեսնեին, թե ի՞նչ է կատարվում մեջտեղը: Ոմանք բարձրացել էին ձիերի վրա: Ոտքի էին և կենտրոնում սեղանի շուրջը բոլորած մարդիկ:

Մի կապտավուն ձի՝ երկար, ծալվեծալ բաշով, բոլորովին մերկ, կատաղած վազում էր հրապարակով: Նա երամակի ձի էր, սնվել էր լեռներում, երբեք հեծվոր չէր նստել մեջքին, սանձը չէր դիպչել մռութին, սմբակները պայտ չէին տեսել: Այդ ձին էին ուզում բռնել զինվորները, որոնք երկար պարանների թևերին փաթաթած շպրտում էին գերության օղակը, հենց որ ձին մոտենում էր նրանց: Բայց ձին ամեհի ոստյուն էր անում, թռչում օձի նման գալարվող օղակի վրայով և փախուստի ելք փնտրում: Զինվորների մյուս խմբերը գազանային ոռնոցով կտրում էին նրա ճանապարհը և հետ փախցնում դեպի նրանք, որոնք ոլորում էին նոր օղակ:

Գյուղացիները շունչ պահած, անսահման հետաքրքրությամբ դիտում էին կապտավուն նժույգի գազազած վազքը: Նրանք չէին թաքցնում իրենց հրճվանքը, երբ ձին թռչում էր օղակի վրայով: Նրանց բոլորի թաքուն ցանկությունն էր, որ ձին ճեղքեր զինվորների շղթան և իրեղեն հրաշքի պես աներևութանար, թռչեր դեպի հայրենի լեռները և այնտեղից պղնձաձայն վրնջար հատուցման և անսահման ազատության երգը:

Մարդիկ մի պահ մոռացել էին իրենց ձիերը, որոնց զինվորները կապել էին փշալարի ցանկապատի ետևը, — մոռացել էին, որ ձիերի սանձերն ու չվանները շալակած, ոտքով պիտի բարձրանային դեպի լուռ գյուղերը, որոնց դաշտերում այլևս չէին վրնջալու փշալարով անջատված ձիերը:

Հանկարծ բազմությունը հառաչեց. լսվեց խուլ գվվոց, ինչպես հողմի շառաչն անտառում: Զինվորները վազեցին փշալարի կողմը: Մի վայրկյան ճեղքվեց բազմությունը, ինչպես ծովի սև ալիքները, երբ երևում է մութ անդունդը, — ապա նորից կլանեց ամեն ինչ:

Կապտավուն նժույգը վերջին հուսահատ ոստյունն էր արել, փորձել էր թռչել փշալարի վրայով և ընկել էր լարի երկաթյա սուր փշերի վրա... Ճեղքվել էր կուրծքը, փորը և վշշում էր արյունը լարերի վրա, մահվան հրապարակի վրա և մեռնող նժույգի ջինջ աչքերում ընդմիշտ սառչում էր հեռվի կապույտ լեռնաշխարհը...

Զինվորները ձիու սառած մարմինն իջեցրին փշալարից: Բժիշկն արձանագրություն կազմեց և վերադարձավ սեղանի շուրջը, որպեսզի նույն գորշ տաղտկությամբ շարունակեն գործը:

Սիմոնը յուրայիններին նույն տեղը չգտավ: Նրան ասացին, որ արդեն իրենց գյուղացիներին կանչում են: Եվ բազմությունը հրելով, ձին հետևից հասավ հրապարակը, որի մի կողմը կանգնել էին դարբնի տղան, Գիլանց Մուքին, Աքելը և մյուսները: Գրագիրը կարդում էր անունները:

— Այ մարդ, ո՞ւր կորար, քիչ մնաց քեզ շտրաֆ անեն: Ասացինք իրեւ կգա:

Ամենից առաջ Շուղունց Աքելին կանչեցին: Դողդողալով նա առաջ անցավ, մի անգամ էլ հետ նայեց համագյուղացիներին, կարծես նրանց ներկայությունը հուսադրում էր նրան:

Մոտեցան և զննեցին նրա ձիուն: Ու մեկ էլ զինվորները վրա տվին, ձիու համետն արձակեցին և շպրտեցին Աքելի կողմը: Ձեռքը վերևից հայտնեց վճիռը: Զինվորները քաշեցին ձին: Աքելը հրապարակում մնաց մի րոպե, նայեց ձիու հետևից և անխոս վերադարձավ, մեջքին ձիու համետը:

Դարբնի տղան սրախոսեց.

— Ափիցեր Աքել Շուղունցով, — բայց ոչ ոք չծիծաղեց: Դարբնի տղայի ժպիտն այլանդակ կծկվեց և դեմքի վրա սառեց, որպես դառնության կնիք:

Հետո Ռուստամենց ճակատը նշան ձին տարան: Գնաց և տերտերի ձին: Ժամհարը գլուխը կախ եկավ:

— Հիմա ես տերիորն ի՞նչ պատասխան եմ տալու...

Չորրորդ հերթը Կոստանդինն էր: Գյուղացիները զարմացան, երբ լսեցին նրա ազգանունը, որովհետև Կոստանդը նրանց մեջ չկար: Դարբնի տղան նկատեց, որ սեղանի շուրջը նստողների մեջ ինչ-որ փափսոց ընկավ:

Հրապարակի մյուս կողմից երևաց Կոստանդը՝ լղար, մեջքը փոր ընկած, մոխրագույն մի ձի հետևից: Թվաց, թե նույնիսկ չնայեցին նրա կողմը, և ձեռքը վերևից նշան տվեց, որ Կոստանդն ու ձին հեռանան հրապարակից:

Այդ այնքան արագ կատարվեց, որ գյուղացիներից շատերը չհավատացին իրենց աչքերին, թե այդ «խեղճ» գյուղացին Կոստանդ աղան է: Նրանք մնացել էին ապշած: Իսկ Կոստանդը կեղծ ուրախությամբ հետ տարավ ձին և անհայտացավ:

Դարբնի տղան Սիմոնի ականջին շշնջաց.

— Տեսա՞ր, որ ասում էի…

Բայց Սիմոնը չլսեց: Նրա ականջին հասավ իր ազգանունը և Ցոլակի սանձից բռնած, մտավ հրապարակը:

Երբ մոտեցավ, վերցնել տվին ձիու համետը, և մի ակնոցավոր ռուս, որ անասնաբույժն էր, քիթը վեր քաշելով կռացավ վերքի վրա:

— Չտարան, — անցավ Սիմոնի մտքով: Բայց մարդը բարկացավ և մատը թափ տվեց Սիմոնի վրա: Նա հայհոյում էր:

Սիմոնը վախից դողաց, գունատվեց և նստեց համետի վրա:

Զինվորները Ցոլակին տարան: Սիմոնը տեսավ, թե ինչպես իր ձիու երկար պոչը սուր մկրատով կտրեցին: Եվ իսկույն աչքին այնպես երևաց, ասես Ցոլակը մեծացավ և դարձավ դազախի ձի:

Գյուղական գրագիրը բղավեց նրա վրա: Նա սթափվեց և բեռը շալակին վերադարձավ յուրայինների մոտ:

8

Արևն արդեն թեքվել էր, երբ գյուղացիները ճանապարհ ընկան տուն: Ազատվել էին միայն ութ ձի, որոնց վրա բարձել էին մնացած ձիերի համետները: Գյուղացիներից ոմանք իրենք էին շալակել ձիերի սանձերն ու չվանները:

Ազատված ձիերը, որոնցից երեքը ծուռոտ էին, մեկի մեջքն էր փոս ընկած, երկուսը քոս էին, իսկ Հաբեդանց ձիու երկու կողոսկրը չկար, — ազատված ձիերը հազիվ էին քայլում ծանր բեռան տակ:

Սիմոնը գլուխը կախ գնում էր մյուսների հետ: Դարբնի տղան էլ լուռ էր, որովհետև ոչ ոք սիրտ չուներ նրան լսելու:

Նրանք անընդհատ բարձրանում էին լեռը, կարծես պիտի գնային մինչև մութ երկինքը: Մայրամուտի արևը աջ կողմից նրանց ոսկեվորել էր: Նեղ արահետով գնում էին նրանք իրար հետևից, ինչպես կռունկի երամ, և թվում էր, թե բեռների տակ կքած սև ստվերները հավիտյան պիտի բարձրանային մութ լեռը, մինչև մի խավար անդունդ հանկարծ կլաներ նրանց:

Սիմոնը ձիու չվաններից և սանձից զգում էր Ցոլակի ողորկ մարմնի ծանոթ հոտը: Եվ մի միտք, ծանր բեռից ավելի դժվար ծանրությամբ, նստել էր նրա գլխում, և նա խոնարհել էր գլուխը: Բայց փակ աչքերով էլ տեսնում էր արնոտ չեչաքարը:

— Հենց իմ փիսությունը մնաց, Ցոլա՛կ... Հիմա հազար ձիու մեջ անտեր խրխնջում ես... Ցարաբ տեսնես արյունը ցամաքե՞ց:

Եվ նա բուռը լայն բաց արեց, այն բուռը, որով բռնել էր քարը...

Բռի մեջ ստացականի կտորն էր, վրան Ցոլակի գինը և իր ազգանունը:

Արևի մայր մտնող շեղերը հրդեհել էին ամպերը, ներկել արնոտ գույնով: Լեռների սև ստվերները ավելի վառ էին ցոլացնում ամպերի կարմիրը: Կաթնաղբյուրի արոտներում և սարալանջում էլ ոչ մի կաքավ չէր կարդում և ոչ լոր էր ճկում: Քնել էին քարերը, խոտերը, անբան հավքերը, և լեռների վրա իջել էր իմաստուն մի երեկո:

Կաթնաղբյուրից նրանք ջուր խմեցին և հացի փշրանքները թափեցին սառը ջրում: Մութն ընկնում էր, և ճանապարհ դեռ շատ կար:

Սիմոնը նայեց ներքև... Ա՜յ, այստեղ արածում էր Ցոլակը. նրա ատամների արանքում երևի դեռ մնում է այս դաշտերի խոտը: Իսկ ինքը պառկել էր այս քարի տակ, և մի լույս ճառագայթ խոստանում էր զվարթ վերադարձ:

Ու հետ նայեց Սիմոնը: Այնտեղ, ներքևը, խավար էր, խավարի մեջ քաղաքը, և քաղաքի փշալարյա վանդակում աղիողորմ վրնջում էր իր հույսը, իր Ցոլակը:

Հանկարծ Կաթնաղբյուրից ներքև, քարերի վրա, զրնգացին ծանր պայտերը: Գյուղացիները ճանապարհից դուրս եկան և մի կողմ քաշեցին բեռնած ձիերը:

Հեծվորը Կոստանդ աղան էր, սպիտակ ձիու վրա...

Միայն Շուղունց Աքելը կիսաբերան ընդունեց նրա ողջույնը: Մյուսները քարի նման լուռ էին: Դարբնի տղան ատամները սեղմելով զայրացավ.

— Տեսա՞ր, Սիմոն, սևն ու սպիտակը...

Սպիտակ ձին մի վայրկյան ցոլաց մթնող արևի շողերում և չքացավ դեպի նարնջագույն ամպերը: Կարծես մարմարիոնե մի արձան արշավում էր դեպի պատվանդանը, որ իր անհաս բարձունքից ահ ու սարսափ մաղի ռամիկ գյուղացիների վրա:

9

Կես գիշեր էր, երբ տուն հասան:

Դռան մոտ կանգնել էր Շարմաղ բիբին, ճրագը ձեռքին:

Սիմոնը ներս մտավ, տոպրակն ու սանձը զցեց մի անկյուն: Անկողնից վեր թռավ Շողերը:

— Ապի՛, բա Ցոլա՞կը:

Աղջկա միամիտ հարցին, որպես պատասխան, դուրսը, լեռնային գյուղի սառը խավարում, վրնջաց անմայր մի քուռակ: Կարծես բազմաթիվ մանր զանգակներ երգեցին անեզրական տխրություն:

Շարմաղ բիբին սարսուռով վրա դրեց դուռը, և հին դուռը մի անգամ էլ երգեց երկար ու կերկեր արևելյան թախծոտ մի երգ:

Պառավը լալիս էր...

Հետո քանի երեկո իջավ, և զանգեր զարկեցին, բայց մինչև մահ, իրիկնապահին նա ոչ դուռը բացեց և ոչ էլ զանգերի ղողանջը որպես անանձնական օրհնություն ներս մտավ նրանց սև խրճիթը...

ՍԵՎ ՑԵԼԵՐԻ ՍԵՐՄՆԱՑԱՆԸ

1

Ես հարցնում եմ Ավագին.

— Մնո՞ւմ է այն վարազույրը...

— Մնում է:

— Իսկ մա՞յրը...

— Մայրը դեռ հավատում է:

Հետո բարձրանում է մի այլ վարագույր, և երևում են արևի շողերով ողողված Արաքսի տափարակը, առափնյա դեղնած եղեգները, որոնք հազիվ օրորվում են գետի զովից:

Ավագի հետ հասնում ենք հնձած արտերի սահմանին և նստում միայնակ չինարու տակ: Ընկերս սրբում է քրտնած ճակատը և արևից այրված աչքերը դարձնում մութ սաղարթի կողմը: Ճյուղերի վրա նստել են գեր սարյակներ և դաշտային գորշ ճնճղուկներ: Նրանք անհանգստանում են, և թվում է, թե հարցնում են իրար, թե ի՞նչ մարդիկ ենք, հրացան չկա՞ մեր ձեռքին կամ քար չե՞նք առնի: Ապա հանդարտվում են, որովհետև ծեր սարյակը հանդիմանում է նրանց անտեղի հուզմունքի համար: Այնուամենայնիվ թռչունները բարձրանում են վերևի ճյուղերի վրա: Նրանք կորչում են տերևների արանքում, և չի դադարում թռչնային անհանգիստ զրույցը:

Շոգից և հոգնությունից ծանրանում են իմ կոպերը, և երբ փակում եմ աչքերս, լսում եմ հազարավոր գերանդիների խշշոց, նույնիսկ հասկերի վայր ընկնելը: Հետո սաստկանում է այդ խշշոցը, զով է լինում, և լսում եմ բազմաթիվ նիզակների իրար զարկելը: Աղմկում են եղեգները... Երևի գետի հունով լեռներից իջնում է սառը հոսանքը:

Ապա մեկնվում եմ Ավագի կողքին և աղմկող եղեգների արանքից

նայում Արարատին: Երևում է լեռան մուգ-կապույտ ստվերը, վրան ձյունի նման սպիտակ ամպ: Երբ օրորվում է եղեգնը, օրորվում է և լեռան կապույտ ստվերը, հազիվ նշմարելի դողում է գագաթի սպիտակ ձյունը, որ ցուրտ ցոլք է տալիս շիկացած օդում:

Ու լիաթոք շնչում եմ զովը, որ իջնում է լեռան բարձր գագաթից, ամպի նման սպիտակ ձյուներից և այն կապույտ, ինձ համար հավիտյան անհասանելի ամպերից...

Գետնի կավն արևից ճաքել է: Խոր ճեղքերից բարձրանում է խանձված հողի բույր: Մի սարդ հյուսել է ոստայնը ճեղքի վրա. ծղնոտի ծայրը մոտեցնում եմ ոստայնին, և հողի մթին խորքից դուրս է վազում քաղցած գազանը բրդոտ մի սարդ և ամեհի արագությամբ պտույտ է անում ոսկեգույն թելերի վրա, անհամբեր փնտրելով որսը:

Ծղնոտների արանքում մի սև բզեզ գլորում է աղբի կլոր գունդը: Ահա նա, աղբակեր սկարաբեյը, այն բզեզը, որին եգիպտացիք անվանում էին սրբազան, որովհետև հավատում էին, թե նա է գլորում երկրագունդը, ինչպես այս կլոր աղբը: Մի րոպե նա սևին է տալիս ծղնոտների մեջ, ապա աղբագունդի հետ գլորվում հողի ճեղքը:

Ես մատներով տրորում եմ կավը, ամենահին նյութը, որ կա այս տափարակում: Քանի՜ ոտքեր, քանի՜ սմբակներ և անիվներ անցել են այս կավի վրայով, ինչքա՜ն է ծեծել ձյունը, և՜ հողմը, և՜ արևը, և՜ անձրևը:

Անմռունչ, հավիտյան համր կավ...

Ահա հեռվում երևում են այգիների գորշ պարիսպները և տների պատերը՝ կառուցված նույն հին կավից: Արևը խանձել է, քամին և անձրևը պոկել են պարիսպների կատարները, մի տեղ փոս արել, մի ուրիշ տեղ թողել սրածայր:

Նստել են կավե հին պատերն այս ընդարձակ դաշտում, ինչպես չոքած ուղտեր: Նրանցից մեկը ցցել է վիզը, մյուսի միայն սապատն է երևում, երրորդը չոքել է առաջի ոտքերի վրա, կարծես հիմա պիտի իջեցնի և հետին ոտքերը:

Գնա մինչև հին Բաբելոն, էլամների աշխարհը, մինչև Աղի լիճը և Միջագետքի խանձված դաշտերը, ամեն տեղ կտեսնես այս բիբլիական կավը, մահարձանի պես մի չինար և սրբազան բզեզներ:

Իսկ այս դաշտում ինչքան արագ են մահանում պարիսպները, երկաթե անիվները տրորում են բրդոտ սարդերին, և արգավանդ կավը ուռճանում է նոր սերմերով:

— Վե՛ր կաց, Ավագ, զովն ընկավ...

***

Նրան անվանում էին Սեթ, և որովհետև հայրը վաղուց էր մեռել, կոչում էին մոր՝ Երանուհու անունով՝ Երանի տղա Սեթ և կամ՝ Երանի Սեթ:

Կարճ էր հասակը, թե բարձր, թավ էր ձայնը, թե բարակ, և գիտե՞ր նա սրինգ նվագել, սիրե՞լ էր նա մի աղջկա և հենց այդ չինարու տակ մեզ նման հանգստացե՞լ էր նա, երբ վերադառնում էր Արաքսի ափերի արտերից,-այդ բոլորն ինձ չավանդեց իմ ընկեր Ավագը կամ գուցե և պատմեց, սակայն իմ հիշողության մեջ ժամանակը խունացրեց այդ պատմության պայծառ գույները: Եվ հիմա, երբ գրում եմ նրա մասին, որին չեմ տեսել, ես իմ ընկերոջ պատմածից հիշում եմ այն, որ Երանի Սեթը գյուղի ամենալավ սերմնացանն էր:

Այս կողմերում Արաքսը գարնանը ելնում է իր ափերից, վարար ջրերը տիղմ են փռում լայն տափարակի վրա, և առափնյա եղեգնուտները դառնում են կանաչ կղզիներ: Սերմնացանը ցանում է սերմը, երբ հետ են գնում ջրերը, և գետնին նստում է թաց տիղմը: Նա հանում է ոտքերը, մինչև ծնկները վեր քաշում և փայտյա կոտը պարանոցից կախ՝ գնում է օրոր և հավասար քայլելով: Գնում է և աջ ձեռքով լիաբուռն վերցնում ծանր հատիկները, որ մի վայրկյան շողում են արևի տակ, ինչպես ճնճղուկների երամը և ծանրությամբ ընկնում հողի մեջ:

Ահա այդպիսի սերմնացան էր Սեթը, հողի մշակ: Ուներ մի մայր, մի հին տնակ, երկու բարդի, որի կատարին ամեն տարի ծանոթ արագիլը նորոգում էր բույնը և պառավ Երանի համար բերում գարնան խնդություն, ինչպես մյուս արագիլները գյուղի՝ մնացած տների համար:

Երբ արագիլը տղմուտ հողերում այլևս գորտ չէր բռնում, ուրեմն հետ էին գնացել Արաքսի ջրերը, և ժամանակն էր, որ Սեթը կախեր կոտը, սերմ ցաներ, իսկ մայրը ելներ փորելու բակի մարգերը, որոնց կեսը փչացնում էին հարևանի հավերը, իսկ սոխի մարգում պառկում էր իր՝ Երանի կատուն:

...Այս ամենապարզ պատմությունն է, ամենից հասկանալին: Գյուղը դաշնակների թիկունքում, գյուղում գաղտնի պատրաստություններ ապստամբության, երբ հարավից արշավեր կարմիր հեծելազորը: Ահի գիշերներ, բռնություն, վախ, կողոպուտ: Գիշերներ, երբ դեպի դիրքերն էին քշում սովահար մի բազմություն, երբ դիրքերից հետ էին փախչում նրանք, որոնք ուզում էին քրտինք թափել հողի վրա, արտերը ջրել և ունենալ խաղաղություն իրենց խեղճ խրճիթներում:

...Երբ գյուղում հարավից լսեցին թնդանոթի առաջին որոտը, և նահանջող թշնամին ետ դարձրեց ձիերի գլուխը, թշնամու թիկունքում պայթեց ապստամբությունը. որպես արձագանք այն առաջին որոտի, որ խրճիթներին ավետեց ազատություն դաշնակցական գերությունից:

Արև էր, էլի արագիլներ կային, և յուղոտ փայլով արևի տակ շողում էր արգավանդ տիղմը: Հանկարծ գնդակների տարափ տեղաց եղեգնուտների՝ կողմը, որտեղ սպիտակ ձիավորների դեմ ամրացել էին մի խումբ ապստամբ գյուղացիներ:

Սեթը չոքեց այն չինարու ետևը, և որոտաց նրա հրացանը: Արշավող

ձիավորների վախեցած երամը շաղ եկավ, ապա նորից գունդ կազմեցին և թաց հողերի վրայով ձիերը քշեցին դեպի միայնակ ծառը, որ սև ստվերը նետել էր ամայի դաշտում:

Երեկոյան կարմիր հեծելազորը գյուղը մտավ:

Միայն մյուս առավոտ, երբ եկան և ծանր թնդանոթները, դաշտի բարակ արահետով, եղեգնյա պատգարակի վրա, ընկերները տուն բերին սպանված սերմնացանի մարմինը: Նրա սրունքները մերկ էին, մի կողքի վրա չորացած տիղմ էր և խանձված արյուն: Երևում էր միայն սառած աչքը, որ նայում էր անշարժ, ինչպես գորշ ամպը անհունի խորքից...

Նա արնաքամ սողացել էր թաց հողերի վրայով դեպի եղեգները, դեպի ջուրը, կոշտ մատներով չանգռել էր գետինը, ցեխոտել էր մատները և անզգայության մեջ ցեխոտ մատներով սեղմել էր թրատված ուսը: Հետո երեսն ի վայր թաղվել էր սառը հողում՝ որպես ոսկեհատ սերմ:

Ես նայում էի մի ցածր դռնակի, որի ետևը ո՛չ ձայն կար, ո՛չ շարժում: Արևամուտին այնքան բարձր էին երգվում բակի երկու բարդիները:

— Երան հորքուրը ո՛չ տղայի դիակը տեսավ, ո՛չ թաղումը: Երբ նրան հայտնում են, որ ահա բերում են, նա ճչով դուրս է վազում, բայց մինչև շեմքը չի հասնում... Չորս օր մնում է ուշաթափ: Ասում էին, որ կմեռնի...

2

Լեռնային գյուղերում այս շենքը կնմանվեր հին մարագի: Կտուրին կլիներ կլոր անցք, և տափակ մղաններով բարձր կալից հարդի տաք շեղջերն ալիք-ալիք կմղանեին ներս: Հետո անցքը կփակեին չոր ցախով, և մի անտիրական շուն կձմեռեր հարդի վրա, մարտի վերջին շունը կցնկներ վեց ապօրինի լակոտ, որ հղիացել էր ցուրտ աշնանը, ցանկապատի տակ:

Այդպես կլիներ լեռնային գյուղերում:

Այս շենքը եղել է հարթավայրի գյուղի եկեղեցին: Հանել են վարագույրը, սրբերի պատկերները: Դարբինը տարել է մկրտության քարե ավազանը և այժմ կարմրած խոփերը նետում է ավազանի պղտոր ջրի մեջ: Մնացել են քարե երեք աստիճանները, որով իջնում են գետնափոր ակումբը, երկու պղնձյա աշտանակները, որոնցից կախում են նավթի լամպեր. մնացել է եղեգնյա կտուրը և ջահերի նման կախված եղեգները, որ ճոճվում են, երբ բացվում է դուռը: Ակումբի եղեգնյա կտուրի տակ ապրում են հին աղավնիները, և երբ դուրսը բուք է լինում, նրանք ծվարում են մխից մգլած նիշերում, այնտեղ, ուր պահում էին արծաթյա անոթները:

Նոր նկարներ են զարդարում սպիտակ պատերը, և հին կամարների տակ հնչում են նոր խոսքեր: Այդ գետնահարկ շենքում աղմկում են երիտասարդ սերնդի զվարթաձայն զրույցները:

Դռան գլխին, քարի վրա, առաջին տարին քանդակեցին մի մուրճ և մի մանգաղ, ներքևը՝ անպաճույճ գրերով գրեցին՝ «Կեցցե»: Այդ անզարդ քանդակից այժմ ցոլում է առաջին հավատացողների սրբազան պարզությունը, այն անկրկնելի հմայքը, որ ունի սկզբնական օրերի անվարժ ոճը, երբ նոր մարդը հնի թանձր խավարից թռչում է դեպի նոր արշալույս և առաջին հետքերն է դրոշմում քարերի վրա, թղթերի վրա և պայծառ խնդությամբ սկսում է իր նոր էջը:

Առաջին դրոշները դառնում են սրբություն, հերոսներն անմահանում են, և գալիս են նորոգ գուսաններ՝ նրանց և այն հերոսական օրերի մեծարման երգերով:

Եվ ահա Նոյեմբերյան տոներին եղեգնյա կտուրով այդ ակումբում եղավ մի սովորական դեպք:

Վառել էին բոլոր ճրագները, և կամարների տակ դեռ մութ էր: Նույնիսկ թվում էր, թե ճրագների լույսից ավելի էր թանձրանում խավարը: Լուսավոր էր բեմը, և բեմի լույսը հազիվ էր հասնում առաջին շարքերին, որտեղ փայտյա ցածր նստարանների վրա իրար էին սեղմվել կանուխ եկած հանդիսականները:

Դռնակն անդադար բացվում էր, նոյեմբերյան քամին ներս էր փչում, օրորվում էին եղեգները, և ճրագների լույսը դողում էր: Մարդիկ, որոնք ներս էին մտնում այդ դռնակով, իջնում էին քարե երեք աստիճաններով, նրանք կորչում էին մութի մեջ, երևում էին ծխախոտի կրակները, ինչպես գիշերային լուսավոր բզեզներ: Հետո առաջանում էին դեպի լույսը:

Աղջիկները զարդարում էին բեմը: Ի՞նչ կարող է լինել դաշտերում, նոյեմբերյան օրերին... Դեղնավուն փշատերև թուփեր, դեռ կանաչ մասրենու ճյուղեր և դաշտային արցանգեզներ, որոնք ծաղկում են ցրտերի հետ և միայնակ վայելում աշնան արևը: Աղջիկները դեղնավուն փշատերև թփերից, մասրենու կանաչ ճյուղերից և աշնան դաշտի ծաղիկներից հյուսել էին մանյակներ ու պսակներ, բամբակի բացված կնգուղները հազցրել էին պսակներին և այդ ամենը նկարների կարմիր երիզների հետ հյուսած՝ կախել պատերից:

Անկյունում դրոշներն էին, որոնք հսկումի էին կանգնել մի պարզ և արդեն կարմիրը մաշված դրոշակի, որի վրա նույն անպաճույճ մուրճն էր ու մանգաղը, ինչպես քանդակել էին դռան ճակատին: Այդ ապստամբության առաջին դրոշակն էր, որ պարզեց գյուղը, երբ հարավից որոտաց ազատության առաջին թնդանոթը:

Դուռը բաց էին անում, ներս էր մանում նոյեմբերյան քամին, օրորվում էին եղեգները, նվաղում և ապա բռնկվում էր ճրագների լույսը, և ծփում էին դրոշակները: Ինչպես հին զինվոր, որ խանձվել է ահեղ մարտերում, ապստամբության խունացած դրոշակը կարծես մեղմ շշունչով ավանդում էր ոսկեզօծ նորերին այն պայծառ օրերի դաժան պարզությունը, երբ իրեն բարձրացրին հողի մշակները, որպես փրկության փարոս և ապստամբության նշան, ինքը փողփողաց խրճիթների վրա, լսեց գնդակների մետաղաձայն աղմուկը, տեսավ առաջին զոհերի արյունոտ մարմինները և, երբ պղնձե փողերը հնչեցին թաղման նվագը, խոնարհվեց նրանց գերեզմանների վրա:

Բեմի մարդկանց հետաքրքրության առարկան այն՝ նոր վարագույրն էր, որ քաղաքից նվեր էին բերել երկու երիտասարդ բանվոր: Նրանք վերևից ամրացրել էին վարագույրը, մնում էր, որ ձգեին պարանը, և վարագույրը ծալվեծալ իջներ: Սակայն այդ հանդիսավոր րոպեն թողել էին, վերջը, երբ կհավաքվեին բոլորը, և իրենք՝ քաղաքից եկած երիտասարդները, խոսք կառնեին ողջույնի և կասեին իրենց ա՛յդ, ինչպես և մյուս նվերների մասին: Դռնակը նորից բացվեց, մեկը լուցկի վառեց քարե աստիճանները լուսավորելու, և մի ամբողջ խումբ իրար հետևից ներս մտան: Լսվում էր ծանր կոշիկների դոփյուն. ապա նրանք դուրս եկան մթնից, և հանդիսականները նրանց մեջ տեսան մի անծանոթ մարդու, որ հասարակ շինել էր հագել և ձմեռային գլխարկ: Նա խարխափելով էր գալիս, որովհետև ներսի տաքից գոլորշի էր նստել ակնոցների հաստ ապակիներին:

Մյուսների հետ այդ մարդը բարձրացավ բեմը, և նրանք, որոնք զրուցում էին կամարների տակ, առաջ եկան ու խիտ նստեցին, այնպես որ վերջի շարքերը հազիվ էին նշմարվում: Նա սրբեց ակնոցները և հետաքրքրությամբ նայեց շուրջը: Աղավնիները լուսավոր բեմից և այդքան մարդկանց աղմուկից անհանգիստ թպրտացին կտուրի տակ, մի քանիսը ճախրեցին լույսերի և մարդկանց վրա, ապա կորան մութի մեջ:

Մարդը ժպտա՞ց աղավնիների թպրտոցի վրա, թե՞ ջերմություն զգաց և հստակ ձայնով սկսեց իր պարզ զրույցը:

Լսե՞լ եք դուք այն արթուն խոսքը, որ հոսում է, ինչպես իմաստուն զրույցը, երբ առաջին վայրկյանից խոսողն իրեն է բևեռում բոլորի ուշադրությունը, երբ չկա ինքը՝ խոսողը, իսկ նրա ճշմարիտ մտքերը մուրճի նման հարվածում են և բախում խոր դռներ, երբ խոսքի մեջ կա անխորտակելի ճշմարտություն, որ հարթում է իր ճանապարհը ուրիշների սրտում և ուղեղների մեջ, երբեմն փայլում բարձր մտքերով և երբեմն զարմացնում իրերի ու մարդկանց ճշգրիտ ճանաչողությամբ:

Նա խոսում էր այնպես, կարծես պատմում էր միայն մեկին, այն սրտագին մտերմությամբ, որ ունի պատմողը լռողի հանդեպ: Նա պատմում էր այն չարքաշ օրերի մասին, որ անդարձ անցել են, խաբեբայության, սուտի, շահագործման, հոգևոր այլասերման, ծեծի և բռնությունների այն ժամանակների, երբ սով կար, և՛ սուր, և՛ բանտ, և՛ կեղեքում: Երբ պատմում էր այդ ժամանակներից, շատերը վերհիշում էին պատկերներ, որոնք անջնջելի դրոշմ էին դրել նրանց հիշողության մեջ: Ով քաղց էր հիշում, ով որդուն՝ որ անվերադարձ գնաց պատերազմ, ով հիշում էր իր դառն ապրուստը, երբ բախում էր ունևորի դուռը, և ում մեջքի վրա խարազանի հետքերը ցավում էին, որպես հին վերք:

Հետո նա դարձավ ապստամբության օրերին, իբրև միակ ելք, իբրև հոյակապ թռիչք դեպի ազատությունը, որպես միակ ճանապարհ, որ մարդուն հանեց լուսավոր ափը: Նա հիշատակեց ստեղծագործ աշխատանքը, երբ անապատները հագենում են ջրից, և ուրախանում է մարդն իր ոռոգած դաշտերով, երբ ծուխ է բարձրանում գործարանների ծխնելույզներից, և հերոսը դժվար աշխատանքով հալում ու կոփում է իր կամքը, որպես ամրակուռ պողպատ:

Նա անսպասելի վերջացրեց... Բոլորովին հանգիստ, առանց ձայնը բարձրացնելու: Մի վայրկյան լուռ մնացին, հետո բարձրացավ ծափերի աղմուկը: Կարծես հազար-հազար աղավնիներ թպրտացին ու թափով ճախրեցին:

Հնչեց երգը, եղավ նվագ, ապա նոր ողջույններ, դարձյալ զվարթ երգ, դուրս եկավ այն երիտասարդ բանվորը և խոսեց հախուռն ավյունով: Նա թվեց նվերները, և այդ վայրկյանին ծանրությամբ իջավ նոր վարագույրը, որ բերել էին նրանք գյուղական ակումբի համար:

Զարմանքի ալիքը գնաց մինչև վերջին շարքերը:

Վարագույրի վրա ամբողջ հասակով նկարված էր մի վիթխարի սերմնացան, փայտե կոտը պարանոցից կախ, մինչև սրունքները բաց ոտքերով: Լույսի տակ շողում էին այն ոսկեգույն հատիկները, որ աջ ձեռքով նա շաղ էր տալիս արգավանդ ցելերի վրա:

— Երանի Սեթն է...

— Իսկը Սեթը...

— Աչքերը, աչքերը...

— Էս մեր հողերն են… Ա՛յ էն դամիշները, էն մեր լեռը...

Գիտե՞ր այդ անհայտ նկարիչը Երանի Սեթին և այս գյուղը, նրանց հողերը, — դժվար է ասել: Գուցե նրա համարձակ երևակայությունը ազատ ճախրել և երկնել էր այդ պատկերը, որպես ամենից հարմարը գյուղական բեմի համար:

Առաջին տպավորությանը մնաց անջնջելի:

Թեթև ծփում էր վարագույրը, սերմնացանը ծալվում էր, և ներքևից այնպես էր թվում, կարծես քայլում է սերմնացանը, և գետի զովից օրորվում է եղեգնուտը: Իսկ խորքում՝ կապույտ մշուշի մեջ, հազիվ նշմարելի երևում էր զույգ Արարատը, ինչպես նոյեմբերյան պարզ գիշերներին երևում է գյուղի կտուրներից:

Երկու կին, որոնց ազգական էր պառավ Երանը և նրա նահատակ որդին, ջերմ հավատով ընդունեցին ամբողջի կարծիքը, որ իրոք վարագույրի վրա Երանի Սեթն է: Նրանցից մեկը վեր կացավ և փոքրիկ ձեռքը մոտեցրեց սերմնացանի բոբիկ ոտքերին: Կարծես իր ձեռքի ջերմությունն ուզում էր հաղորդել անկենդան պատկերին, իբրև ջինջ սիրո նշան: Մյուսը և մի ուրիշ կին մեղմ հառաչեցին ու լաց եղան մեռած սերմնացանի համար:

Այդ գիշեր արցունքը սրբագործեց մի ոսկի առասպել:

***

Քանի Նոյեմբեր անցավ...

Ու դեռ մնում է այն հողաշեն ակումբը, եղեգնյա կտուրով, և ծփում է վարագույրը, և բոց աչքերով մի սերմնացան սև հողերի վրա առատությամբ շաղ է տալիս ոսկի հատիկներ:

Գալիս է արդեն խուլ մի պառավ, եղեգնյա ավելը ձեռքին: Սրբում է հատակը, զայրանում է աղավնիների վրա, երբ նրանք նստում են պղնձյա աշտանակների վրա, որ դրված են վարագույրի երկու կողմը: Նա ավլում է ակումբի բակը, ապա նորից ներս է մտնում և մաքուր ձեռքով սրբում վարագույրի փոշին:

Երբ ոչ ոք չի լինում ներսը, պառավ Երանը հանդարտ զրուցում է որդու պատկերի հետ:

Հետո մայրը համբուրում է որդու անկենդան ոտքերը:

***

Փողոցի անկյունում ինձ հանդիպում է իմ ընկեր Ավագը: Ես հարցնում եմ նրան.

— Մնո՞ւմ է այն վարագույրը...

— Մնում է:

— Իսկ մա՞յրը…

— Մայրը դեռ հավատում է...

— Լավ է, որ ոչ ոք չի փշրել այդ առասպելը:

Հետո Ավագն ինձ պատմում է նորություններ գյուղից և գյուղի մարդկանցից:

Փողոցով անցնում են մարդկանց զորասյուներ, թնդում է նվագախումբը, և ես լսում եմ պղնձե փողերի հաղթական երգը:

Հետո իմ աչքի առաջ հառնում է մի հաղթանդամ սերմնացան, որ մեր սև ցելերի վրա ցանում է ոսկեհատ սերմեր:

ՏԻԳՐԱՆՈՒՇԻ

Տնտեսությունը պլանով վարելու համար ձմռան մի գիշեր Վասիլը մտքում դրեց օրագրի պես մի բան պահել, նշանակել եզան վարն ու կերը, ինչքա՛ն հաց են ուտում ամեն ամիս, քանի՛ խուրձ խոտ է հարկավոր իր երկու կովին, ե՛րբ է ծնելու կովը, քա՛նի ձու է քաղաք տանում ծախելու և այլն:

Ապագա հեռանկարների մասին մի քիչ մտածելուց հետո Վասիլը շուռ եկավ կողքին և, գլուխը բարձի վրա հարմար տեղավորելով, քնեց այն խոր ու հանգիստ քնով, որպիսին երևի ունենում է նավի կապիտանը, փոթորկից հետո նավի սարք ու կարգը դիտելով, մինչև խաղաղ նավահանգիստը:

Վասիլի տնտեսության միակ ճեղքը հարևանի պարտքն էր, և այդ ճեղքից հազար ու մի անախորժություն էր ներս մտնում, վրդովում նավի կանոնավոր ընթացքը, ճռճռում, ուղղությունը կորցնում, ահ ու սարսափ տարածում նավաստիների՝ մոր, կնոջ, քրոջ ու երեխաների մեջ:

Այդ գիշեր, երբ ձմռան քամին ոռնում էր այնպես, ինչպես հազար պարտատեր միաբերան կոռնային, Վասիլի գլխում ծագած միտքը՝ օրագիր և հաշիվ պահելու մասին, անշուշտ ներքին և անքակտելի կապ ուներ պարտքի անխուսափելի հատուցման հետ: Ամենայն հավանականությամբ բարձի վրա գլուխը հարմար տեղավորելուց առաջ, նրա գլխում ծագել է և երկրորդ միտքը՝ նավի ճեղքը Տիգրանուհով ծածկելու մասին:

Նրա օրագիրը հին, թերթերի ծայրերը մաշած երազահանի լուսանցքների վրա է գրած և կազմի կողին: Վասիլն ամեն օր չի գրել: Երևում է, որ գարնան սկզբին, երբ առավոտից մինչև իրիկուն քրտնել են ինքը, գոմեշը և տան անդամները, ժամանակ չի եղել ամեն օր գրելու: Մատենագիրը բավականացել է միայն շաբաթվա կարևոր դեպքերն արձանագրելով լուսանցքի վրա, մինչև քունը հաղթեր: Իսկ գարնան սկզբին միշտ էլ քունն է հաղթել, և երկու-երեք բառ գրելուց հետո գրիչն ընկել է ձեռքից, նույնիսկ միտքը կիսատ թողնելով:

Վասիլի օրագիրը սկսվում է տան անդամների ցուցակով, որ, ըստ երևույթին, կազմված է հաջորդ առավոտյան ուտելուց հետո, քանի որ թերթի անկյունում Վասիլի բութ մատի հետքը կա, թաթախված ինչ-որ պղտոր և մի քիչ էլ յուղոտ հեղուկի մեջ:

Ըստ այդ ցուցակի նավի վրա ութ մարդ էր՝ ինքը, մայրը, կինը, չորս երեխան և Տիգրանուհին: Անունների դիմաց տան անդամների տարիքն է և այն կապը, որ ունի տան անդամը Վասիլի հետ: Այսպես՝ «Տիգրանաւիի, քույր, 16 տարեկան»: Վասիլի կենդանի ինվենտարը երկու կով է, մի գոմեշ, ութ հավ: Կովերն ու գոմեշը անուններով են, առանց տարիքի և տան անդամների ցուցակին անմիջապես կցած: «Տիգրանուհի, քույր, 16 տարեկան» և հետո «Ծաղիկ կով»:

Որովհետև Վասիլը գեղագիտական նպատակի հետամուտ չի եղել, օրագրից չի կարելի որոշել, թե ինչպես էին Տիգրանուհու մազերը՝ սև, թե շեկ, աչքերը կապույտ էին, թե թուխ: Միակ հիշողությունը նրա արտաքինի, մասին գրված է մայիսի 6-ին. «Տիգրանուհու համար առա դեյրա»: Դիմացը նշանակված է գինը, որից երևում է, որ կտորը հասարակ չիթ է եղել:

Կա մի ուրիշ հիշատակություն, առանց ամսաթվի. «Տիգրանուհու համար չուստը չառա»: Երազահանի այդ երեսին տպված է հետևյալը. «կոշիկ կամ տրեխ տեսանելն մեծ կորուստ է, երազն յոթն օրն կատարի»: Կարելի է ենթադրել Տիգրանուհու տխրությունը չուստեր չունենալու համար, և թե ինչպիսի երազ է թվացել մի զույգ չուստը: Ստույգ է, որ Տիգրանուհին բոբիկ ոտքերով է գնացել քաղհանի, ինչպես նշանակել է Վասիլը մի քանի օր հետո:

Վասիլը շատ օրեր մանրամասն է գրել: Օրինակ, հունիս 11-ին նշանակել է. «մայրս գնացել էր իր եղբոր որդու տունը դոնաղ 4 օրով: Վարսենիկը (կինս) զբաղված էր տանը մանր գործերով: Կովը տվավ 12 գրվանքա կաթ, Ծաղիկը՝ ոչ: Տիգրանուհին գնացել էր ջաղաց ալյուր աղալու, բայց նոբաթ չլինելու պատճառով եկավ տուն: Չէր աշխատում գոմեշը, հանգստանալու համար գնացել էր դաշտն արածելու: Եկավ անձրև: Բաղալի տղան տվեց իր պարտքը — կես կոտ ցորեն: Առա մի բահի կոթ: Եվս մի շաբաթում հավերը 12 ձու ածեցին, որից 5-ը ծախեցինք, ընդամենը 10 կոպեկ»:

Ամբողջ օրագրի մեջ հունիս 11-ը նշանավոր է երկարապատում և մանրամասն լինելով: Խոսելով ապահովագրման թերթիկի մասին, որ երևի նույն օրն է ստացել, Վասիլն ավելորդ չի համարել հետևյալ խորհրդածությունն անել. «կառավարության կողմից եկավ շրջիկ և խոսեց ապահովագրման մասին նաև բուրժուական կողմանից: Ժողովուրդը բոլորը հասկացան միաբերան, կեցցեք դուք միություն»:

Անցյալ տարվա օրացույցով հունիսի 11-ին կիրակի էր: Ըստ երևույթին այդ կիրակին Վասիլն անմահացրել է գինով և երեկոյան դեմ փիլիսոփայել «միության» և «բուրժուական կողմանից»: Մի քանի օր հետո, հունիսի 16-ին Վասիլը գրել է. «Տիգրանուհին անորոշ աշխատանք էր անում: Գաղթականը տարավ կես կոտ ցորեն գինու դիմաց»:

Այդ ամսին Վասիլն առաջին անգամ հիշատակում է պարտքը: Գրելով, որ թրթուրն ուտում է կաղամբի տերևները, Վասիլն ավելացնում է. «պարտքից դուրս եկանք տասը մանեթ Տիգրանուհու աշխատանքի դիմաց, ևս տվի 12 մանեթ փողով»:

Տիզրանուհու մասին տեղեկությունները հուլիսին կցկտուր են: Երևում է, որ ամբողջ ամսվա ընթացքում աղջիկն աշխատել է եղբոր պարտքի դիմաց: «Տիզրանուհին քաղհան էր անում հարևանի բոստանը պարտքի դիմաց»: «Առա եղան մի հատ: Տիզրանուհին լոբի էր քաղում պարտքի կողմից: Առա ծամոն վերքի համար: Փոր եմ արել, հետո գնացի ցախ բերելու: Ծաղիկը ցամաքեց անհայտ պատճառից»:

Հուլիսի վերջին նա գրել է. «Տիզրանուհին գնաց վերին արտը խուրձի, պարտքի դիմաց: Եվս տվի ձեռաց 3 մանեթ»: Թե ի՞նչ խուրձ է վերին արտում և ի՞նչ աշխատանք է արել Տիզրանուհին այդ արտում, — պարզ չի երևվում: Նույն օրը Վասիլը գրել է. «Վարսենիկը հիվանդ է. Տիզրանուհին եկավ ոտքին վերք: Առա ծամոն վերքի համար»:

Վարսենիկի հիվանդությունը վերջացել է հաջորդ օրվա լուսաբացին: Վասիլը գրել է. «ծնվեց ինձ ևս մի աղջիկ»: Եվ ուրիշ ոչինչ: Այդ ամբողջ շաբաթը նա մի նախադասություն է նշանակել. «պարտքից մնաց քառասուն»:

Աղջիկն ըստ երևույթին մի շաբաթից ավել չի ապրել: «Գիշերս մահացավ նորածինն առանցի անունը դնելու», — գրել է Վասիլը: Հին երազահանը նույն երեսի վրա, Վասիլի գրածից մի քիչ ներքև ասում է. «երազն բարի է և կատարվի ավուրն», իսկ Վասիլը դիմացը նշանակել է. «առա կաղին երեխաների համար 16 կոպեկ, ևս նավթ, գրվանքում մի կոպեկ պակաս, գումարով 30 կոպեկ»:

Տիզրանուհու մասին հետագայում եղած հիշումները միշտ էլ «պարտքի դիմաց» են կամ «պարտքի կողմանից»: Նա բուրդ է լվանում, կալ է կալսում, լոբի է քաղում բոստանում: Ինչ-ինչ նկատառումով Վասիլը կարեվոր է համարել օգոստոս 21-ին նշանակել, որ այդ օրը Տիզրանուհին չի աշխատել, «ոտքը մտել է փուշ»:

Օգոստոսը Վասիլի տարեգրության մեջ նշանավոր է դրամական հաշիվներով: Համարյա ամեն երեսի գրել է փոքրիկ հաշիվներ՝ օրվա ծախսը. «հնձվորին մի օր ներքի արտում մի մանեթ 60 կոպեկ», «Մանուչարից առա գերանդի, պարտք մնացի 60 կոպեկ», «ջրվորներին մի փութ ցորեն»:

Վասիլի մատյանում Տիզրանուհու չուստերի մասին մի անգամ էլ հիշատակված է օգոստոսի վերջին: Թեև Վասիլը օրագիրը շարունակել է մինչև տարվա վերջը, սակայն շատ քիչ են հիշատակումներ Տիզրանուհու և նրա չուստերի մասին:

Վերջապես Վասիլը գնում է մի զույգ չուստ, սակայն Տիզրանուհու անունով գնած չուստերը դառնում են Վարսենիկի սեփականություն, իբրև. թե նրա ոտքին մեծ լինելու պատճառով: Այդ առթիվ շատ մակերեսային դատողություն է արել Վասիլը, մոտավորապես այն ձևով, թե աշխարհը փուչ է, լավությունն էլ է կորչում, վատությունն էլ:

Չենթադրե՞լ արդյոք, որ ընդհարում է եղել Վարսենիկի և Տիզրանուհու միջև չուստերի համար, մեկը լաց է եղել, նորից բոքիկ ոտքերով («առի ծամոն վերքի համար»), արտը գնացել «պարտքի դիմաց», մյուսը չուստերը պահել է հայրական տնից բերած սնդուկի մեջ: Ինչպե՞ս հասկանալ Վասիլի գրածն այն մասին, թե «Տիգրանուհին խռովեց, զոռով բերեցինք կալատեղից»:

Սեպտեմբերին ծնում է Վասիլի երկրորդ կովը.

Այդ օրը նա ուրիշ բան չի արձանագրել: Սեպտեմբեր ամսվա նշանավոր դեպքերից է և խոտի հաշիվը: Անցյալ տարի ցանած առվույտը երկու անգամ հարելուց հետո Վասիլը շատ մանրամասն ելք ու մուտքի հաշիվ է կազմել: Եվ մուտքը գերազանցել է («մաքուր եկամուտ խոտի կողմանից»):

Մի շաբաթ հետո ստացած զարու մասին գրելիս, հանկարծ մի՞տն է ընկել Տիգրանուհին, թե զարու հաշիվն անելիս տանը վայնասուն է ընկել, ձեռքը դողացել է, ծածկել է երազահանը, վեր կացել: Ինչպե՞ս է եղել, այդ ամեննին հայտնի չէ: Գրված է միայն հետևյալը.

«Տիգրանուհին մահացավ առանցի կարծիքի, տեղոց տեղ, լավ թաղեցինք. եղավ ծախս ութը մանեթ փողով, ևս մի փութ զարի տերտերին, գումարով 9 մանեթ 70 կոպեկ: Նաև առի երկու մոմ»:

Տիգրանուհու մասին էլ ուրիշ ոչինչ: Տասնվեց տարի ապրեց, աշխատեց, մահացավ նույնպես հանկարծ, ինչպես այն նորածինը, որի մասին հուլիսի վերջերին հայրը գրել է՝ «Գիշերս մահացավ նորածինն առանցի անունը դնելու»:

Օրագրում Տիգրանուհու մահվան առթիվ ուրիշ մանրամասնություն չկա: Վասիլը երազահանի այդ երեսն էլ շրջել է նույն բութ մատով, որի կնիքը կա երազահանի շատ երեսների վրա:

Հաջորդ երեսը, որ գրվել է երկու օր հետո սկսվում է այսպես.

— Պարտքից մնաց տասնչորս...

ԵՎ ԲԱՏՐԱԿԸ ԹՌԻՅԼ ՏՎԱՎ ԻՐԵՆ...

Սրապը տավարը տեղավորեց, դավթարը կռնատակն առավ և գնաց կանցելար:

— Սրա՛պ, ճրագը վա՞ռ թողնեմ, — հարցրեց մայրը, ասեղի ծայրով պատրույգը վեր հանելով:

— Կարող ա ետանամ, գործս շատ ա էս գիշեր:

Մի քիչ հետո մայրը ճրագը հանգցրեց, մտավ վերմակի տակ, կամաց կսկծալով, որ Սրապի գործը շատ է, աչքերը գիրը կտանի:

Կանցելարում Սրապը ճրագը վառեց և կոնատակի դավթարը բաց արեց: Անգիր գիտեր Մրոցում ով ինչ ունի, քանի՞ մանեթ հարկ է ընկել, գյուղում ի՞նչ է պատահել հեռու, մեկէլ տարին, հունիսին, հուլիսին:

Սրապը սպիտակ թղթի վրա սկսեց շարել. «գյուղումս գոյություն ունի փօկ և խորհրդի պատուհանները քցված են. կա և սանիտարական սեկցի 6 անդամով, որից մարդ հինգ հատ և մի կին»:

Մի քիչ էլ մտածեց, նայեց կանցելարի սևացած օճորքին, աչք ածեց չորս կողմ, ասես պատերի քարերի վրա փնտրում էր գրելիքը: Ունքերը իրար հավաքեց և շարունակեց.

«Գյուղս ունի ելից և մտից մատյաններ և գրությունները մտնում են և դուրս են գալիս՝ ինչպես կարգն է»:

Վերջակետից հետո մի երկու անգամ ծոծրակը քորեց, թաթախեց թանաքը, մի սատկած ճանճ ընկավ գրչի ծայրին, մատով ճանճը դեն գցեց և հերսոտած գրեց.

«Նաև գյուղումս հակախորհրդային հեղափոխականներ չկան»:

Էլ ուրիշ շատ բան գրեց Սրապը, գրեց, որ մի կրահոր են շինել, որ անասունների մեջ հիվանդություն չի եղել, քերծից երկու եզ է գլորվել, գողություն չի եղել, գրեց, որ «գյուղս աստիճանաբար լավանում է» :

Կավե ճրագի պատրույգը վառվում էր, լույսը մերթ աղոտանում էր, մերթ զորանում, պատերի վրա ճրագից ստվերներ էին թրթռում:

Սրապը կանցելարի մտից մատյանի մեջ մտցրեց և «շրջաբերական միլպետից ամուսնացողների մասին կյանքի մեջ կիրառելու, նաև աղվեսի մորթին թանկ ծախելու մասին», հետո դուրս եկավ, նստեց կանցելարի դռանը:

Տներում ճրագ չկար, հոգնած մրափով քնել էր գյուղը: Մրոցը՝ հեռու ձորում ընկած, կուչ էր եկել քերծերի տակ, տապ ուրել: Գյուղի ներքի ծայրում մի շուն կաղկանձում էր:

Նայում էր Սրապը քնած Մրոցին, հովը ծեծում էր բաց կուրծքը, և Սրապը լիաթոք շնչում էր ամռան գիշերվա զովությունը: Դուրս եկավ, որ ամբողջ գյուղում միայն ինքն է արթուն, գրում է գյուղի մասին, և ճրագը կանցելարի պատուհանից անթարթ աչքի պես նայում է գյուղին:

* * *

Սրապը ներս մտավ, գրածը կարդաց, հանգ արեց ճրագը հանգցնի, բայց միտն ընկավ Դավիթի բատրակը և օրվա զրույցները նրա մասին:

Գրե՞լ թե ոչ: Կիմանան, Մրոցը մատի փաթաթան կշինեն, իսկ թե չգրի, վայ թե երեսովը տան, որ գյուղում եղածը ծածկել է և չի գրել:

Դավիթի բատրակը՝ Տիկոն, բոյը կարճ, բրդոտ, ոնց որ սարի արջ: Խոսելիս գլուխը կախում էր, աչքերը գետին զցում, խոսքի կեսը կուլ տալիս: Տիկոն փոքրուց չոբան էր: Գյուղում նրան տեսնելիս տնազ էին անում:

— Տիկոն ուլի հետ ա ծիծ կերել, — ասում էին, ծիծաղում: Տիկոն էլ էր ծիծաղում: Իբրև թե Տիկոյին մայրը չի ծիծ տվել, այլ մի պառավ այծ:

Գուցե Տիկոյի մասին գյուղում ուրիշ խոսք ու զրույց չլիներ, բացի այդ հանաքից, որ հազար անգամ էին ասել, եթե Տիկոն չաներ այն, ինչի մասին գյուղում խոսում էին:

— Տեսա՛ր ինչ արեց Տիկոն...

— Էն բրդոտ քոթոթը...

— Տիկոն էլ գյուղում չի երևա՜,-ասում էին ընկերները:

Երկու օր առաջ Տիկոն թողել էր տիրոջ տունը, ոչխարը՝ փարախում, մահակն առել ու լուսաբացին դուրս էր եկել գյուղից:

Երեկոյան Սրապին իմաց էին տվել, որ Տիկոն չկա, և Դավթի ոչխարըր ուրիշն է տարել: Սրապը մարդ էր ուղարկել Տիկոյին փնտրելու, մարդը վերադարձել էր առանց հետքը գտնելու:

— Տեսնես սարն անցավ ո՜ւր գնաց...

Սրապը մթնով գնացել էր Դավթի տունը, հարցնելու, թե ի՞նչ է եղել:

— Մանո՛ւշ, պետք ա բոլորն ասես, թե չէ վրադ պրատակոլ կկազմեմ, վերջը դու գիտես, — սպառնացել էր Սրապը, բայց սպառնալիքը չէր օգնել:

Մանուշը մի գլուխ լաց էր եղել, երդվել, որ սուտ լուր է, թշնամու սարքած, որ Տիկոն այդ գիշեր գոմումն էլ չի քնել, ոչխարի փարախումն է եղել:

Սրապը տեսել էր, որ հնար չկա,— չի ասում:

— Դու գիտես, Մանուշ, Դավիթի պատասխանը կտաս: Ես իմ քննությունը վերջացրի:

Ասել և տնից դուրս էր եկել:

Բայց գյուղում ուրիշ բան էին պատմում: Հարևան կանայք փսփսում էին, պառավները չանչ էին անում դեպի Մանուշը:

— Ցեղդ լիրբ ա, Մանուշ, — ասում էին նրանք չանչ անելիս:

Ո՞վ էր իմացել, ո՞վ էր տեսել այդ բոլորը, — Սրապը այնպես էլ չիմացավ: Երբ նրան հայտնեցին, թե գյուղում այդպիսի բան է պատահել, Սրապը նախ չհավատաց:

— Տիկոն չի անի, նամուսով տղա է, — ասաց: Բայց լուրն ավելի էր տարածվում: Առավոտ կանուխ ջրի գնացած կանայք վկայում էին, որ տեսել են Տիկոյին Մանուշի տնից դուրս գալիս, չոբաններն ուրիշ բան էին ասում, թե Մանուշը Տիկոյի պաշարում միշտ յուղ ու պանիր էր դնում, գուլպա է գործել նրա համար, թե Տիկոն սարում ասել է.

— Այ մի Դավիթը գնար քաղաք, ես էլ փարախում չէի քնի:

Փողոցում մի քանի ալևոր մարդիկ Սրապին հանդիմանել էին, թե Մրոցն իր օրում այդպիսի բան չի տեսել:

— Մեր գյուղի իշխանն էլ դու ես, — ասացին, — կտրի՛: Միանգամից կտրի արմատը, որ էլ չժառանգի, գյուղս չվարակի...

— Կանեմ, ապեր, կանեմ, քանի ես կամ, գյուղումս պետք է լրբությունը ջնջվի, — հայտարարեց Սրապն ալնորներին և մտքում որոշեց անելիքը:

Հենց այդ երեկոյան էր, որ նա գնաց Մանուշի մոտ՝ քննության: Երբ սպառնաց և տեսավ, որ սպառնալիքն էլ չի օգնում, դուրս եկավ:

Ճանապարհին Սրապը հիշեց, թե ինչքան գեղեցիկ է Մանուշը և մի պահ զարմացավ, կարծես նրան առաջին անգամն էր տեսնում:

— Անիրավիդ աղջիկը քաշած պատկեր ա, էլի՛, — մտածեց Սրապը և քայլերն ավելի արագացրեց.

— Հապա թե Դավիթն իմանա....

***

Սրապը երբ մտավ կանցելար, ուզեց ճրագը հանգցնի, միտն ընկավ Տիկոն, Մանուշը, գյուղի զրույցը: Պե՞տք է հայտնել, թե ոչ:

Մեկ էլ մտածեց Սրապը, մոտեցավ գրածին, գրիչը թաթախեց և սկսեց գրել շրջմիլպետին.

«Սույնը տարվա հունձին գյուղիցս բացակայում է Դավիթ Խաչիեյանցը, որն որ գնում է և գյուղումս մնում է Դավիթի կնիկ Մանուշը, նաև նրանց բատրակը»:

Մինչ այստեղ Սրապը գրեց առանց դադար առնելու: Գրչի ծայրով վեր հանեց ճրագի պատրույգը, քունքը քորեց և շարունակեց գրել.

«Եվ Մանուշն ուրբաթ գիշերը մնում է մենակ, որն որ քնում է իր սենյակում: Եվ Մանուշը գոմից կանչում է բատրակ Տիկոյին և ասում, որ ինքը վախենում է մենակ քնելու, և քնում են միասին»:

Սրապն ուզեց հերիք համարի գրածը, բայց նորից կարդաց և ավելացրեց.

«Եվ բատրակը թույլ տվավ իրեն մինչև այն աստիճանի...»:

***

Երբ դավթարը կռան տակ Սրապը քնած Մրոցի փողոցներով գնում էր դեպի տուն, ճամփին միտք անելով, — նրան այնպես էր թվում, թե մի ծանր քար գլորվել է իր խղճից: Զեկուցման մեջ ասված է այն ամենը, ինչ որ պատահել է գյուղում:

Սենյակի մթնում տրեխները հանելիս մի անգամ էլ Սրապի միտն ընկավ Մանուշը, և ինքն իրեն ասաց.

— Անիրավիդ աղջիկը քաշած պատկեր ա, էլի՛ ...

ՄՈՒՐՈՅԻ «ՋՐՈՒՑՑ»-Ը

Երկրորդ օրն էր՝ Մաղդայում էինք: Ալագյազի լանջի ամենաբարձր գյուղերից մեկում, որտեղից բացվում է հիանալի տեսարան դեպի դաշտը: Ներքև փռված էր Արագդայանի տափարակից մինչև Անի կայարանը հասնող ընդարձակ տափարակը, գյուղերն ու քաղաքները, որ ցամաք դաշտում կանաչ պարտեզների էին նման, երկաթուղու սպիտակ կայարանները, անբաժան ակացիաներով ու բարդիներով:

Ես և ընկերս նստել էինք քարին, հիացմունքով դաշտին էինք նայում և փորձում գտնել ծանոթ գյուղերը: Արևը կախ էր ընկել մայրամուտի կողմը: Սարից զով քամի էր փչում, ողջ դաշտը ողողված էր արևի լույսով, և արծաթի հայլոցքի նման պսպղում էր ոչ միայն Արաքսի օձանման հոսանքը, այլև մի քանի փոքրիկ լճակներ ու գյուղական առուներ:

Մեր ետևը Մաղդան էր՝ տափարակ կտուրներով նոր տներ կանաչների մեջ: Երկու կին կտուրի վրա ցորեն էին քամում: Օդը ջինջ էր և թափանցիկ. արևի տակ փայլփլում էին ցորենի քիստերն ու թեփը, երբ ոսկեգույն փոշու հետ խառնված ցորենը կանայք մաղում էին և օրորվում:

Մեզնից մի քիչ հեռու արտերն էին: Ոտքերը վեր քշտած մի մարդ ջուր էր անում: Լսում էինք, թե ինչպես էր բահը զրնգում, երբ խրվում էր ավազոտ հողում: Ձորակից երգի ձայն էր լսվում.

Կռունկն իջել է գյոլին…
Յարս ման կգա չոլին…

Երգը մերթ ընդհատվում էր. մերթ շարունակվում: Ընկերոջս հետաքրքրությունը շարժեց այդ:

— Ի՞նչ անելիս կլինի էն երգողը, — հարցրեց նա: Ես փորձեցի երգի ընդմիջումներից որոշել, բայց չկարողացա: Ընկերս չհամբերեց, մի քայլ արեց ու նայեց ձորակի կողմը:

— Հնձվոր է, — կանչեց նա: — Հենց որ կռանում է, լռում է...

Մեր գլխավերևը՝ բլրակի ետևից, լսվեց մի ձայն՝ «հոլե՜, հոլե՜...»: Մեկը սուլեց: Ետ նայեցինք: Ոչխարի հոտը բլուրից իջնում էր: Մի այծ բարձրացել էր քարի գլուխն ու տմբտմբացնում էր միրուքը: Բլրակի գլխին կանգնել էր հովիվը՝ մահակին կռթնած: Կանգնել էր արձանի նման ու նայում էր մեզ: Երևում էր, որ նա վաղուց է տեսել մեզ: Ապա սկսեց իջնել: Հեռվից արդեն նկատելի էր, որ նա կաղում է:

— Ես կաղ չոբան կյանքումս չեմ տեսել, — ծիծաղեց ընկերս:

Հովվի հագին տեղական, թևերը կտրած «փոթ» էր, մորթը դեպի դուրս: Պայուսակը ցնցվում էր, երբ նա քարից քար էր թռնում:

— Տեսնես էս սարի գլխին նա մեր օրերից ի՞նչ գիտե, — ասաց ընկերս ու ափսոսանքով ավելացրեց. — շվին չեմ տեսնում, թե ունեցել էր՝ փչել կտայինք...

Հովիվը մոտեցավ:

— Բարի տեսանք, — ասաց և գամփռին սաստեց: Շունը նստեց:

— Անունդ ի՞նչ է, — հարցրեց ընկերս:

— Մուրո՛:

— Մուրո, բա շվի չունե՞ս:

— Փո՞ղ: — Եվ ծպացրեց:

Նրա մի ոտը կարճ էր: Կանգնելուց մատերի ծայրը հազիվ էր գետնին դիպչում: Դեմքը ծաղկատար էր, ձախ աչքի տակը՝ ճոթռած: Նրա զգեստը, գդակը, դեմքը, ձեռքերը համարյա հողագույն էին, արևից խանձված, քամուց ծեծված: Սակայն մի քաղցրություն կար նրա միամիտ, մի քիչ կոշտ դեմքին:

Մուրոն նստեց:

— Մուրո, կարդալ գիտե՞ս: — Նա ծիծաղեց:

— Ուստի՞ց:

Ընկերս սկսեց հարցուփորձը: Մուրոն գյուղի հովիվն էր: Գյուղում մի «քոլիկ» ունի, որի դուռը դեռ չի կախել: Քնում է ոչխարատիրոջ տանը՝ հերթով: Ոչ ոք չունի: Սաունում էլ որբ է եղել:

Հանկարծ ընկերս հարցրեց նրան.

— Մուրո, դու Լենինի անունը լսած կա՞ս...

— Հբա իմա՞լ, — մի քիչ սրտնեղեց նա: — Ես Լենինի զրուց լե գիտեմ...

— Ի՞նչ զրուց, մի ասա լսենք, — խնդրեց ընկերս: Մուրոն ամաչելով մեզանից «ծպարա» խնդրեց ու սկսեց.

— Լենին ոռուս էր: Ցուր հեր լե չքավոր էր, պապ լե. գնաց կարդալու, էս յան, էն յան, մի հուսումարան ռաստ էկավ, ասավ՝ չքավոր եմ, ինձի կառնե՞ք, կուզեմ կարդացվոր էղնիմ: Առան. մի քանի վախտ կարդաց, որ ուսում թամմեց, խելքի էկավ:

«Որ խելքի էկավ, իմացավ, թե աշխարիքի վնաս ուստից կեղնի: Մտածեց, մտածեց, տեսավ, որ վնաս ոռուսի թագավորից կեղնի: Թոփ արեց իրենց հուսումարանի տղոց, թե՝ ընկերներ, էնքան որ կարդացվոր եք, իմա՞լ կեղնի, որ չքավոր դառը դատի, հարուստն ուտի, ինք մնա չլուտ, սոված, ռութ, մի կարկատած լեֆ լե չունի, որ մեջ պառկի:

«Ընկերներ ասին. էղեր, չէղեր է, էդպես էղեր է, էդպես լե մացել է: Լենին ասավ. աշխարին էսպես չի մնա, էսօր ամպ է, էգուց պարզ արև: Մինչի մենք ընկերություն չանենք զիրար, թագավոր լե մզի կմորթե, հարուստ լե մզի կճնշե, հող լե մզի չօգնե: Մկրատ իրեն է, կտոր լե իրեն է: Ջուղր ուղիղություն կասեմ, որ մինչի թուր հարուստի բերան չառնի, պարզ խոսք չի ասի:

«Ընկերներ համոզվեցին, ասին կազմակերպություն սարքենք: Սարքին. Լենին ասավ, ընկերներ, ուժով կացեք, որ պիտի կռիվ տանք:

«Էդ վախտ թագավոր մի հավատարիմ մարդ կունենա: Կկանչի էդոր, կասի, որ երթա պտուտ գա երկիր. կուզեր իմանա, թե՝ ժողովուրդն ի՞նչ կասի չի ասի թագավորից: Էդ մարդ յոթ տարի ման կգա, վերջը կգա թե՝ թագավոր, լավ խոսք քիչ իմացա: Թագավոր թախտից կիջնի, թե ինչ տեսել ես, չես տեսել՝ զմմեն լե պատմի:

«Կասի՝ թագավոր, իմացած եղիր, որ էսպես տսվերկու տարեկան մի տղա, անուն Լենին, քեզ փորձանք կբերի: Թագավոր վախուց հրաման էտուր, թե տսվերկու տարեկան Լենին քշեք աքսորյան...»:

Արևը թեքվում էր կարմիր ամպի ետևը, իբրև հոգնած հնձվոր, որ վրան է առնում թաղիքը: Ճկում էին ծտերը, քարից քար թռչում, կարծես չէին ուզում, որ երեկո լինի:

Մուրոն ծուխը խոր քաշելով, շարունակեց.

— Քշեցին աքսորյան, էլի չխրատվավ: Լենինի ախպեր, որ իմացավ, թե պստի ախպեր աքսորյան է, ասավ. էլնիմ էրթամ ինչքան թագավոր կա մորթեմ: Էդ խաբար լե շուտով հասցուցին թագավորին, թագավոր էս անգամ կատղավ, ոտք գետին զարկավ՝ թե բռնեք բերեք, իդա մանչ վի՞ր է:

«Բռնին բերին: Թագավորը հարցուց՝ ո՞վ ես, ասավ՝ Լենինի ախպերն եմ. ասավ՝ անունդ ի՞նչ է, ասավ՝ Ալեքսան: Աս խոսք ասել էր, չէր ասել, թագավոր թուր հանեց զարկեց, արյունք ծով արեց: Լենինն իմացավ, ասավ. «Վա՜յ, իմ Ալեքսան...»: Շատ արցունք թափեց ախպոր համար, բայց էլի ուժովցավ, ասավ՝ ընկերներ, եկեք գազեթ սարքենք:

«Ընկերներ համոզվան, գազեթ հանին, ասին՝ դու ամբողջի գլխավորն էղի: Լենին ասավ՝ թե կռիվ պիտի տանք, ով զենք չունի, թող առնե, ուժով միանանք, թագավորի վրա քշենք: Էս էլ որ իմացավ թագավոր, կատղեց, մարդ ճամփեց, որ աքսորյան Լենինին մորթեն:

«Էս անգամ չքավոր բանվորներ ասին, որ թագավոր մեր Լենին սպանե, հաբա մզի ուղիղություն ո՞վ ցուց կիտա: Չրնք թորգի, ասին, մենք լե կերթանք կռիվ կիտանք թագավորի վրա: Լենին ժողովք արեց, նամակ գրեց զմմեն չքավոր բանվորներուն, թե պատրաստ կացեք, էս ֆլան ամիս կռիվ կէրթանք թագավորի վրա:

«Առավ իր ընկերներ, իր զենք կապեց, էդ ֆլան ամիս Լենին էկավ ուռուս թագավորի պալատ: Կանչեց՝ ե՜լ, ես աքսորյան Լենինն եմ: Ուժեղ կպան զիրար, շատ արյուն թափին: Լենինի թուր ճեղքեց թագավորի գլուխ, երկու կես արավ, թագավորին տապալեց, էնոր տուն, քուլֆաթ զարկեց, ջարդեց, լավ հողեր, լավ դուքըններ, ինչ որ թագավորն ուներ, զմմեն ոսկի, հարստություն բաժանեց չքավորներուն, ասավ՝ գնացեք ձեր քեֆին ապրեք... Չքավոր բանվորներ ռահաթցան: Լենին հավաքեց իր ընկերներ, ժողովք նստան, որոշում գրին, որ էլ կռիվ չէղնի: Էլավ մի բարձր քար, ասավ:

— Ժողովուրդ, խաղաղ ապրեք: Էլ մզի կռիվ չկա...

«Եղավ խորհրդային իշխանություն...»:

Մուրոն լռեց ու, գլուխը ոչխարների կողմը դարձնելով, հոտի առաջնորդ այծի վրա կանչեց այնպես, որ հատուկ է լեռան հովիվներին և որի հնչյունը ոչ մի կերպ չի կարելի տառերով գրել: Տեսնելով, որ կանչն անհետևանք անցավ, Մուրոն նստած տեղից քար շպրտեց այծի կողմը:

Մարմնի մյուս պակասություններից բացի, Մուրոն նաև ձախլիկ էր: Սակայն այդ նրան չխանգարեց քարը հասցնելու ճիշտ այն կետին, որ հարկավոր էր՝ այծը հետ տալու համար: Եվ ոչխարներն էլ այծի հետևից գլուխները դարձրին դեպի արևմուտք:

— Մուրո, իսկ ի՞նչ պատահեց Լենինին հետո, — անհամբեր հարցրի ես:

— Զրուց չխլսավ դիա, կեցի... — Եվ շարունակեց.

«Թագավորին որ զարկեց, հարուստ չխլսավ: Որ փախավ, որ լե ահուց մահացավ: Մնաց մի հարուստ մարդ: Զօր նստեց միտք արավ, գիշեր չուրի լուս միտք արավ, թե հնարքով Լենին ջնջի հողի երեսից: Վերջը հնարք գտավ: Կանչեց մի աղջիկ, ասավ՝ աղջիկ, ոսկի կուզե՞ս. ասավ՝ կուզեմ: Աղջիկ էլավ գնաց Լենինի դռան մոտ կեցավ: Պահապաններ ելան հարցրին՝ աղջիկ, դու վի՞ր ես. ասավ՝ չլուտի աղջիկ եմ, Լենին իկա խնդիր ունեմ: Լենին իլավ դուրս, ֆայտոն նստավ: — Ֆայտոն նստեր էր, չէր նստեր, աղջիկ էզարկ. Լենին ասավ՝ դրան մի սպանեք, իմացեք, թե ո՞վ ճամփեց: Իմացան, որ էն հարուստ ճամփեց, հարուստի փոր-փոր լե տրորին, եղավ հավսար:

«Մի քանի վախտ անց Լենին հիվնդցավ: Որ հիվնդցավ, կանչեց իր ընկերներ, իր կնիկ, իր զորք, ասավ՝ ընկերներ, ես կմեռնեմ, իմ իրատներ, իմ խոսք կմնա աշխարհի երես:

«Լենին մեռավ... Յոթ օր, յոթ գիշեր սուգ արին, տարան մի բարձր տեղ թաղին, որ արևուց մոտ էղնի...»:

Մուրոն տեղից վեր կացավ, պայուսակն ուսը նետեց:

— Համլա զրուց (այսպիսի զրույց), — ասաց և խոնարհ գլուխ տալով հեռացավ, փայտը քարեքար դիպցնելով: Քայլելուց նա ցնցվում էր, կարծես ամեն քայլափոխին պիտի ընկներ, եթե մահակը քարին դեմ չտար:

— Տղա լաո, իդա կուտ (ցորեն) վի՞ր է, — առուների մոտից կանչեց մեկը:

Մուրոն հավաքում էր ոչխարը: Լսելի էր նրա մեղմ սուլոցն ու ձայնը. — «Հոլե՜, հոլե՜ ... քըսս, քըսս...»: Քիչ հետո ոչխարի գլուխը թեքեց դեպի գյուղը:

— Հը, ո՞նց էր… — հարցրի ընկերոջս:

— Երբեք չէի սպասի...

Մենք նստեցինք, մինչև իրիկվա նրբին լազուրը հալվեց մոկթի մեջ,

թանձրացավ խավարը, և դաշտն ու դիմացի լեռնաշղթան սուզվեցին մթնում: Արաքսի արծաթ գոտին նիրհող թռչունի նման պահվեց եղեգնուտների մեջ:

Եվ ինչքան թանձրանում էր մութը, այնքան վառ էին փայլփլում էլեկտրական լույսերի շղթաները: Ահա Երևանը, Սարդարաբատի կայարանը, Վաղարշապատը, Այղրի ջրհանը:

Կարծես մութ օվկիանի վրա լողում էին հրավառ նավեր...

ՋՈՐԵՐԻ ԼՈՒՅՍԸ

1

Տեղատարափ անձրևին նա բախեց տան դուռը: Ներսը քնել էին որդին, հարսը և թոռը: Ապա անձրևախառն քամին ծեծեց դուռը, ներսում ճրագ վառեցին: Դուռը բացվեց, և անձրևի տարափի հետ տուն մտավ Սիդերո Սավվան:

Նա գործիքների կաշվե պայուսակը դրեց անկյունում, կախեց երկաթե ձողով կավե ճրագը, որ հանգցրել էր քամին: Եվ ասաց որդուն.

— Լազր, որդիս, ես եկել եմ, որ գնամ, որովհետև երևաց այն նշանը... Ես քնեցի գետնի տակ և երբ զարթնեցի, տեսա հանգում էր իմ ճրագը: Հետո դում-դում մի ձայն եկավ, Լազր, մի զորավոր ձայն...

Որդին հասկացավ, որ հայրը մահամերձ է: Այն երկյուղը, որ համակել էր հորը, անցավ որդուն, անցավ և հարսին: Կարծես դռան շեմքին ինքը մահն էր՝ անձրևախառն այդ փոթորկին, երբ կայծակի հրեղեն լախտը խփում էր լեռների լանջերին:

Հայրը զգեստները հանեց, մաքուր լվաց ձեռքերը և երեսը, հանձնեց իր զարմանալի մուրճը, հագավ սպիտակ շապիկ, և երբ եղավ լուսաբաց, օրորալով դուրս գնաց գերեզմանատուն: Նրա հետևից գնացին սարսափահար բարեկամները, որոնցից ոչ մեկը չհամարձակվեց հետ պահել նրան: Նրանք գիտեին, որ Սիդերո Սավվան, որ կնշանակի Երկաթ Սավվա, — ուրիշի խոսքով երբեք հետ չի դարձել մի անգամ բռնած ճանապարհից: Կամրջի վրա որդուն ասաց.

— Լազր, այս գետի ափին մի աղբյուրի ջրի մեջ կփնտռես իմ մեծ դանակը և որտեղ գտնես, գնա՛ այնտեղից ինչքան թռչում է մեղուն և կգտնես մեծ գանձեր քեզ և աշխարհի համար...

Հետո համարյա վազեվազ բարձրացավ գերեզմանատան բլուրը և ընկավ, ինչպես հասկը՝ մանգաղի զարկուց: Նա պառկել էր կողքի վրա, երեսը դեպի իր կնոջ խոնավ ոսկորները: Պառկել էր մաքուր շապիկով, ինչպես ամուսնության առաջին գիշերը:

Եվ դեռ ուրիշ առասպելական զրույցներ հերոսացնում են այն զարմանալի վարպետին, որից մնում է միայն երկու քանդակ և պողպատե մի գործիք: Իսկ ինչ նրա գերեզմանն է, այդ խառնիխուռն թափած քարի փշրանքներ են, մնացորդը այն նշանավոր արձանի, որ բարձրացրել է ինքը՝ վարպետ Սավվան իր կնոջ գերեզմանի վրա՝ մարմարից, բազալտից և մոխրագույն կրաքարից:

Այդ մահարձանի վրա քանդակել է նա երկու ողկույզ, մյուս էջին՝ մի նիհար բորենի, սուր ժանիքներով, մի այլանդակ գազան, որ նայում է նույն այդ ողկույզներին: Երրորդ երեսին միայն բորենին է, ավելի նիհար, ավելի ահավոր, ցցել է դունչը դեպի երկինք, և թվում է, թե ոռնում է մենակությունից և ահից: Վերջին երեսը պարապ է, և միայն շրջանակներն են հիշեցնում չորս կողմի համաչափությունը:

Ցանկացե՞լ է Սավվան ասել, որ նույնիսկ բորենին կանհետանա և կմնա տիեզերական լռությունը՝ անմարդաձայն և անշունչ, երբ բորենին ոչնչացնում է ծաղկած այգին: Գուցե հոգնել էբազուկը և այլևս չի գտել ոչ մի գաղափար պատկերելու վերջին ամայությունը: Բայց նա ձև է տվել ամբողջ արձանին. այդ նետ է, սուր ծայրը դեպի երկինք, կարծես ահա պիտի թռչի նետը և մեխվի երկնքի կողը:

Մի ջերմեռանդ հույն, որի մոտ են եկեղեցու բանալիները, երբ ցույց տվեց Սավվայի երկրորդ հիշատակը, ասաց, որ այդ սուրբ Գևորգի գլոխն է: Միամիտ մարդ... Եկեղեցու մայր դռան վերևը, Սավվա Սիդերոն քանդակել է կանացի մի գլուխ, մի լուսավոր երես, որի փափուկ այտերի վրա կան փոսիկներ, և աչքերը ժպտում են: Երկու ֆալլուս գրկել են կնոջ պարանոցը և թվում է, թե հենց այդ է նրա ժպիտի պատճառը:

— Իսկ սրանք ոսկորներ են խաչի նման... որովհետև Սավվան մեծ վարպետ էր և սուրբ մարդ, — հավատացնում էր այն ջերմեռանդ հույնը, ձեռքին ծանր բանալինելը:

Երբ «Ոսկե գահի» բարձրության վրա Լազրը դողդոջ ձայնով երգեց իր հոր՝ Սավվա Սիդերոյի գովքը, մի քաղցր երգ, որ հորինել էին նրա բարեկամ վարպետները, ես լսում էի խաղի վերջին անընդհատ կրկնվող «Սավվա... մարմարա... Սավվա Բարբարա», որ նշանակում էր.

Սավվայի սիրած մարմար...

Սավվայի սիրած Վարվառ...

Իմ աչքի առաջ ելնում էր երկու ողկույզը և բորենին, ամայի անապատը, ապա նրա կինը՝ սպիտակ Բարբարան, կնոջ մարմարե պարանոցի վրա իբրև ժանյակ անարատ ֆալլուսը:

2

Որդին գնաց հոր ճանապարհով:

Նա ևս դարձավ քարի վարպետ, սակայն չէր սիրում այն, ինչ Սավվա Սիդերոն՝ մահարձաններ և քանդակներ եկեղեցիների վրա: Նա երբեք չմտավ եկեղեցի, գուցե նրա համար, որպեսզի չտեսնի հոր քանդակը և չհիշի այն անձրևախառն փոթորիկը և խավար գիշերը, հոր սպիտակ շապիկը և մահը:

Լազրը գնաց Շիրվան, Իմերեթ, եղավ Մասիսի կողմերը, շրջելով հասավ մինչև Սև ծովի ափերը, հետո գնաց Գիլան, եկավ Գետաբեկ: Եվ որտեղ նա գնաց, տներ կառուցեց, գետերի վրա կապեց կամուրջներ, աղբյուրների առաջ՝ քարե ավազաններ՝ մարդկանց և անասունների համար:

Սավվան նրան սովորեցրել էր, թե ի՞նչ կա գետնի խորքում, եթե ջրերը սև ժանգ են դնում քարերի վրա, և լեռան վրա խոտը փարթամ չի բարձրանում: Այն կաշվե պայուսակը, որ մաշել էր հոր մեջքը, որդին ուսն առավ ու շրջեց երկրից երկիր, և երբեք ժանգ չնստեց պողպատե գործիքների վրա:

Որդին այդ բոլոր վայրերում հորից ավելի եռանդով փնտրեց պղինձ, երկաթ և օնիքս-մարմար, ոսկի և կվարց, և գրաֆիտ, և սրաքար: Նա փորում էր լեռան լանջերը և ձորձերի հատակը, բարձրանում էր լերկ գագաթները և խփում այն ժայռերին, որոնք իրենց էին քաշում կայծակի թրերը: Զրնգում էր և՛ ժայռը, և՛ հոր մուրճը: Նա զննում էր ժայռի բեկորը և անսխալ որոշում, թե ի՞նչ կա նրա խավար ընդերքում: Երբեմն նա գտնում էր մաքուր երկաթե շերտ, լեռան կողի վրա: Նա ինքն էր հանում ծանր մետաղը, որից գյուղական դարբինները թափում էին խոփ և ծեծում սուր գերանդի, երբեմն փակում էր իր փորած հանքահորը, երբ նկատում էր, որ հանքը խորն է և քիչ են իր ուժերը: Այդպես տարիների ընթացքում նա սովորեց թափանցվել լեռների խորքը, նայել հարյուրավոր մետր ցած և այնտեղ տեսնել ավազի և խճի տակ թաղված պղինձը և մարմարը, սև երկաթը և գունավոր կվարցը.

— Լազր, հայրդ իսկապես գետի մե՞ջ էր գցել իր դանակը...

— Գցել էր գետի մեջ...

— Իսկ դու գտա՞ր դանակը...

— Ես գտա դանակը:

Եվ Լազրը պատմում էր հանքաքար փնտրողների հին սովորությունը: Աղբյուրների ջրերի և գետերի մեջ նրանք նետում էին երկաթի կտոր և ժամանակի ընթացքում երկաթի վրա նստում էր պղինձը, եթե ջրի մութ ակունքներում պղնձաքարի շերտեր կան: Մի այլ ձևով նրանք փնտրում են մարմարը և առանձին ուշադրությամբ են զննում այն վայրերը, ուր առատությամբ թափված է կուպրի նման սև և փայլուն «սատանի եղունգը»:

— Իսկ գտա՞ր դու այն գանձերը, որի մասին ասում էր քո հայրը՝ Սավվա Միդերոն:

Նա լռում է:

— Այդ զրույց է... Բայց տես մեր գերեզմանատունը... Այ իմ մոր սպիտակ մարմարը և հորս գերեզմանը: Մինչև այստեղ թռչում են մեր մեղուները: Եվ ինչ պակաս հարստություն է այն սարը:

Մկանուտ ձեռքը մեկնում է դեպի դիմացի լեռան գագաթը, որտեղ ձյունի մաքուր փայլով շողում են մարմարի վիթխարի քարերը, և երբ իջնում է ամպը, թվում է, թե մինչև երկինք է հասնում սպիտակ մարմարը:

3

Այս վայրը կոչվում է «Ոսկե գահ»:

Կլոր հարթավայր է լեռնային թանձր խոտով: Կանաչը կարմրում է, երբ խոտերի մեջ բարձրանում է կարմիր պուտը, կապույտ է զանգածաղիկներից և սպիտակ՝ երբ բացվում է լեռնային մեխակը, կարծես մեկը ներկեր է տարել, և կանաչ մարգագետինների վրա անկարգ կաթկթել են ներկերը:

Այդպես է այդ հարթավայրը, երկու կողմը բլուրներ, հետևը բարձր լեռը. լեռան դիմաց անդնդախոր ձոր, որտեղ աղմկում է լեռնային մի անանուն ջուր: Եթե լիներ մի հսկա և նստեր «Ոսկե գահի» հարթավայրին, նա թևերը կհեներ բլուրներին, մեջքը՝ այն բարձր լեռան և ոտքերը կկախեր խոր ձորի վրա:

Բայց մենք ժամերով գնում ենք «գահի» կանաչների միջով. երբեմն խանգարում է խոտը, որ հասնում է մինչև մեր կուրծքը, և երբեմն էլ քամուց ծովի նման ծփում է բարձր կանաչը և քամին խլում է Լազրի խոսքերը:

...Գնացել է նա գետի հոսանքին հակառակ և ուշադիր նայել է ջրերին, նա հասել է մինչև գետեզրի այն աղբյուրը, որի ավազանների մեջ ընկած էր պղնձապատ երկաթը:

Գետի ջրի մեջ նա գտնում է մարմարի մի զարմանալի կտոր: Նա փշրում է քարը և տեսնում նրա կապույտ փայլը, այն հազիվ նշմարելի երակները և հազարավոր ոսկեփայլ աստղիկները: Նա մտաբերում է, որ գարնանը չափից ավելի բարձրացել էր գետը: Ուրեմն ձյունհալի ժամանակ կամ գուցե գարնան պղտոր հեղեղը լեռներում քերել է մի անհայտ լեռ, և հեղեղը գետին է հանձնել այդ չնաշխարհիկ մարմարի կտորները:

Գնում է հոսանքի հակառակ մինչև գետի ակունքները՝ ցրված-փռված խոր ձորերում, լեռների վրա, մինչև բարձր գագաթների սառն աղբյուրները: Նա սպասում է մի տարի, նորից է հորդանում գետը, և ավելի շատ են երևում այդ քարերը: Այդ տարին նա համոզվում է, որ ձախ վտակներն են բերում քարը և եռապատիկ համառությամբ շարունակում է մարմարի որսը:

Եվ գտնում է հանքավայրը մի ամայի լեռան գագաթին, որտեղ միայն ամառվա ամիսներին հնչում է հովվի սրինգը, և ապրում է քարարծիվը:

Հետո շալակեց մարմարի նմուշները, իջավ այդ լեռներից և գնաց Լեռշինարդ:

— Կային, որ չէին հավատում, թե մեր սարերում կա էդպես մարմարիոն... Իսկ ասում էի սա որտեղի՞ց է: Ես հո չեմ շինել:

Լեռն ելան պայթեցնողները և մարմարի վարպետները: Շատ անգամ պայթեց դինամիտը, մինչև ճանապարհը հասավ լեռան գագաթը, և այդ ճանապարհով եզներն իջեցրին մարմարի առաջին քարը:

Ձորերը լցվեց զվարթ աղմուկով:

Լազրը, Երկաթ Սավվայի արդեն ծերացած որդին, դեռ թարմ ավյունով նրանց հետ էր, որոնք ճեղքում էին լեռը, պայթեցնում էին ժայռերը և գետնի մութ ընդերքից դուրս հանում մարմարի ծանր քարերը:

Նա նայում է մինչև սայլերը ծածկվեն լեռան հետևը, ապա նայում է ձորի մեջ ընկած իրենց գյուղին: Եվ մարմարի որսորդը գոհ է, որ իր և աշխարհի համար գտավ այդ գանձը:

***

Բարձում են օրվա վերջին սայլերը:

Սայլապանները երկաթե շղթաներով բարձրացնում են մի քար, որ ծանր է հարյուր փթից: Երբեմն բարձում են և քար, որ քաշում է երկու տոնն: Ապա մոտեցնում են սայլը, և մարմարը դանդաղ իջնում է սայլի վրա:

Ի՜նչ ահով են եզները նայում այդ սպիտակ քարերին, որ իջնում են շղթաների զրնգոցի և մարդկային աղմուկի մեջ:

Լազրը ինչ-որ բան է ասում սայլապանին, ապա շոյում է քարը:

Նա քարին զարկում է մի տարօրինակ գործիքով, որ և՛ մուրճ է, և՛ կացին, և՛ բրիչ… Զնգում է մուրճը, և արձագանք է տալիս քարը:

— Երկու հազարից ավելի արժի:

Ես նայում եմ նրա գործիքին, նույնիսկ կարող է սղոցել քարը, նայած որ կողմից կիագցնես կոթը:

— Լազր, ո՞րտեղից է քեզ այս...

Իմ ձեռքին է Սավվա Միղերոյի նշանավոր հիշատակը:

Լեռան կատարին սողում է ամպը, և շողքն ընկնում է մարմարի ժայռերի վրա: Նրանց սպիտակության մեջ լողում է նույն ամպը: Հետզհետե խոնարհվում է արևը, զարթնում է լեռների երեկոն: Թվում է, թե ցածրանում է երկինքը, և թափանցիկ օդի մեջ բոլորովին մոտ են երևում աստղերը: Բայց աստղերից ավելի պայծառ թարթում են նոր տների ճրագները, և ձորերը ողողվում են մարմարի կաթնագույն լույսով:

ՍԱԲՈՒ

1

Նրանք անտառում են ապրում, և որովհետև անհիշելի ժամանակից ի վեր գյուղը խիտ անտառների մեջ է տեղավորված, զուրկ բանուկ ճանապարհներից, սարերով բաժանված շրջակա գյուղերից, — Սաբու գյուղի երեխան այնպես է կարծում, թե աշխարհին անվերջ անտառ է, որտեղ մարդը բացուտներում կորձե է ցանում, իսկ արջերը հավաքում են ընկած կաղինները, ծառերը ճղակոտոր անում և հագեցած պառկում կորեկի արտում:

Անտառն իր կնիքն է դրել Սաբուի վրա: Ոչ միայն ափսեներն են անտառի փայտից, արորն ու շերեփը, այլև անտառից են նրանց ուտելիքի մեծ մասը՝ վայրի տանձն ու սալորը, զանազան ընդեղեններ և արմտիք, որոնք նույնքան համեղ սնունդ են և անտառի խորքերում ապրող վարազների համար:

Ոչ մի տեղ արջի մասին այնքան շատ չգիտեն, որքան Սաբու գյուղում: Երեխան էլ կասի, թե արահետի թարմ հետքը արջինն է, թե գայլ է անցել կամ պախրան է իջել ձորը ջուր խմելու: Նրանց պատմությունների մեծ մասը վայրի գազանների շուրջն են հյուսած: Ահա առասպել մի հերոս, անունը Գեուշ, որի գերեզմանի սուր քարը հիմա էլ սրբատեղ է Սաբու գյուղում:

Պառավները երիտասարդ որսորդներին պատմում են Գեուշի պողպատե թրի մասին, որի մի հարվածով նա արջի գլուխն էր կիսում: Մի ուրիշ հերոս, որի վրա երեք արջ են հարձակվել միանգամից, կռիվ է բռնել նրանց հետ, մեկին սպանել, բարձրացել ծառը, ոտքի մի թաթը թողնելով արջի բերանում: Շատ տներում արջի մորթիներ կան, պատերից կախ, դրան ճակատին պախրայի գլուխն է մեխած, ճյուղավոր եղջյուրներով, զանգի խոռոչում՝ խոտ, աչքերի փոսում՝ գունավոր փալաս: Բաց բերանից չոր խոտի ծղոտներ են երևում, ասես պախրան գիշեր-ցերեկ խոտ է ուտում: Ով գիտե, գուցե վերջին ծամուռն է մնացել ատամների արանքում, երբ Սաբուի որսորդը ծառի ետևից կայծքարով հրացանը կրակեց:

Կա մի հին աղանդ Սաբու գյուղում: Մթնած այդ աշխարհում հին առասպելների հետ հավասար մինչև այժմ էլ մնացել է այդ աղանդը: Եվ ինչպես անտառի արջը մնացել է նույնքան վայրի, ինչպես դարեր առաջ, այնպես էլ հնօրյա հավատքը Սաբու գյուղում մնացել է անաղարտ, որպես անտառի կուսական թավուտ:

Մագաղաթյա մի ձեռագիր խոսում է վաղեմի արևորդիների մասին, որոնք Արաքսի ձախ ափի լեռնաշխարհի վրա էին տեղավորված: Եվ աշխարհին այդ կոչվում էր Արևիք: Բարձր չինարներ կային արևորդիների աշխարհում, ամեն առավոտ արևածագին չինարների տակ արևին ծունր էին դնում: Գուցե Իրանի կրակապաշտ օրերի հետքն էր, որ կայծի պես թռել էր Արաքսի մյուս ափը, դարձել ուրույն մի հերձված:

Այդ աշխարհում է Սաբուն: Ով գիտե՝ հին դարերի ծալքերի տակ ի՞նչ թելեր կան ծածկված, որոնք տանում, հասցնում են մինչև արևորդիների չինարները: Սաբու գյուղում էլ կան բարձր չինարներ, սակայն արևին ծունր չեն դնում, գուցե նրա համար, որ արևոտ օրեր քիչ են լինում խավարաձոր անտառներում: Հիմա էլ չինարները սուրբ են, գունավոր փալասներ են կապում չար աչքի դեմ, ցավից զերծ մնալու:

Սաբու գյուղում թուրքեր են ապրում: Եվ որովհետև աղանդավոր են, հնում միշտ էլ հալածել են նրանց, ծաղր ու ծանակի ենթարկել: Սաբուն քաշվել է իր պատյանի մեջ և պինդ փակչել հին հավատքին: Տարիներ շարունակ ուրիշ նոր խոսք չեն ասել գյուղում, թավուտները մնացել են սաղարթախիտ, արևի շողը չի թափանցել խորքի ստվերուտը, փտել են ընկած գերանները, հողի հետ բորբոսնել է գերան ու տերև:

Սաբուն մազ չի խուզում. բեղ ու միրուք կտրելը համարում են մահացու մեղք: Դրա համար էլ մարդիկ երկար-մորուս են, մազոտ: Մազ է բսնում այտոսկրների վրա, ականջի խոռոչներում: Ճակատի մազերը կախվում են մինչև ունքերը. ճակատը չի երևում: Ծիծեռնակի թևի պես սև միրուքներ ունեն, բեղ ու միրուք խառնված իրար: Եվ ժպտալիս, երբ շրթունքները ետ են քաշվում, բացվում են սադափե ատամները, գույնը նույնքան վճիտ, ինչպես աղբյուրի ջուր:

Սաբուն մռայլ է, անտառն է նրանց վարժեցրել ունքերը կախ լինել, սրածայր կացնի կոթից պինդ բռնած ման գալ ծառերի տակ: Կացնով կարելի է ոչ միայն գերան կտրել, այլև արջի գանգը ջարդել, առասպել Գեուշի պես:

Խուսափում են ուրիշ գյուղից աղջիկ ուզել: Շատ հազվագյուտ դեպքում են ուրիշները համաձայնվում աղջիկ տալ Սաբուին, որովհետև աղանդը գաղտնի ծեսեր ունի, որոնց մասին հարևան գյուղերը հազար ու մի պատմություն են պատմում: Եվ քանի որ ծեսը կատարում են այն ժամանակ, երբ գյուղում օտար մարդ չկա, դրա համար էլ ճշգրիտ ինչ շատ քչերը գիտեն, թեկուզ ոմանք պնդում են, որ իրենք այդ ծեսերին ականատես են եղել:

Սկզբում Սաբու գյուղում ընդունված սովորույթ է եղել, որ մի կին մի քանի մարդու հետ ապրի, բայց Իրանից եկել է աղանդի մեծը և հայտարարել, որ մարգարեն այլևս նման ծես չի ընդունում: Այդ վաղուց է եղել, թեկուզ հիմա էլ շատերը ասում են, որ Սաբու գյուղում մոխրի տակ թաղված կրակի պես այդ ծեսը մնում է:

Կա մի գիշեր, երբ ոչ լուսնյակ է երևում երկնքում, ոչ աստղեր: Ամպ է իջնում անտառների վրա, ձորակներով սողում մինչև գյուղը, ծխի պես փաթաթում տուն ու մարագ: Այդ գիշեր ամպի հետ գազաններն էլ անցնում են գյուղի փողոցներով: Արջը թաթն է կոխում թրիքով ծեփած քթոցի մեջ, մեղրը լիզում, գայլը գառան դմակն է հոշոտում և ծծում տաք արյուն: Շներն իզուր են կաղկանձում և թաքնվում դեզերի գլխին:

Այդ գիշեր Սաբու գյուղի երեխաները գլուխները կոխում են բարձի տակ, ոմանք լաց են լինում: Եթե լույս լիներ, Սաբու գյուղի աղջիկներին ու կանանց կարելի էր տեսնել աղոթատան կտուրի վրա, իրար մոտ կանգնած, որպես գայլից խրտնած հոտ:

Ներսում խավարի մեջ մի քանի հոգի մեռելի վրա լացող կանանց պես աղիողորմ հեծկլտում են, արաբերեն բառեր ասում, աղոթքներ կարդում: Ամեն մի երգից հետո մութի մեջ ձգվում են հարյուրավոր մազոտ ձեռքեր դեպի երդիկը, վերից մի կին շոր է ձգում ներքև՝ հագի շորից, գլխի շալը, գունավոր գոտին: Աշխատում են շորը բռնել, և ում բաժին ընկավ շալն ու գոտին, աղոթքից հետո մինչև լուսաբաց շալի տերը իրն է: Գիշերով անտառ են գնում, լուսնյակ չկա, ոչ էլ աստղալույս:

Ամպը բամբակի վերմակ է հնօրյա աղանդի համար...

2

Կար ժամանակ, երբ Արաքսի ափին կազակ սպան էր պահակապետ: Եվ երբ գետի մյուս ափին երևում էր ոտից մինչև գլուխ կանաչ հագած սեյիդը, այս ափին Սաբու գյուղի չքավորներն առաջուց տեսած էին լինում պահակապետին:

Սեյիդն անցնում էր սահմանը, նրա մետաքս զգեստի փեշերին Արաքսը պղտոր կաթիլներ էր ցողում, երբ ձին ոտները թիակներ շինած ճեղքում էր գետը: Կազակը քթի տակ ժպտալով նայում էր այդ տեսարանին: Հենց այդ նույն գիշեր Սաբու գյուղի ուլած փողը նա պիտի վերածեր օղու բազմաթիվ շիշերի:

Երբ Արաքսը ջուր էր ցայտում մարգարեի ժառանգի փեշերին, իսկ ձիավորները արաբերեն աղոթք էին կարդում, Սաբու գյուղում մանկամարդ մի աղջիկ տորքի առաջ գորգ էր գործում: Բարակ ծամեր ուներ աղջիկը, ծամերի ծայրից զանգուլակներ կար կախ:

Աղջիկը գլուխը աջ ու ձախ էր դարձնում, դեղնած մատներով բռնում գունավոր թելերից և ճարպիկ շարժումով թելը թելին հագցնում, հանգույցներ անում կտրած թելերը, ապա երկար սանրով կոփում հանգույցներին: Ասես սարդն էր ոստայն հյուսում տորքի վրա:

Դարսվում էին իրար վրա հանգույցները, նախշեր էր ստացվում, տերևներ, նռան ճյուղեր, տերևի կողքին երկու թև, որ աղջկան երգող թռչուն էր թվում: Ամեն անգամ, երբ սանրով զարկում էր հյուսածին, շարժվում էին գույնզգույն կծիկները, զրնգում էին ծամերի ծայրից կախ արած զանգուլակները:

Թվում էր, թե տորքի վրա սպիտակ քաթան է փռած, նիհար մի աղջիկ իր գլխից նախշեր է հորինում, մատներով նկարում: Եվ ամեն նախշ աղջկա մի միտքն էր, թաքուն պահած միտքը, որի մասին Սաբու գյուղում ոչ ոք չպիտի իմանար:

Երբ ձիավորներն անցան փողոցով, շները հաչեցին կանաչ աբայի վրա: Աղջիկը գլուխը թեքեց, սեյիդը տեսավ խալին էլ, տորքի առաջ նստած աղջկան էլ: Նրան թվաց, թե աղջիկն էլ գունավոր մի նախշ է խալու վրա:

Այդ տարին էլ եղավ մթին գիշեր, Սաբուն թաղվեց անտառի մեջ: Եվ երբ մութ սենյակում աղոթքի առաջին երգը դադարեց, կանաչ աբայի երկու թևը ձգվեցին վեր, դեպի երդիկ: Կանայք հրում էին ջահել մի աղջկա, մութի մեջ մի քանի ձեռքեր մաշկեցին աղջկա կարճլիկ դեյրան, թեթև փետուրի պես դեյրան ընկավ կանաչ ձեռքերի վրա: Ծամերի զանգուլակներն իզուր զրնգացին: Այդ գիշեր էլ գայլը գառան տաք արյուն խմեց: Եվ երբ անտառում աղջիկը ճչաց, բնի մեջ քնած մի միրհավ զարթնեց, տեղը փոխեց: Ծիծեռնակի թևի պես սև միրուքավոր մարդիկ բռնում էին մեկը՝ գլխի շալ, մյուսը՝ ծոպավոր գոտի:

Առավոտյան սեյիդը նոր պատգամներ կարդաց: Նրա ամեն մի խոսքը անգիր օրենքի պես էր Սաբուի համար, և բարձր պատիվ՝ մետաքս փեշերը համբուրել: Եվ այն, ինչ հայտնեց նա աղջկա ծնողներին, նույնպես մարգարեի պատգամ համարվեց:

Հարկավոր էր խալին ավարտել, որովհետև խալին պիտի կախվեր սեյիդի տան պատից, աղջիկը պիտի պառկեր խալու մոտ: Խալու թերի մնացած կտորի նախշերը խառնիխուռն դուրս եկան: Գույները տեղ-տեղ վառ էին, ասես հրդեհվում էին գույները, տեղ-տեղ ավերված, գորշ: Աղջկա մատները դողում էին, երբ գունավոր կծիկներից էր բռնում:

Անտառում գիշերով հրեշ դուրս եկավ, բրդոտ մի արջ տրորեց աղջկան, սիրտը վախից թպրտաց, որսկան շան բերանն ընկած լորի պես, հետո հանգավ: Եվ հոր տնից որպես հիշողություն աղջկա հետ պիտի մնար գունավոր խալին:

Շները մի անգամ էլ հաչեցին, երբ նույն ձիերը գլուխները դեպի հարավ թեքեցին: Ձիու վրա փռված էր խալին, վրան՝ աղջիկը: Տեսավ պարապ մնացած տորքը, մորը, խալու նախշերի վրա արցունքներ թափվեցին:

Արաքսը հիմա կաթիլներ չի ցայտում կանաչ աբայի փեշերին: Անտառների մեջ Սաբուն դեռ մնում է: Սև միրուքավոր մարդիկ գերաններ են կացնահատ անում և արջի հետ հավասար վայրի տանձ ժողովում:

Մյուս ափին Իրանի լերկ ապառաժներն են, արևից խանձված տափարակներ: Գյուղերը կանաչ օազների պես են երևում, ժայռերից կախված պարտեզներ, բարակ առուներ են հոսում պարտեզների միջով և ավազ խառնում Արաքսի պղտոր ջրին:

Վերին գյուղում մի պառավ կին առվի ջրում մաշված խալի ու կարպետ լվանալիս, ձեռքը ճակատին դրած, նայում է հեռուն, ուր անտառների մեջ պահված է հայրենի Սաբուն:

Խունացած գորգի նախշերը առվի ջրում հանկարծ պայծառանում են, և պառավին այնպես է թվում, թե ծառերի ծայրին զանգուլակներ են կախ:

ՍԵՎ «ՀԱՅԸ»

1

Քաղաքի աղմուկը հանդարտվում էր:

Կարծես դաշտ էր, ուր լուսաբացին՝ առաջին ավտոյի աղմուկից սկսվել էր ճակատամարտի ժխորը, կեսօրին թեժացել, երեկոյան դեմ՝ միսկարները հավաքել էին պղինձը, դարբինները դարսել էին մուրճերը, մեքենաները լռել, ավտոները, ինչպես եղեգնուտի բադերը, քնել էին զարաժի թիթեղյա ծածկի տակ:

Երեկոյան դեմ զարնան վարար անձրևը նոր ծաղկած ծառերին, մայթի քարերին ու ծանր կավահողին բաշխել էր զով, պղտոր ջրի լճակներ ու լպրծուն ցեխ:

Սպիտակ ամպերը սարերից սողացել էին դեպի քաղաք և անգլուխ քարավանի նման դանդաղ ու մունջ պտույտ էին անում փողոցներով, քսվում կտուրներին:

Տների բարձր հարկերը չէին երևում ամպի սպիտակ քուլաների մեջ, որ օրորվում էին, իրենց հետ օրորում տները, հեռագրասյուները, էլեկտրական ճրագները և նրանց ցոլքը՝ անձրևաջրի պղտոր լճակներում:

Ամբողջ քաղաքի վրա բարձր աշտարակից ռադիոն թափում էր զարնանային երգի տաք ելևէջները: Աշտարակի ներսը առողջ կրծքով մի աղջիկ թավ ձայնով երգում էր բամբակի դաշտերի և հասած արտերի երգը: Բազմաթիվ ռուպորներ, ինչպես ցնցուղը մաղում էին զվարթ երգը հոգնած քաղաքի վրա:

Բարձրախոսների տակ խումբ-խումբ մարդիկ լուռ լսում էին, մշակը՝ մեջքի համետին հենած, լրագրավաճառը՝ թերթերը թևի տակ, տղան՝ աղջկա թևը գրկած, կառապանը «կոզլու» վրա, — նույնիսկ ձիերը ականջները կախել էին, քրտինք էր գոլորշիանում նրանց մարմնից, մրսում էին խոնավությունից, — բայց ձիերն էլ անշարժ էին:

Այդպես չէր քաղաքի խուլ փողոցներում, ուր կավի կույտ տներ են, առանց ճրագ, առանց լուսամուտ... Այդ տների բակում ծաղկել էր դեղձենին, ծիրանը: Գիշերվա այդ ժամին կավի տներում խոր քնի թագավորություն էր:

Ռադիոյի մետաղյա փողը այդ տխուր տների վրա երգում էր կարծես ավելի մեղմ: Ո՞վ գիտե ներսը, մութի մեջ մի անքուն աղջիկ լսում է արտերի երգը, և նրա ականջի տակ հնչում է մի ուրիշ ձայն, հանդա՛րտ, ինչպես հասկերի խշշոցը:

2

Լևոնը գլխավոր փողոցից ծռվեց դեպի ձախ:

Անկյունում նրա ականջն ընկավ երգը, տեսավ լուռ լսողների խումբը: Նա զարմացած գլուխը վեր բարձրացրեց, կարծես առաջին անգամն էր տեսնում սյունից կապած բարձրախոսը: Երգը, այդ խումբը կտրեց նրա մտքի թելը, ինչպես ջրի հոսանքը դեմ է առնում վերևից գլորված ժայռի:

Բայց հենց ծռվեց դեպի մութ փողոցը, հոսանքը նորից մտավ ծանոթ հունը: Ու գլուխը կախ գնաց, կոխոտելով թանձր ցեխը, անձրևաջուրը:

Թևի տակ պայուսակն էր, ու միտքը շարունակում էր հյուսել այն թվերը, հաշիվները, որ շարված էին պայուսակի թղթերի վրա:

Նա շատ անգամ է նստում մինչև կես գիշեր այն սենյակում, որի պատուհանից երևում է քաղաքի մեծ մասը, բլուրները, ճանապարհները՝ որոնք ծալվեծալ գնում են կեռումեռ, գնում են անվախճան՝ դեպի ուրիշ քաղաքներ, երկրներ:

Այդ սենյակում Լևոնի գրասեղանն է: Նա փռում է բազմաթիվ աղյուսակներ, ցուցակներ, վերցնում է մատիտը, գլուխը կախում նրանց վրա և հաշվում:

Նա հաշվում է տրակտորներ, գութաններ, հաշվում է երկաթե փոցխեր, սերմեր, որ գարնանը թափվում են խոնավ հողի մեջ, ծլում է բամբակը, աղջիկները քաղհանում են, ծաղկում է բամբակը, աղջիկներն իրենց գոգը լցնում են սպիտակ բամբակով, ու բամբակը գնում է, դառնում գույնզգույն չիթ, աղջիկները հագնում են նախշուն չիթը, և երբ խաղում են նրանք, թրթռում է մարմինը, քամին փոփռացնում է դեյրան, և ծաղկավոր դեյրան ծփում է ինչպես արտը, չիթի ծաղիկները օրորվում են, երբ խաղում է նրանց մարմինը:

Այս վերջին հանգամանքի վարիչը այն թուխ երիտասարդներն են, որոնք գրկում են քաղհանավոր աղջիկներին և չեն կարող ասել, թե ի՞նչն է բուրում՝ աղջկա մարմինը, թե խշխշան դեյրայի ծաղիկները: Թուխ երիտասարդներն են և բանաստեղծները, որոնք գրում են նրանց մասին:

Իսկ Լևոնը միայն սերմորայքի և մեքենաների բաժնի վարիչն է: Այդ մեքենաները հեռու գործարաններից են գալիս և քաղաքի պահեստներից նրա ստորագրած օրդերներով դուրս գնում բազմաթիվ ճանապարհներով դեպի գյուղերը և նրանց դաշտերը, որտեղ կա ջուր, արև և քրտինք:

3

Լևոնը կանգնեց դրան առաջ, ձեռքը տարավ գրպանը, շոշափեց բանալին, որ գրպանում տաքացել էր:

Բանալին դարձավ երկու անգամ, և ապակյա դուռը բացվեց:

Մութ նախասենյակում նա վարժ շարժումով իր մշտական տեղը հանեց կալոշները: Մի փափուկ բան քսվեց ոտքերին, մռռաց: Մաշիտա մայրիկի Վանա կատուն էր:

— Փիսո՜...

Եվ փիսոն հետևեց նրան մինչև սենյակի դուռը, ապա առաջինը ներս մտավ, երբ Լևոնը քաշեց սենյակի դուռը:

Ճրագը վառեց և պայուսակը քցեց սեղանին:

— Փիսո՜...

Կատուն մեջքը ուռցրեց, նրա ծովի գույնի մորթը ալիքաձև շարժվեց ուսերից մինչև պոչը:

Բայց Լևոնը ձեռքով չշոյեց կատվի ուռուցիկ մեջքը: Կատուն ցած թռավ թախտից և, ծանր պոչը քարշ տալով, դուրս եկավ սենյակից, իր կատվային ոժգոհությունն արտահայտելով դանդաղ քայլքով:

Լևոնը նստեց թախտի ծայրին... Եվ ինչպես օտարականը սկսեց դիտել իր բնակարանը, իրերը: Աչքն ընկավ կանաչ ծաղկամանին, որ կնոջ բազուկի ձև ուներ. վերը՝ բարակ մատները բաժակաձև սեղմվել էին իրար, որպեսզի պահեն ծաղիկները:

Լևոնի վարմացած հայացքը կանգ առավ ծաղկամանի վրա: Այդ անշուք սենյակում ծաղկամանը մենակ էր և չէր մերվում կոշտ, չներկած սեղանին, երկաթյա մահճակալին՝ որի նման հազարներ կան հիվանդանոցներում, զորանոցներում:

Իսկ գրքերի դարակին հենած հրացանը ուղղակի թշնամաբար էր թեքվել դեպի ծաղկամանը: Փողի բերանը գազազած աչքի պես նայում էր կնոջ ապակյա մատներին:

Բոլոր իրերը իրենց կարճ և գորշ պատմությունն ունեին, բացի ծաղկամանը: Եթե Լևոնի սենյակի իրերը իրենց կյանքը պատմեին, մահճակալը պիտի ասեր, որ ինքը երկաթից է շինված, չորս տարի վրան պահել է հիվանդ, վիրավոր զինվորների, որոնք իրեն ծոմոտել են, ապա նրա վրա պառկել է կուրսանտը, մի համագումարի պատգամավոր, հետո երեք ամիս ընկած է եղել ձյունի և անձրևի տակ, մինչև ընկեր Լևոնի գալը: Թեթև նորոգումից հետո նա անխռով իր վրա պահում է Լևոնի չորս փութը:

Գրքերի դարակը կարճ կվերջացներ՝ «ուռի էի և դարձա դարակ»: Սեղանը կզանգատվեր իր մի կոտրած ոտքից և մլեկներից, որոնք ճմեռը քնում էին նրա ճաքճքած տախտակների արանքում, որպեսզի ամառն անհանգստություն պատճառեն կենվորին: Մահճակալի տակ ընկած չեմոդանն ու կողովը միայն կարող էին պատմել արկածներով լի ճանապարհորդությունների մասին:

Վերջապես պատից կախած մաշված խալին կարող էր պարծանքով պատմել, որ իրեն հյուսել է Լնոնի մայրը, որ ծոր-ծոր քարափների գլխին թառած գյուղում, երբ իրեն փռում էին արևի տակ, և հավերը կոխոտում էին, մի երեխա չորեքթաթ սողում էր հավերի հետևից, և երբ հավերը հեռանում էին, երեխան աշխատում էր բռնել արևի շողերի մի խուրձ, որ պսպղում էր գորգի վարդերի և նուռների վրա:

Իսկ ծաղկամա՞նը...

Նա օտարական էր, անորոշ հանգամանքով ձեռք բերված: Փողոցում վիճակախաղ էր անապաստան երեխաների օգտին: Լնոնը հանդիպեց Լուսիկի ընկերուհուն... Մոտեցավ հարցնի, թե ինչ լուր ունի Լուսիկից: Իսկ աղջիկը, որ վիճակախաղի կազմակերպողներից էր, և՛ հաղորդեց լուրը, և՛ թևից քաշելով նրան մոտեցրեց սեղանին:

Հինգ տոմս միանգամից վերցրեց, երեքը փուչ էր, մեկին բաժին ընկավ ռետինե տիկնիկ, մյուսին՝ ծաղկամանը: Տիկնիկը նա հենց տեղն ու տեղը նվիրեց մի փոքրիկ աղջկա, իսկ ծաղկամանը Լուսիկի ընկերուհին գցեց պայուսակը, խոստացավ ծաղիկներ բերել և ավելի մանրամասն պատմել Լուսիկի մասին:

Խոստացավ ու չեկավ:

Այստեղ հրացանը կորոտար և կփշրեր ծաղկամանը, եթե նրա հետ կապված չլիներ մի ուրիշ անձնավորություն, որի հանդեպ սենյակի բոլոր իրերը, նույնիսկ կողովն ու չեմոդանը խորին երախտագիտության էին տածում, որովհետև այդ անձնավորությունը. ամեն օր սրբում էր փոշին, մաքրում, տեղափոխում, եթե արևը թեժացնում և անհանգստացնում էր նրանց:

Այդ Մաջիտա մայրիկն էր, որի մուտքը այդ սենյակը եղավ ծաղկամանը բերելու մյուս օրը: Ներս մտավ այդ պառավը, Վանա կապույտ փիսոն հետևից: Կատվի ոտնաձայնն ավելի խիստ էր, քան Մաջիտա մայրիկը:

— Էսնա խորոտ ի, — ասաց պառավը և առանց թույլտվություն ստանալու ծաղկամանի մեջ խրեց դաշտի ծաղիկների մի փունջ:

Սենյակի տեսքը միանգամից փոխվեց: Նույնիսկ լերկ պատերը զվարթացան, որովհետև արևը ծաղիկների և ծաղկամանի ստվերը քշում էր պատի վրա, կարծես գրքերի հետևը թաքնվել է մի կին և վեր բարձրացրել մերկ բազուկն ու ծաղկեփունջը:

Միայն մանկության գորգի վարդերը դժգոհեցին: Թարմ և իսկական ծաղիկները խլում էին նրանց առաջնությունը:

4

Վանա փիսոն խռոված դուրս գնաց և նորից ներս մտավ Մաջիտա մայրիկի փեշից կախված թելի հետ խաղալով:

— Իկե՞ր ես, տղա... Չայ պիրեմ...

— Եթե տաք է...

— Տաք է... Խալիվոր նոր խմեց... Գինա դողցուց իմ խեղճ... իմ ճար ինչխ կելնի, Լևոն:

— Ես զանգահարել էի բժշկին, չեկա՞վ:

— Էկավ, աստծու լուս խասնի էնոր մեռելաց... Դեզ իտուր, էլմ էնի... լերդն է ասաց, — և ապա դառնալով կատվին, — քելի՛ փիսո, քելի՛, չայ պիրենք...

Հիվանդը պառավի ամուսինն էր, նույն միջանցքում ապրող դերձակը, որին համարյա բոլոր տնվորները, մանավանդ երեխաները՝ «պապե» են կանչում:

Նիհա՛ր, բարակ, քքուշ դիմագծերով մարդ է «պապեն», ամառ, ձմեռ նույն մաշված վերարկուն ուսին, նույն բրդե շալվարը, որ բազմաթիվ կարկատաններից ծանրացել է:

Մաջիտա մայրիկը և «պապեն» Բաղդադից եկած գաղթականներից էին: «Պապեն» լռիկ էր, ավելի հաճախ երեխաների հետ էր խոսում. մեծերին տեսնելուց մի կողմ էր քաշվում, կարծես ամաչում էր: Իսկ Մաջիտա մայրիկը, կամ, ինչպես «պապեն» էր ասում, «հանըմը» հաճախ էր բակ դուրս գալիս, զրուցում հարևանուհիների հետ:

Նրա խնամքի առարկան հավերն էին, որոնց համար «պապեն» բակում բուն էր շինել: Հավերը նրա երեխաներն էին, — ծիծաղելով ասում էին հարևանները:

Նրանք շատ էլ սխալ չէին: Մաջիտա հանըմը ոչ միայն կերակրում էր, այլև հավերին խոսեցնում էր, նրա հավերը անուններ ունեին, բնավորություն:

— Էսօր Կապուտս քեֆսըզ էր... կուտ իսկի չկերավ:

— Խմոր թալե առաջը...

— Էն իմանսըզ խորոզը չարչրեր ի գիշերը, — զայրանում էր Մաջիտա մայրիկը:

Եվ ամբողջ բակը պիտի իմանար, որ «խորոզը չարչարել է կապույտ հավին», որ հերվա թխսամայրը ձուի է նստել, որ «էն կանդար կուտ կուտի անիրավ Չալը, մե խատ ծյու չի թալի»...

Մաջիտա հանըմը սպառնում էր Չալը մորթել, բայց անցնում էր գարունը, ամառը, հավերը պառավում էին, ծանրանում, իսկ նա սպառնալիքը չէր իրագործում: Հավը մեռնում էր բնական մահով, Մաջիտա հանըմը լաց էր լինում ճշմարիտ և անարատ արցունքով:

Նրանց կյանքի սկիզբը պարզ և հանդարտ էր հոսել, ինչպես հայրենի գյուղի վճիտ առվակը: Ապա հանկարծ երկինքը սևացել էր, սնացել էր և գետինը, պայթել էր ջարդը, հրդեհը, զաղթը: Անցած ճանապարհներին թողել էին բազմաթիվ անքար դամբարաններ, որոնց մեջ ամփոփված էին սովից, սրից, տապից ու ծարավից մահացած մշակներ, մանուկներ: Բաղդադում պապեն ստացել էր տենդ, որ հյուծել էր նրան, ինչպես սովը: Մաչիտա հանըմն էլ ծանր ոսկրացավ ուներ:

Նրանք փոխն ի փոխ պառկում էին, և ով ոտի վրա լիներ՝ հավերին նա պիտի խնամեր, նա՛ պիտի պտտեր կարի մեքենայի ժանգոտած անիվը: Երկուսն էլ վախենում էին մահից, սակայն ոչ իր անձի, այլ մյուսի համար, որ նրա մահից հետո պիտի մնար մենակ:

Լևոնի այդ տունը փոխադրվելուց հետո պապեն ու «հանըմը» իրենց հովանու տակ էին առել նրան:

Մաչիտա մայրիկը ավլում էր նրա սենյակը, սրբում էր փոշին, երբեմն, և այն էլ երեկոները, թեյ էր առաջարկում: Փոխարենը Լևոնը հատուցում էր բժշկին զանգահարելով, բնակարանի, լույսի և այլ մանր առօրյա պետքերին երբեմն աջակցելով:

— Մաչիտա հանը մի հոգեորդին է ընկեր Լևոնը, — ասում էին հարևանները:

Իսկ Մաչիտա հանըմը անկաշառ խանդաղատանքով էր արտահայտվում նրա մասին, ակնածությամբ նրա անունը տալիս և երբեմն պարծենում այդպիսի մարդու բարեկամությամբ:

Լևոնը չէր մերժում այդ բարեկամությունը: Լարված աշխատանքից հետո հաճելի էր կարճ ժամանակ զրույց անել Մաչիտա մայրիկի հետ այնպիսի բաների մասին, որ կապ չունեն մեքենաների, պլանների, հաշիվների, խորհրդակցությունների հետ:

«Պապեն» նրա սենյակը ոտք էր կոխում տարին մի կամ երկու անգամ և բավականանում էր բարևով: Իսկ մայրիկը կարող էր պատմել միայն այն աշխարհից, որի սահմանները հասնում էին մինչև դարպասը: Մանր պատահարներ, կցկտուր խոսքեր, հարևանի տանը լսածը և վերջապես հավերի գլխովն անցածը — ահա նրա զրուցի առարկան:

Սակայն կար և մի խորհրդավոր «թեմա», որի շուրջը խոսակցությունը ակնարկից այն կողմը չէր անցնում, և որին Լևոնը պատասխանում էր անկեղծ ծիծաղով:

5

— Դիա կուզե՞ս...

— Չէ, մայրիկ... Տաքացա: Էսօր դուրսը քիչ խոնավ է:

— Տնավեր, էն կազախի կիսու չափ էլ չկաս... էն կանգար չայ, ես իմ աստված, հավատալու չի...

«Ղազախը» — նույն միջանցքում ապրող ռուս բարձրահասակ ուսանողն էր, որից Մաչիտա մայրիկը քաշվում էր: Ոչ մի բառ ռուսերեն չիմանալով, Մաչիտա մայրիկը մտերմացել էր միայն նրա փոքրիկ աղջկա հետ, որի թևից բռնած երբեմն տանում էր հավաբունի կողմը և կուտը տալիս աղջկանը, որպեսզի նա ցրի:

— Լցե՞մ:

— Չէ, մայրիկ... — և Լևոնը տեղից վեր կացավ:

— Էսօր չգիտեմ ոտքս ինչու է ցավում...

— Ցարալու ո՞տքդ է...

— Հա՛:

— Ոսկորիցն է... Եղանակը որ նամացավ, իսա ոսկորիս մեջն է: Որ արև էլավ, օդը չոր հեչ...

Մաջիտա մայրիկը բաժակը վերցրեց, սեղանից սրբեց շաքարի փշրանքը: Լևոնը մոտեցավ գրքերի դարակին: Մեջքը դեպի պառավը: Չէր երևում, գրքերի՞ն է նայում, թե՞ ծաղկամանին:

Պառավի մտքովն անցավ, որ հարմար առիթ է ավելի պարզ ասելու այն բանի մասին, բայց Լևոնը հանկարծ շրջվեց:

— Խոնավ է, բայց լավ գիշեր է... — և կարծես ինքն իրեն վերջացրեց, — էսօր հոգնած չեմ, թեև շատ եմ աշխատել...

— Գարուն է... Անուշ օր կբացվի վաղը:

— Ամպ է, մի քիչ ցեխ...

— Մասսի կլոխ պարզ ի... լուսու մոտ լուսնակ կելնի...

— Դա-սս...

Այդպիսի անհասկանալի բառերից Մաջիտա մայրիկը խորշում էր: Նա այնքանն էր հասկանում, որ Լևոնի միտքն այդ րոպեին նրա համար անմատչելի հեռուներումն է:

— Քելի՛, փիսո... — կատուն մռռաց: Լևոնը մատներով թմբկահարում էր դարակի տախտակը:

— Նայի որ «պապեն» շուտ առողջանա...

— Ղուրբան քեզի, Լևոն, որ չուրիլուս միտքս էտա ի:

Եվ պառավը դուրս գնաց «բարի գիշեր» ասելով, գնաց փոշմանած, որ ինչո՞ւ չասաց: Նա երբեք Լևոնին այդքան պարզ և հասարակ չէր տեսել: Նույնիսկ ուրախ էր. պառավին թվաց, թե նա մատները քսեց ծաղկամազին:

Իսկ պառավը ուզում էր հիշեցնել... ամուսնությունը:

Նա ակնարկներ էր անում, որ Լևոնին պակասում է «խորոտ կնիկ», այն ժամանակ օրերը ուրիշ կլինեն, ո՛ւրիշ...

Բայց չասաց: Պառավը կորցրեց ամենահարմար առիթը, որովհետև Լևոնի վրա իջել էր այնպիսի տարօրինակ ժամ, երբ մարդ բացում է ներսը և թերթում հանդարտ, ինչպես ուրիշի ստեղծագործությունը:

Գարնան գիշերն էր, ռադիոյի երգն էր բամբակի դաշտերի մասին, թե ծաղկամանն էր, — դժվար էր ասել: Գուցե բոլորը միասին, ավելացրած այն խաղաղ տրամադրությունը, որ ունի մարդ, երբ հաջող ավարտում է աշխատանքը: Գուցե և ուրիշ մութ բան, ինչպես բողբոջի բացվելը, ջրերի խոխոջը:

Լևոնը բաց արեց պատուհանի փեղկը: Սառը քամին ներս խուժեց խոնավ հողի բույրով: Մի րոպե թարմացավ ճակատը: Մոտեցավ սեղանին, քաշեց արկղը:

Թղթերի, գրքույկների, նամակների և նկարների խառնիխուռն կույտեր էին: Կային նազանի փամփուշտներ, որսորդական դատարկ պատրոններ, մի քանի դատարկ տուփեր և այլ անպետք և պիտանի մանրուք:

Նա հետ տվեց մի փաթեթ: Փոքրիկ կարտոնի վրայից իրեն էր նայում Լուսիկը, այնպես, ինչպես այն տարին:

— Մեկ, երկու, շուտով երեք տարին կլրանա, — մտքում հաշվեց Լևոնը:

Եվ այն, որ շուտով երեք տարին կլրանա, այն, որ Լուսիկի բաց ճակատին մի խոպոպ էր կախվել և խանգարում էր նրան գրելիս, և այն անկրկնելի գարունը նրա սիրտը լցրին անհանգիստ վրդովմունքով: Նա աչքերին մոտեցրեց նկարը, ապա դժվարությամբ հետ տարավ, պահեց թղթերի տակ, թափով հետ մղեց սեղանի արկղը: Թափից երերաց սեղանը ու վրան դրած էլեկտրական ճրագը:

Լևոնը տեղից կանգնեց, ձգվեց, մկանները տրաք-տրաքվեցին: Մի դյուրեկան հոգնածություն իջավ մարմնին: Չքացավ անհանգիստ վրդովմունքը:

— Էսօր քունս չի տանում... Գնա՜մ Ասաքի մո՞տ...

Եվ նայեց ժամացույցին: Ժամանակ կար: Կարծես այն, որ ժամանակ կար, ավելի հաշտ դարձրեց իրեն՝ այդ վրդովմունքի և վերհիշողության հանդեպ:

Լա՜վ, հիշիր, բոլորը, բոլորը... հետո ի՞նչ... նու հիշի՜ր:

Կարծես հիշողը տարբեր մարդ էր, և ինքը նրան թույլտվություն էր տալիս:

Եվ վարագույրն ընկավ ծածկված նկարներից: Առաջին պահի նա զարմացավ... Ի՜նչքան բան է մնացել Լուսիկից իր հիշողության խորքում: Իսկ ինքը կարծում էր, որ չնչին են հետքերը:

Նկարներ են կախված հիշողության պատից: Ահա կատաղած, պղտոր գետը ձորի մեջ: Սև քարերը հազիվ են շողշողուն գլուխները ցցել փրփուրի միջից: Այդ հեղեղի վրայով քարից քար ցատկելով անցնում է ինքը Լուսիկի թևից բռնած... Եվ դեռ քրքջում են: Ահա Լուսիկի ոտքը սայթաքեց, քիչ մնաց գլորվի փրփուրի ավազանը: Թևից կախվեց, ափը հասան, չոր ցախերը ժողովեցին, փոքրիկ խարույկը թեժացավ, փռեցին Լուսիկի թաց գուլպաները: Իսկ աղջիկը բոբիկ ոտքերը դրել էր մոխրի վրա: Բոցը խաղում էր նրա սրունքների վրա, ինչպես աղոտ հայելու մեջ:

Այս նուրբ նկարը... Ճանապարհը սպիտակին է տալիս, ինչպես ջուրը լուսնկայի շողերով: Հորիզոնի խորքում շողշողում է Արարատի սպիտակ գլուխը: Կապույտ երկինքը կարծես կոր հայելի է, և նրա խորքը արտացոլում է մի ուրիշ գազաթ: Սայլը ճռռում է ամառվա հանգով:

Գյուղից են գալիս... Բացօթյա միտինգ էր, իրիկնադեմին՝ երգ ու խաղ: Ոմանք ոտով են: Աղջիկները սայլի վրա են: Իսկ Լուսիկը երգում է:

Նռան կլեպ պռոշդ,

Նեյնիմ ա՜ման աման...

Երգում է հոգնած, բարակ ձայնով: Սայլը ճռռում է երգի հանգով, օրորալով գնում են եզները:

Այս մեկը խավար է: Այս մեկը ամենաջերմ նկարն է, ներկը վառ, ինչպես Լուսիկի երեսը, երբ ծաղկած ծիրանների փողոցից մտնում էին լուսավոր պողոտան:

Ծաղկած ծիրանների փողոցը... Նույնիսկ փողոց չի կարելի հաշվել, որովհետև մի ծայրը աստիճանաբար բաժանվում է բարակ ճանապարհների, որոնք կավե պատերի արանքով տանում են դեպի այգիները, և այնտեղից էլ մի ճյուղը ձգվում է ամայի բլուրի վրայով դեպի առապարները, ուր գարնանը մակաղում էր քրդերի ոչխարը:

Բլուրի վրայով ձգվում է շուեն, նրանից ներքև քարակույտեր են, ապա այգիները: Ձմեռը նապաստակները ցրտից և սովից նեղվելով հանդգնում են իջնել մինչև այգիները, կրծելով կաղամբի մոռացված թուփը, երիտասարդ ծիրանիների մաշկը, և ո՜վ գիտե, նրանցից ամենահամարձակը ձմեռվա գիշերին հասնում է այդ անվախճան փողոցին և շների հաչոցից սարսափած փախչում է դեպի առապարի որջը:

Այդ նկարը խավար է, որովհետև նրանք մութն ընկնելուց էին մտնում այդ փողոցը, որի բնակիչները արևի մայր մտնելու հետ փակում էին իրենց տների և պարտեզների փոքր դռնակները: Փողոցը մինչև լուսաբաց մնում էր նրանց ու նման զույգերի, որոնք իրար չէին ճանաչում, զուսպ էին խոսում, երբ լսվում էր ոտնաձայն, և քաշվում էին այն խորշերը, որտեղ մութն ավելի թանձր էր, որովհետև ծիրանի ծաղկած ճյուղերը ծածկում էին լուսնյակն ու աստղերի լույսը:

Լսվում էր մի ոտնաձայն, Լուսիկը սեղմվում էր նրա թևին, շունչը պահում: Անցորդը ուշ մնացած մարդ էր, որ շտապում էր փոքրիկ դռնակներից մեկը բախելու և կամ թե հարբած էր, գնում էր օրորալով, գնում էր՝ կամ հայհոյում, կամ տխուր երգ ասում:

Պատի տակով առուն էր, երեսը բաց, ջուրը սառը: Սարերից էր գլորվում առուն, և նրա թափը դեռ չէին կոտրում բլուրի լանջի այգիները: Գուցե թե ներքի տափարակում, բրնձի ու բամբակի դաշտերի մոտ նրա թափը կոտրվեր, աղմկոտ խոխոջը հանդարտվեր:

Նրանք նստում էին առվի եզրին, և երբ հանգչում էր զրույցը, նրանք լուռ ականջ էին դնում առվին: Նայած թե ի՞նչ էին խոսել, Լուսիկն ի՞նչ էր ասել, Լևոնը նեղացնել էր նրա վրա, թե երկուսն էլ ոգևորված խոսել էին սովորելու, աշխատանքի և ո՞վ գիտի էլ ինչ պայծառ նյութերի շուրջը:

Եթե նեղսրտում էին, թվում էր, թե առուն էլ էր չարացել... Երբ խոսք էր լինում Լևոնի Մոսկվա գնալու մասին, կարծես առուն վշտակցում էր

Լուսիկին, իսկ երբ ծիրանիների տակ զրույցը դառնում էր առօրյա դժվար աշխատանքի և պայքարի շուրջը, կարծես լսելի էր, թե ինչպես ալիքները խփում են քարերին, որոնք խանգարում էին նրանց սրարշավ ընթացքը:

Եվ ինչ խոսում էին՝ ջուրը տանում էր. բոլորը, նույնիսկ համբուրելը, հանաքները, այն, որ կավի պատը փոշոտում էր Լուսիկի դեյրան, շունը, որ ցած թռավ և նրանց վախեցրեց, — բոլորը չքացել են, մնացել է լազուր հիշողությունը և մի կսկիծ, որ երբեմն մրմռում է, ինչպես ոտքի սպին, բայց նա կարողանում է տեսնել, շոշափել սպին, երբ տրորում է ոտքը, ցավը մեղմանում է: Իսկ այդ հետքը չի շոշափվում, բայց կա, մնում է:

Այ հենց հիմա... Շրթունքները չեն ասում, բայց մտքում կրկնում է.

— Ինչքա՜ն լավ աղջիկ էր Լուսիկը...

Մտքում կրկնում է, կարծես թե այդ լավ աղջիկը մեռել է: Բայց Լուսիկը կա. շուտով ինժեներ կդառնա այն միամիտ աղջիկը: Նրա մատները գծագրում են, տներ են շինել մարդիկ Լուսիկի պլանով:

Այսպես հասարակ եղավ բաժանումը:

— Ցտեսություն, ընկեր Լևոն...

Առաջին և վերջին անգամ նա այդպես ասաց: Իրեն ուղարկեցին շրջան, Լուսիկը գնաց Մոսկվա:

Հետո ի՞նչ... Խնդրել է, գուցե թե հաջողվի, և ինքն էլ գնա: Բայց չի կրկնվի ծիրանիների փողոցը:

Անցյալ տարի Լևոնը մեքենայով անցավ այդ կողմերով: Պատահմամբ ընկավ... փողոցի աջ կողմը բարձրանում էին նոր տները... նրանց մի մասը կիսավարտ էին: Փողոցի երկայնքով շարել էին կապույտ որձաքարը: Մնում էր ծիրանիների փողոցի ձախ պատը, պատի հետևը՝ ծառերը: Նույնիսկ ջուրը տեսավ և այն պատշգամբը, որի տակ պատսպարվել էին հորդ անձրևին:

Լևոնը գիտեր, որ քաղաքի շինարարությունն այն կողմերում է կենտրոնացած: Բայց առիթ չէր եղել շրջելու: Նրա աշխատանքը գյուղերի հետ էր, ցորենի, բամբակի համար: Նրա մտքում մեքենաներն էին, գործիքները, որոնք վագոններում գալիս էին, որպեսզի իրենց անիվների վրա ցրվեն դեպի դաշտերը, դեպի սարալանջերը:

Նրա հիշողության մեջ ամենավառ ներկով այդ նկարն էր, ծաղկած ծիրանիները, երեսը բաց առուն և կավի բարձր պատերը, որոնք պարփակում էին իրենց մեջ և՛ խոխոջը, և՛ ծաղիկների հոտը, և՛ անթափանց մի լռություն: Կարծես քաղաքը և նրա ձայները չէին հասնում մինչև այդ խոր փողոցը:

Ցերեկը աշխատանքի ժամերին հիշում էր Լուսիկի խոսքերը, երեկվա պատահածը, ինքն իրեն ժպտում էր՝ ուրախությունից, երիտասարդական ավյունից, և ավելի թեթև էր գնում աշխատանքը: Եթե սենյակում մարդ չէր լինում, նա երբեմն սուլում էր... Սուլում էր և հեռախոսի փողի մեջ և խնդրում էր, որ փոքր Լուսիկը դնի ականջին:

— Կշտացա՞ր, — ծաղրի տոնով հարցրեց Լևոնը և վեր կացավ

տեղից: Կարծես ուրիշն էր հիշում, և նա համբերությամբ սպասում էր, որ այդ ուրիշը հագուրդ տա ներելի թերությանը:

Վարագույրն իջավ նկարների վրա:

Սենյակի մեջտեղը կանգնել էր ուրիշ մարդ: Նրա աչքը ծաղկամանի վրա չէր, ոչ էլ միտքը՝ ծաղկած ծիրանիների փողոցում:

Այդպես է նա աշխատանքի տեղը: Ասում են, որ խիստ բնավորություն ունի Լևոնը: Համառ է, տոկուն աշխատող: Նա աշխատեցնում է մարդկանց, և նրանք զարմանքով են պատմում նրա անսպառ եռանդի մասին:

Ցերեկը հարյուրավոր մարդիկ ներս են մտնում նրա սենյակը, բազմաթիվ հեռագրեր, գրություններ: Հեռախոսները զանգահարում են, աղմկում են դռները, մեքենագիրները, մարդիկ: Մի տեղից շտապ պահանջում են տավոտ և բենզին, մի տեղ հարկավոր է հեռագրել, որ տրակտորները փոխադրեն մի ուրիշ շրջան, որովհետև այնտեղ պահանջը մեծ է, իսկ գարունը ջերմացնում է, հողը վար է պահանջում:

Մի շրջանի նախագահը մանվածապատ սխում է «նաղլը», իսկ Լևոնը մի քանի կտրուկ հարցերով տեղն է զցում խոսակցությունը, ինչպես շկիվից թռած փոկը: Լսում է մարդուն, հեռախոսը զանգահարում է նորոգման արհեստանոցը, և մտքի խորշում միաժամանակ շարժվում է նոր գաղափար, նոր գործ, նոր նախահաշիվ:

Սենյակի մեջտեղը ահա այդ մարդն է կանգնած, որի օրը վերջացել է, պիտի հանգստանա վաղվա աշխատանքի համար: Բայց այսօր տեղաշարժ է եղել նրա առօրյան, և ինքն էլ հետաքրքիր զննում է իր ընթացքը:

— Ասաքի մոտ ուշ չի՞... — նայեց ժամացույցին:

Միջանցքում կախված է շինելը: Դուրսը խոնավ է, և Լևոնը կախարանից հանում է շինելը և ոչ թե պալտոն: Հագնվում է և պինդ կոճկում:

Տաք շինելը ձգում է մեջքը, և այդպես նա լիսն կայտառ է զգում:

Հանգցնում է լույսը և զգուշությամբ բացում ապակյա դուռը: Հարևանները քնել են միայն «ղազախի» ձայնն է լսվում: Երևի դասն է սովորում:

6

Դիմացը էլեկտրական խոշոր լամպն է, բարձր սյունից կախված: Սպիտակ մշուշը շարժվում է վերերով: Նա շարժվում է, իսկ թվում է, թե լամպն է օրորվում: Եվ մշուշը մաղում է նուրբ անձրև:

Լևոնը գոհ էր, որ շինելը վերցրեց: Եվ գոհունակությունը նա արտահայտում է ձեռքերը գրպանը կոխելով, թևերն ավելի մեղմելով իրանին:

Նա գլուխը վեր բարձրացրեց: Դիմացի սպիտակ տունը ձգվել էր և ավելի բարձր էր թվում մշուշի մեջ: Վերի հարկում մի քանի պատուհաններ լուսավոր էին. նրանք մշուշի միջից էին երևում, և կարծես մի ուրիշ տան հարկ էր:

Մշուշն անցնում էր ծվեններով: Ահա մեկի վերջին քուլաները՝ շղարշի նման թափանցիկ: Նրանց արանքից երևում են աստղերը: Իսկ Արարատի լերկ կատարը շողշողում էր աստղերի լույսից:

— Ճշմարիտ էր Մաջիտա մայրիկը... վաղը արև պիտի անի:

Լևոնը մայթի վրայով գնաց դեպի վեր: Առվի եզերքին փոքրիկ լորիներ էին, իրարից հավասար հեռավորության վրա, Լևոնը հիշում է նրանց տնկելը:

Աշնանը ծառերը տնկեցին, հաջորդ գարնանը նրանք բոլորն էլ ծաղկեցին, բացի մեկից: Գիշերն անցնող սելվորները այդ մեկը կտրել էին ճիպոտի համար:

Հիմա ծառերը չորացել են... Երկրորդ գարունն է: Տասը գարուն հետո նրանք այնքան կբարձրանան, որ կհասնեն երկրորդ հարկի պատուհաններին, և մարդիկ լորիների հովի տակ անց ու դարձ կանեն: Փողոցը կդառնա անփոշի, մաքուր, լորիների փողոց, նրանք էլ կծաղկեն ինչպես ծիրանին...

Լևոնը ձեռքը մեկնեց մի ծառի. մատներով սեղմեց: Ծառին ոչինչ չասաց, որովհետև ծառի հետ չեն խոսում, բայց եթե խոսեր, նա աշխատանքի մարդու անսահման ուրախությունը պիտի հայտներ, որ ծառերը մաքրում են օդը, հով են տալիս և շոյում են աչքերը:

Լևոնը կտրեց փողոցը, զգուշությամբ կոխելով անձրևից թրջված և լապտերների լույսից փայլփլող սալքարերը: Դիմացը վիթխարի շենքն էր, որի կեսը դեռ չեն ծածկել: Մյուս կիսում աշխատում էին ցերեկները: Մի քանի պատուհան լուսավոր էր:

Լևոնը նայեց... Դեռ չսպիտակացրած սենյակում սեղանի վրա գլուխը կռացրել էր Սողոմոնը: Նա կամ հաշվում էր, կամ գրում: Միայն ձեռքն էր շարժվում:

Խճուղային վարչության Սողոմոնը՝ հաղթանդամ, ծանրախոս, դանդաղաքայլ: Երկու օր առաջ կոմիտեի նիստում նրա զեկուցումն էր: Մի քիչ «սեղմեցին». Սողոմոնը նեղն էր ընկել: Լևոնն էլ ուզեց խոսք վերցնի և ավելացնի, որ ուշադրություն չեն դարձնում, որ շատ գյուղեր տրակտոր, շարքացան չի կարելի տանել միայն ճանապարհի չլինելու պատճառով, բայց ականջին հասավ Սողոմոնի ռեպլիկը, ուղղված մի ուրիշին.

— Բուջե չկա, բուջե չկա... էտ անդերը հինչավ շինեմ...

Հազնած ժողովը ծիծաղեց նրա բարբառի, նրա պարզամտության և զայրույթի վրա:

Պատուհանի ետևից երևում էր Սողոմոնի գլուխը: Լևոնը հիշեց այն նիստը, սակայն միտքը թռավ հետ, քաղաքացիական կռիվների տարին, այն լեռնոտ գավառը, որտեղ այն տարին ապրում և պայքարում էին ինքը, Սողոմոնը, որին Սուղի էին ասում, Ասաքը, որին քաղաքում ճանաչում են իբրև ընկեր Սահակ, և ուրիշները... Մի քանիսը սպանված, ոմանք այստեղ, ուրիշները ցրված խորհրդային անծայրածիր երկրներում՝ Թուրքստանից մինչև Սառուցյալ օվկիանոսի ափերը:

Եվ շարունակեց քայլերը, մտքում՝ Սուղին, Ասաքը, այն լեռնոտ գավառը, քաղաքացիական կռիվների տարին:

Սուղին այն ժամանակ հազիվ գրաճանաչ էր: Ամառ ձմեռ հագին ռետինե տարօրինակ պլաշչ էր, որի նմանը նա անցյալ աշնանը նավի վրա տեսավ մատրոսների հագին: Որտեղից էր ընկել այդ պլաշչը: Նստում էր ժողովներին, Սուղին ձանձրանում էր վեճերից, բայց երբ հարցը գալիս էր ապստամբության, նրա աչքերը լայնանում էին, ոտքի էր կանգնում, սրան նրան հրմշտկելով մոտենում սեղանին և ձեռքը խփում:

— Հուպ տու... իմ սամունքն էլ էդ ա...

Առաջին տարիները գավառում նրան այդպես էլ կանչում էին. «Հուպ տու Սուղի...»:

Իսկ Ասաքը ծանր էր, տարիքից ավելի լրջամիտ: «Ուրբաթախոս» էր, ծխախոտը բերանից անբաժան: Ինչ էլ ձեռքն ընկներ ծխում էր՝ մախորկա, խոտ, տերև... նրա ծխախոտի կծու հոտը ջղայնացնում էր Սուղուն: Երբ մի ժողովում հարց էր դրված թշնամու թիկունքը մարդ ուղարկել, Սուղին Ասաքի թեկնածությանը հակառակեց.

— Նրա բերանից օնջահոտ ա գալիս... Քառասուն վերստի վրա էլ նրան էդ շնահոտի վրա կճանաչեն:

Մի ուրիշ լայն փողոց վերևից գալիս և երկու կես էր անում այն փողոցը, որով գնում էր Լևոնը: Խաչաձև կտրվածքի մեջտեղը հետ ու առաջ էր գնում հերթապահ միլիցիոները: Նա ձանձրացած էր քայլում, կարծես կարոտում էր ցերեկվա ժխորին, որպեսզի գոտկից կախ նշանի փայտը աջ ու ձախ դարձնի երթևեկությունը կանոնավորելու համար:

Մայթերի վրայով տուն էին շտապում մարդիկ: Նրանք ուշադրություն չէին դարձնում միլիցիոների վրա: Նույնիսկ վերևից մի ավտո սլալով եկավ և, առանց գուդոկը տալու, ածելու պես կտրեց միլիցիոների կանգնած տեղը և իջավ ներքև:

Փողոցի շարունակությունն անցնելուց Լևոնի ընդհատված մտքերն էլ ծանոթ հունն ընկան:

Ասաքը շա՛տ է փոխվել... Այն տարին նրա երեսին ժպիտ չէր երևում, այժմ կենսուրախ է, անհոգ: Գուցե այդ անհոգությունն է նրա նիհար մարմինը գերացրել, կլորացրել:

Տուն ունի, կին ունի, չորս երեխա... սենյակների ներսը խառնի խուռն, գրքերը երեխաների կոտրատված խաղալիքների կողքին, այստեղ այնտեղ մանր ու մեծ մահճակալներ, որոնց վրայից կախված են լաթեր, երեխաների սպիտակեղենը և ուրիշ շորեր, որ կինը չի հավաքում, երբ Լևոնը ներս է մտնում, որովհետև նրանից ոչ ոք չի քաշվում:

— Երևի երեխաները քնած են... Կիմիկը չէ՞...

Կիմիկը եթե քնած էլ լինի, Լևոնի ձայնից կզարթնի, կկանչի

մյուսներին, և կսկսեն կախվելը, քաշվելը, աղմկելը: Կսկսվի, ինչ Ասաքը ծիծաղելով անվանում է «ղարաչու բազար»:

Լևոնը ժպտաց, որովհետև հիշեց, թե ինչպիսի անուններով է կանչում նա իր երեխաներին. «Արի՞ համագումար, արի...» ...«իմ պատասխանը Չեմբերլինին»... իր միակ աղջկանը նա կանչում է «Չերվոնեց», որովհետև աղջիկը ծնվել է չերվոնեցի երևալու առաջին տարին:

Այդ աղմուկի մեջ Ասաքը կարողանում է աշխատել, երեխաները թռչկոտում են, բարձրանում նրա վրա, քաշքշում, իսկ նա գլուխը պատի կողմը դարձրած կարդում է: Երբ շատ են աղմկում, վեր է կենում դուռը բաց անում և բոլորին քշում բակը: Քշում՝ ինչպես հավերը:

Կենսուրախ է Ասաքը. այդ կենսուրախության մեջ չի կորել նրա երբեմնի լրջությունը: Կես հանաքով, կես լուրջ նա գանգատվում է, որ «փորի մակարդակը նորից է բարձրացել», բայց հանաքից հետո խոսքը դարձնում է առօրյային, կուսակցական ներքին կյանքին, քաղաքական խնդիրներին կամ դատողություններ է անում կարդացածի մասին:

Եվ հին «ուրբաթախոսը» հառնում է Լևոնի առաջ...

Ահա սարալանջը... հրաբխային ավազ է: Դժվար է բարձրանալ, որովհետև ավազը սահում է, ոտքերը կարծր գետնին չեն հասնում: Բայց նա ոտքի էլ չի կարողանում կանգնել: Նրա մի ոտքը ծանրացել է... ներքևը տաք է: Լևոնը չի նայում, որովհետև գիտի, որ արյուն է:

Մեկը նրան վեր է քաշում: Գրկել է մեջքից և բարձրացնում: Բարձրացնում է և ամեն րոպե դժվար շնչելով ասում.

— Հրես հա՛... Հրես հա... Շուռ եկանք սարի քամակը:

Ներքևթ այգիների կողմից անկարգ կրակոցներ են: Միայն մի գնդացիր շարում է գնդակները լեռան լանջին... Լևոնը հիշում է, որ լուսաբացին ապստամբությունը պայթեց անակնկալ: Նահանջեցին: Բայց ո՞րտեղից հայտնվեց Ասաքը: Նա ուզում է հարցնել, բայց վերքը ցավում է: Ու չի տնքում: Ատամները սեղմել է... Ասաքի գլխին մի չտեսնված գլխարկ է, ծղնոտից գործած: Երբեք այդ գլխարկը նա չէր ծածկում, Լևոնն իր կյանքում այդպիսի գլխարկ չէր էլ տեսել: Եվ սեղմած ատամների արանքից նա հարցնում է:

— Որտեղից էդ շլյապը...

— Հրես հա՛, հրես հա... Շուռ եկանք սարը...

Տարիներ հետո Լևոնը մի անգամ Ասաքին հարցրեց այդ գլխարկի մասին: Ասաքը քթի տակ դժգոհ ասաց, որ «յուրացրել է» մալական ֆուրգոնչուց:

— Գլխումս մեխվել էր, որ գլխաբաց փախչելն ամոթ է...

Այլևս չէր հիշվում «մալականի» գլխարկը:

7

Այստեղից սկսվում են նոր տները:

Նրանց բարձր շարքերը գնում են դեպի սարալանջի այգիները:

Լամպերի շարքը ձգվում է հեռու: Ինչքան հեռուն է նայում, լամպերը ավելի սեղմ են իրար: Վերջին լամպը չի երևում: Նշանակում է՝ երկար է տների շարքը:

Լևոնի սիրտը լցվում է ջերմ ուրախությամբ, ինչպես, փողոցի լորենին շոշափելուց: Տների կառուցմանը նա չի մասնակցել, բայց նրա սրտում զարթնում է հաղթողի զվարթ ուրախությունը:

— Մենք ենք շինել... մերն է...

Այստեղ էլ մշուշը հոսում է կտուրների վրայով, մաղում է գարնանամուտի տաք շաղը: Շենքերի պատերը, թիթեղյա կտուրները թացանում են: Թիթեղն էլ, առաջին անգամն է պառկել անձրևի տակ, իսկ քարերը մթին ընդերքում ոչ անձրևի տակ են եղել, ոչ մշուշն է նրանց լիզել:

Տները բարձր են, քարակառույց են, տները վիթխարի են: Այստեղ սկսվում է մի նոր քաղաքի սահման:

Լևոնը կանգնել է սահմանագլխում... Ահա հին տունը, կավե պատեր, փայտե նովդանները ծռվել են: Դարպասը կախվել է: Ներսը գուցե մարդիկ դեռ արթուն են, բայց պատուհանները նեղ են, փոքր, ինչպես մութ զնդանի պատուհանը: Ձայն չի լսվում ներսից, ոչ էլ ճրագ է երևում:

Ահա մի ուրիշը նոր տան կողքին... Քանդել են նրա բակի պատերը, ցանկապատը հանել են, և հազարավոր սայլեր, մեքենաներ այդ հին բակով կրել են ավազ, քար, ցեմենտ, տախտակ: Կուչ է եկել հին տունը: Նրա ճակատի կողմը երևում է խոր ճեղքը, կայծակի ձևով: Կարծես կնճիռի ծալք է: Երևի մեքենաների դղրդոցից, քարերի գետնին ընկնելուց հին տունը ճաք է տվել:

Իսկ այս մեկը շրջապատված է տաշած քարերի կույտով: Ահա փողոցի մի մասը կտրել են տախտակներով և թողել են փոքրիկ դռնակ, որ վանդակի մեջ ընկած տան կենվորները երթևեկեն: Ուրեմն այստեղ էլ պիտի կառուցեն:

Նոր քաղաքը հրում է: Բարձր տները նայում են քաղաքի մյուս մասերում անկարգ ցրված հատ ու կենտ նոր տներին և կարծես ձայն են տալիս սեղմելու, իրար միանալու և գետնի երեսից չքացնելու հողաշեն փլեկները:

— Այն փողոցը այս կողմերն է...

Լևոնը վերհիշում է ծաղկած ծիրանիների փողոցը: Նայում է վեր՝ Ասաքի բնակարանը դեպի վեր է... Մի քի տատանվում է և քայլերին ուղղում է ներքև: Ինքն իրեն ասում.

— Ես չեմ տեսել այն կողմի տները...

Ու քայլում է, ձեռքերը գրպանը: — Քայլում է և չի զգում, որ շաղ է նստում շինելի վրա, ոտքի տակից ցեխ է թռչում շինելի փեշերին: Մի պատուհան բաց է... Լևոնը նայում է վերև: Նրան դուր է գալիս, որ կենվորը զարնան այդ մշուշին բաց է արել պատուհանը, և մշուշը ներս է մտնում:

Ռադիոն երգում է բաց պատուհանից:

— Ուրեմն դեռ ուշ չէ... — մտածում է Լնոնը: Մի քանի կանայք, տղամարդիկ ծիծաղելով անցնում են դեպի նոր տները: Նրանք կինոյից են գալիս և ուրախ են, որ նոր տներում լուսավոր, ընդարձակ սենյակներ ունեն:

Լնոնը մեխվում է տեղը.

— Վոտ չորտ, — ասում է և շարունակում քայլերը: Ռադիոյի աղջիկը երգում է.

Նռան կլեպ պռոշդ...
Նեյնիմ աման ամա՜ն...

Լնոնը դանդաղ է քայլում և ափսոսում է, որ այդ խոսքն ասաց.

— Տարօրինակ է...

Եվ նա նայում է աջ, ձախ: Ո՞ւր է ծաղկած ծիրանիների փողոցը... Ձախ կողմն էլ բարձրացան շենքեր, նույնպիսի բարձր տներ վարդագույն տուֆից, կապույտ բազալտից: Ահա այն պալատաձև տունը, նրա քարերը եկեղեցու քարերն են: Տունը երկա՜ր, երկա՜ր պատշգամբներ ունի դեպի բակը: Պատշգամբները լուսավոր են...

Բայց ու՞ր են ծիրանիները:

Կարծես երկար տարիների օտարությունից վերադարձել և փնտրում է այն տունը, որտեղ անցել էր իր մանկությունը: Փնտրում է, և չկա, և որովհետև չկա, ավելի է բարձրանում նրա հուզմունքը, նրա կարոտը:

Մինչ այդ, նա երբեմն հիշում էր այդ փողոցը: Այն միտքը, թե ծառերն ու կավե պատը, փոքրիկ պատշգամբը դեռ մնում են, նրան օգնում էր, որ հեշտությամբ վանի մտքից Լուսիկի հետ կապված հիշողությունները: Կուզենա, կգնա մի անգամ էլ ծանոթ փողոցը:

Բայց հիմա չկա ոչ պատը, ոչ այն տունը, որի պատշգամբի տակ հորդ անձրևին պահվել էին, իսկ Լուսիկը սառած ձեռքը կոխել էր նրա թևքի մեջ:

Լնոնը հասավ մինչև անկյուն: Պատշգամբով տան տեղը սև քարից տուն էր, որի մի թևը մյուս փողոցի վրա էր շրջվում: Նրա կողքին երկհարկանի տուն էր: Այնտեղ ապրում էին: Երևում էին թաղարի մեջ դրված տունկերը: Նրանց կանաչ տերևները կպել էին լուսամուտի ապակիներին: Կարծես դժգոհում էին սենյակի օդից և կարոտում զարնանամուտի տաք մշուշը:

8

Երկհարկանի տան կողքին մշուշի մեջ ցցվում էին բարձր սյուները:

Սպիտակին էին տալիս հանգած կրի գուբերը: Գետնից մի քանի մետր բարձրացել էր պատերի գլուխը:

— Մեծ տուն է...

Լևոնը տախտակների, քարերի արանքով մոտեցավ: Մի փոքրիկ սանդուղք էր դրված: Ցերեկը մշակները մեջքով քար են տանում, մինչև պատերը բարձրանան և սյուներից կախեն վերելակները:

Նա բարձրացավ սանդուղքով... Ու միտն ընկավ մի մոռացված դեպք, որ երբեք, երբեք չէր հիշել: Ի՞նչպես էր ընկել մտքից... Գնացել էին ձորի կողմը: Ամառ գիշեր էր: Այնքան թափառեցի՜ն... Լույսը բացվում էր, երբ իջան քաղաք: Տների պատուհանները բաց էին: Առավոտի այն ժամն էր, երբ գիշերվա տապը զիջում է հովին, և խոր քուն են առնում մանավանդ երեխաները:

Այսպիսի մի սանդուղք հենված էր հողե պատին: Լուսիկը խնդրեց բարձրանալ կտուրը: Ներքև լույս փողոցներն էին, կիսաքուն դռնապանները ավլում էին փողոցները, ջուր ցանում:

Ցածր կտուր էր, ներքևը բարդիներ, որոնց տերևները հազիվ էին դողում հովից:

— Լավն է մեր քաղաքը, չէ՞... — Հոգնած հարցրեց Լուսիկը: Լևոնի պատասխանը քաղաքին չէր վերաբերում: Լուսիկի դեմքին կարմիր պուտեր էին, գիշերվա հետքերը:

— Իջնենք սառը ջրով լվացվենք...

Բարդիների տակով գնում էր ջուրը: Մի կին ջուր էր առնում, քանի մարդիկ չէին զարթնել, և չէր պղտորվել առուն: Նա նայեց, հասկացավ և ժպտալով ասաց.

— Փեշքիր բերե՞մ...

— Ո՞վ է, — լսվեց մի ձայն տախտակների կույտի հետևից: Լևոնը կանգնել էր պատի վրա և կիսամութում հիմքերի ձևից, գերաններից փորձում էր հաշվելու սենյակների թիվը: Մի ստվեր, գորշ անձրևանոցի մեջ փաթաթված մոտեցավ:

— Բարև, ընկեր...

— Բարև: Ով ե՞ս, — հարցրեց անձրևանոցի մեջ փաթաթվածը:

— Շենքին էի նայում...

— Վա՜յ ընկեր Լևոն, չճանաչեցի... ներողություն: Գնանք, գնանք բուդկան... Կրակ եմ արել, — և մարդը նորից մեկնեց ձեռքը, իջեցրեց նրան պատից:

— Ձայնը ծանոթ է... Բայց չեմ հիշում, — մտածեց Լևոնը և խոսքը փոխեց շենքի վրա:

— Ի՞նչ շենք է...

— Սա, ընկեր Լևոն... Բնակշինկոոպն է շինում... Հիմա ասում են ուսումնարան է: Էդքանը մեզ հայտնի չի: Էլ ոնց եք: Լա՞վ եք: Մի անգամ ձեզ տեսա, ասի մոտենամ, մեկ էլ... Հա՜, հրես իմ բուդկան...

Նրանք տախտակների ետևն անցան: Մարդը տաշեղներից կրակ էր արել, վրան թեյամանը կախել...

— Հիմա էլ ըստի եմ բանում... Գիշերապահ եմ: Կրակի մոտ ճանաչեց: Օսեփն էր, ղազախեցի Օսեփը:

Երեք տարի առաջ նրա սենյակն էր մտել տրեխներով, մորթե փափախը գլխին մի մարդ, ծաղկատար երեսով:

— Ինձ քու մոտ են ղարկել...

— Ի՞նչ կա:

— Ինձ պտի ունթունես...

— Որտե՞ղ:

— Հո մեծամեծի գործ չեմ ասում... ղարաուլ բան... կարամ լավ փայտոն քշիլ, ձի պահիլ... Մի խոսք, ամեն բան ձեռովս վեր է գալի...

Եվ իսկույն ավելացրել էր, որ գյուղից նոր է եկել, տնից հեռացել է «կնկա պատճառով»...

Պարզ էր խոսում: Ժպտում էր միամիտ. երևում էր, որ երեկ է սարից իջել:

Օսեփը դարձավ գիշերապահ, առաջին ամիսը նրա աչքին երևում էր, հետո ինքը գնաց գյուղ, հիշողությունից կորավ:

Մի երեկո, երբ ինքը ներս մտավ հիմնարկը, Օսեփը լեռնցու կոշտ ձայնով միջանցքի ծայրից կանչեց.

— Ընկեր Լևոն... էս սհաթիս մի կնիկ թելեպոնով քեզ հարցրեց: Ասի ստի չի... նիհնց զրինգ էր խոսում...

Լուսիկն էր հարցրել...

— Ընկեր Լևոն... բախտս բերեց: Գնացի Աշտարակուց մի աղջիկ առա, իմ ուզած օղլուշաղն է... Դեյրա եմ առել, մի ջուխտ բատինկա: Տես, — և նա արձակեց անձրևանոցի կոճակները, — խտակ, մաքուր... էս սաղ նրա շնորհքն է... Համա էս գործս ուզում եմ փոխած... Այսուհետ ինձ հարմար չի: Ես ըստի մենակ, նա ընդի... — և գդակը խառնելով ավելացրեց.

— Ասենք, պատահած վախտը գալիս է... Դե տան հաշիվը ուրիշ... Եվ հարցրեց.

— Հմի որդի ես... — Լևոնը պատասխանեց:

— Քո կուշտը որ գործ լինի, էլի կգամ...

Լևոնը նայում էր կրակին: Նրա ականջովն էր ընկել մի խուլ ձայն, որ գետնի տակիցն էր գալիս:

— Էս ջրի ձայն է՞, Օսեփ...

— Հա՛, ստի մի արխ կար... Մեշատ էր անում, տափի տակը քցեցին: Էս նրա ձենն է...

Ծաղկած ծիրանիների փողոցի առուն: Քարերի տակ, մութի մեջ գնում են ջրերը, և նրանց ձայնը խուլ է հնչում:

Լևոնը վեր կացավ:

— Չայ խմի...

— Չէ, գնում եմ: — Եվ մի քիչ մտածելուց հետո, հարցրեց.

— Օսեփ, էստեղ ծիրանի ծառեր կային...

— Ճշմարիտ, քո ասածն ա, ընկեր Լևոն... Հրե մի հատը մնում է...

Տախտակների կույտի հետևը մնացել էր մի ծիրանի: Երևի նա մնացել էր, որովհետև տախտակները դարսել էին առաջը: Իսկ պատի հետևի շարքը չկար, նրանց տեղը ավազի, քարերի կույտ էր:

— Ըստի աղաք էլ եկած կլինես, որ հարցրի՛ր...

— Հա՛, ես էս փողոցումն էի ապրում... Ասացի մի տեսնեմ ինչ կա...

— Ինչ կա՛... Պալատներ կան, ընկեր Լևոն... Սրա մի հատը մեր գեղումը լիներ, սաղ ժողովուրդը մեջը կիավաքվեր:

— Էդ էլ կլինի, Օսեփ...

— Էն վախտը կնիկս կառնեմ, կգամ գեղը... Մեր սարերը սիրտս շատ ա ուզում, է՛...

Պահակը նրան ճանապարհ քցեց մինչև փողոցը: Բաժանվելուց նեղացավ, որ Լևոնը մերժեց թեյ խմելը: Լևոնը գլուխը կախ հեռացավ:

Քայլում էր ջերմ ուրախությամբ, գոհ էր իր այցելությունից:

— Եթե Ասաքը քնած չլինի... Երևի նա էլ ինձ նման քիչ է լինում այս կողմերը: Մեզնից շատերը չգիտեն այն բոլորը, ինչ կառուցում ենք: Չենք տեսնում... ժամանակ չունենք...

Քայլում էր իր հանդարտ մտքերով և չէր զգում ո՛չ մշուշ, ո՛չ շաղ: Նա ռադիոյի երգը չլսեց: Ականջներում առաջվա առվի խուլ խոխոջն էր:

9

Լևոնը ծռվեց դեպի Սահակի տան կողմը: Բեռնատար ավտոներ, որոնք շինությունների համար քար, ավազ էին բերում, այդ փողոցով էին անցնում: Նրանց անիվները խոր ակոսներ էին գծել ցեխի մեջ:

Այդ փողոցով էին անցնում և գյուղերից եկող սայլերը, որովհետև հին ճանապարհը լայնացնում ու նորոգում էին: Հաղորդակցությունը գետի նման իր հունը փոխել էր և գլուխը շրջել այդ փողոցով:

Լևոնը գնում էր ոայթաքելով, ոտքերն զգույշ կոխելով այն քարերի վրա, որ շարել էին ցեխի մեջ: Լապտերների լույսից ցեխն ու գուբերի պղտոր ջուրը փայլում էին խավար փայլով:

Վերը մութն էր: Տներն ավելի նոսր էին, լապտերները քիչ: Շուտով պիտի ծռվել... Արդեն երևում է այն տունը, որտեղ ապրում է Ասաքը... Լույսեր կան, ուրեմն քնած չեն:

Երեխաները պիտի աղմկեն: Ասաքի կինը պիտի վառի պրիմուսը... Եվ նույնը պիտի ասի, ինչպես միշտ:

— Լևոն, լավ ես անում, որ կին չես առել... Մենակ ապրելուց լավը չկա...

Վերևը մութն էր: Մթնում լսվեց մտրակի շառաչ: Անիվներ ճռնչացին: Մեկը բղավեց.

— Դենը պահի, դենը պահի...

Անիվները ճռնչացին: Մի րոպե հետո մթնից դուրս եկան մի զույգ գոմեշներ: Լապտերը լուսավորում էր նրանց հաստ ճակատները և սև եղջյուրները: Մի քիչ առաջացան: Երևաց երկրորդ զույգը, բայց սայլը չկար... Ապա երրորդ զույգը, նույնիսկ զրնգաց շղթան, որով կապել էին իրար լուծերը: Գոմեշները ուժ էին անում, ձգվում առաջ: Նրանց ոտքերը աջ ու ձախ սայթաքում էին: Առաջի գոմեշը կընկներ, եթե լուծը չպահեր: Մթնից մեկը դուրս թռավ և մտրակեց: Գոմեշը փնչաց:

— Ինչ են քաշո՞ւմ...

Լևոնը կանգնել էր քարի վրա և հետաքրքիր նայում էր: Գոմեշները դանդաղ էին շարժվում: Խավարի մեջ այնպես էր երևում, կարծես վերջ չունի նրանց շարքը և մի աhռելի ծանրություն գետնի մթին խորքից քաշում են լույս աշխարհ, քաշում են, և դեռ ծայրը չի պոկվել:

Գոմեշները կանգ առան: Նրանք ձգում էին, լուծը սեղմում էր վիզը, և խոր փնչոցով վիզը այս ու այն կողմ էին շարժում, բայց ծանրությունը ցեխից չէին կարողանում հանել:

Լևոնը մի քանի քայլ արեց: Մի խումբ երիտասարդներ վազեցին գոմեշների վրա: Մի քանիսը մոտեցան առաջին անիվներին: Վերջին անիվները բավական հեռու էին: Նրանք առաջին անիվների հետ միացված էին հաստ գերաններով, որոնց վրա մի տարօրինակ բեռ էր: Կարծես փոքր շոգեմեքենա էր, խողովակը ջարդված:

— Արտա՛շ, քար դիր տակը, քար...

— Սպասի գամեշները նաֆաս առնեն...

— Ի՞նչ էլ ցեխ է...

— Սրանց ցեխը մերից շատ է, — ասաց մեկը, որ հենվել էր գոմեշին:

— Ի՞նչ է էդ, ընկերներ, — հարցրեց Լևոնը:

— Սև «հաց», ընկեր, — պատասխանեց նա, որ կանգնել էր առաջի լուծի կողքին:

— Ար՛տաշ, մի հարցրու տեղը... Բալքի իմանա, — մթնից կանչեց մի երիտասարդ:

Առաջին կանգնողը Արտաշն էր: Եվ նա Լևոնից հարցրեց չգիտե՞ նա որտեղ են հանձնում հավաքած մետաղը: Լևոնը մտածեց: Իրենց պահեստի մոտ մի կիսավեր շենք կա: Նրա իմացածով այնտեղ են կիտում:

— Շրջաբերական են ուղարկում, ալարում են, թե կարգին գրեն տեղը, — նախատեց Արտաշը:

Երիտասարդները Ախտալի շրջանի գյուղերից մեկի կոմերիտականներն էին: Տարիներ շարունակ նրանց գյուղի ներքևն ընկած էր եղել այդ հնադարյան ձևի կատոկը, որի չորս կողմը գարնանը խոտ էր կանաչում, և հովիվի շները շոգից նեղվելով պահվում էին ներսը:

Ընկած էր եղել, ժանգոտվել էր, ծանրությունից մի քիչ թաղվել հողի մեջ: Կոմերիտականները մեծ դժվարությամբ հանել էին, դրել գերանների վրա և նույնպիսի դժվարությամբ, ցեխ կոխոտելով, հրելով գոմեշները, կանչելով, աղմկելով իջեցրել էին քաղաք:

— Արտաշ, տեղն իմացա՞ր, — կանչեց նույն ձայնը:

Մթնից կանչողը ծիծաղեց: Նա ինչ-որ բան ասաց, բայց չլսվեց:

— Բաց կլինի՞ էնտեղ...

— Տո դե սպասի, է՜, — ընդհատեց Արտաշը, որ ոգևորությամբ պատմում էր կրած դժվարությունները:

— Հարյուր փութ կլինի... — և երեսը դարձրեց դեպի հետ:

— Երկու հարյուր չես ասում... — վրա բերեց մի ուրիշը:

Գոմեշների շնչառությունը հանդարտվում էր: Հոգնած կենդանիները ոտները փոխնեփոխ բարձրացնում էին: Նրանք մինչև կուրծքը ցեխի մեջ էին: Կարծես ճեղքել էին ցեխի հեղեղը:

Արտաշն էլ էր ցեխոտված: Այտի վրա պարզ երևում էր ցեխի չորացած շիթը:

— Իմացա, բայց պարզ չի...

— Դե հա՜... Գոմեշները սառան...

Այդ կանչին բոլորը շարժվեցին: Ոմանք բարձրացրին մտրակները գոմեշների վրա, ոմանք վազեցին՝ անիվներ հրելու...

— Դես հա, դեսը...

— Հը՜, հը՜...

— Մարալին, Մարալին:

— Մարալ, հա՜...

Գոմեշները ձգվեցին, շղթան զրնգաց, անիվները ճռնչացին: Լսվեց մի խոր տնքոց: Տնքացին մարդիկ, անասունները, և առաջին անիվները գլորվեցին: Լևոնի ձեռքերը խրվել էին անիվի ճաղերի ցեխին: Նա մյուսների հետ մի կողմ քաշվեց, երբ անիվները դուրս ելան ցեխից:

Շարժվեցին գոմեշները...

Արտաշի հետ փողոցի մեջտեղով լուռ գնում էր Լևոնը, գնում էր ցույց տալու պահեստի տեղը, գնում էր Արտաշի հետ խոսելով, և երբ գոմեշները դժվարանում էին քաշել, նա հետ էր գալիս, անիվը հրելու:

Ոչ ցեխ կար, ոչ անորոշ կսկիծ...

***

Մաջիտա մայրիկը առավոտ կանուխ զարմացած նայում էր Լևոնի շինելին, որից գիշերը ջուր էր կաթկթել հատակին:

— Էս կանդար չամուռ... դյորի կնացե գիշերը մեր տղեն:

Եվ գլուխը խորհրդավոր շարժեց:

Դուրսը արև էր, ինչպես նա գուշակել էր: Արևի ճառագայթների մի խուրձ պատուհանից ներս էր ընկել և ժամացույցի սլաքի նման շարժվում էր խալու վարդերի և նուռերի վրայով:

Լևոնը խորը քնի մեջ էր: Թախտի առաջ ցեխոտ սապոգներն էին: Նա ուշ էր վերադարձել ու չէր հանվել: Վերարկուն էր քաշել վրան:

Արևի ճառագայթները, երբ վարդերի վրայով սահեին ցած, պիտի խաղային նրա ունքերի և արտևանունքների հետ, և Լևոնը պիտի զարթներ:

ՑԱՆԿ

www.ingramcontent.com/pod-product-compliance
Lightning Source LLC
Chambersburg PA
CBHW010141030826
48979CB00031B/2808/J

* 9 7 8 1 6 4 4 3 9 8 7 4 6 *